父・山口瞳自身

息子が語る家族《ファミリー》ヒストリー

ShoSuKe YamaGucHi

山口正介

P+D BOOKS

小学館

目次

※備考・本文中の「男性自身シリーズ」についての「題名」（数字）は毎回の掲載時の題名（通算の回数）を示す。

1「男性自身」（1963〜1967年）

はじめに

父、山口瞳の全集が、電子書籍として発行されることになった。

初めての完全版個人全集である。この全集はアーカイブ的なものにするつもりだ。つまり、作者が書いたものはすべて収録してしまおうということが基本となる。本稿は、その各巻に解説として書いた「草臥山房通信《くたびれさんぼう》」を多少、整理し加筆訂正したものだ。

一橋大学の文化人類学の教授で、山口瞳の競馬友達として知られる長島信弘先生からアーカイブの重要性をうかがったことがある。

長島先生は、どの作品や習作が、のちになって重要になってくるか、いま現在はわからないことなので、ともかく一切合切収集しておくということがアーカイブなのだとおっしゃる。

そして、長島先生ご自身も、収集されたアフリカの資料をすべて保存しておきたいと考えておられるそうだ。

アーカイブとして読者が利用できるように、父が、のちに、その存在を無視し、消去しようとさえ思っていたであろう、出来の悪いもの、未完のもの、俗にいう若書き、習作のたぐいも、可能なかぎり収録してみる。

そうすることで、作者の全体像が見えてくるはずだ。そうして、たしかに編集作業をしているうちに、僕がこれまで知っていた山口瞳とは違った像が、浮かび上がってきて、僕は戸惑いを覚えている。

たかが息子だというだけで、山口瞳の何がわかる、というような趣旨の投書をいただいたことがある。僕が父についての単行本を上梓したときだった。

いま、この投書の意味が痛いほどわかる。

父については、僕はもうずいぶんの量を書いてきたと思う。

だから、この全集の解説の依頼を受けたときは、これ以上、書こうとすると、あとは悪口ばかりになりますよ、と固辞したい気持ちもないわけではなかった。

しかし、僕がこの全集を編んでいるうちに知ることになった、新しい山口瞳像を目の前にして、しかも息子でしか知りえない幾つかのことがらを交えながら、全集の解説を書いていく意義を、僕なりに見出しているように思うし、それが読者の方に興味を持って読んでいただける山口瞳論になると信じられるようになったのである。

僕は父、山口瞳のよき読者とはいいがたい。その理由は、僕にとってはあまりにインチメイト（父の好きな表現）だったからだ。

『江分利満氏の優雅な生活』で十三歳の自分に再会するのは、なんとも気恥ずかしいものだ。今はだいぶ惚けかかった老人でしかない。父が『江分利満氏の優雅な生活』の中で書いた当時の祖父、山口正雄と、いま現在の僕は同い年なのだ。

作中の「父のステッキ」に登場する祖父は老いさらばえ、往年の覇気は失われた老人だった。これはきついよ、と書くと、瞳の文体模写になってしまうのだが。

『山口瞳電子全集』の刊行にあたって、詳しく読んでいって驚いたことがある。それは、おかしな言い方になるが、既存の「男性自身シリーズ」が「男性自身シリーズ」ではなかったということだ。

山口家では一六一四という数字は特別の意味を持っている。「週刊新潮」に連載中、一度もアナを空けたことのない「男性自身」の通しの最終番号が一六一四なのである。

最後の原稿は「仔象を連れて」というタイトルで、「週刊新潮」の一九九五年八月三十一日号に掲載された。同じ月の三十日に山口瞳は死んでいるのだから、この原稿は病室で書かれて、来週号は著者病気のため休載となる直前に発刊された。

新潮社から刊行されてきたシリーズは、1巻目の『男性自身』から始まって、「男性自身シリーズ最終巻」とうたった『江分利満氏の優雅なサヨナラ』まで、27巻ある。

では、この27巻は、通し番号1から1614までの1614篇で構成されているかというと、そうではないのである。実際は欠番があり、ほかの雑誌に書いたものが、収録されていることもあるのだ。

「男性自身シリーズ」が「男性自身シリーズ」ではなかったということは、そういうことである。

もうひとつ、この全集の特徴は、父の全作品をクロニカルに編んだことである。

父は、いわゆる「全身小説家」というような文学者としての生き方をとらなかった。父の思想の中には、文学は素晴らしいものだが、妻子を飢えさせてまで続けるというほどのものではない、という確固とした信念があった。

妻子とは母と僕のことだ。僕はのちに、このことを知って、飢えさせようが、離婚しようが、何かいいものが書けるならば、そうしてもよかったのに、その結果を見てみたかったと思ったこともあった。しかし、それは、山口瞳にはありえない一手だった。

その証しが、敬愛して止まない山本周五郎氏のいいつけに背いてまでも、週刊誌に連載し続けた見開きのエッセイ「男性自身」である。この連載は死の直前まで書き続けられ、山口家の家計を支えてきたのだ。

そうして、一九四六年から編集者として出版社を渡り歩いた経験を持つ父は、編集者との付き合いをとても大切にした。かれらとの交流、つまり、文芸ジャーナリズムの渦中から多くの作品を生んできたように思う。そのあり方は、父を、作家として、非常に特異な存在にしたし、それゆえ、全作品をクロニカルに編むことで、その特徴を浮かび上がらせるのではないかと考えたのである。

僕はこの「男性自身シリーズ」が、昭和のある時期から平成にいたる庶民の歴史を描いたサブテキスト、あるいは補助線として、大変に重要な作品群だと考えている。そのときどきに起こった出来事とリンクさせて、市民生活を活写しているという点、あの「サザエさん」にならぶ、昭和史の良質な資料という一面を持っている。

さらにいえば、山口瞳の古くからの読者にとって、この全集で初めて陽の目を見る「男性自身シリーズ」の完全復刻版は、得がたいものとなると確信している。

これはひとつの事件だと思う。

1963年12月　1964年

さて、「男性自身シリーズ」である。連載開始は一九六三年十二月二日である。このタイミングは重要だと思われる。これに先立つ一九六一年十月から雑誌「婦人画報」で「江分利満氏の優雅な生活」の連載を始める。

そして一九六三年一月の、この作品で直木賞受賞を受けての「男性自身」連載開始なのだ。「優雅な生活」の終了後に連載が始まった「江分利満氏の華麗な生活」も十二月に単行本が出版されている。

つづく一九六四年三月には川崎市木月大町のサントリーの社宅から終の住処となる国立《くにたち》に引っ越すことになる。これは僕の春休みに合わせてのことだと思われるが、この家の持ち主の転勤に合わせたのかもしれない。

ということは、「江分利満」のサントリー社宅時代と「男性自身」の国立時代、という大きな変化の時期が少しばかり重なっているということになるのだ。

連載開始当初、瞳は「江分利満」の週刊誌版を書くつもりでいたのではないか。「江分利満シリーズ」のところでもあらためて書くが、あのシリーズは掲載誌が婦人雑誌であったこともあり、大きなコンセプトは「奥様が知らない会社でのご主人の生活」というものだった。

しかし、「男性自身」が掲載されている「週刊新潮」は、いうまでもなく男性の読者がほとんどである。これには困ったのではないだろうか。

だからこそ、連載第一回の「鉄かぶと」は男性誌ということを強く意識したものだったといえるかもしれない。

だが、連載第一回（つまり通し番号1）の「鉄かぶと」が単行本に収録されることはなかった。

父が、出来の悪いものは収録しなかった、というようなことを言っているのを小耳にはさんだような気はする。しかし、その理由がすべて、事実誤認や、気に入らなかったからというわけでもなさそうだ。誰かをひどく傷つけてしまった、などということだろうか、軽率な面がある山口瞳にはあって不思議ではない。

山口瞳は、この年の一月に「婦人画報」に連載していた「江分利満氏の優雅な生活」で、第四十八回直木賞を受賞した。

その勢いを駆って、週刊誌連載が始まったのだろう。三十七歳。当時、作家としてのデビューとしては遅いといわれたものの、まだまだ若いといっていい歳だ。

「男性自身」の「風貌」（10）に当時の山口瞳の容姿が描かれている。頭髪はすでに寂しくなっていたが、瞳は理髪店へ入って、鏡に映る自分の顔を見て、「エブリマン刈りっていってね、いま流行しているんだよ」と言っている。このエブリマン・カットというのは短めのGIカットのようなものだ。

これはコピーライターの血が騒いだのか、石原慎太郎氏の慎太郎刈りに対抗してのものか、いずれにせよ、石原氏との確執にはいずれ触れることになるかもしれない。

新田敞《ひろし》さんは新潮社の腕利き編集者であった。お互いがフロイトやトーマス・マンの翻訳で知られるドイツ文学の高橋義孝先生の担当編集者として、知り合って以来、新田さんは、父がもっとも信頼を置く編集者となった。

その新田さんからの依頼であったのか、瞳のほうから連載を売り込んだのか、いまとなっては確かめようもないのだが、「週刊新潮」に毎週、見開き二頁の連載が決まるとき、瞳は、新田さんに、「君の目が黒いうちは連載を続けさせてくれ」と願いでたという。

結果的に、瞳の願いは叶えられることになるのだが、この願いは、週刊誌の連載を始めるからには、会社を辞めなくてはならない、だから、その収入を生涯保証してくれという意味を持っている。新田さんは、その願いを聞くや、即座に頷いて、父を感激させる。

そうして、連載が始まることになるのだが、山口瞳は、この「男性自身」というタイトルを気に入っていなかった、といえば、読者のかたは、驚かれるだろうか。

「男性自身」という言葉で何かに思いいたらないか。

一九五八年から発刊されていた週刊誌「女性自身」と対をなしているのだ。そして、〝女性自身〟という言葉は、女性の性器の隠語になっていたはずなのである。それと対語になる〝男性自身〟。当然、それは男性の性器の隠語でもあった。

このタイトルは「トリスを飲んでHawaiiへ行こう!」の名コピーライター、山口瞳の作ではない。

新潮社の、伝説的な編集者である齋藤十一《じゅういち》さんのアイデアであり、命名なのだ。

齋藤さんは「週刊新潮」の記事のタイトルをすべて決めたといわれるかただ。

また、どんな高名な作家の連載でも、面白くなければ即刻連載中止にしたり、出来が悪い原稿だとハガキに、ただひと言、「ボツ」と大きく書いて投函したりするというかただ。

出版界にその人ありと恐れられていた齋藤さんの発案とあらば、さすがに、山口瞳も逆らえなかったのだろう。

のちのことになるが、齋藤さんが「男性自身」のシリーズを気に入っているということが、山口瞳の耳にも届いてくるようになった。しかし、山口瞳は、齋藤さんにあえて会わないようにした。

結局、齋藤さんとは、何かのパーティー会場で一、二度、立ち話をしただけだったのではないだろうか。

齋藤さんは、父から遅れること五年、二〇〇〇年十二月二十八日に亡くなられた。二〇〇一年一月十三日、僕は母のおともで鎌倉建長寺で営まれた齋藤さんの葬儀に参列している。そのとき、齋藤さんの隣に住んでいたというかたが、「子供のころからよく遊んでいただいた。齋藤のおじいちゃまは子供好きで、とてもやさしい人だった」と、その死を悼んでおられた。そこには我々の与り知らぬ齋藤さんの素顔があった。

それはともかくとして、この奇をてらったタイトルに対して、不満だった山口瞳がやった山口瞳らしい応対というか、意趣晴らしが、「鉄かぶと」なのである。

言うまでもないことだが、〃鉄かぶと〃は、戦場で兵士が被る鉄製の被り物のほかに、〃コンドーム〃のことを意味する。

〃男性自身〃には、〃鉄かぶと〃、すなわち、〃コンドーム〃で対抗してやろう、という発想は、ときとして、軽率のそしりを免れえない、きわどい冗談を言ってしまう性癖のある山口瞳の面目躍如というものだ。

そっちがそうでるならば、こっちはこうお返ししましょう、という山口瞳流の〃偏屈〃の通し方である。

あらためて、一話完結の短篇小説のような趣向の「鉄かぶと」を読み返すと、主人公である私の妻の名は夏子となっていて、「江分利満氏」のシリーズを踏襲していることがわかる。

出張先での出来事と出張から帰宅してからの、コンドームを巡る主人公たち夫婦の屈託を描いている。

サラリーマンの妻たちが、案外知ることのない、夫の会社での生活を書きたいと言っていた山口瞳のテーマはここでも活かされている。

のちのことになるのだが、僕の高校の担任教師が、保護者会の席上で、このクラスには「週刊新潮」などを読む生徒がいると、敢えて非難するような口ぶりで話題にしたことがある。当時の感覚でいえば、「週刊新潮」は子供の読書には適さない、かなりきわどい記事やいかがわしい読み物をふくんでいるものと思われていたのだろう。学校から帰ってきた母が、不愉快そうに、わたしがいることを知っていて言ったのよ、と父に報告していた。

山口瞳が、〝鉄かぶと〟を、第一回のタイトルとして、ワザワザ選んだ背景には、先に述べた〝偏屈〟の通し方ということとは別に、決死の突撃というような決意がこめられているのではないだろうかと思うことがある。

気に入ってもらえなければ、即刻連載中止を覚悟しなくてはならない。そうした状況の中で、あえてこうした決断をするところに、山口瞳の並々ならぬ決意が現れていると解釈したくなるのは、やはり、身内ゆえのせいなのだろうか。

シリーズ初めての単行本は、連載が始まって、一年後に準備されたはずだ。山口瞳にとって、「男性自身」の評価が高まり、連載を長く続けられることを実感した時期であろうし、〝男性自身〟という言葉にも馴染んで、ようやく違和感がなくなってきた時期なのではないだろうか。そうして、その特異な連載のスタイルも定まった時期に、駄々っ子のような抵抗のやり方を恥じる気持ちになったのではないだろうか。それゆえに単行本や文庫に再録することを避けて、長く、その存在を隠そうとしていたと思われる。これが、大胆不敵なようでもあり、恥ずかしがりでもあり、しかも軽率がつきまとう、と自分を評価する山口瞳の決着のつけ方だった。

そして第二回の「水中翼船」にも妻の知らない夫の生活の匂いがする、「江分利満」の残り香が感じられる。

「江分利満シリーズ」の一話完結の小説に対して「男性自身」はエッセイであるが、当初はやはり一話完結の短編小説風としても読めるのである。

ここで、エッセイの書き手と小説の書き手、登場人物との距離といったようなものが問題になってくる。

小説はフィクションだが、エッセイは身辺雑記というか、登場人物が自分自身であり、自分の周りの人たちであることが多い。このあたりではまだ、身辺雑記と掌篇小説の名手といわれた山口瞳にも迷いがあるように読める。

「男性自身」でも、妻は夏子であり、倅は庄助となっているが、語り手は、江分利ではなく、〝私〟となっていて、「江分利満シリーズ」とは少し趣が違って、より自分自身に、引きつけた書き方になっていることに気がつかされる。

夏子や庄助など、登場人物の名前は仮名なのだが、あくまで私小説的に、実体験を再録したようなものになっている。会話などはテープで録音したように実体験と同じである。これは僕も同席して、経験したこともあるので、確かなことだし、その再現がいつも完璧なことに驚かされていた。

念のために書けば、母の実名は治子であり、正介というのが僕の実名だ。

少し変えることによって、書かれたものは事実に則していますけれども、フィクションです、というニュアンスを与えている。

では、本人を思わせる夫はどうするか。瞳は、ここでずいぶん迷ったのではないかと思われる。やはり「江分利」とするわけにはいかなかったのだろう。とうぶん、夫は無名のまま「私」として書かれながら、連載が推移する。

そして、突然、連載の第十八回の「新婚旅行」で、登場人物のひとりに、「それにね、山口さん、夜は夜でせせならんことがありまっしゃろ」と唐突に、しかし、なにげなく言わせている。ここにおいて初めて、書き手の「私」こと男性自身とは自分自身である、との決断を下した、と僕は考える。

本来、妻が夏子ならば、ここは夫、江分利としなければならないところ、山口とした。それまでは東西電機勤務の会社員の日常生活の描写であったものが、このあたりから直木賞受賞作家の日常生活、身辺雑記へと変化していく。

以後、エッセイの筆は一段と快調になると感じるのは、私ひとりだけだろうか。なお、「……と思うのは私一人だけだろうか」と、文章の末尾を結ぶ人はイヤなやつだと山口瞳は「イヤな奴」(35)で書いている。

連載開始当時、僕は中学校の一年生だった。直木賞の受賞パーティーには入学が決まった桐朋中学校の制服を着て出席した。

サントリーの社宅は川崎市の元住吉にあり、慶應義塾中等部がある日吉駅は隣の駅だった。また、三田にもあった慶應義塾中等部は麻布に住んでいたころ、古川を隔てた向こう岸にあったので、馴染み深い学校だった。だから、僕は三田と日吉、両方の慶應義塾中等部を受験したのだが、両方ともみごとに落ちてしまった。

数カ月後に、親子三人で六本木の寿司屋で食事をしていたときに、池田弥三郎さんと偶然、同席した。

僕が落ちたことを聞いた池田さんが「なんだ教えてくれれば、入れてあげたのに」というようなことをおっしゃったが、あとの祭りであった。慶應に入っていれば、たとえば、近田春夫さんと同級生ということになったか。

まあ、それはともかくとして、僕の中学進学が、国立の桐朋学園に決まったことは、のちの山口瞳文学を考えれば、いい結果だったと思える。単に、僕の成績が悪かっただけなのだが。なぜ、桐朋になったかといえば、瞳の大学時代からの親友であった波多野和夫さんが桐朋学園の女子高等学校で教鞭をとっていらっしゃったからなのだ。桐朋の男子校もいい学校だよと教えられたので、親子三人で下見にいったのだった。

僕は自然が豊かな環境が気に入ってしまった。瞳は子供のころに親しんだ軽井沢を思わせるのが気に入ったのではないか。

図らずも祖父、山口正雄が所有していた軽井沢の別荘地も国立も箱根土地が開発したところだった。これも「男性自身」を読み返して、初めて気がついたことだ。

東京の下町育ちの母、治子だけが、こんな田舎はいやだと、激しく拒否していた。

「そこで私も『住いの事では、一時思い屈した』」（「住いのこと」(22)）と国立の借家について書いている。これは新築する、いわゆるのちの「変奇館」ではなく当初の木造二階建ての家のことだ。この「住いのこと」で登場するK氏とは開高健さんのことだろう。ともにサントリーの宣伝部に在籍していた。それで大事なことを書き忘れていたことに気がついた。

直木賞受賞により、山口瞳は忙しくなり、サントリーを退社することになったのだ。退社すれば社宅にはいられなくなるという当然の成り行きで、引っ越しは喫緊の課題となったのだった。これは「住いのこと」に登場する開高さんも同様だった。

退社といっても嘱託になったということだった。そしてすぐにサントリーの宣伝部が独立して作ったサン・アドという広告制作会社に移籍する。

だから、サントリーの社員ではなくなっても、いわゆるサラリーマン生活が続くことになるのだ。瞳は最晩年まで役員として月に何度かは出勤していた。

「女房には不思議なノイローゼがあって電車に乗ることができない……」(「街」(44))と治子の病気について書いている。

このことは今後、何度もでてくると思うが、山口瞳の重要なテーマのひとつとなっている。いま、こうして再読してみると、このころの母の症状はかなり重篤であったのだと感じる。僕は当時、中学生であったので、それだけの判断力はなかった。ただ、日々、この母の精神のあり方との戦いであったことは忘れられない。ほかの親を知っているわけではないから、母親とはこんなものだろうと思っていたのだが、僕は僕なりに、その影響から逃れられないでいた。つまり、僕の精神も不思議なひねくれ方をしていったようだ。

しかし、当時、両親はともに三十七歳。そのころはもう中年となっていたかもしれないが、まだまだ若い。自分の病状を詳細に書かれた母の気持ちはどんなものだったのだろうか。

山口瞳の父、正雄の商売は浮き沈みが激しかった。そのことには何度も触れられている。

――それから滅茶苦茶な金持ちになったこともある。中軽井沢の西区では敷地が七千坪で箱根土地の造ったありきたりの別荘のほかに新潟から田舎家を解体してはこんだ家をもっているという（後略）（「ラストダンス」（45））

この軽井沢の別荘がここまで正確に書かれているとは知らなかった。僕が聞いたところでは、敷地の中を小川が流れていたという。いまはどうなっているのだろうか。

リンゴ箱だかみかん箱ひとつが家具で、借金取りが差し向けた暴力団が毎日、締め切った雨戸をたたくような生活と、こんな金持ちの生活が交互にやってくる。瞳が世間を斜めに見る気持ちを持ったとしても不思議はなかった。この金持ち時代はいまのＩＴ企業あたりのヒルズ族（もう死語か？）と通じるものがあるだろう。

貧乏時代のことについて書かれたことは事実だとしても、その期間は短かったのではないだろうか。瞳の妹たちは、この川崎の長屋生活を覚えていないと言っていた。

叔母たちが覚えているのは鎌倉の豪邸であり、麻布仙台坂上と四の橋に豪邸を二軒同時に所有していたころの記憶だ。

貧乏を強調したのは、山口瞳の作家としての脚色だったのだろうか。しかし、真冬の深夜、静子が幼い瞳の手を握りしめて、線路際に立っていた過去は事実に違いない。

「デニムのパンツの股のちかく黒塗りの棒をはさんでいた若い女性のインタビューアーは（中略）いきなり黒塗りの棒をひきぬいてひるがえし、それを私の鼻さきにつきつけて（中略）棒状のマイクの先から湯気が立っているように……」（「肉と自転車」（49））とあるように、瞳はときとしてかなりきわどい猥談というかエロティックな発想をする。これは「週刊新潮」が男性誌であることを考慮したせいなのかもしれないが、普段から、この種の話題は嫌いではなかった。ただし、他人がしゃべるあからさまな猥褻な話題は嫌悪していたから、わかりにくい。

同様にして箱根八里という有名な歌の歌詞の意味を、山口瞳が自分なりに解釈したものが、たいへん猥褻なものとなってしまったという、「男性自身シリーズ」の中の「箱根八里」（56）の回は子供心にも好きな作品だった。

つまり、僕もかなり早熟な少年だったということだろう。

その前の週の掲載が「文学のこと」（55）という、ひどく真面目なテーマだっただけに、瞳一流のユーモアが際立っている。しかし、この「箱根八里」の過剰な笑いと、「文学のこと」の生真面目が瞳の二面性であり、特徴をよく表している。

1965年

「淘汰が何故いけないのかと言われると困ってしまう」(「悪い鶏」(59))で庄助が怒られる場面が登場する。

引っ越してきた国立の借家には小さな心の字池があった。定石通り松が水面を覆うように枝を伸ばし、このころの「男性自身」によく登場する桃の木が、その小振りな松の上に盛大に枝を伸ばしていた。

この池に金魚を放したところ、意外にも産卵して無数の稚魚を得た。後にも先にもこれが一回だけの産卵と孵化だった。密集といってもいいほど増えてしまった金魚は、このまま放っておけば、強いものが残り、大半が共食いなどで死んでしまうことは目に見えていた。

そしてえてして残るのは生命力が強く、鮒に戻ってしまったような見栄えの悪いものだ。どうせならと、尻尾が奇形であったり、鮒尾のものをビニール袋に入れて、別にしていたのだ。

それを父に激しく咎められた。ほとんど怒られたことがない僕にとっては忘れがたい経験だった。

この「悪い鶏」で瞳は、何故淘汰が悪いのかと言われると困ってしまうと書いているが、僕は理由ははっきりしていると思う。

ひとつは第二次世界大戦におけるユダヤ人の虐殺に始まる各種の戦争犯罪だろう。

もうひとつは山口瞳文学の骨子となる妻、治子の堕胎にまつわる記憶だ。そして治子はこの堕胎が原因で不安神経症をわずらうことになる。

我が家にあって、〝淘汰〟は最大のタブーだった。

瞳は柘植などの、剪定をして樹姿を整えなければならない樹木の剪定も拒否していた。いや、そもそも、剪定を必要とする樹木を庭に植えること自体を拒否していたのだ。

「遂にさぶちゃんは、私の国立の家にあらわれたのである」（「さぶ」（71））と書かれたさぶちゃんは、僕の子守だった。国立にきたとは知らなかった。会いたかったが、僕は学校にいっていたのだろう。さぶちゃんは我が家に昔から出入りする鳶職だった。

手首から足首まで、胸元はTシャツ状に全身入れ墨をいれていた。弟分のみっちゃんも全身入れ墨だ。ふたりは家に現れると、よく僕と遊んでくれた。

僕は僕で「さぶちゃん、そのTシャツ脱いでごらん」などと言って、いつもからかっていた。だから僕は入れ墨をした人を見て怖いと思ったことがない。

あるとき、友人たちと伊豆の温泉地に遊びにいったとき、同宿の職人さんたちと風呂場で出くわした。友人たちはその入れ墨姿に怖じ気づいてそうそうに退散したが、僕はゆっくりと入浴していた。

あとで友人たちにきいたら、僕がなかなか風呂場から戻らないので「正介はやくざに拉致された」と思っていたという。

瞳も駅頭で偶然会ったさぶちゃんと立ち話をしたあと、同行していた同僚から、瞳さんはあいう人たちとよく話せますね、と驚かれたという。普通の感覚とはそんなものなのだろうか。「建築雑誌を読み、設計士に依頼し、コンクリートと新建材でもって家を建てる人の気持ちがわからない」(「夜中の対話」(82))と書いているが、のちの変奇館を予言していたのだろうか。それとも初心を忘れてしまったのか。

変奇館という現代建築との格闘にかなりの紙数を割いた瞳だったが、すでに国立の借家についても何度か書いていた。

居職だとどうしても自宅にこだわることになるのだろう。作家にとって自宅の書斎は仕事場である。また書斎がなければ食堂なり寝室が仕事場になる。つまり色々と考えることになるのだろう。

老朽化した国立の家に初めて改築というか改装の手をいれたことに触れたのが「職人気質」(86)だ。家は木造モルタル二階建てで、二階は俗にお神楽、というあとから建て増したものだった。敗戦後の資材があまりないころに建てられたというこの家はかなり痛んでいた。

所有者一家が急に関西に転勤になり空いた家を借りることができた。

なお、のちにこの家を購入することになったのは、所有者の関西出張が長期にわたることになり、手放すことになったからだった。

なにしろ古い家なのでトイレはくみ取りだった。ガスも当初はプロパンだったのではないか。麻布時代もふくめて僕にとってはくみ取り式は初体験だった。風呂は昔風の小さなもので膝を抱えて入るような狭いタイル張りだった。

瞳は当時、流行作家の仲間入りを果たして、多少の余裕ができていたのだろうか。突然、風呂の改装を思い立った。

理想は一流ホテルの水回りだ。湯船は確かヤマハのグラスファイバー製の寝棺《ねかん》型。薄いクリーム色だった。お湯はサーモスタットが装備された蛇口から常時、適温がでる。

そしてタイルは高級な黒色のものを選んだ。いまにいたるまで、この風呂場ほど快適で高級なものを知らない。

しかし、そのほかの家の部分が戦後の安普請というところが、いかにも瞳のやりそうなことだ。

そして完成した風呂場を見て、瞳はギャッと声をあげた。

何かに似ていると思ったら、銀座の高級クラブのトイレの意匠にそっくりだったからだ。

「今年の海」(91)に登場するY一家は柳原良平さん一家だ。

奥様のかをるさんは学生時代、ピンポンの選手だった。ということは、ご想像の通り、とんでもなく上手い、というより強い。

生来、病弱な僕は、こてんぱんにやられてしまった。

それ以来、女性であっても油断できないということを知った。ピンポン、バドミントン、テニスのたぐいを侮ってはいけない。

草野球などでも、単なる人数合わせとしてきてもらった女性が、うっかりすると高校時代、ソフトボール部のキャプテンで四番で投手だった、などということがあるから、おちおちできないのだ。

「秋」(93)で入院中と書かれたNさんは村島健一さん。瞳の著作『マジメ人間』の中でもモデルになっている作家でノンフィクションのライターでもあった。

また「秋」の中でNさんの見舞いではなく、こちらに回ったと書かれているHさんは川喜多和子さんではないか。

「こうやって、歳をとるんだぜ」というセリフは和子さんの病床で瞳が言ったのを、連れていかれた僕は聞いている。しかし、和子さんならばKさんなどと書くはずだが、あえて変えたのかなあ。年格好や見た目よりも若く見える、というあたりは該当しているのだが。

どうも瞳は女性患者を見舞いにいくと、かならず同じ厭味を言っていたらしい。

「一族」(106)を読んで、僕はかなりショックを受けた。

それは一般読者のかたとは、受け取り方が少し違うものだったと思う。これまで僕は、父の兄が腹違いであることに初めて触れたのは、小説『血族』であると勝手に解釈していた。

しかし、この「男性自身」の「一族」という回で、瞳は自分の兄について、あとになってから書くことになることをあらかた書いているのだ。

なぜ、このことを僕が誤解していたかというと、瞳の妹たちが『血族』の出版後、怒っているという話を聞いたからだ。

その内容は、自分たちの長兄が腹違いとは知らなかった、というものだった。大好きなお兄さんなのに、余計なことを教えないで、というものだ。

ということは、妹たちは「週刊新潮」を読んでいなかったのだろうか。たしかに彼女たちは週刊誌を定期購読するようなたちではなかった。『血族』が出たあとで言いだしたということは、おそらく知人に、そのことを指摘されたのだろう。『血族』はベストセラーといってもいいものだったから、読んだ人も多い。妹たちの知人も何人かは読んだにちがいない。

そうして、妹たちの感覚としては「恥かいちゃったわよ」となるのではないか。

この「一族」では瞳の母の法事に三十八人の親族が集まったこと、また、その精進落としの席上、この兄が「いざとなれば、これだけの人数が集まることがわかりました」とスピーチしたと好意的に書いている。

瞳の兄といわれる人は、僕にとっては、服装に関してもおしゃれで、なかなか洒脱な伯父さんだった。

また、この法事が自分とは血のつながらない、義理の母親、静子のものであることも考えさせられる。

いずれにせよ、後の『血族』や『家族《ファミリー》』として結実する内容を、この「一族」という「男性自身」の連載たった見開き一回分で書いてしまっていることに驚かされる。

1966年

「無くなる」(129)で、また貧乏のことに触れているが、二階にふた間の余裕があり、ひと部屋を学生、もうひと部屋をアメリカ人に貸すような生活が、本当の貧乏といえるのだろうか。当時、小学校の低学年であった僕には、まったく意識できないことだった。

ただ、僕には、このころ、夕飯にすき焼きが供されたのだが、あまりに久しぶりだったので、食べ方を忘れていたことに驚いたという記憶がある。もっとも、これも本当の貧乏とはほど遠い、むしろ贅沢な部類に入る話かな。

しかし、この「無くなる」の項は、とても突っ込んだ書き方をしていて、かなり「江分利満氏もの」に近いテーストを持っているといえる。

「自叙伝のすすめ」（131）で僕が、「やっとパパのことがわかったよ」と言う場面がある。

それは、本当にその通りだった。

瞳は編集者として忙しく働き、滅多に家にいなかった。中学受験の面接試験で、僕が起きたときはまだ寝ていて、僕が寝てから帰ってくるので、父とは滅多に会えません、と言って、試験官の笑いを誘ったりした。

霞町に引っ越して親子三人になるまで、生まれてからずっと、僕は、父、瞳の末弟とばあばあと呼んで同居していた老婆に育てられたようなものだった。母、治子は自分自身の精神状態と、姑や小姑との確執で消耗しきっていて、育児どころではなかったのだ。

連載が始まった「男性自身シリーズ」から、僕は初めて、父の、その内面を、毎週、読まされることとなる。父の、初めての精通や、母との恋愛や、母の精神的な病状などを詳しく知ることは面白くもあったが、父に親しみを感じるようにもなって、同時に、父や母に対する反抗心も失ってしまった一面がある。

「おふくろの味」（132）で、瞳は、自分の母親の料理がぞんざいだったということを書きながら、同時に、「あ、おふくろがいないんだなあ、と思った」とも書いている。父の母、つまり、ぼくの祖母、静子が亡くなってから、もう七年も経過していたのにだ。そして「ようやく俺の代になったな」とも書いている。息子にとって、母の死とはそれほど重いものなのだろうか。僕と母との関係は、これから何度も書くようになると思うが、僕にとっても、やはり重いものだった。

「田舎漢」(141)で、自分は「冷血動物」と呼ばれていたと書いている。「体の具合はどうかね」と、父親の正雄に聞かれて、瞳は返事をしなかった。それは、瞳が母親の死後、一時、廃人のようになってしまい、考える気力をうしなったからだったが、親が体の調子はどうかときいているのに、返事をしようとしない息子に、正雄は「冷血動物だな、お前は、やっぱり」と言うのである。この「冷血動物」という例えは、山口瞳に、終生つきまとっていたようである。

ただし、作家という仕事のときは、そうではないというようなことを書いている。仕事相手とは、まずいい友人にならないと仕事ができないのだという。実は僕自身もそうなのだ。相手と話をしていて、「あっ、しまった、この人は友人ではなく、仕事相手なのだ」と気がついて、慌てることがあるのだが、これも遺伝というものだろうか。

「名前」（146）で子供の命名について、「自分の子供にはお前はみんなから祝福されて生まれたんだぞ。（中略）可愛い子に育ってくれよという意味と、世間に対して、不様な子供で（中略）どうもとんだことを為出かしてしまいまして、といった両用の意味にとれる名をつける」としている。

あるとき、僕は父に、「なんで正介なんて名前をつけたんだよ」と、なかば抗議の気持ちをもって、問いただしてみたことがある。

僕が子供のころは、まだ誰もが「小原庄助さん」の歌を知っていて、学校などでも「小原庄助さん、なあんで身上つーぶした」と囃されたものだ。

父は、読んでいる本から目をあげることもなく、「正介さんは僕の名前を知っていますか」と答えた。

なるほど、男の子なのに、「瞳」と命名されたのに比べれば、「正介」なら、まだいいほうだとするべきか。

父は続けて、「一度で覚えられるし、あだ名がつかない」と、変な名前の効用をふたつあげた。

確かに、僕はあだ名がついたことがない。しかし、たったひとり、僕を誰も知らないあだ名で呼ぶ人がいた。それは、ほかならぬ瞳で、何というかは、ふたりだけの秘密だ。

山口瞳は、腹違いの兄について、何度も書いているのだが、「寝耳に水」(149)でも、懲りもせず、この問題に触れている。よそに預けられていた兄は、実父である正雄の家に戻ってくると、「この家の竈の灰まで俺のものだ」と宣言したという。このエピソードは、瞳の書くものに、何度も登場する。

妻、治子の神経症について、かなり詳しく書いているのが、「模範家族」(154)だ。僕自身が、母の死後に書いた、『江分利満家の崩壊』(新潮社刊)で、母との確執と、母の病気について書いたところ、山口瞳の熱烈な愛読者から、お母様が病気だったとはちっとも知りませんでした、と言われた。

これには僕のほうがびっくりしてしまった。多くの読者はフィクションだと思っていたようだ。母の病いについては、瞳があれほど何度も書いていたというのに。「男性自身」を通読していただけるとわかると思うが、瞳が行動するときには、常に妻を、そして大概、息子を同行させている。それは、妻、治子がひとりでいられないという不安神経症であったことが理由なのだ。そして、これは、山口瞳の文学的なテーマのひとつにもなっているのである。

1967年

「私の家には、たったひとつだけジンクスがある」と書き始める「花に嵐」（178）は、つらい思い出でもある。瞳もまだ若かったので、思い切ったことを書いたのだろう。死は、まだ遠いものだった。このジンクスとは、我が家に一泊だけした人は早死にする、というものだ。これはかなり深刻なことだった。

ジンクスが現実のものになるたびに、瞳は苦虫をかみつぶしたような顔をしたし、僕の母の治子は唇をかみしめた。

この「花に嵐」に書かれているのは、映画監督の川島雄三さんだ。『江分利満氏の優雅な生活』が東宝で映画化されることになり、その打ち合わせのために監督と瞳は銀座あたりで顔合わせし、すぐに意気投合して、はしご酒となり、そのまま元住吉の社宅までご一緒した。そして、早朝まで飲み明かしたのだが、川島さんはその数日後に亡くなられてしまった。

続いて、ここでは文芸評論家の服部達さん、社会学者の木戸浩太郎さんの名前をあげている。

そして、ジンクスは、この後も続いた。

一度だけしか泊まらなかったかた、もちろん、早朝まで飲み明かしたかたを含むが、梶山季之さん、向田邦子さん、川喜多和子さん、そして瞳の死後とはなるが、伊丹十三さんとくれば、どうしても、恐怖に近いものを感じてしまう。

僕の記憶力の悪さにあきれたのは、「秋しぐれ」（181）を読んだときだ。記憶力の悪いのは父親譲りなのだが、僕はこれまで、父とふたりきりで飲んだことはないと、誰にでも、そう言ってきた。

しかし、この「秋しぐれ」によるとふたりで銀座の小料理屋にいったと書いている。店の名前は、「O」としてあるが、瞳が行きつけの店にしていた「はち巻岡田」だろう。まあ、こちらは高校生なので、一緒に飲んだとはいえないかもしれないが。

山本周五郎さんの遺品として将棋盤と駒をいただいたことは、「私のねがい」（187）などで触れている。使い込まれた将棋盤は傷だらけで、駒は虫喰いがひどい。駒が入っていた箱も、粗末なもので、今にもばらばらになりそうだった。瞳の死後であるが、母、治子が駒箱の蓋をビニールテープで固定してしまった。母はときとして、とんでもないことを、軽率にやってしまう。

僕があわてて、何するんだよ、誰の駒箱だか知っているでしょ、と叱責すると、だってこわれそうなんだもの、と答える。

箱には箱書きがあった。いま、「男性自身」を読み返してみると、「贈・山本周五郎氏・宮田新八郎」と書かれていたらしい。

すでに消えかかっていたが、ビニールテープを丁寧に剥がしてみると、その箱書きも読めなくなってしまった。そして、将棋盤は大きいので、押し入れの中にあることを確認できるが、駒箱のほうはここ二十年ばかり、見かけていない。


将棋といえば、山口瞳は『血涙十番勝負』で、プロ棋士との駒落ち戦を戦った自戦記を正続と二冊出していて、また、数々の名人戦の観戦記を書いているが、その実力のほどはどの程度のものだったのだろう。「勝負事」（42）では、自分の棋力は素人初段程度としている。最盛期は素人五段程度と評価されていたから、その後、自宅に奨励会のかたにきていただいて開いていた将棋の勉強会で、力をつけたのだろう。山口瞳が亡くなったとき、その死に際して、日本将棋連盟から、名誉七段を贈られている。


瞳が最後の直木賞選考会に出席したとき、ステッキを突いていた。末期の肺ガンが脊椎に転移し、下半身がしびれていたからだ。

このとき、使用していたステッキは「父のステッキ」（196）で書かれた正雄が使用していたものではないだろうか。太めの竹製で、ハテナ型に曲げて、持ち手にしてある。

正雄は一九六七年の八月二十一日に亡くなった。「父のステッキ」はおそらく、その後、九月の第一週ごろ書かれたものと思われる。

のちに追悼文の名人ともいわれることになる瞳にしては、その父の死に対して、わりとあっさりと触れているだけだ。多少の経緯を書いたあと、父親の愛用していたステッキだけを遺品としてもらい受けた、としている。単行本『父のステッキ』の帯には、その最後の何行かが引用されているが、ステッキだけを受け取った理由として、「父の縋りついていたものに、時に手を触れてみたいと思ったからである」とある。

正雄と瞳との間には確執があった。そのことは、すでに『江分利満氏の優雅な生活』のなかで書いている。それを、また書くのは憚られたのだろうか。

瞳が亡くなってからしばらくして、母が、「パパはおじいさんが死ぬときに、病室で最後まで、『オヤジ、頑張れ、オヤジ、頑張れ』って呼び続けていたのよ」と僕に言ったことがある。あの、瞳のことだ、そうして、散々、悪く書いた父親のことだ、僕は、瞳は、父親の死にあたって、終始冷静であっただろうと思っていた。そして、新派大悲劇のような愁嘆場を嫌悪していると思っていた。つまり冷血動物である。

ところが、真実は真逆だった。

僕は父の死に直面して、おそらくそんなことは嫌いだろうと思って、呼びかけることもしなかった。それを思うと、僕こそ冷血動物だ。

このあと、瞳は正雄の遺品の中にあった検尿キットを使って、自分自身の血糖値を測定している。「不調法」（201）によると、結果は最悪で、重症の糖尿病、ただちに禁酒したと書いている。

過度の飲酒とストレスによるものだろうが、このとき、瞳はまだ四十一歳である。にわか下戸などと書いているが、禁酒はいつまで続いたのだろうか。僕は、この時期に、瞳が禁酒していたことがあるとは知らなかった。

少し長くなるが「男性自身」の本文から引用する。

――私はこの町に来てから四年しか経っていない。町のことはよくわからない。とくに、政治の面はなにもわかっていない。この町が好きかどうかということについても、私自身、半信半疑という状態である。しかし、私のなかに、この町を愛そうとする心持がはたらいているのを疑うことはできない。そうかといって地方選挙に打ってでようなどという気持は、さらさら無い。（「わが町」（211））

このころ、小説家が選挙に出るということが流行っていたのかもしれない。例によって瞳一流のユーモアをふくめてだが、早くもわが町国立に愛着を感じているようだ。こののち、この町が、終の住処となることを予感していたのだろうか。

この時点では、のちのち、山口瞳文学の主な登場人物となるドスト氏こと関頑亭《がんてい》先生や「繁寿司」のジュニヤ、のちに『居酒屋兆治』のモデルとなる焼き鳥の「文蔵」さんや町のタクシー運転手、徳さんなどは、「男性自身」に登場していない。

国立在住であったがすでに引っ越していらっしゃった、詩人の草野心平さんが贔屓にしていた店を、一軒、一軒、訪ね歩いていた状態だ。草野さんが行きつけにしていたのならば安心だろう、と言っていた。

以後、国立は終の住処となり、国立の住人たちとの交流は、山口瞳の文学の芯のひとつとして、なくてはならないものになる。

2 「男性自身」（1968〜1971年）

1968年

ここまでは「江分利満もの」から「男性自身もの」への移行期といえる。

それはサントリーの社宅から国立《くにたち》の借家への移動時期でもあった。「男性自身」の前半はまだ江分利満のサラリーマン家庭という設定だったが、次第に直木賞作家の日常へとテーマが変化していくのだった。とはいうものの、その動きはひどく緩慢で、ときとしてあまり違いがないようにも読める。

そして、この第2章の四年間は、引っ越し先であった国立に愛着というか、親しみを感じ始めるまでの二年間と、その後、地元のかたに多くの知己を得て、もしかしたら終生、ここに住むのではないかという予感を感じさせる後半の二年間に分けられる。

また、この四年間は木造の二階建てだった借家から、それを買い取って瞳は初めて持ち家を所有することとなり、のちに変奇館と呼ばれることになる現代建築の新築と、住環境が大きく変わる四年間であった。

だがしかし、決してそれだけではなかった。疾風怒濤の四年間でもあった。瞳はことを荒立てないように書いているが、その実、国立を去ろうかとも思うほどの、某重大事件が発生していたのだ。

また、この時期は小説『人殺し』の執筆時期にも該当する。これもいずれ小説『人殺し』の解説で詳述することになると思うが、一穴主義を標榜する瞳がおそらく生涯ただ一度、浮気したのではないかと思われる事件が発生していたのだった。

「横浜三溪園」（215）で、前年に祖父、正雄が亡くなったので、喪中であったことに触れている。

父親のせいで、数々の借金があり、それを支払うための借金を友人にしたと、色々なところに書いているが、この友人とは柳原良平さんのことだろう。この年齢、つまりこんな大人になってから親友ができるとは思わなかった、しかも苦手意識がある関西出身者だ、としていた柳原さんである。

毎週、この「男性自身」の挿絵を描いてもらうための打ち合わせの電話をしているのを隣で聞いていると、まるで子供がじゃれあうような話しっぷりだった。自宅の食卓のテーブルわきに置かれた電話で話すのだが、周りに僕や母がいても気にする気配はなかった。

この「横浜三溪園」には、喪中なので、横浜の小さなホテルで新年を迎えたと書いているが、泊まったのは「ホテルニューグランド」だ。

瞳の好きなホテルだった。親子三人で除夜の鐘と入港している船舶が年が明けると同時に鳴らす霧笛の音を聞いていた。

最上階のレストランで名物のローストビーフをいただいていると、これも名物になっている社長さんが宿泊客、ひとりひとりに挨拶して回られ、それぞれと握手していかれた。

瞳が亡くなったとき、母の治子は、この我が家の伝統にしたがって同じホテルに泊まろうとしていたが、元旦にいつも通りのお客様をお招きすることになり、果たせなかった。瞳を偲んで献杯したいとおっしゃるかたが数名いらっしゃったのだ。

実は、二〇一一年に母が亡くなったとき、僕は大晦日にひとりで、この「ホテルニューグランド」に宿泊した。もとよりシングル部屋で窓を開けても隣のビルの壁しか見えない小部屋であったが、念願の我が家の伝統行事を果たすことができたと思った。

ある朝、僕が食卓につくと、両親が妙に真顔で僕を見ているのに気がついた。そして、父は、広げた文芸雑誌を指で示しながら、「僕にもしものことがあっても、こういうことは書かないでください」と言った。

それが、「愛される」（221）にある吉野壮児さんが書かれた『歌びとの家』であった。瞳が敬愛する吉野秀雄先生のご次男である壮児さんが書かれたのは、吉野先生の名著『やわらかな心』に対して、いってみれば〝固い心〟というようなものだった。

この「こういうことは書かないでくれ」という父の言葉は遺言のように重たく僕の心を捕らえていた。

父が長生きしないだろうことは、なんとなく予感していた。老後の山口瞳を想像することは僕にとって難しいことだった。この時期の「男性自身」を読んでいただければわかる通り、すでに重度の糖尿病であり、心身ともに疲れ切っているように思えた。それに我が家はみな短命だ。

このとき僕はまだ高校の二年生だった。いずれ何かものを書くようになるかもしれないという漠然とした予感はあったが、父について書くことになるとは考えていなかった。しかし、父にはその予感があったのだろうか。

だから、僕は父の死後何冊かの父に関する書物を上梓したが、極力、悪口は書かないようにしていた。

しかし、本稿では、どうしても悪口に近いことを書かなければならないかもしれない。そもそも、瞳は秘密の暴露のない小説はだめだ、とも言っていたのだ。

同じ、「愛される」の中で、

「山口くんもいいけども、お父さんの悪口を書くのだけは厭だな」

父を知っている人からも、知らない人からも似たようなことを言われたと書いている。

なんだ、お父さん、自分はやっているじゃないか、とも思う。

僕は僕で、『江分利満家の崩壊』で母の悪口を書いた。尊敬する先生から、君の書いたものじゃなければ、読みませんよ、何度も本を放り投げようかと思った、と言われた。


話は、祖父の正雄が元気だったころに戻るのだが、「腰弁当」(222)に書かれている家族全員で遊びにいった箱根の温泉というのは「小涌園」のことだ。

いまでも覚えているが、全館離れ形式の数寄屋造りの宿だった。まだ新築したばかりらしく、漆喰《しっくい》の香りが強く印象に残っている。

正雄がどういうわけか少しばかりまとまった金を手にしたので、家族一同で温泉宿に出かけたのだが、あっという間に路銀を使い果たしてしまう。

一計を案じて生命保険を解約すればいいとなったのだが、その手続きに東京まで帰ってもらったのは、瞳の弟の仕事仲間で当時、同居していたKさんだった。

彼に留守宅の合い鍵を渡し、手提げ金庫の番号を教え、実印と証書を持って換金してきてもらったのだが、瞳は、いかに信頼しているとはいえ、これはないだろうと書いている。金庫の中には重要な書類も入っていたはずである。

しかし、確かにあの温泉旅行は二度と味わえない豪華な思い出ではある。そういうだらしがないというか、お人好しの面が我が家の血筋であった。

「私に三人の友人がいる。これはちょっと特殊な関係である」と書く、「むかし話」（226）に出てくるAとはのちに毎日新聞社取締役、主筆となる上田健一さん。Bとは桐朋女子高校教諭、同短大教授などを歴任された波多野和夫さん、そしてCとはのちの日本郵船常務の守谷兼義さんのことだ。

ここではあえて伏せ字だったが、もういいだろう。大学時代からの親友としてあるが、同級生というわけではない。

しかし、この四人の仲のよさは無類のものがあった。またそれぞれの夫人も交えて八人で、よく会食していた。そして、それぞれのお子さんたちも、僕以外は絵に描いたような英才揃いで、ご両親たちの自慢の種であった。

上田さんは、祖母、静子の死後、一家離散して行き場所がなくなった瞳親子三人に、霞町のご自宅の離れを提供してくださった。

波多野先生は、国立の桐朋学園男子校もいい学校ですよ、と勧めてくださり、僕が入学した。それが、のちに瞳の〝わが町国立〟として結実することになる。

守谷さんの部下に徳川家のご当主がいらっしゃった。世が世ならば徳川将軍である。このかたが、瞳のファンだということで、元住吉の社宅に守谷さんとお見えになった。この顚末について瞳はどこかに書いているだろうか。社宅二階の居間兼寝室兼仕事場にしている六畳間に徳川さんと守谷さんを招じ入れた瞳は、いつになくはしゃいでいるように見えた。「え、なんでも、世が世ならば将軍様を下座に座らせて、それでよろしゅうございましょうか。いやあ、出世したものだ」などと軽口をたたく。

ときの徳川将軍を下座に座らせ、自分は上座に座ったと、なかなかにご機嫌だった。徳川さんもこんなお調子者のうつけ者には慣れっこでいらっしゃるのか、いたって鷹揚なものである。

一応の席が決まったところで、例によって我が家のお家芸である軽率が瞳を襲う。瞳はこともあろうに、開口一番、「僕は尊皇攘夷です」と言ってしまった。攘夷佐幕と言おうとして、つい言いやすいほうが口をついて出てしまったのだ。場は一瞬にして凍りついた。そのあとの会話はあまり弾まなかったように記憶している。みなさんがお帰りになってから、治子が「パパ、なんてことを言うの。ね、佐幕って言いたかったのよね、勤皇じゃないわよね。恥ずかしいったらありゃしない」と叱責した。「わかってくれてますよ」と不愉快そうに瞳は答えた。

軽率がつきまとう、と何度も書いているが、軽率にもほどがある。

とうとう、家をこわすことになったと書くのは「壁に耳あり」（231）である。国立に引っ越してきて借りた家は築十六年とも十七年ともいうもので、十年前に俗にお神楽という二階を増築した物件だった。東側を私道に供出しているので、敷地は七十余坪ばかりであった。

庭はわりとは広く、引っ越してから数年後に僕が趣味にしていた錦鯉のための四坪ほどの真四角な池を造った。しかし、錦鯉の飼育は高校生には難しく、あきらめかけていた。

このコンクリート製の池は書庫の土台として、うってつけだということになった。錦鯉飼育をあきらめかけていた僕と、瞳の書庫が欲しいという希望が一致したのだ。

そして、瞳はこの件を高橋義孝先生にお話しした。一人前に書庫を持てるようになりました、とでも話したのだろうか。

先生は言下に、僕の長男の嫁が建築家です、とおっしゃったという。

ご長男の鷹志さんは東京大学名誉教授になられるかたで、奥様の公子《こうこ》さんは日本女子大学家政学部教授で建築家だった。

これを、うちの嫁にやらせよ、という厳命と、瞳は解釈したのであろう。先生に言われては断るわけにはいかない。

「男性自身」の中では、当初、近所の大工さんに頼んだように書かれているが、実際にはどうだったのだろう。数カ月の工期で家は完成し、近所の大工が即席で造った、とでも書くつもりだったのか。流行作家が豪邸を建てました、というスタンスは、いかにも瞳らしくない。

しかし、思いもしなかった事態が発生して、当初三カ月で完成とされていた新築工事は遅れに遅れ、そのため、どうしても現代建築について書かざるをえなくなる。

ともかく、当初は書庫だけだったものが、キッチンもということになり、最終的に全面的な建て替え、つまり新築となった経緯は、「男性自身」に詳しい。

この計画が始まったのが、「壁に耳あり」だとすれば、一九六八年の四月ごろであろうか。

事情があって、いまアパートに住んでいる、と書かれているのが、「松葉牡丹」(246)だ。自宅から徒歩三分のところに都合よく、鉄筋コンクリート三階建ての団地のような集合住宅があった。のちに企業の社宅になったりして、いまも数棟を増築して、団地風のアパートとして機能している。当時はグリーン・マンションといった。市営とも思われないが、どうしてすぐに入れたのだろうか。

ともかく「松葉牡丹」は一九六八年の八月二十四日号掲載だ。私が自分の庭を失って三カ月経過していると書いているから、引っ越したのは五月ごろだろう。新築の基本設計が決まり、着工の日取りも決まったことを受けて一時的に引っ越したのだった。

瞳は、命懸けの厭戦家といわれるほど、戦争や平和についても何度も回を割いて書いていて、瞳にとって重要なテーマだが、家も、瞳にとっては重要なテーマだ。

よく変奇館について、特に現代建築批判ばかりしていると思われがちだが、それ以前の木造二階建ての家、元住吉の社宅、麻布の家など、ときどきの住環境について意外なまでにこだわりを持って詳述している。また庭についても、その庭の草花についての記事も多いのだ。

少し長くなるが、本文から引用する。「かにかくに」（２５４）の中間あたりだ。

――もうひとつは、こんなことを書くのはどうかと思われるが、甘えついでに書かせてもらうと、現在の私には大きな悩みがあるのである。

それをいま書くわけにはいかないけれど、私は、自分のことを私小説を書く男だと思っているのだけれど、私小説を書く男が真実を書けないのは辛いことであってそのことでも困っているのである。書けば他人に迷惑を及ぼす。いや、これまでも迷惑をかけることが再三再四にわたっているのだけれど、どこかに救いがあるのだと思っていた。私小説を書くということは、すでにして他人を傷つけることである。原稿を書いて発表するということは、すでにして一種の罪であることを免れがたい。私は、小説家は人非人であり、賤民であるという考えに立っている。石を投げられても仕方がない人種である。そういう覚悟はある。

しかし、今回の事件は、書くわけにはいかない。相手が弱い立場にいるからだ。そういう人を傷つけるわけにはいかない。書かなければ現状の説明が出来ない。そこで、すっかり参っているのだ。

他人には私が何を言っているのだか、さっぱりわからないだろうけれど、事実、そんなことになっている。

ほっと一息いれたいという気持と、事件から逃げたいという気分が重なっていた。(「かにかくに」)

なんの説明もなくこう書かれたら、読者は色々と憶測してしまうだろう。たとえば、文壇内部の揉め事。瞳の女性関係でのトラブル。妻、治子の神経症の悪化。あるいは離婚問題。もしかしたら、息子がなんらかの不祥事を起こしたとか。

ここまで書けないというのならば、いっそのこと書かなければよかったと思う。あの瞳をして書けなかったことがある。小説家として得がたい題材ではあった。しかし、瞳はあえて書かなかった。僕は、瞳が書けなかったことを、ここであえて書きたいと思う。

その事件とは有体《ありてい》にいえば、隣家との境界線争いだ。

当初、書庫を造るだけのはずが、全面的な新築ということになった。

H鋼で枠組みを造り、そこにシポレックスという発泡コンクリート製の四メートルかける一メートルほどの板を張り付けて、それでおしまい。工期はプレハブよりも早く、三カ月ほどで完成する予定だった。西側を半地下として食堂、台所、バストイレと僕の寝室にする。建ぺい率の関係でこうなったと説明されていたが、そうでもないようだった。

この半地下は問題の隣家と接していて、工法上、隣家の土地もかなり掘らなければならなかった。のちに塀を建てて、隣家側は元通り埋め戻すという計画だ。

当時、隣家の敷地は二百坪で半分が老朽化して使われていないゴルフの打ちっぱなし、あとの半分が廃屋同然の工場だか駐車場のようなものがあるだけだった。

つまり住人はいなかったのだ。公子さんもこの場所が使用可能と思い、半地下にするという発想を得たのかもしれない。

誰かが住んでいる住居があったら、その際まで二メートル近くも深く掘らせてくれ、とは言い出さなかっただろう。

ともかく、重機が搬入されて土砂の掘削作業が始まった。近所ではガソリンスタンドができると噂になっていたぐらいの大工事だ。

このころから隣の敷地の所有者である、仮にT夫人とする中年女性がたびたび現場に現れ、作業員に抗議していたらしい。

この現場の状況は瞳に知らされていなかったかもしれない。建築現場に近所の人が抗議に現れるなどというのは、職人さんたちにとっては日常茶飯事なのだ。

半地下部分が完成し、境界線に沿ってブロック塀が建てられ、隣家側の敷地が埋め戻されたとき、T夫人が実力行使にでた。深夜、組み上がったブロック塀を、我が家のほうの半地下部分に押し倒して破壊してしまったのだ。

差し渡し四間ばかりのブロック塀の上部三分の二ほどが我が家の半地下に崩れ落ちた。残った下三分の一ばかりの塀からねじ曲がった鉄筋が何本も顔を覗かせている。

くだけ落ちたブロックの幾つかは、室内にまで飛び込んだ。きれいに敷きつめられていたバスルームのタイルは飛び込んだブロックで無残にも粉みじんになっていた。

女の力じゃ、びくともしないはずなんだけどなあ、と現場の作業員があきれ顔でつぶやいた。あとでわかることなのだが、T夫人は隣接する五軒の家すべてと境界線争いをしていて、この界隈では有名だったのだ。

現在も西側の塀が未完成で継《つ》ぎ接《は》ぎだらけのように見えるのは、このときに残った下半分の上に上部をとりあえず継ぎ足したからだ。

作業は中断を余儀なくされた。この破壊活動は犯罪事件に近い。

T夫人が言いだしたのか、公子さんが提案したのか、瞳が了承したのか、この事態は裁判所に持ち込まれることとなる。

工事そのものも裁判の間、工事差し止めの仮処分となった。それは半年以上におよんだ。つまり、これが思いの外《ほか》、工期が延びた、の正体なのだ。

瞳は麻布中学時代の同級生である弁護士の増岡章三さんに弁護を依頼した。

のちに「牛丼の吉野家」が会社更生法を申請したさい、更生管財人として辣腕を振るわれるかただ。

T夫人の弁護士が、あの人が出てきちゃ、勝ち目はありませんや、と言ったらしい。彼女はそれを、山口は裁判所にまで裏から手を回している、と曲解した。

裁判は山口側の勝訴に終わるのだが、このことがあるので、T夫人は後々まで裁判所の判決なんか信用できないと言い張るのだった。

裁判はまれに見る山口家の一方的な勝訴となった。

母の死後、相続手続きの過程で、僕は念のため、知り合いの弁護士にこの裁判記録を見てもらった。

「いやあ、驚いたな。正介さん、半世紀近い弁護士生活で僕も色々と見てきたけれど、こんな百パーセントの勝訴なんか見たことないですよ」

とのことだった。通常は三対七とか二対八などと、敗訴の側にも多少の花を持たせるものらしい。

しかし、所有地を掘削し、長期にわたり占有していたことには変わりがないので、迷惑料として、確か二十万だか三十万円を相手側に支払ったはずだ。

ただし、これで終わったわけではない。

T夫人の抗議はその後も瞳が亡くなり、治子が亡くなる直前まで、ことあるごとに断続的に続いた。

最後の二回ほどは僕が相手をしたのだが、ひとしきり話を聞いたあとで、母に、「あいつよりは長生きしてくれよ」と、思わず叫んでいた。

それはともかくとして、この新築と工事差し止めの裁判の間、瞳は定期的に裁判所に出向いている。瞳は周りが騒がしくても書ける、とつねひごろ、言っていたが、これはそうとうにまいっただろう。

裁判の結果を信用しない、市役所の測量を信用しない、民間の測量を頼むと金がかかるといってやらない。この手のかたにありがちな症状はすべて揃っていた。

だから、グリーン・マンションに住んでいるころ、ちょうどいい機会だからもう少し足場のいい都心に近いところに引っ越そうか、と瞳は考え始めていた。

なぜ国立に住んでいたかといえば、僕の学校が近かったからだ。その学校も高校二年生となり、あと一年たらずとなった。高校生ならば都内から長距離を通うこともできるだろう。現に新宿あたりから通ってきている同級生もいたのだ。ところが、引っ越しすることにはならなかった。

「松葉牡丹」(246)では、「あたし、こんな町に住むのは死ぬほど厭なのよ」と言って、田舎町の生活を、あれほど嫌っていた治子が引っ越しに反対したのだ。

これだから女性はわからない、と瞳は思っただろうが、治子は、また一から人間関係を構築していくのが嫌だ、と言い張るのだった。

すでに、仏教彫刻の関頑亭先生や「繁寿司」の一家、町のタクシー運転手の徳さん、焼き鳥の「文蔵」などなど、寂しいときにも力になってくれる親しい人々ができていた。

近所の商店主たち、みんな顔なじみになっていた。こういう人間関係を築くためには体力と気力が必要だというのが治子の考え方だ。そして、その体力と気力がないから、ここにいて、隣家の執拗な抗議に耐えるという。

自分自身も神経症だから、T夫人の気持ちはわかるというのだ。そして、のちのちまでT夫人が抗議に現れるたびに玄関先で、相手の気が済むまで話を聞いてやっていた。しゃべるだけしゃべれば、気が済むのよ、と治子は言う。

瞳がのちに変奇館と名付ける新しい家ができてからしばらくして、空き地であった隣家の敷地には、二棟の賃貸アパートと奥にT夫妻が住む住居が建てられた。

しかし、二〇一〇年の年末ごろ、隣家のアパートも母屋も空き家になっているようなので、近所のT家とわりと付き合いがあった近所の奥さまに訊いたところ、T夫人は認知症の気味が出て、入院中だという。

それから数年して、隣家の敷地は建物が取り壊されて空き地となった。跡取りはいないと聞いている。どうなるのかと思っていたら、二〇一三年の五月ごろから未知の不動産会社が再開発をするのでよろしくと連絡をしてくるようになった。

母、治子は二〇一一年の三月十三日に亡くなっているので、僕はこの事態にひとりで対処するほかなかった。そこで一級建築士の友人や、この変奇館を増築するときに設計をしてくれたKさんに約三十五年ぶりに連絡を取り、色々と教えてもらったりした。

二〇一三年七月二十五日、T家に隣接する五軒の所有者が立ち合い、市役所の担当者、不動産会社同席のもと、土地測量が行われ、境界線の確定という作業が執り行われた。

隣家との境界線が正式に決着を見たのは、この日なのだ。

瞳が死亡して十八年、治子が亡くなって二年後のことだ。我が家が国立に引っ越してきてから四十九年の月日が経っていた。

こののち、一年ほどして土地は不動産会社の所有となり、六棟の建売住宅となった。

T夫人はそれに先立つ一年ほど前に死亡し、最晩年は三年ばかり特別養護老人ホームに入っていた。夫であるT氏はだいぶ前に亡くなり、身寄りもなかったということだ。

もちろん、我が家との境界線は壁の建っているところだった。不動産会社はほんの少し譲って旧T氏邸敷地内に新しい塀を別に建てた。とかくの因縁がある地所だけに後難を恐れたのだろうか。

その最終的な土地測量のとき、うちとは逆の西側でT家と接しているお宅のご主人と初めて口をきく機会があった。

「T夫人にはだいぶ、悩まされたんじゃないですか」と尋ねると、壮年ではあるが屈強な体つきのご主人は、昔を思い出すような顔つきになった。どうやらT夫人を覚えていないらしい。

「そういえば、引っ越してきてすぐ、一度だけ、なんだか、わからないことを言ってきたなあ。バットを持って、追っかけ回してやったら、それっきりこなかったけど」

つまり、そういうことだったのだ。争いごとを極端に嫌う厭戦家である瞳に、こんなまねはできなかった。

瞳は「相手は普通の人じゃないですか。僕が何か書いたら、ここに住めなくなります。だから僕は、この件については一切、書きません」と言っていた。

後年、僕が三十を過ぎて国立の人たちとも呑むようになったとき、知り合ったかたの奥さまからこんな話を聞いた。

「Tさんの奥さんとは親しいのよ。山口さんっていうのは、清廉潔白みたいなことを書いているけど、裏じゃなにするかわからない極悪人よって、Tさんが言ってたから、そうだと思っていたのよ。正介さんと知り合って、そうじゃないってわかったけど」ということだった。

こうして長期となってしまった工期のすえに変奇館は完成する。

その後、瞳は何度も、この現代建築について書くことになる。高橋公子さんからは、こんなことにかかずらわないで、小説家として別の題材を書かれたら、とやんわり釘を刺されるほどだった。

僕には瞳の考えがわかる。当初の目論見通り、工期が三カ月で済めば、おそらく近所の大工が変な家を建てちゃったよ、程度ですぐに次の話題に移ったと思う。しかし、長引いた裁判費用、その間のグリーン・マンションの家賃、結局は迷惑料として払わされた二十万だか三十万円の出費。

こうしたとき、瞳はこれを題材にしてエッセイを書き、元を取ろうとする。原稿料と相殺して、どっこいどっこいになれば御の字、という博打打ちの血が騒ぐのだ。

どう転んでも損はしませんよ、というせこい考え方か。

のちに書画の個展を催したときも、採算を考えていた。きちんと値段をつけ、勝算がなければやらなかった。デッサン、風景画も将棋も競馬も、普通の人ならば趣味の出費と考えるところを、必ず商売に結びつけてしまう。これも何かの才能だろうか。

1969年

だから年が明けても、まだグリーン・マンションにいる。

前年の十一月に精密検査を受け、糖がでていると言われ、十二月の再検査では、はっきりと糖尿病と宣告されている。本人はむしろ不定愁訴ということをしばしば書いているが、その内容は不明瞭なものだ。だから不定なのかもしれないが。

そのあたりのことを「病気」(268)で書く。

まだ四十二歳だ。腹違いの兄の生年月日の関係から瞳の誕生月をずらしたことを計算にいれると実質的な肉体年齢は四十四歳ほどだろうか。

それにしてもこの年齢で糖尿といわれるのは辛い。糖尿病は簡単にいえば、加齢が進むというものだ。瞳が年齢よりも老けて見えたのは、その老成した考え方とは別に、糖尿病の影響もあったと思う。

瞳が新居を建てるにあたって建築家に注文した条件は以下の通り。

「外から見た感じは倉庫、なかに入ると雨天体操場。全体として未完成の感じ。四本の桜を切ってはいけない。私は将棋を指すし、女房は三味線をひくから、やや広い日本間を一室。住んでみて懐かしいような感じ(コレハ無理ダナア)」(「新建材」(273))

でき上がった家は、ほぼこの通りのものとなり、不満はなかったはずなのだが、このあと瞳は現代建築を批判するようなことを何度も書いている。

そのころ僕は、深夜に泥酔した男からの電話を受けたことがある。

建築関係の者だという男は、彼女ばかりが現代建築家ではないと、かなり長い時間、抗議を続けた。まだ電話番号などが電話帳に公開されていたころのことだ。

日本間を造ることはできなかったが、その代わりに、二十四畳の広間の半分が毛足の長いカーペットとなり、和室のような使い方をして、将棋教室がここで開かれた。残りの半分は新素材というアスファルト製のタイル張りで革製のスリッパがあっという間にすり切れてしまった。この「新建材」の回の最後で、「かくして、外から見ると倉庫のような、内部は雨天体操場のような、全体として工事途中であるような私の家ができあがった」と、書いている。

グリーン・マンションから、新築なった新居に引っ越したのは、実に一九六九年の二月十六日（「蛙の面」（293））のことであった。続く「奇邸」（276）では、この新築なった自邸を〝奇邸〟と書いているから、まだ変奇館という名前はついていないことになる。三月十六日に、「家を建てるときや、引越しのときに世話になった人たちを招いて会を催す」（「老いぬれば」（278））ということになった。

瞳は昔から人を集めてパーティーをやることが好きだった。なにかというと自宅で飲み会を催していたのだ。

このころ、僕は高校の三年生であり、大学受験を控えていた。

選んだのは僕が中高と通った桐朋学園がその三年前、仙川に開設したばかりの桐朋学園大学短期大学芸術学部演劇科、というものだった。文科と音楽科のある女子短大に併設され、ここだけは男女共学だ。だから僕は最終学歴は女子短大です、と言っている。三月三日が試験日だったと記憶している。この短期大学と国立大学を同時受験する学生がいるはずがないというので、この日になったと聞かされた。

ここに父と僕の不思議な共通点がある。

小学校はふたりとも麻布東町小学校（僕は四年生の二学期までで転校したが）だ。中高はともに私学だった。

そして桐朋の演劇科は俳優座の養成所を大学として発展的に引き継いだものだ。この俳優座養成所の前身は鎌倉アカデミアの演劇科だ。

前田武彦、いずみたく、鈴木清順、高松英郎、沼田陽一、左幸子などを輩出した演劇科に瞳の妹、麗子も在籍していた。瞳と、のちに妻となる治子が文学科。瞳の兄、純は産業科に在校していた。弟の昭も在籍していたはずだ。瞳の父、正雄はこの大学校の出資者のひとりで理事長になっていた。

だから、僕は大学においても、瞳の後輩ということになるのだ。

息子が俳優のための学校に入るなどと言い出したときに、反対されなかったのも、いわば鎌倉アカデミアの後身であるからだった。

僕の受験理由は、桐朋高校から受験すると筆記試験が免除らしいという噂があったからだった。

面接会場で面接官のひとりだった安部公房氏に「お父さんは反対しなかったの」と訊かれた僕は、「父が僕のやることに反対したことはありません」と答えた。

同じく面接会場に並んだ校長の千田是也氏は遠縁だし、学長の生江義男先生は瞳の『けっぱり先生』のモデルとなるかただから、ガチガチの出来レース、有体《ありてい》にいえば、裏口入学のようなものだ。

四月から僕は大学生（短大だが）になった。

大学といっても新劇団のようなもので、朝から晩まで体操と発声練習に明け暮れ、一年生はさっそく上級生の試演会の裏方をやらされたので、早朝、家を出て、帰宅は連日、深夜となった。

このあたりから僕は父の日常生活とは離れたところで生活することになり、「男性自身」への出演（？）回数も減っていくことになる。

だから、この年に起こる、隣家との境界線争いとは別の某重大事件を僕は知らなかった。それについては、いずれ小説『人殺し』の解説のあたりで詳述できるかもしれない。

さて、旧居を解体するとき、庭にあった樹木は近所の人に引き取ってもらっていたので、新居には残した桜をのぞいて、庭木がなかった。

庭木が必要と考えた瞳は、「山へ行く」（282）で親しくなった地元の人と、そのために奥多摩へ行くことになる。同行したのはラビット交通の森本、アオヤギ、隣町のカニカン、居酒屋のジュニヤ、ドストエフスキーというあだ名の芸術家。瞳もここでは、「ドストエフスキーの説明は長くなるので割愛する」と書いているが、瞳ファンならば先刻ご承知だろう。ドスト氏こと、仏教彫刻家の関頑亭先生だ。

つまり、このころには瞳文学の主な登場人物は出揃ったことになる。

奥多摩の造り酒屋、澤乃井の小澤酒造の酒蔵まで出かけて、裏山に入らせてもらったのだ。そして、実生の雑木を二十本ばかりもらってきた。

これをアトランダムに植えたものが、変奇館の雑木林だ。

雑木と庭木の違いはどこにあるか。庭木は剪定を必要とし、高さも低いようだ。雑木は生長が早く、高くなり、始末におえなくなる。多少は樹木に詳しければ、庭に植えようとは思わないような種類だ。

ミズキはたちまち二階建ての屋根を超え国立で一番、背の高い木といわれるまでになった。

いつだったか瞳が庭に生えている樹木や草花の名前をあげたら、嘘だろうという投書があった。それはそうだろう。ともかく目につくものははじから買っては植えていたのだ。

また、そんなに種類が多いならば、さぞかし広大な庭園であろうというお手紙もいただいた。

しかし、その実態はわずか十五坪ほどのものなのだ。

その結果、生長した木はこの狭い空間に耐えられなかったのか、次々と枯死していった。一昨年（二〇一五年）の夏、とうとう、このとき瞳がもらってきた雑木の最後の一本が枯れた。それは幹がひと抱えほどもあるソロの木だった。


「やれやれ二十年」（288）。この年は結婚二十周年でもあった。

瞳の糖尿病はかなり重篤で、ちょっとお酒や甘いものを控えただけで、六十五キロの体重が一月たらずで五十六、七キロになったという。（「痩せる」（308））

実は、よほど悪いから、こんなに急速に痩せるのだと、今ならばわかる。

そういえば、父の顔がつるんとしたラッキョウのようになっていた時期があった。あれは一番、痩せていたときなのだ。当時は、まだそんなこともわからなかったのだろうか。

この時期、大借金をして家を建て、その分、仕事量も増やさなければならない、となれば、心労が病状を悪化させても無理はない。


「リンゴの唄」（290）。新宿の紀伊國屋ホールで岡本喜八さんの監督した「江分利満氏の優雅な生活」の上映会があった。

この映画は初演時に客の入りが悪く、瞳はパーティーなどの席上、この映画がはずれたので東宝は以後、サラリーマンものの映画を作らなくなった、と減らず口をたたくのが常だった。

のちにこの作品はカルト的な人気を集めて現在にいたるのは、ご存じの通り。急に歌いだしたり、アニメーションになったりする手法が新しすぎたのだろう。

直前まで川島雄三さんが撮ることになっていたが、急逝されて、岡本喜八さんに代わっていたのだ。だが、もしも川島さんだったらどんな作品になっていたか。

このとき、岡本さんと映画評論家の白井佳夫さんの対談があった。終わってから紀伊國屋の応接室で瞳も同席して茶菓が供せられたが、僕も同席した。

演劇学校で学び、映画に興味を持っていた僕を業界の人に紹介しようという親心である。意外に親馬鹿なのだった。


ところで、この年の「男性自身」には男女のことを書いたものが多い。「男と女」（２９１）、「女」（２９６）、「性革命」（３０６）などなど。

一穴主義で結婚二十年の山口瞳に、何があったのか。

「困ったわねえ」（３０５）でも少し、そんなことに触れている。ちょっと長くなるが引用してみよう。

「私の母のことでいうと、私が中学の三年生ぐらいになったときに、母が言った。

『素人の女に手をだしてはいけないよ。娘さんはいけませんよ』

これは、かなり奇妙な言い方ではないか。すくなくとも、私は奇異なものとして受け取った。私が、いまでもはっきりと記憶しているのはそのためであろうと思われる」(「困ったわねえ」)

実は、僕も祖母の静子から同じことを言われている。静子は僕が小学校の三年生の大晦日に亡くなっているから、それ以前の記憶だ。

しかも、この〝素人女に手を出すな〟には下の句があった。〝玄人女を泣かせるな〟、というのだ。

素人女に手を出すな。玄人女を泣かせるな。

これは家訓であると静子は言ったような記憶がある。

素人女のほうは、今の言葉でいえば、すでに死語かもしれないが、不純異性交遊のことだろう。玄人の女性は人に言えない苦労をしているのだから、それ以上、ひどい目に遭わせてはいけないということである。

そんなことであろうと、僕は解釈している。

だったら、どうすればいいんだよということになるが、連立方程式を解いてみれば、見合い結婚の勧め、ということになる。意外にまっとうな古い考え方であったのかもしれない。

しかし、この「困ったわねえ」の中で、瞳は、静子が自分の娘に対して言ったことも書いている。

静子はふたりの娘に日本舞踊を習わせ、それで身を立てるというか、プロの踊り手にしようとしていた。

実の娘に対して、芸のために結婚するな、と言う母親があるだろうか。その娘が結婚し、妊娠すると、静子は、流産しろと願った。子供は芸の精進の邪魔になるというのだ。

どこの世界に自分の孫が死ねばいい、と考える祖母がいるか。やはりかなり奇異なことだ。ところが、我が家の瞳たち兄弟姉妹はみんな無類の子供好きときている。

「プロと人殺し（承前）」（315）で、静子に「瞳さん、どんなヒドイめに遇《あ》っても、女を泣かせてはいけませんよ。泣くのは男だよ。サービス業の女を泣かせてはいけませんよ」と言わせている。やはり、瞳も下の段を聞いていたのだ。

山本周五郎さんに対する瞳の思いは複雑である。

瞳の山本周五郎さんへの敬愛ぶりはひと通りではなく、山本さんも山口瞳を高く評価されていた。しかし、会いたがっているという情報が伝わってきても、なかなか近づこうとはしなかった。

週刊誌の連載エッセイなどやめて小説一本にするべきだと、山本さんに思われていたからなのだ。もしも、実際に会って、面と向かってこのことを言われたら、瞳は、それを断ることができなかっただろう。そのことを予感していたので、会うことをためらっていたのだ。

「創作の秘密」（316）では山本先生の原稿を取ろうとして一計を案じたことにふれている。

サントリーのPR誌「洋酒天国」に、どうしても山本さんの原稿がほしいと思ったのだが、直接いっては魂胆があからさまで、断られることも予感できた。

そこで部下の編集部員を山本先生のもとに通わせ、ときどき商品のウイスキーを持たせたりして、懐柔しようとしたのだ。これを称して瞳は、「ひとごろし」と呼んでいる。自分も人を陥れるようなことをするのだと。

このときの若い社員というのは、のちに『「係長」山口瞳の処世術』(筑摩書房)などを上梓される小玉武さんだ。

この「創作の秘密」で瞳は「男性自身」の連載開始について書いている。

「いまから六年前の十月の半ば頃に、新潮社のNさんが会社に訪ねてこられた」(「創作の秘密」)

Nさんというのは名編集者といわれた新田敞さんだ。「週刊新潮」の見開きページにエッセイを連載してほしいというのが、その来社の目的だった。

また瞳はよく、週刊誌の連載は固定給のようなものなので、最低限の生活の保証になると話していた。そして、週刊誌の連載を持ったら会社を辞めなければならないと覚悟を決めていた。

小説というのは偉大だが、妻子を飢えさせてまでやるものではない、というのが、常識人であろうとした瞳の考えだった。だから、この連載の提案に対して、新田さんの目の黒いうちは連載打ち切りにしないでくれ、と懇願し、了承を得たのだ、としていた。

しかし、この「創作の秘密」においては、少し違うことを書いている。すなわち、このページはプロ野球の「今週のヒーロー賞」という連載記事のためのページだったと書いている。だから、この連載は、野球のシーズン・オフが終わるまでの短期連載という約束だったというのである。野球が始まるまでは五カ月間。連載ならば約二十回。それが終われば、親子三人が路頭に迷う、と瞳は考えた。

つまり、背水の陣を敷いてことにおよんだ、ということになる。

そうして連載は結局、一六一四回、一度も休載なしで続くことになるのである。

これに先立ち、新田さんは、瞳の直木賞受賞直後に「婦人画報」の編集長だった矢口純さんに面会を求めている。

いうまでもなく、矢口さんは酒場で誰彼かまわず絡んでいる瞳を見つけ、面白いから何か書かせてみよう、と自身が編集する「婦人画報」に「江分利満」を書かせたかただ。

この面会のことは矢口さんが、瞳の回顧展（一九九九年）が「くにたち郷土文化館特別展示室」で催されたときに配布された図録「くにたちを愛した山口瞳」に書かれたエッセイ、「『江分利満氏の優雅な生活』について」に詳しい。

日付を確認してみると、この十月半ばというのは、まだ「江分利満氏の華麗な生活」が連載中か、あるいは連載の終了が告知されたころだ。

このまま、続けて、「江分利満氏の瀟洒な生活」などという「優雅な生活」「華麗な生活」に続く第三の新連載が始まる可能性もあった。

そのあたりの兼ね合いを図ることと、矢口さんが発掘した新人作家を、こちらに使わせてくださいい、という筋を通すための面会だったようだ。

新田さんは見開きの読み切り短編小説を書かせようと思っていたらしいが、矢口さんが「文藝春秋」本誌の「目・耳・口」のようなエッセイがいいのではと持ちかけると新田さんは、我が意を得たりという顔をしたという。

結局、「江分利満氏もの」の第三部が「婦人画報」に書かれることはなく、「男性自身」への移行はスムーズに進行したということになる。

数字に弱い瞳の記述なので、あまりあてにはならないのだが、新田さんが矢口さんに「週刊新潮」連載の話をしたのが直木賞受賞直後だとすれば一月。新田さんが瞳に新連載の話をしたのがその年の十月ということになる。この間にさらなる色々な検討がなされたのだろう。

1970年

石原慎太郎氏と瞳が対峙していた。

場所は旧東京宝塚劇場の地下にあったレセプション・ルーム。もしかしたら大食堂だったかもしれない。それは文藝春秋が毎年、催していた「文士劇」の打ち上げ会場だった。

「文士劇」は有名作家が本格的な芝居をするというもので、直木賞を受賞した瞳も何度か出演した。

忠臣蔵の鷺坂伴内《さぎさかばんない》の役を振り当てられたとき、瞳が舞台で伴内のセリフを言っていると、楽屋のモニターで、その声だけを聞いた川口松太郎さんが、「今日の伴内は玄人かい？」と言ったというのがご自慢だった。

それはともかくとして、その日の打ち上げの席で、瞳は石原慎太郎氏から厳重な抗議を受けていた。瞳が「男性自身」の「語感」（324）に書いた内容が気に入らないのだという。

ご存じのように石原さんは長身だ。瞳よりは頭ひとつ、背が高い。ふたりの腹がぶつかるほど両者は接近していて、石原さんの顔が瞳の頭頂部を睥睨《へいげい》して威嚇していた。

「語感」の中で瞳は、安易な題名をつけるべきではないと書いていた。それは「風景」「四季」「季節」「出会い」などで、特に「灰色の季節」などというタイトルを見ると背中が寒くなると。

瞳は畏友である梶山季之さんを諌《いさ》めようとして、この文章を書いたのだった。梶山さんは流行作家になっていて、締め切りに追われ、瞳の目には安易な題名を粗製乱造していると映った。

これはいけないというので苦言を呈したのだ。しかし梶山さんが多用したのは「黒い……」

「赤い……」「青い……」などで、その数もこればっかり、というほどのものではない。そこで、瞳は「黒い……」「赤い……」では、あまりにあからさまなので、「……の季節」など、としたのだった。

この時点で、瞳は石原さんに『太陽の季節』という作品があることを、すっかり忘れていたのである。有体にいえば、特に気にしていなかった、ということになるだろうか。

しかし、これが石原さんのご勘気にふれた。

僕はこの広いパーティー会場の少し離れたところから、ふたりの様子をはらはらしながら見守っていた。自分が思っていることを書いただけで、悪いことをしたなんて思っていない瞳が、詫びをいれるはずもなく、二人の談判は決裂したようだ。

余談になるが、一九七〇年の四月の新学期から、僕は家を出て、学校のある京王線仙川駅前の安アパートに下宿している。

なんでも仙川で一番古い木造モルタル二階建てだそうで、一階が僕の四畳半をふくめて三部屋。それとくみ取り式の共同トイレがふたつ。二階には上がったことはないが、おそらく同じような間取りの四畳半が四部屋ほどだろうか。風呂はなかった。

演劇科の授業は熾烈を極め、学生が授業中にばたばたと倒れるという惨状だった。早朝から体操と発声練習、パントマイム、日舞に洋舞とくる。それに自分たちの課題の台本に沿った演技の実習。放課後は上級生の試演会の裏方に駆り出される。

生来、蒲柳《ほりゅう》の質であった僕がよく耐えられたものだ。しかし、柔軟体操と声楽、発声練習のおかげで三歳のときに罹患した喘息の発作が起こらなくなった。手放せなかった塩化エフェドリンの吸入器から解放された。それだけでもこの学校にきた甲斐があった、と感謝している。

しかし、二年生になり、授業の内容はさらに高度なものとなり、とても国立から通えないと訴えると、瞳は即座に快諾してくれた。

当時、瞳は不安神経症の妻を抱え、家庭争議の元となるような小説『人殺し』を書き、連載をたくさん抱える、〝流行作家〟だった。毎日、締め切りに追われていて、呻吟し、原稿用紙に立ち向かっていた。

このうえ、二十歳になる演劇かぶれで、一端《いっぱし》の芸術家を気取る息子などと同居していては仕事にならないと判断したのではないか。僕が家を出たいと提案したのは、渡りに舟だったのだと思う。面倒はひとつでも減らしたい、といったところだ。

母の治子には例の不安神経症がある。僕が家を出ることが決まると、母は、「パパがいないときは、帰ってきてくれなくちゃ嫌よ。治子、死んじゃうんだからね」と脅かすように僕をにらみつけるように言った。

治子の不安神経症について僕は、『江分利満家の崩壊』で詳述した。そちらをご参照いただきたいが、島尾敏雄さん原作の映画版「死の棘」を観たとき、主人公の妻の神経症が母にそっくりだったので驚いた記憶がある、というあたりでご想像願いたい。もちろん、母が松坂慶子に似ているという意味ではない。

だから、僕は下宿するようになっても、瞳が取材旅行に出かけるときは国立に帰っていた。のちに国立に戻るのだが、母は死ぬまで、発作が起きることを恐れて、ひとりでは過ごせなかった。二〇一一年の三月に母が死ぬまで、僕には門限があり、無断外泊ができなかったと言えば、驚かれるだろうか。

「啓蟄や」（333）に書かれているように、野草の摘み草の会をやめようと瞳が言ったときに、僕が反対したというのには理由があった。

下宿していて、山口家恒例の行事があるときぐらいしか帰宅できなかったのだ。瞳が留守のときは帰っていたのだが、これは意味が違う。

摘み草や月見の宴など山口家の宴会には、有名人を含めた瞳の友人、知人が出席して、楽しいから参加したかったのだ。

春の摘み草の会は動植物に詳しい矢口純さんの指導のもと、食べられる野草を摘んで、その場で調理するというハイキングであった。

このころは矢口さんも婦人画報社を退社されて、サン・アドの社員になっていたのではないか。春の摘み草の会はサン・アドの社員慰労会という意味もあった。サン・アドの社員も十名ぐらいは参加していた。最前線でコマーシャルを作っている人たちの話を聞けるのが勉強にもなったから反対したのだった。

1971年

三島由紀夫さんが自裁したとき、僕は仙川の桐朋学園大学短期大学部のロビーにいた。数人の同級生と演劇のエチュード稽古をしていたのだ。それは自主的な予習復習だった。同級生の一人が駅前に買い物にいっていた。その彼が、息せき切って僕たちのほうに駆け出してくる。

「大変だ、大変だ。三島が自衛隊に突入した。いま、テレビでやってる」

と叫んでいた。

僕らには、その意味するところがわからなかったが、何事か、ただならないことが起こっているということだけは察知できた。

校内に併設されている女子高校の用務員室にテレビがあることを思い出して、一同は駆け出した。

そのとき、もう用務員さんたちは中継を見ていたのか、それとも僕らが要求したのかは記憶にない。いや、あそこは、学生が入室を禁じられていたのではなかったか。それを押し問答のあげく、無理矢理、入り込んだ、という記憶がうっすらとある。

確か、バルコニーで演説している三島さんがアップになっていたと思う。演劇科の生意気な学生たちのことだから、声が聞こえないとか、スピーカーが悪いとか、もう一歩前にでないと姿が聴衆から見えない、などと声高にしゃべるが、半ばはそのあとに起こることを予感したように固唾を呑んでいた。

その中で、僕は一度だけ、三島さんにお目にかかったときのことを思い出していた。

瞳はこのいわゆる三島事件なるものについて、読み切りという禁を犯し、「なぜ?」(365〜371)と題して連続七回、年をまたいで書いている。その五回目で僕が三島さんに会ったことを書いている。

昭和三十九年の一月二日、瞳は直木賞受賞を受けて、はじめて川端康成さんの新年会に出席したのだ。

一時期、山口家と川端家はほとんど隣同士という、ご近所だった。瞳の妹が、川端さんのお嬢さんに日舞を教えていたのではないか。味噌醤油の貸し借りがあったとも聞いている。

治子は、「瞳さんは、あのころ川端さんのところの婿養子を狙っていたのよ」と、いじわるそうに笑うことがあった。

「なぜ?」の中にも書かれている通り、川端さんの新年会で三島さんは大広間ではなく、子供たちが集まっている、廊下を隔てた四畳半ほどの和室で過ごすことが多かったという。僕もここにいた。三島さんは先にいらっしゃったのか、あとからお見えになったのか、僕の隣に座っておられた。

——伜にいわせると、三島さんという人は剣道の達人なのだそうである。伜はチャンバラも刀剣などの武器も大好きだった。彼は三島由紀夫と赤胴鈴之助とを混同していたのかもしれない。
（「なぜ？（承前）」（369））

このときの僕は十三歳で、こまっしゃくれた食えないガキだった。赤胴鈴之助と三島さんを混同するほど純情ではなかった。

事態はもう少し複雑なのだ。

僕は三島さんに、近所の貸本屋で借りて読了したばかりの、さいとう・たかを作ならびに構成の『武芸紀行』について話したのだ。決して赤胴鈴之助ではない。

僕が定期購読していた「少年画報」で武内つなよしの『赤胴鈴之助』を読んだのは、まだ麻布に住んでいた、もっと小さいころだ。このころは『江分利満氏の優雅な生活』の冒頭にでてくる、元住吉の貸本屋で毎日、数冊ずつの貸本を読破していた。

ところで、『武芸紀行』とは、おおむね、こんな物語だ。

時は幕末。当時の実在の剣豪として知られる男谷精一郎や島田虎之助が登場する中、若き剣客たちが、立身出世と剣術の研鑽に励みつつ、決闘や果たし合い、道場破りをくりかえしていく。

その中で、剣禅一如というのか、活人剣というのか、心の道としての武士道を目指す、正義の剣士、鳴神鬼心《なるがみきしん》と、少年剣士であったころは、確かに赤胴鈴之助のように無垢で向上心にあふれた好青年、風吹波之進《かざぶきなみのしん》(こちらが主人公)が物語の最後で宿命的な対決をすることになる。波之進はたび重なる果たし合いの中で、次第に剣の道に疑いを持つようになり、机竜之助か眠狂四郎を思わせる虚無的な剣士へと変貌していた。

果たし合いの結果、生き残ってしまったということは、その都度、人を殺《あや》めていることになる。純真だったからこそ、波之進には、それが次第に耐えられないものになっていくのだった。僕は、正義の剣士、鳴神鬼心の風貌が三島さんに似ている、と話した。それは山口家に伝わる幇間《ほうかん》気質のなせる技だった。まずは、よいしょしたのだ。

それから、ふたりの剣豪の最後の対決シーンを、僕は仕方話《しかたばなし》で、初対面の大作家に解説し始めた。

「寒風吹きすさぶ、荒涼とした大地、丘の上に立った鳴神鬼心が、丘の下にいる波之進に、こう言うのです。『武芸者たるものの魂の道、剣なるものの心を聞こう』と。それに対して波之進が、『剣は悪なり! 魂の道、これ非道に通ずる』、と答える。これを聞いた鬼心は、『斬る！』と大喝するや、丘を駆け下って決戦が始まります。二、三合あって、一瞬相討ちかと思われる。『邪剣、敗れたり！』と鬼心が叫ぶ」

三島さんが膝を乗り出す気配があった。

僕はそのときになってあることに気づき、シマッタ、と思った。しかし、ここまで話してきて、嘘をつくわけにもいかない。

「相討ちではなく、正義の剣士は負けちゃうんだ」

鬼心の体は〝土ぼこり舞う大地に落ちた〟のに対して、〝いま一人の方は（中略）その場を去っていった〟（『武芸紀行』下巻）。

三島さんが、やや落胆する風であったといえば、記憶を捏造することになるだろうか。このあたりまで話したところに父が入ってきた。

「正介さん、帰りますよ」

お暇乞いするので、僕を呼びにきたのだ。

「いま、三島さんと劇画の話をしていたんだ。三島さんはさいとう・たかをも、ちゃんと知っていたよ」

父はそれを聞いて、

「なんだ、お前、劇画なんか読むのか。画面いっぱいに血飛沫が描いてあって、その横に大きくドバーッ！ってカタカナで書いてあるんだぞ」

父が漫画を読むことはないと思っていたが、多少のことは知っていたらしい。「血飛沫にドバーッ！」は表現として稚拙だとでも言いたかったのだろう。

それを三島さんは、ああ知っているよ、などとおっしゃる。

三島さんは、やおら右手の袖をまくり上げて、力こぶを作った。

「正介君、触ってみるか」

僕は恐る恐る、その力こぶをそっと押して「ほら、三島さんはちゃんと鍛えているよ。パパもやらなくちゃ」

と父に教え諭すようなことを言った。

三島さんは、それを聞いて、あの三島さん独特の、呵々大笑をなさった。

これが本当の、ことの顚末なのだが、それをそのまま書かないで、息子は三島さんと赤胴鈴之助を混同していた、と書くところに瞳の作為がある。

十三歳の男の子は、あくまでも子供っぽくなければ、エッセイにならないということだ。


そして、この日を迎えた。

僕は、用務員室のテレビで事件を目撃すると、その日は下宿には戻らず、国立の家に帰った。

家に着くと、食堂兼茶の間である半地下で、瞳はまだ興奮覚めやらず、といった風だった。

電話がひっきりなしに鳴り響き、不確かな情報や、当然のことながら、まだ活字にもならず、報道でも取り上げられないような噂話が次々と入ってくる。

新聞や週刊誌からのインタビューやらコメントを聞かせてくれという電話もある。瞳は文壇の友人、知人たちにも電話をかけ、情報収集に余念がない、という感じだが、その興奮は隠しようもなかった。

その日以降、今日にいたるまで、僕が三島さんの自決の話題がでるたびに思い浮かべるのは、ほかの人とは、少しばかり違うことだった。

丘の上で鳴神鬼心が波之進に問いかけ、叫んでいる。その姿にバルコニーの上で演説する三島さんの姿が二重写しになる。

「武芸者たるものの魂の道、剣なるものの心を聞こう」

鬼心の声が響く。

それから、「でもねえ、正義の剣士は結局、負けちゃうんですよ」と、三島さんに言った僕のあのときの軽率な発言が、頭の中でこだまする。

そこに父の言葉がかぶさる。

「おい、お前、血がドバーッ！　だぜ」

「変奇館日常（承前）」（386）あたりを読み通すと、この新居での生活もおおむね、安定してきているようだ。

関頑亭先生が〝近所に住むドストエフスキイという人物〟として登場する。この形で書かれるのは「男性自身」シリーズでは初めてではないか。

お向かいの彫刻家、今城國忠さん（作中では、まだお向かいのIさんだ）のところに出入りするみすぼらしい身なりをしたかたに、瞳はどうしたわけか親近感を感じて知り合いになるのだが、この人こそ、のちのち、ドスト氏として、瞳の作品の重要な登場人物になり、また終生、お互いが人生の師とするような友人関係を結ぶこととなる仏教彫刻家の関頑亭氏だった。

ほかの作品では、すでに詳述済みだったかもしれないが、まだ「男性自身」では謎の登場人物である。

「編集者の文章」（389）で初めて矢口さんと知り合ったころのことが出てくる。当時、「婦人画報」の編集長だった矢口さんが瞳に原稿依頼をするのだが、それがのちに「江分利満氏の優雅な生活」となる。最初の三回は連載ということではなく、単発としての依頼が三回続いたという形式だ。

つまり、最初はお試し期間だったのだろう。三回、書かせて、これならば安心して連載を任せられるということになったのだろう。さすがは矢口さん、新人発掘の腕は名編集長といわれる所以である。

「京自慢（承前）」（391）で、銀座の江戸料理「はち巻岡田」の店名を正しく表記しているのは、大変、めずらしい。後年の作中では「鉢巻岡田」としている例が多い。ちょっとした思い違いなのか、それとも、あえて文字を変えることによって、これはフィクションですよ、という言い訳にしているのか。あるいはアイデアマンである瞳が、こうしたほうがいいとサジェスチョンを与えているのか、そのあたりも、いまとなってはわからない。

「はち巻岡田」は昨年（二〇一六年）創業百年となった。銀座が焼け野原となり、震災後の復興を応援しようと、一番最初に暖簾を出した店として知られている。僕は一面の焼け野原というので、第二次世界大戦かと思っていたら関東大震災のことであった。

関西料理に席巻されている銀座にあって、あえて江戸料理という看板をかかげている。我が家ではアダ塩っ辛い、と言っていたが、東京の料理はいやというほど塩味が濃い。岡田の味付けも頭が痛くなるほど塩けがきつかったが、三代目の幸造君の代になってから、少しマイルドになったような気がする。

――死んだ日に、叔父は、十五分置きに叔母の名を呼んだという。（中略）
私が叔父から聞きたいと思っていたことは、第一に、私の父と母との結びつきだった。従ってそれが私の出生の秘密のことになる。第二に、私の幼年時代に、父がいなくなっていた時期があり、私はそれを父が外国に行っていた時だと聞かされていたけれど、私はそれを信じていなくて、その真相を知りたいと思っていた。私の推測は、父が事業に失敗して、逃亡していたか、あるいは責任をとらされて刑務所にいたかのいずれかである。叔父はいつか話してやると約束してくれていた。叔父は、お前は小説を書く男だから、お前にだけは本当のことを話してやると言っていた。（「心残り」（395））

このことは、後に『血族』『家族』というふたつの小説となって結実する。ただし瞳がこのときに取材したのは、この人ではなく、僧籍にあった、もうひとりの〝叔父〟だった。

——本当のことを知っているのは叔父だけではないけれど、私はこの叔父から話をききたかったのである。（同）

瞳はこの〝叔父〟には特別の感情を持っていたようである。そして、瞳は母方の親戚をみんな愛していた。優しく憎めず、明るい性格の人が多く、また粋でお洒落であった。

もちろん、瞳の母、静子もそうした性格を色濃く漂わせていた女性だった。

——「粋」に関する私の定義は〝どんな事態をも面白がってしまうこと〟であるが、叔父は常

に平常心を失わなかった。（同）

瞳はこの人を瞳の母、静子から弟と教えられていたが、本当は、いとこであった。この人は東宝系の映画館で支配人をしていたと、僕は聞かされていた。江東楽天地だったような記憶がうっすらとあるが、姿勢がよく、蝶ネクタイのスーツ姿だったら、豪華で瀟洒な映画館のロビーが、いかにも似合いそうな好男子だった。『世相講談』の第十話「栄華は廻る」に登場する人物が、この人だ。

父、山口瞳が書いてきたものを、この二年ばかり、ずっと読み返している。もちろん、この拙稿を書くためだ。興味深い事実や、知らなかったことに気がつくことが多かったのだが、ときとして、あまり面白くない真実を突きつけられたりする。

なぜ、瞳さんに将棋を教えてもらわなかったのか、という質問をされることがたびたびあった。

その都度、僕は「父は天才肌で、人にものを教えるのが苦手で下手でした」と答えてきた。しかし、どうやら、それは僕の稚拙で姑息な言い訳でしかなかったようだ。

僕は、瞳が得意とし、愛していた将棋、競馬、相撲、野球、また風景画や裸婦のデッサンなどを、まったく教えてもらったことがなかった。

特に将棋は、ごく初心者向きの六枚落ちを二、三番指すと、ああ正介さんには将棋の才能がない、と独り言を言いながら立ち去ってしまう。

相手が子供なんだから、三回に一回は負けてやって、自信をつけさせるとか、しかるべき指導があってもいいのではないかと思っていた。

ところが、「男性自身」の中の「教訓（397）」で、幼い甥に将棋を教えていたという箇所を読んで、あることに気がついた。

──私の甥が将棋をはじめた。弟の次男で、小学校一年生である。（中略）

甥の将棋には、なかなか鋭い所があった。

その日は私が六枚落ちを三番指して、二手か三手はヒントをあたえたにしても、三番のうち一番を甥が勝った。甥の勝った将棋には独創的なヒラメキがあり、私も、これは油断がならないぞと思った。そのことも、将棋を指しているときに行儀がいいことも、何番でも指したがろうとする態度も、他人の将棋を熱心に見ることも、私にとって嬉しいことだった。（「教訓（397）」）

瞳は教えるのが下手だったり、苦手だったわけではなかった。

彼は負けると泣いて悔しがり、必ず感想戦を行い、帰宅してから、今日のあの将棋はどこが悪かったのか、と折り返し電話してきた。そして、ときどき鋭い一手を指したという。

僕にはそのすべてがなかった。将棋とトランプのばば抜きを同程度の遊びとしか考えていなかった。僕には、鋭いところも独創的なヒラメキもなく、ヒントを与えても理解せず、集中力もなかったということなのだ。

このイトコは高校を卒業すると同時にボストンの美術学校に進み、そのまま現地にとどまり、アメリカ人と結婚している。彼から、珍しくメールがきたのは、今年（二〇一六年）の夏だった。

メールの内容は、ヒージー（彼は瞳のことを瞳伯父さんから略して、こう呼ぶ）の将棋盤をくれないか、という唐突で、簡単なものだった。五十を過ぎて、再び将棋に対する興味が沸いてきたのだという。

このメールによると、彼は国立の変奇館に二年間、毎月通い、小学校の二年、三年のときは東京都の小学生の部でベスト8に残ったという。

ところが、三年生のときに当時中学生か高校生だった真鍋一男九段に平手で指して、こてんぱんに粉砕され、将棋をあっさりと止めてしまう。これも山口家の血だろうか。

その四十二年後に、たまたまユーチューブで将棋を観たら、それが羽生善治九段が十八歳のとき、真鍋さんに負けた試合だったという。

現在、五十一歳で、あの羽生さんでも若いときは真鍋さんに負けたのだと思い、将棋熱がにわかに復活したとのことだった。そして、地元ボストンで将棋クラブをつくり、帰国するたびに将棋連盟に出向き、自分のクラブを日本将棋連盟ボストン支部にしたいと申し入れているという。だから、それなりの将棋盤が必要となったのだ。

あのころ、応接間の一角に積み上げられていた五、六面の将棋盤は、参加していた人たちが持ち寄ったもので、教室がなくなると、皆さんが持ち帰った。

わが家にも当然、瞳のものがあったのだが、瞳の死後、しばらくたつと、母、治子が売却してしまった。治子は、突然、思ってもみなかったような行動にでることがある。この売却騒動もそのひとつだった。場所塞ぎの将棋盤を処分して、生活費にあてたかったようだ。

ある日、業者がやってきた。治子の心づもりでは、あの作家、山口瞳遺愛の品ならば、数百万円になると、算段していたようだが、提示された金額は数万円、という予想外のものだった。

その程度なら、断ればといいものを、そうなると、今度は、遠くまでわざわざきてくれたのに、無下にもできない、という風に心が動いてしまうのが、治子の特徴だった。業者は、将棋盤と駒台、それに将棋の駒を何セットか、持ち帰った。のちに聞いたところでは、神保町のさる古書店に出品され、即日完売であったという。

その後、一時期は将棋連盟九州支部の展示コーナーに飾られていたという噂もあるが、いまはどうなっているのだろうか。

だから、イトコに譲りたくても、もう品物そのものがなかったのだ。

実をいえば、母のあまりの行動に、あきれた僕が、板盤一面と、もっとも使い古された、つまり瞳が愛用したと思われる将棋の駒一組を残してもらっている。

僕に関していえば、将棋のみならず、競馬について同じだった。

国立に引っ越してくると、すぐに瞳は府中競馬場に通いだし、妻の治子と、まだ中学生だった僕を連れていくこともあった。

「正介さん、次のレースは何がくると思いますか」と父が僕に訊ねた。

もちろん未成年者が馬券を購入することはできない。瞳は生まれて初めて競馬の予想をするビギナーズラックに期待したのだろう。

僕は迷うことなく、あの先頭にいる白い馬、と答えた。

これはレースに出る競走馬をパドックから馬場に誘導するために発走馬の誘導をしている白馬である。乗馬服もオリンピックの障害馬場レースの騎手のように正装している。

このときも、瞳は、「ああ、正介さんは競馬の才能もないか」と嘆いてみせた。

僕に、なんらかの才能があれば、瞳は持てる知識のすべてを、惜しげもなく与えてくれたはずなのだ。そんなことに、父親の没年齢と同い年になってから気がつくとは、情けなくなる。

「鱲子綺談（承前）」（４０１）に梅崎春生さんとの付き合いを詳しく書いている。

僕が気になったのは、瞳が「洋酒天国」で〝戦後は遠くなりにけり〟という特集を組んだとき、「山口君、戦後は遠くなっていませんよ」と言って諌めた先輩作家が誰だったかという点だ。それは梅崎さんだった。

軽率がつきまとう、というのは瞳の常套句だが、このときも、瞳はギャフンとなったはずだ。この件に関して「男性自身」のこの回ではあっさりと書いているが、かなりのショックだったと思われる。

コピーライターとして、かなりいい出来のキャッチ・コピーができたとご満悦だったのではないだろうか。この、戦後は終わったという感慨から、何かをものにしよう、という思いが深かったと思われるからだ。小説の構想もあったかもしれない。それを一発で否定されてしまったのだ。

「男性自身」の連載もこのころになると、友人、知人が実名で登場する機会も増えてきた。よそに書いたものに登場する人物も説明なしで何々さんと会ったとか、誰それさんと食事をしたと書くようになってきている。

つまり、自分の読者は「男性自身」に限らず、自分の著作には一応、目を通しているだろう、と判断したのではないか。瞳の知己はすでにして読者が共有している知り合いでもある、というようになってきた。

「鱲子綺談（承前）」（406）では陶芸作家の辻清明さんと、ドイツ文学の高橋義孝先生。「秋の日」（412）では作家の梶山季之さんや、北上書房の間室さんが、ごく普通の登場人物として描かれている。

それなのに、「鱲子綺談（承前）」（406）ではあいかわらず、〝私と夏子と庄助〟となっている。

3「男性自身」（1972〜1975年）

1972年

「男性自身」の連載も九年目に入り、この章は一九七二年から一九七五年までとなる。

この時期の特徴は、僕が国立にいないということだ。つまり、瞳と治子は多くの時間をふたりで過ごしていた。

息子の事情などたいした問題ではないのだが、この期間にたびたび〝三田のアパート〟ということが出てくるので、少しまとめて書いておいたほうがいいかもしれない。

京王線仙川駅にあった桐朋学園大学短期大学部の二年目から、僕は学校の前のアパートに下宿していた。そして卒業後も二年ばかり、そこに住んでいた。

卒業とほぼ同時に六本木の自由劇場を拠点とする演劇集団に押しかけ丁稚《でっち》奉公していたのだが、ご多分に洩れず、今の言葉でいえばブラック企業で、公演初日が近づくと、劇場に早朝五時集合、二十六時解散などという過酷な労働を強いられ、とても通いきれなくなった。

そこで母に相談すると、おそらく父に相談したと思うのだが、我々が都心に出たときに泊まれるような部屋だったら借りてもよい、ということになった。

最初に見つけてきた原宿に近いワンルームマンションに母を案内すると、不潔だ、と言って拒絶されてしまった。母は名のある不動産会社が経営する、それなりの定評がある物件でなければ、だめだと言い出した。

その結果、大手不動産の担当者が、「お望みの条件に合う物件があります」と言って勧めたのが、三田の東急アパートメントだった。

一九五七年竣工というから、築十五年ほどで、やや老朽化した建物だったが、芸能人が多く住んでいるとか、日本最古のマンションとかいう惹句《じやつく》が治子の琴線に触れたようである。

瞳も書いているように、かつての山口家の在所にも近く、山口家が贔屓《ひいき》にしていた和菓子屋「大坂屋」も徒歩数分だ。

僕にとって六本木の劇場まで歩いて行ける距離というのも便利だった。税金対策という意味もあって、僕にも秘書のような役職が与えられ、この三田のアパートメントを事務所として、書生と留守番、のちに運転手という役目を仰せつかることになった。

最初はワンルームだったが、少し広い部屋に移った一九七三年の夏ごろから、瞳と治子はこのアパートメントと国立を半々ぐらいの割合で暮らすことになる。

このころ、瞳は『人殺し』を上梓し、プロの将棋棋士との『血涙十番勝負』や、新聞連載小説「けっぱり先生」など、旺盛な作家活動が続く。交際範囲も広がり、お酒を飲む機会が増えていく。いま、まとめて読むと公私にわたり生活が尋常ではないことがわかる。

僕の祖母の静子、つまり瞳の母が亡くなってから、十二年経って、「十三年」（420）が書かれた。静子の十三回忌を書いているのだが、それは瞳の自宅、変奇館で執り行われた。次男である瞳が母の法事を差配することを、同胞《きょうだい》、親戚の誰もがそれを当然と思い、菩提寺の住職も変奇館を見たい様子だったという。

当時の山口家の親族は仲がよく、また集まるのが好きだった。変奇館での法事は、なかば当然のことのようにして決まってしまったようだ。

静子の教育方針で子供たちはみんな長唄を習っていた。瞳のふたりの妹は花柳流の名取である。法事はごく自然に長唄の合唱やら、居間の中央で叔母がちょっとさわりを舞ってみる、などということになる。

「母への供養といった意味あいがあるが、私は、その日は文楽の『寝床』の真似をして騒ぐという馬鹿なことをやった」という仕儀となり、喉をからしてしまう。

422回から425回まで続く「暮、正月」を読むと、そのころの瞳の元旦の宴会の様子がわかる。これには、いつもお世話になっているかたがたへの恩返し、という意味があった。お世話になっているかたがたというのは、担当編集者であり、町の職人衆やら、駅前のタクシーの運転手などなど。酒肴を用意し、さらにしかるべきタレントを配して余興をお見せする、という次第になる。

タレントというのは、僕や僕のいとこたちだ。歌ったり踊ったりと、精一杯のサービスをした。もともと芸事は好きな一家だ。

また、将棋の棋士、競馬の騎手と、仕事でお世話になったかたがたも見えられた。

当日、現れたのは延べにして六十人ほどだろうか。変奇館の二十四畳ほどの応接間があったからできたことだ。

瞳は、この中にあって、上座にでんと腰掛けている、という風ではなかった。銘々に酌をし、空いた小鉢を片づけ、台所から刺身の大皿を運ぶ、徳利を運ぶ、子供たちにはおもちゃとお年玉を配り、と休むまもなく、家中をあっちへ行ったり、こっちへ行ったりしていた。

この元旦の写真を見ると、魯山人の徳利や盃が惜しげもなく使われている。

我が家の食器がほとんど北大路魯山人の作品であったことは、瞳も色々なところで書いている。しかも、その扱いは生活雑器というか、ぞんざいなものだった。僕は、戦後、祖母の静子が開こうとしていた骨董品の店の売れ残りではなかったかと推理している。

「わからないこと」(428)を読んだら、瞳が同じようなことを書いていた。

僕の推理が当たったわけではなく、なんのことはない、当時は劇団の仕事で忙しかったとはいえ、「男性自身」ぐらいは読んでいたのだろう。それが潜在意識に刻まれたということだ。

父に、なぜおばあちゃんは魯山人を知っていたの、と聞いたことがある。父の答は、面白そうな人がいると、紹介者もなく、いきなり訪ねてしまうのだ、というものだった。

魯山人を一窯すべて買うというから、どんな金持ちかと思われるかもしれないが、そのころ、山口正雄は没落していた。一家は骨董品の店を始めて糊口をしのごうとしていたと思われる。

静子が始めた骨董品の店は、確か、「大仏屋」といったと思う。そこの仕入れとして魯山人を一窯、買ったのだろう。

あの人間嫌いで癇癪《かんしやく》持ちの魯山人に静子は一度で気に入られたというが、静子の性格として、その一窯を値切らずに、言い値で買ったはずだ。

それでは、商売っ気もあったという魯山人が相好《そうごう》を崩すのも無理はない。歓待されたことだろう。

武家の商法とでもいえる静子の商売はうまくいくはずもなく、骨董品の店は大量の売れ残りとともに閉店した。あるいは、朝鮮戦争でひと息ついた正雄が麻布に戻ることに合わせて、店をたたんだのかもしれない。

大量にあった魯山人の作品も、瞳のふたりの妹と、弟が結婚して家を出るたびに、分け与えられている。瞳の兄のところにもそれなりのものが分けられた。

最後まで親と同居していた瞳に残されたものは多くない。それでも織部の取り皿や、粉引きのご飯茶碗、鯛を象《かたど》った箸置き、赤絵の徳利と盃などは残っていた。

それを治子が台所の流しで、しょっちゅう割っていた。

魯山人の作陶は、味よく仕上げるために、焼きが甘いことでも知られ、簡単に割れてしまう。固く焼き絞め、なおかつ味よく焼くのがプロの陶芸家の腕の見せどころなのだが、魯山人は、その道を選ばなかった。魯山人の市場価格がかつては低かった理由である。

料亭に卸すものは、割れたら何度でも取り替えますよ、という商売をしていた。

鯛を象った箸置きを、骨董品の店の店頭で、よく見かける。我が家にあったもののほうが、出来はよかったと思うが、最後までひとつだけ残っていた箸置きも、祖父の正雄が入院中に付き添いの中年女性に、惜しげもなく、あげてしまった。

治子が貧弱な食器では食事も楽しくないだろうと象牙の箸とともに病室に持ち込んだものだ。

「おじいちゃん、あの女と結婚の約束でもしているみたいよ」と治子が言っていた。

赤絵の猪口もひとつだけ残っていたのだが、瞳が、親交のあった陶芸家の辻清明さんに差し上げてしまった。もしかしたら作品との交換だったかもしれない。最近、銀座の骨董品店に、ほぼ同じものが一点、十八万円で出ていた。

「北大路魯山人展」を見た治子が、「私、何百万円も割っちゃったのね」と言うのは、「魯山人」（434）である。不良在庫として山のように残っていたのだから、静子の心情としては、半ばは不愉快に思い、使っちまえ、使っちまえ、ということだったのだろう。

どんなに貧乏しているときも、食卓の上だけは「星岡茶寮《ほしがおか》」か「福田家」のようだった、と瞳は書いている。

醤油やマヨネーズなどにいたるまで、必ずプラスティックの販売用容器から、しかるべき器に移して供されていた。それが山口家の矜持だったのだ。しかし、いわゆる書画骨董には目もくれなかった。

意外にも、演劇について、といっても興行形態について書いているのが、「私の夢」（432）だ。

僕が小劇場に関係していた時期なので、昔の夢を思い出したのか、それとも僕に対してアイデアを出して、叱咤激励するつもりだったのか。

田舎のストリップ小屋で稽古場公演のようなものを開催し、有名演劇評論家を招待するというアイデアだ。

これは話題になるよ、というのが瞳の主張だ。上演予定の演劇の内容に触れていないのも、瞳らしい。

発想自体は唐十郎さんやつかこうへいさんの方法論に近い。やはり、のちに文学賞を受賞するような人とは考え方が似てしまうのだろうか。

ストリップ小屋だから照明機材や楽屋が完備している、という考え方は正しいと思う。しかし、当時は新劇を学ぶ多くの若者が良家の子女で、ストリップというだけでアレルギーを起こしてしまいそうなことや、ともかく制作費がないので大都会から多くの評論家を田舎町に招待するということもできないだろう。


――男は外へ出ると七人の敵がいるという。私のようにものを書く人間には、七人がその七倍になって四十九人の敵がいるように感ぜられることがある。実際に、この人がと思われる人に憎まれていることを知ったりする。（「夜来の雨」（433））

せんだって、ちょっと身分不相応なお食事会に出席せざるをえないことになった。

当日、受付で席ができるのを出席者一同と待っていると、初対面の﨟《ろう》たけたご婦人が、今日は山口瞳さんのご子息がお見えになるというので、まかり越しましたのよ、とおっしゃる。ぜひ、ひと言言いたいことがあると言われるのだが、また、父について書いてくれとか、父の書画を貸してくれなどという申し入れでもされるのか、少しばかり面倒だな、と思った。

あにはからんや、着席してビールで乾杯をするのももどかしく、彼女が口を開いた。

「父は、生涯、瞳さんを恨んで死んでいきました」

うーむ、そちらのほうか。これは困ったことになったと思ったが、顔は笑っている。そのかたのお父様のお名前は、稲垣史生《しせい》とおっしゃる。瞳と同じときに直木賞候補となり、落選なさったかただ。

これが恨みの原因だ。

「でも、そのお蔭で、父は天寿をまっとうすることができて、時代考証家という天職にも恵まれたのです」

と、続けられた。

なるほど、明治四十五年のお生まれで平成八年に亡くなられているから、ご長命ということになるだろう。

「ああ、稲垣先生ですか。僕も時代劇を書こうとしたことがあり、ご著書を読ませていただいています。それならば、ジャンルがぶつかる杉本苑子さんのほうを恨まれていたのではないですか」

と申し上げたのだが、そういえば杉本さんが父を恨んでいるという噂を聞いたこともある。ふたりは直木賞を同時受賞したのだが、話題がふたりに分かれてしまったこと、賞金が二分割されてしまったことで、杉本さんは、恨みがましいことを言われていたらしい。

瞳の歯が悪いことは有名で、サントリーの入社のための面接に際しても、君の歯はなんとかならないのかと言われたそうだ。

畏友であり、何事にも一家言ある伊丹十三さんに歯医者を紹介してもらった。それが「歯痛」（437）に出てくる小谷歯科だ。伊丹さんはここで定期的に歯石をとってもらっているという。ジャリジャリとびっくりするほど大量に歯石がとれるのね、と例のシニカルな笑いを浮かべながらおっしゃっていた。まだ一九六〇年代だから、やはり先見の明があるというか、進んでいるというべきか。

「男性自身」では都内の有名ホテルの地下、となっているが、これはホテルニューオータニである。一流ホテルの中だからといって、料金がその分、高かったりするわけではない。むしろ客商売である従業員のための福利厚生のためにある。また、宿泊客の急な歯痛や虫歯治療のため、施術が迅速であるという特徴もあった。

明日、一番の飛行機でニューヨークへ行く旅行客を一度で治療するというような技術を持っている。

「この前も、アフリカの大金持ちが宿泊して、全部、金歯にしてくれというのですが」と小谷先生が治療中の瞳に言ったそうだ。「それはそれでいいのですが、一本も虫歯がないのです。歯と歯の隙間に金を詰めてくれと言うのです」

瞳にしてみれば、うらやましい話だ。

「それでどうしたのですか」

「お断りしました」

連載456回から四週にわたって「博奕考」を連載している。僕は母に似て博才がないのだが、瞳の博奕に関する考えは、ここで詳述されている通りだろう。

しかし、それとは別として、瞳は自分でも説明のつかない才能を持っていた。瞳の勝負事に関する才能は、一種異様な天才的なところがあった。

たとえば、テレビのクイズ番組で、五人の視聴者が回答者となって争うような番組があるとする。瞳が当てるのは、クイズの答えではなく、この日の優勝者なのだ。会場に回答者が入ってくるとすぐに、今日は何番の優勝です、などと言う。そして、それが本当にそうなってしまうのだ。

だって、顔を見ればわかるじゃないですか、とわからないほうが不思議だという面持ちで、つまらなそうにしていた。

そのあたりの面目躍如というのが、「超能力」(539)である。

このころ、超能力を持っていると称する少年が現れ、マスコミがこぞって取り上げた。その間にあって、マスコミ関係者は少年を銀座のバーなどへ連れ回していた。

酸いも甘いもかみ分けた歴戦の人間通である作家やジャーナリストが、いんちきなトリックに苦もなくだまされている、と瞳は感じていた。

スプーンを曲げるなど、意味のないことは嫌いだったのだろう。自動車事故などを未然に防げなければ、本当の超能力とはいえない。

瞳は、みんなが少年の超能力に感嘆しているとき、少し離れたバーのカウンターで、スプーンとスプーンをこすり合わせて、自分では磁力が派生したと思い、「持っていたスプーンを別のスプーンに近づけると、すでに磁力が生じていて、別のスプーンを自由に動かすことが出来た」（「超能力」（539））ということになってしまった。

少年は瞳が実験の場に同席することを拒んだという。本物の超能力者に見破られるのを恐れたか。まさかね。

野球の中継をテレビで見ていても、次の球種を投げる前に言い当ててしまう。

「外角高めのスライダーで軽く当てさせて、ゲッツウ狙いか」などと面白くなさそうにつぶやく。

テレビでは解説者が、「彼の得意な球種はシュートです。ここは一番、内角をえぐるような投球を見たいですね」、などとしゃべっている。

その直後、事態は瞳の予言通りになる。

ふたたび、テレビの解説者。

「いやあ、ここで外角高めのスライダーですか。ゲッツウを狙ってくるとは予想外ですね。いつの間に、こんな高度なことを覚えたのでしょう。いや、勉強してますねえ」

などと、驚いたように解説している。

なんでわからないのかなあ、と瞳はあいかわらず、つぶやくばかりだ。

こんな場面ばかり、隣で聞かされるので、僕はすっかり野球に対する興味を失ってしまった。

ところが、最晩年というには早すぎる六十代の半ばから、瞳の予想が当たらなくなってきた。理論的にデータを分析するような馬券はあいかわらず当たるのだが、自分でもどうして当たるのかわからないような、分析ではない理由で当てていたものが当たらなくなった。それを端で見ているのは、息子として辛かった。瞳の老いを感じたときといってもいいかもしれない。


瞳には中学生のころ、家庭教師がいた。そのころ東京大学の学生だった樫原雅春さんというかたで、のちに文藝春秋に就職して編集長から重役にまでなる方だ。

どうして樫原さんが家庭教師になったのかはわからないが、瞳を麻布中学に通わせ、家庭教師を雇うほど、正雄の事業が一番うまくいっていたころだ。

「映画の今日」（460）にある、「舞踏会の手帖」や「外人部隊」を勧めてくれた知り合いの大学生というのは、おそらく樫原さんだろう。

また、麻布中学の同級生で太宰治の存在を教えたのは、のちに文芸評論家となる奥野健男さんではなかったかと、僕は思っている。

瞳は意外に、このあたりのことを正確に書かない。だからといってフランス映画も太宰治も自分自身で見つけた、とは書かないところも瞳なのだ。

1973年

このころの瞳の、常軌を逸した一日を見てみよう。

「春宵一刻」(487)。朝起きてみると、家の中の一番広い部屋で、将棋の佐藤義則五段(当時)が寝ていた。瞳自身は宿酔《ふつかよ》いである。前日、何があったのか。

将棋の名人戦第一局の二日目が羽沢ガーデンであり、シナリオライターの安倍徹郎さんと渋谷の「東横のれん街」で寿司の折り詰めを買って差し入れにいく。

午後一時から東京プリンスホテルで競馬の騎手、中島啓之《ひろゆき》さんの結婚式があり、四時半から東京ステーションホテルで高橋義孝さんの次男の湛さんの結婚式。

ふたつの結婚式に出席して、ステーションホテルの宴会場を出ると羽沢ガーデンに取って返し、真部一男四段(当時)と佐藤五段がいたので、ふたりを誘って新宿へ飲みに行く。

そのうち、また高橋先生に会いたくなって三人で押しかける。日が変わるまで飲んでいたのだろう、翌朝、我が家で佐藤五段が寝ていたのは、そんな理由からだった。

かなり特殊な一日であったが、しかし、これは典型的な流行作家の姿であり、決してたまのことではない。こんな過酷なスケジュールと過剰な飲酒が連日続いているのだ。これでは体がもたないだろう。

そのしっぺ返しは、しばらくあとで、やってくる。


この、「男性自身」は身辺雑記であり、そのほかの場所でもエッセイをたくさん書いている。自分のことを赤裸々に書いているのだが、瞳が幾つかあまり触れていない時期がある。ひとつは軍隊の中でのこと、中学時代のこと、賭場に出入りするようになった経緯、そして軽井沢の別荘のこと。

と、思っていたら、「軽井沢」（４９６）でかなり詳しく書いていた。

当時の僕は、やはり演劇活動に時間と気を取られていて、読んだはずだったが記憶に残らなかったのだろう。

日本交響楽団（のちのＮＨＫ交響楽団）を聴きにいった日比谷公会堂のロビーですれ違った美少女と、数日後に軽井沢の並木道ですれ違うなどというのは、実際にあったことだが書きにくい、というようなことをどこかに書いていた。

瞳の筆力をもってしても、厭味にならず、きざにならずに、この出来事を書くのは難しかったのだろう。

だから書いていないと思っていたら、ここに書いていたことを改めて知った。といっても別荘の外観を描いているだけなのだが。

僕が聞かされていたのは、それだけでも、大変なものだが、別荘には新潟から移築した藁葺き屋根の農家があり、敷地内に川が流れていた、というぐらいのことだ。

不動産会社の箱根土地の分譲地であり、最初は五百円別荘というものだったが、正雄が買い足して、最終的には六千坪あったと書いている。

僕は、戦後、もうこんな別荘に住めるような時代はこないだろうと思い、体の悪い友人に保養地として譲った、ということを聞かされていた。

ただし、この別荘について僕に話したのは母だ。瞳は決して、この別荘のことを話そうとはしなかった。

そこに、瞳の、「軽井沢」に書いたアンビバレンツな感情が隠されているのだろう。

戦争末期、瞳は早く徴兵されるようにと大学をやめた。在学していても、結果はたいして変わらなかったと思うが、自分の気持ちが許さなかったのだろう。

そうして瞳は、この別荘で、クラシック音楽を聞き、永井荷風や佐藤春夫を読みながら、赤紙がくるのを待っていたのではないかと、僕は憶測している。

1974年

小久保のばあばあのことを思い出すのは、辛い。

こんな風に再会したくなかったと思ったのは、「ばあばあ」(524)を再読したときだった。両親を亡くしたとき以来、初めて号泣してしまった。

そんな個人的な感想を述べてもしょうがない。事実関係を少し書いておこう。

麻布に住んでいるころ、ひとつ屋根の下に十余名が一緒に暮らしていた。祖父母、両親、伯父夫妻、叔父夫妻とその息子、嫁入り前の叔母、叔父の商売仲間のKさん、そしてじいじいとばあばあ。

嫁いだ叔母も三人の子供を連れて、しょっちゅう遊びに来ていた。そして祖母の弟とそのふたりの息子もほとんど毎日、遊びにきていた。そういえば、九州の佐賀から遠縁の女性が行儀見習いでお手伝いさんとして住み込んでいたはずだ。

瞳が、小説『血族』を書くにあたり取材を始めると、小久保家が、祖母の静子の生家である「藤松楼」の隣の同業者だったことがわかった。

僕たちに理由はわからないが、藤松楼が店をたたんだときに、一緒に廃業したらしい。あるいは金銭が絡み、藤松楼に非があったのかどうかは、はっきりしないが、祖母は責任を感じていた。一生、小久保夫妻の面倒は見る、と決意していたようだ。

ばあばあとじいじいが老人ホームにいったのは、「男性自身」に書かれたように、正雄の没落のせいではなく、静子の死のあとではなかったろうか。たしか、静子が死んだ日には、ふたりはまだ麻布の家にいたと思う。

静子は、僕を膝に乗せて朝御飯を食べているときに、脳溢血の発作を起こし、そのまま他界した。直後に泣きじゃくる僕を抱きしめて慰めてくれたのは、母ではなく、ばあばあだったと記憶しているのだ。

僕と母が老人ホームに付属している病院に着いたとき、実は、ばあばあはまだ生きていた。人工心肺で生かされていたのだ。

これはもう時効だろうから書いてもかまわないと思うが、医師が母に、スイッチを切ってもいいかと承諾を求めた。そのとき、母は、僕に、もういいわよね、というようなことを言った。一九七三年十一月十五日六時三十八分、死亡。八十二歳。

鎌倉に住んでいたころ、斜め向かいだった川端康成さんが、ばあばあに興味を持ち、話を聞きたいと何度かおっしゃっていたという。けだし炯眼《けいがん》である。

川端さんの小説『山の音』の中に、数カ所、小久保のじいじいらしき人物が登場する。

「『雨宮さんのおじいさんが、とてもテルのことを心配していらっしゃるのよ』（中略）雨宮というのは、テルの飼い主の隣家だが、事業に失敗して家を売り、東京に越していった。雨宮のところに老夫婦が居候して、うちの小用も足していたが、東京の家は手狭だから、鎌倉に残されて、間借りしていた。その老人を雨宮さんのおじいさんと近所では呼んでいた」（『山の音』川端康成・著）

雨宮とは山口家のことであり、おじいさんというのは小久保のじいじいのことだ。

『山の音』の中では、東京に引っ越した雨宮家の事業が順調で、増築したからおじいさんを再び引き取ることになる。おじいさんは引っ越しの挨拶に川端家に寄る。

「そうだろうね。商人はさっさと家まで売って出直すと、またたちまち家が建つのかね。こっちは十年一日だな。」（『山の音』）と主人公はひがんでみせている。

川端康成の小説『山の音』で、図らずも、瞳が書いていない山口家の経済状態がわかる。

ばあばあは僕にとって夏目漱石の『坊ちゃん』にでてくる、婆やの清のような存在だった。

僕のお嫁さんになる人にと言って、母に預けた合計八万円のことはすっかり忘れていた。

母からは、そう言われただろうが、当時まだ二十歳前後だった僕には現実味がなかったのだろう。しかし、ばあばあが内職で百個作って数円になるという辻占作りをしていた話は、いまだに辛い思い出として記憶している。

よくぞ書き残しておいてくれたと思ったのが、「雲南四川踏査記」（533）だ。

僕には母方の『血族』のようなものを書こうかと思った時期があり、特に曾祖父にあたる小西織之助に興味があった。

小西織之助は明治期にドイツ人のお雇い外国人、アドルフ・ルボウスキー（Adolph Lubowski）から皮革製造の技術を学んだ。知人で早稲田大学教授のマイク・モラスキーさんが、名字のつづりから考えて、たぶんポーランド系のユダヤ人だろうと教えてくれた。

堺あたりで技術学校か工場を経営したあと、学んだ技術を、今度は中国の人たちに教えるといって、妻子を残して中国に渡った。

この『雲南四川踏査記』の単行本が我が家にあったのである。「男性自身」を読んだ人が寄贈してくれたのだろうか。

それは父の存命中だったか、死後だったか。「あんたが預かっていて」と母に言われて、長いこと僕の書架にあった。

そのころ、小西織之助について書かれた部分を読んだのだが、成都まで行くと小西さんの家の畳の部屋で休める、というような記述があったと思う。

織之助は、母に言わせると三井だか三菱だかの大手商社の顧問のような仕事もしていて、成都で客死し、お墓は重慶にあるという。あちらにも家庭があったらしいとのことだった。

いまでいう日中友好協会のようなものの会長を務め、ときどき帰国していた。母の実家には白い中国服を着た写真が残っていたらしい。

墓参りにいこうかと中国人の友人に話したら、重慶は都市開発が進んでいるので、古いお墓は残っていないだろう、と言われた。

いまインターネットで検索すると、『雲南四川踏査記』は一九一〇年、東亜同文書院の七期生が行った大旅行の記録で、著者の米内山庸夫はその中心人物であったという。別のサイトに、〝米内山庸夫元杭州領事〟という記述もあったが、同一人物だろうか。

十年ほど前に、ふと魔が差して母に、大切な本だからお母さんのほうでしまっておいてくれ、と言って渡してしまった。母の死後、それを探しているのだが、いまだに見つからない。真っ黒にすすけた本だったというだけで書名も筆者も忘れていた。それが書名も内容の一部も、この「男性自身」に書かれていた。

国立の変奇館の庭にカタクリの花が咲くと瞳が書いたとき、とんでもない嘘つきだ、というような投書があった。

しかし、「いっぺんに春」（537）に書いてある通り、いただいた苗を植えると、数輪のカタクリが雑木林にしている庭で咲いたのだ。

よほど手入れがよかったものとみえる。落ち葉を掃き清めるのと水やりなどがうまくあわさって、ちょうどいい環境が生まれたのだろう。

しかし、その状態も数年で変わってしまったのか、カタクリは出なくなった。不思議なことに、変奇館の庭では特定の植物が数年おきに繁茂と消失を繰り返す。ある数年間は一面、シャガで覆われた。また日本スミレがたくさん咲く年もあった。曼珠沙華、ツワブキ、エビネランなどが増えたり減ったりしている。この花をここに残そうと思っても思い通りにならない。


電子書籍版『男性自身』の解説を書くにあたって、通読して驚いたのは、新潮社版「男性自身シリーズ」の単行本が「男性自身」ではなかったことだ。

新潮社版「男性自身シリーズ」第十一巻の表題作「銀婚式決算報告」は「男性自身」ではなく、新潮社のPR誌「波」に書かれたものだ。

単独で色々なところに書いたエッセイなどは、その後、散逸してしまうことが多い。瞳はそれを恐れ、少しでも自分のエッセイを救おうとした。そんなとき、「男性自身シリーズ」は格好の受け皿であったことと思う。

いま、書斎の書架に並んでいる新潮社版の「男性自身シリーズ」を見ると、一冊あたりの厚さがほぼ同じになっている。つまり、収録されるエッセイの数もほぼ同じということになる。よそに書いたものをこちらに掲載すると、本が厚くなり、単価も上がる。こうしたことを瞳は好まなかったと思われる。

週刊誌に掲載されていたのに、単行本に再録されなかった「男性自身」があるのは、こんな理由からだったのではないだろうか。

削除されたものを、今読み返してみても、再録されなかった理由はほとんど、わからない。よそに書いて、単行本の「男性自身シリーズ」に収録したいエッセイを優先させて、自分自身でほんの少し重要性を感じられなかったものを落としたということだろう。

1975年

瞳がもっとも愛したともいえる友人、梶山季之さんが一九七五年五月十一日、取材先の香港で客死なさった。

当然、「男性自身」にもその死と人となりを書くことになるのだが、章立てして連載形式をとった三島由紀夫さんのときとは、あつかいが違う。

五月雨《さみだれ》式というか、思い出すままに、忘れたと思ったら、またその悲しみがぶり返すといった塩梅だ。

その死を知ったのは直後であろうが、新潮社版の単行本「男性自身シリーズ」では「還らざる春」（593）と「酒について」（594）の間に、「波」（一九七五年六月号）に書いた、

「梶山季之の経緯」が入る。

そして、連載中の「男性自身」では「酒について」「メキシコの梶山季之」「五月場所十三日目」「梶山季之の年齢」「遠くなってゆく」「ある町のホテルで」「人生観の問題」と都合、七回を費やして哀悼の文章を書き続ける。

そのショックはいかばかりであったであろう。


僕には梶山さんについて、苦い思い出がある。この父が書いたものを読んでいただければ、梶山さんの人となりはご理解いただけると思う。

誰に対しても全力で応援することを惜しまなかった梶山さんは友人の息子である僕に対しても、ことあるごとに背中を押してくれた。

短大であった演劇専攻を卒業した翌年のことだっただろうか。同級生だった友人がプロデュースする「出会いのトランポリン」という芝居の演出を仰せつかった。場所はいまでいう西麻布の交差点近くの、もとスナックか何かを改造した小さなスペースだった。

数回ばかりの小さな公演であったが、初日の劇場前に大きな花輪が届けられていて、梶山季之という送り主の名前が書かれていた。

あの梶山さんにして、この気配りである。僕はありがたいことだと思い、感謝しつつ劇場に入った。

すでに数人の客が狭い客席の座席に坐っていたのだが、スタッフやキャストが、その客席に集まって、何やら相談している。また、なにかトラブルが起こった様子だ。

僕が、どうしたんだと尋ねると、出演している女優が、ポルノ小説の作家からの花輪は困る、劇の内容を誤解されかねない、というのだ。

演劇人は自分たちの恋愛関係には寛容だが、純文学志向の芸術家肌の人が多く、大衆文学や大衆芸能を忌み嫌う傾向がある。

梶山さんが、決して猥褻なものだけの作家ではないことを知っていた僕は、とっさに、「ポルノだと思って、間違えて入ってくれる客もいるかもしれないじゃないか。その分、入場料が助かる」と冗談半分、梶山さんの好意を救いたい気分も半分で軽口風に、みんなを説得した。

花輪は撤去されることもなく、梶山さんの気持ちをありがたくいただいたわけだが、終演後にあることに気がついて、ぞっとした。

あのとき、すでに客席についていた数名の中にトレンチコートを着た、中年の紳士がいなかったか。

トレンチコートは梶山さんのトレードマークのようなものだ。しかも、あのお人柄だったら、僕のごとき若輩者の、アマチュアに毛が生えた程度の出し物にも、きちんと入場料金を払って観にこられるのではないか。

しかも、女優たちの抗議も、僕の「ポルノでいいじゃないか」という軽口も聞かれたことになる。

これが、僕の〝苦い思い出〟だ。

その後、この件を梶山さんに確かめる機会は訪れなかった。たとえお目にかかったとしても、僕は、あのとき、いらっしゃいませんでしたか、とは訊けなかった。

「私の夢」（432）で瞳がストリップ小屋での試演会を提案していることについて、僕が、実現不可能ではないかと疑問を呈したのはこのことがあったからだった。

山口瞳に、積年の不摂生のつけが廻ってきた。「幸福とは何か」（602）の冒頭で、「私はいま、食餌療法を続けている」と書かざるを得なくなっている。入院加療中だ。

薬を使わなくてもいい程度の糖尿病だが、一日の摂取カロリーを千四百カロリーと規制されている。『人殺し』のころに入院していた京都の病院では千八百カロリーであったから、かなり悪化したと考えていいだろう。体重は六十五キロからひと月あまりで六十一キロに落ちている。目標値は五十八キロ程度である。

昔の父の写真を見ると、ある時期、妙に若作りでひと皮むいたラッキョウのようにツルンと貧弱になっているものがあるが、このころのものであったのだろうか。

酒は二カ月近く飲んでない、と書いている。

「先日、大酒家の友人二人と旅行をして、温泉旅館に泊った。そのときは初めから覚悟をして、盃に二杯の酒を飲んだ。深酒をしたような気がした。（中略）翌日はビールを二杯、酒を盃に一杯飲んだ。酔ったような酔わないような、不思議な気分だった」（「幸福とは何か」（602））

この禁酒の時期は、「禁酒考」（604）と続き、「神様が」（605）では「ああ、これは、神様が警告を発しているのだなと思うことが何度かあった」とまで書くことになる。

「風景画入門」（608）の冒頭では、「酒をやめた。競馬をやめた」とくる。

しかし、「十月の半ばに、中学の同期会が行われた。誰かが来年は五十歳になるんだなと言った。間をおいて、同じことを二人も三人もの男が言った。（中略）そういう男たちが、次々と私の前にあらわれて、酒をやめちまったんだねと言うのである。そう言いながら私に酌をするのである。言葉の矛盾に少しも気がついていない。そうなんだやめちまったんだと言いながら、私はその盃の酒を飲むのである。おそるおそるに飲む。反省しながら、ゆっくりと飲む」

「秋、風が吹く」（617）という仕儀とあいなる。

その日、隣に坐っていた男に銀座に誘われ、いったさきのバーで、梶山さんのことを知っている女性に会う。女性は梶山さんのことを思い出して泣く。

梶山さんの死を知ったとき、仕事で競馬場に行かざるをえなかった瞳は、梶山さんにもらった双眼鏡で競馬を見ていて、その双眼鏡が涙で曇った。

そのことを瞳が書いた。それを読んで、また梶山さんを思い出して泣いた、と女性が言って泣く。
これは呑まざるをえないだろう。たとえ神様が警告したとしても。
瞳の禁酒時代は終わった。

4 「男性自身」（1976〜1979年）

1976年

「男性自身」の連載も十三年目に入る。これからの四年間にも幾つかの大きなエピソードがある。

それまで借りていた三田のアパートを引き払うことになる。それにともない、というか、そっちのほうが先行していたのだが、変奇館の増改築をしている。増改築した直後に未曾有の豪雨が三多摩地区を襲い、変奇館は甚大な被害を受ける。

それは新建築ゆえの災害ともいえるが、瞳はこうしたときに誰かを恨むのではなく、「ザマミロ」と自分に向かって言うのだ。豪邸ともいえる家など身分不相応なものを建てるから、こんなことになるのだ、という意味だ。

この時期の「男性自身」を読むと、連日連夜の暴飲暴食が目立つ。これじゃ身体にいいわけないよ、ということなのだが、そのツケは次第に、瞳の身体をむしばんでいく。本人は気がついていたのだろうか。

瞳はことあるごとに、過去を振り返るのは嫌いだと書いているし、現に過去を知っている人を意識的に避けるような傾向があった。

しかし、「クラス会」（626）を読むと、瞳の気持ちに変化があったようだ。「ふる里へ廻る六部は気の弱り」という川柳を引用したあとで、こう書いている。

——丸山以外の男は、山口は来ないだろうと言いあっていたらしい。（中略）私は奇異な感じがした。

「じょうだんじゃないよ。クラス会をやろうと言い出したのは俺なんだぜ。それから、中学の同期会でも、ほとんど欠席したことがないぜ。第一、中学のほうは幹事をやっていて、幹事会も休んだことはないよ。（後略）」（「クラス会」）

奇異な感じがしたのは僕も同じだった。父がそこまで幼なじみとの会合を大切にしていたとは知らなかったのだ。

早稲田時代の親友と会うのをいつも楽しみにしていたのは、僕も同席する機会が多かったので知っていたが、麻布中学の同級生たちと、夫婦同伴で温泉旅行などもするほどだったとは知らなかった。

思えば、人情に篤い人だった。近所の人と親しくなり、ともに飲み、人数が集まれば野球チームを作る。正月、花見、秋の月見と、それぞれ友人知人を集めて盛大な飲み会を催す。絵画展やはがき絵展などを企画する。

ともかく人寄せが趣味の域を超えて、大好きだった。

それでも、なお、とっつきにくい人だと言われたらしい。なぜ、とっつきにくい印象をあたえたのか。この矛盾が、瞳そのもの、瞳自身なのだろう。


瞳には自分の出生の秘密を探りたいという思いがあった。それは母方の親族が持つ不思議な感覚の理由を探りたいという、作家としての第六感のようなものが働いてもいたはずだ。

「驚天動地」(628)。新潮社版の「男性自身シリーズ」の単行本『元日の客』では、題名が「大胆不敵」となっている。内容を考えれば、ふさわしい題名を、単行本を編むときに思いついたということだろうか。

我が家では伝説的な事件、祖母の静子がひとりで留守番しているときに、競馬評論家の蔵田正明さんが訪ねてきたときの話だ。

山口家は一家をあげてのバクチ好きで、蔵田さんも家が近いので麻雀仲間であったようだ。

蔵田さんが、〝去年の「漫画読本」に書いた〟というエッセイから少し引用してみよう。

――山口家の家風は一風も二風も変わっていた。（中略）

ある日私が訪れると、あいにく正雄氏（父）は不在。広い邸に瞳さんの母上ただ一人が留守番しておられた。私が帰ろうとすると、母上は、

「蔵田さん、お上がんなさい。お上がんなさい。コイコイでも引きましょう」

と言われる。私も図々しいもので、上がりこんでコイコイをひきだしたが、

そのうち、

「お風呂が沸きましたよ。入りましょうよ」

とのこと。軽く聞き流して風呂場におもむいたが、なんと「入りましょうよ」は「一緒に入りましょうよ」だったのである。恐縮しながら背中など流していただいたわけだが、それが全くイヤらしさがないのだ。天衣無縫とでもいうのだろうか。自然にあんな風にふるまえるなんて、これこそ人生の達人であろう。（後略）

あの祖母ならば、さもありなんなのだが、昭和十八年ごろというから、瞳は十八歳ほどか。

静子は四十代半ばか、四十になったばかり。

かつて僕は父に、おばあちゃんって山田五十鈴に似ていたよね、と言うと、父は、俺は淡島

千景だと思っていたけどなあ、と答えた。

美人であったことが重要なポイントだとは思わないが、静子の妹は鎌倉の旅館に嫁ぎ、彼女を見たいがばかりに、鎌倉文士が訪れたという絶世の美女であった。

瞳が、「僕の顔を見ると、人は信じないが、僕の同胞の女性はみな美人である」とどこかに書いていたはずだ。

確かに、瞳のすぐの妹は乙羽信子に似ていたし、一番下の妹にいたってはなんとナタリー・ウッドに似ていた。映画「ウエスト・サイド・ストーリー」を観たとき、僕は、「叔母さん、そっくりだ」と思ったものだ。瞳の叔母の娘たちは鎌倉でも有名な美人三姉妹であった。

治子は恋愛時代に、なんで瞳さんのまわりにはこんな美人ばかりがいるのといぶかり、それが姉妹や従姉妹《いとこ》たちだと知ると、こんな美人ばかりの家に嫁いでいいものだろうかと悩んだと告白している。

芸術家は三代続かないと本物が生まれない、と教えてくれたのは「男性自身」の挿絵を描いていた柳原良平さんだった。

息子が、抜群に勉強ができる少年になって、「あいつはね、東大を出て、大蔵省とか第一勧銀なんかに入ってしまうよ。それでなきゃ三井物産とか丸紅とかね」

「滑稽な話」(635)で嘆く〝友人の画家〟というのが柳原さんだ。

はたしてご長男は日銀に入行し、ご次男は学者になったはずだ。

ひるがえって柳原さんの言葉を真に受けて勉強をしなかった僕は芸術家にもなれなかった。どうしましょう。

瞳はたびたびサントリーのコマーシャルにでたが、あくまでも勤務先の仕事であり、有名人として起用される作家の方たちとはスタンスが違っていた。しかし、そうはいっても、ちょっと売れるようになるとテレビにでたりしてさ、とかなり誤解されていたらしい。

タクシーに乗ると、最近、コマーシャルの仕事がないみたいだけど、食べて行けるの、と運転手に心配される、と書いているのが、「才能がない」（640）。

将棋の巻、雁風呂の巻、風景画の巻と三回シリーズのテレビ・コマーシャルがある。

そのうちの「将棋の巻」には僕もちらりと出演している。演劇学校を卒業し、小劇場に在籍していたが、これが数少ない仕事の記録となった。

――ゴールデン街へ行くと、私が編集者であったころ何度か原稿を取りに行ったことのある女流作家に二十年ぶりでお目にかかった。（「毎日毎日」（643））

これは岩橋邦枝さんだろう。一九〇〇年代半ば（1954年）にデビューした当時、女石原慎太郎といわれた純文学の作家だ。そして岩橋さんは、その夜ゴールデン街から我が家にこられて、深夜まで飲むことになったという。

以後、瞳が死ぬまで親密な付き合いが続いた。我が家のパーティーのみならず、ほとんどすべての催しに参加していただき、家族旅行にも同行してくださった。父亡きあとは、ひとりで出歩けない母の面倒もみてくれた。

瞳は、岩橋さんに〝文壇の従軍看護婦〟という綽名《あだな》を付けて親しくしていたが、二十年のブランクがあったとは知らなかった。瞳が女性に心を開くのは珍しいのだが、岩橋さんとは肝胆相照らす、という感じだった。

第667回に「巨人ファン善人説」という題名で、「男性自身」を書いている。

このタイトルはそのまま新潮社版「男性自身シリーズ」の単行本のタイトルになっているが、このタイトルで出版すると提案したのは、新潮社の新田敞さんであるという。

瞳は、このタイトルが気に入っていなかったが、商売上のことを考えれば、確かに巨人ファンが買いそうである。営業戦略に押し切られたといったところだろうか。

瞳は人後に落ちない野球ファンだったが、好きなチームはと尋ねられると、贔屓のチームがいるほどシロウトではありません、と答えていた。

野球が好きで、どのチーム、どの選手にもいいところがある、見どころがある、ファインプレーがある、あるいは悪いところがあるということだろう。

親子三人と国立の住人たちが福山へ出かけたのが、「京の夢」（671）だ。

ここで瞳の作中、ドストエフスキーあるいはドスト氏として登場する機会が多くなる関頑亭さんについて詳しく書かれている。また変奇館のお向かいに住んでいらっしゃる今城國忠さんも福山まで同行されたと書かれている。

この旅先で僕がフグのキモを食べる場面がでてくる。


――私は息子に、フグのキモはひとつだけだぞと言った。息子は不思議そうな顔をした。だいぶ酒が廻ってから、私は、また、息子に、キモはひとつだけだぞと叱るような声で言った。それから、さらに、本当にウマイと思って喰うんならそれでもいいけど、面白がって喰うんならやめろと言った。息子は、本当にウマイと思うと言った。（「京の夢」（671））

という状況になり、結局、僕がキモを二ツ半、瞳が三ツ半も食べた、ということになった。うろ覚えだが、同席したほかの方たちは怖がって食べなかったのだ。

そこで僕が、いらないんだったらくださいと言ったのだった。だからふたつも三つも食べられたのだ。

当時、西日本ではまだフグのキモが供せられていたのだろうか。あのころも御禁制だったのだろうか。

瞳もかなり食べている。美味しいものに目がないのが山口家の伝統であり、まわりのみんなを驚かせてやろうというサービス精神も山口家のものだった。ウケを狙い、びっくりするみんなの顔を見て笑いをとろうというのだ。

瞳は、これを座持ちがいいと言ったり、軽率と言ったりした。

1977年

——三年前に、東京の中心地にアパートの一室を借りた。

それは第一に、芝居をやっている息子のためのものだった。(中略)また、女房は一人ではいられない病気持ちであるために、私が取材旅行に出るときは、息子のアパートで一緒に暮らすことになる。(中略)

一方、私も、会合の重なる暮時分になると、アパートに寝泊まりするのは便利であった。原稿を取りにきてもらうにも、そのほうがお互いに都合のいいことがある。また、そのアパートは、私の、かかりつけの病院のすぐ近くにある。いろいろな意味で具合がよくて、アパートを借りることは必要なことであると思われた。(後略)

しかし、不都合もあると書くのは、「新聞」（688）である。

不都合とはこの三年間でアパートの借り賃が何回かにわたって値上がりし、家計を圧迫し始めたこと、静かな国立に比べて、都心はうるさく仕事場として適していないこと、さらに中央自動車道が完成して自動車ならば、国立から都心まで四十分程度になったこと、などをあげている。

そして、郵便物などをすべてアパート気付にしたのと、定期講読していた新聞も一紙をのぞいて、すべてこちらでとることにしたので、朝日、毎日、読売、東京、報知、夕刊フジを月に一度程度、まとめて読まなければならなくなったことを勘案し、損得を考えて、そろそろアパートを引き払おうかと考え始めたようだ。

僕は三田のアパートに住んでいたのだが、このころになると、当初に比べ瞳がこのアパートを利用する機会は減っていた。

国立と三田との二重生活がそれほど便利とはいえなくなっていた。まず、アパート利用の理由のひとつだった映画や歌舞伎の鑑賞をする機会が思いの外、多くならなかった。また、そのちょっとした旅行のたびに作家として必要な道具を運ぶのは荷造りをふくめて、面倒なものだった。四百字詰め原稿用紙の束、愛用の万年筆とインク、辞書と資料。そういった品々を、二カ所に同じものを用意するのも煩瑣《はんさ》な作業だ。それならば、国立と都心をその都度、タクシーで往復したほうが身体も楽だし、安上がりだった。

何度も触れることになるが、妻の治子は乗り物恐怖症で、電車に乗れなかった。自宅から国立の駅前に出る程度でも、バスに乗れなかったのだ。どこに行くのもタクシーということになる。それも瞳が同乗していなければならないのだった。

同乗者が瞳でなく、僕でも大丈夫になったのは、僕が成人したあとだ。したがって、三田にいても、瞳か僕のどちらかが常に一緒にいなければならなかった。

よくあるように、妻が自宅にいて、作家である夫が都心の仕事場に泊り込んで仕事する、ということは事実上、不可能だった。

たとえば、瞳が野球のナイターを観戦している間に、治子が歌舞伎座に行く、ということもできなかった。都心にアパートを借りているメリットはほとんどないのだった。

そのことに瞳も次第に気がついていく。

こうしたことから、三田のアパートに両親がやってくることは少なくなり、僕がひとりで暮らす日々が続いた。

そのころ、僕は、久しぶりに三田のアパートにやってきて戸口に立った両親を見て愕然とした。ふたりともすっかり老け込んでいたのだ。僕は瞬間的に、この人たち、特に父と過ごせる時間はもうそれほど残されていないのではないかと感じた。

僕は1975年の夏と1978年の冬、それぞれ一カ月ずつ、アメリカ合衆国を旅していた。

入手困難かもしれないとは思うが、詳細は、僕の最初の小説集である、『アメリカの親戚』（講談社）にあたっていただけると幸いだ。

特に最初の海外旅行であった、1975年のマンハッタンで観たブロードウェイ・ミュージカルの体験は衝撃的だった。

演技力、歌唱力、舞踏をふくめる出演者の技術レベルの高さには驚いた。またどこの劇場も連日、満員だった。客が来なければ、即座にやめるのだが、その集客力にも底力を感じた。

完膚なきまでにたたきのめされた僕は、演劇に対する情熱を失っていた。最新の舞台を観て、それを大いに吸収しようと勢い込んでいたのだが、真逆の結果になってしまった。帰国した半年後、僕は出入りしていた小劇団に辞表を提出していた。無給で居候のようなものだったので、辞表といっても主催している方に手紙を書いただけだった。その手紙への返事もなかった。

その小劇団から出向のようにしてアルバイトをしていたオペラなどの裏方をやる小さな会社からは、こっちに正式に入社しろと引き止められたが、何しろ演劇に将来性を見ていなかったので、こちらも辞めてしまった。

つまり、僕自身も1976年ごろには都心のアパートにいる理由がなくなってしまった。

僕は国立に戻ろうかと考え始めていた。

こうして、両親と僕の双方から、三田のアパートを引き払い、国立の変奇館を増改築するという気分がなんとなく醸成されていった。このころ、変奇館には僕の部屋がなかったので、増築が必要だった。

二十年ほど前、国立駅前の行きつけの居酒屋で、帰ろうとして、「お愛想お願いします」と言ったら、友人のひとりに怪訝そうな顔をして、「あれ、正介さんはお愛想と言うのですか」と言われた。

飲食店で会計の際に客の側が、「お愛想」というのは間違っていると書かれているのが、「すみません」（690）をはじめとする瞳による礼儀作法入門だ。

僕が、「お愛想」と言ったのを聞きとがめた人は、瞳の愛読者であったのだろう。

僕はこれ以降、気をつけて、「御勘定」ということにしている。

しかし、瞳の言う「すみません」に関してはいささか異論がある。

店の人が厨房の奥にいる場合など、御勘定だろうが、料理を頼むのだろうが、「すみません」と声をかけるのは、非常に便利である。

「お願いします」と言うべきかもしれないが、料理の注文をしたいのに、「お願いします」と言うと、御勘定の計算を始めてしまう店がある。

ありがとう、と声をかけるのも変なものだ。僕は個人的には「すみません」は英語の「エクスキューズ・ミー」の使い方をそのまま踏襲したのではないかと思っている。

――私は、今日(十一月三日)五十一歳の誕生日を迎えることとなった。人生五十年が終わってしまった。まことに情けない話であり、多くの悔いが残っている。(「人生五十年」(721))

そして、歯が本格的に悪くなる。最後まで残っていた二本を抜歯し、ほぼ総入れ歯となる。

――家に帰ると、女房が犬歯も抜いちゃったの? と言った。そうだと答えた。女房と知りあったとき、私は十九歳であり、女房のほうは十八歳であった。だから、女房は、三十数年間、私の犬歯と付き合ったわけであり、女房のほうにも、いくらかの感慨があったのだろう。(「人生五十年」(721))

このあたりに瞳のたくまざるユーモアがあり、エロティシズムがあると思うのは、僕の考えすぎだろうか。瞳の犬歯が治子の唇に当たったこともあれば、舌を這わせたこともあったのだろう。

この時期の「男性自身」を読み返すと、私は風邪をひきにくい体質だが、などとしたうえで、微熱がある、風邪気味だ、数日前にひいた風邪が治らない、熱がある、という記述が繰り返される。まるで一年中、風邪をひいているような塩梅だ。

治子は恋愛時代、瞳が常に体調が悪い、身体のどこそこがおかしい、と言うので嫌だったと言っていた。病弱を気取るのは若いころからの習性だったのだろうか。

歯のほうも、とうとう五十歳にして、ほぼ総入れ歯となる。

サントリーの入社試験のときに面接官から、君の歯はなんとかならないかと言われたほどの状態だった。実は、母も相当に歯が悪く、ほぼ同じころ、総入れ歯となっている。

歯の悪いのは遺伝の力も大きいという。僕の歯の悪さも人後に落ちない。小学校のころ、すでに歯茎から出血していた。虫歯も多かった。

その都度、間に合わせ同然の治療を繰り返してきたのだが、中学校の三年生のとき、思い切って両親と同じ歯医者さんにいって、全部、治療してもらった。

初日に上の右半分、翌日に左半分、三日目に下の右半分、と四日間、通い続けて、すべての治療を一度に終えた。

そして最終日に、唯一、無傷で残っていた八重歯を抜くと先生がおっしゃった。

僕は、せっかく一本だけ虫歯じゃないのだから、なんとかなりませんか、と懇願したのだった。僕の歯並びは外に飛び出した八重歯、内側に飛び出したもの、そして真ん中が歯一本分ずれていた。

すると、先生は、歯列矯正というものがあると、教えてくれた。

歯列矯正の歯医者は、別に専門医がいた。僕以外の患者はすべて在日外国人の子弟で歯列矯正が盛んなアメリカ人がほとんどだったと思う。先生自身もアメリカで技術を習得したかただった。

八重歯一本を救いたかったのに大工事となってしまった。歯列矯正は高校の三年間を要し、のちに演劇学校に入ったことを考えれば、このときの判断は正しかったことになるとは思うのだが。

瞳は、男子たるもの歯並びなどにこだわるとはなにごとか、僕と息子が別人格であることに、このとき初めて気がついたと、どこかに書いた。

1978年

――十二月十五日の午前八時発博多行の新幹線に乗った。博多から武雄温泉に行き、タクシーで塩田町へ行った。ここが私の父方の郷里である。私はその紀行文を書くことになっている。

（中略）

私は初めて佐賀の塩田町という父方の故郷へ行ったのである。（「年末友情篇」（729））

紀行文というのは「小説新潮」に連載していた「迷惑旅行」だ。

この塩田町への旅行が一九七九年に出版された書き下ろし小説『血族』のラストシーンとして結実する。このときの紀行文は連載の最終回ということだが、瞳はすでに『血族』の構想を持っていたのだろう。そして、ここをラストシーンに使おうと考えたのではないだろうか。

――先日、ニューヨークから帰ってきた息子の話によると、(中略)そのホテルに一ドル持ってコーヒーとハンバーガーを注文しにきた少女がいたが、彼女は、零下十度というような気温であるにもかかわらず、裸足であったという。(「読書について」(735))

僕は父が「男性自身」に書きそうなことを、それとなく話すことにしていた。毎週、毎週、書くことに困っているような様子を見て、少しでも手助けをしたいと思っていたからなのだ。しかし、この少女の話は、確かに面白いエピソードであり、父が書くだろうな、とは思ったのだが、書いてもらいたくなかった。

このエピソードは、自分自身が将来、書くかもしれない小説の一場面として、とっておきの〝ネタ〟であった。アメリカ紀行を書くとしたら、そのハイライトとなるよう象徴的な出来事だった。

この逸話が掲載された「週刊新潮」の三月二日号を読んだ僕は、父に、あれは書いてもらいたくなかったなあ、と苦言を呈した。

それを聞いた父は、「お前、意外にケチだな」と言うのだった。

すでにふれたように僕は演劇に愛想をつかせて、すべて辞めてしまった。自ら選んで、三田のアパートの一室で謹慎蟄居《ちっきょ》していた。

根っからの教育ママであった母が、それを心配して父に相談した。

「あんた、パパは、どうせいずれは物書きにでもなるつもりなんだろ、って言ってたわよ」と僕に伝えた。

すでに短いエッセイを数本書いていたが、雑誌の連載をいただけるようになるのは、もう少し先のこととなる。だからこそ、そろそろ僕のことは僕が書くから、父には書いてもらいたくなかったのだ。

この部分を、のちに上梓することができた拙著『アメリカの親戚』（講談社）から引用してみよう。


——道路側の戸口から貧相な若い女性が入ってきた。樺色のトレンチ・コートを着た小柄な女で、雨に濡れてくすんだ金髪はコートと同じ色になって玉子形の頭に張りついている。向かいのカウンターに座ると、思い詰めたような目でメニューと見本のチーズ・ケーキを見つめ、左手に握りしめた一ドル紙幣に目を落とした。ウエイターにケーキの値段を訊いてため息をつく。一ドルが彼女の全財産で、コーヒーとケーキを取ると、たりなくなるのだ。

結局コーヒーをとり、それだけで全身をあたためようとしていた。
ぼくが勘定をすませて店を出ようとしたときも彼女は座ったままだった。足元を見ると、裸足だった。（「プリンス・ジョージ・ホテルの冬」）

というものだった。

——「研究でわかってきたことを次々に実行すれば、今世紀中にガン制圧は可能なんですが、一番有害な煙草についての対策が、欧米よりもはるかに遅れているんですね」
国立がんセンター疫学部長の平山雄《たけし》さんが語っている。（読売新聞）
（中略）
私が煙草を吸いだしたのは、旧制中学の四年生のときからである。世の中にこんなうまいものがあるのかと思った。吸いだしたときから、チェイン・スモーカーだった。煙草の陶酔感は、たまらないものだった。特に、中学生のときの煙草は体に沁みるようにうまかった。（「煙草の話」（745））

瞳の死因は喫煙による肺ガンだった。治子も中皮腫で亡くなったが、もしかしたら受動喫煙が原因だったかもしれない。僕は三歳のときに小児喘息を発症し、成人にいたるまで治らなかったが、当初から父親の喫煙が原因でしょうと、医者から言われていた。

父がまだ本格的に禁煙を始める前、僕は帰宅するときドアを開けると、吐き気を覚えた。空気中のニコチンのためであり、壁からは茶色の粘着性のあるニコチンが滴っていた。

今でも書斎にある父の蔵書をパラパラめくると目が痛くなる。染み込んだニコチンが粉末となって飛び散るのだろう。

どの時点で禁煙すれば、少しは長生きできたのだろうか。もちろん最初から吸わないにこしたことはない。これだけ〝うまい〟〝陶酔感〟があると言うのならば、いたしかたなかったような気もするが。

まさか自分の死を予言するようなことを、こうして書き残しているとは、知らなかったのではないか。


――家を改築することになったので、自宅にはいられなくなった。そのうえ、いよいよ長いものをまとめて書かなければならない時期になったので、この機会に、どこかに籠もろうと思った。（「銀座暮し」（755））

この長いものというのは小説『血族』のことだ。

自分でカンヅメになったのは一九七八年七月一日。土曜日で映画の日であることは縁起がいいと書いている。

また、いよいよ変奇館の改築が始まっていることもわかる。

――夜になると、映画を見に行く。これはもっぱら、健康上のためである。今や、映画館のなかは空気がいいのである。昔とは逆になった。それより何より、確実に二時間以上、煙草を吸わないでいられるからである。禁煙は映画館に限るのである。肺がキレイになるような気がする。劇場を出ると、まず一服ということになる。（中略）『スター・ウォーズ』の前売券を買ってしまった。息子に、一緒に行こうかと言ったら、去年アメリカで見たというので（馬鹿にしてやがる）、世話になっている寿司屋の子供と行くことにした。（「足のむくまま」（756））

かつては映画館のなかでは喫煙が可能だった。僕が通いだしたころの試写室（映画評論もしている）には灰皿が用意されていた。それほど言うのならば、本格的に禁煙してくれればよかったと思うのだが、出てきたときの一服がうまいのではどうしようもない。『スター・ウォーズ』は確かに前年行ったマンハッタンの二番館で観ているので、父に対してはこうした対応になってしまったが、実は日本で公開されると同時にすでに観ていたのだ。もちろんマンハッタンで観たものは字幕付きではなかったからだ。

世話になっている寿司屋というのは銀座松竹の裏にあった「寿司伸」。暮れの買い出しではここを基地として築地の場外に行っていた。

——ドストエフスキイがホテルに遊びにきてくれた。（中略）

ドストエフスキイは、何度か、改装中の私の家を見に行ってくれたそうだ。

「いや、汚いので驚きました」（「東京の人」（758））

このころになるとすでに頑亭先生は説明抜きでドストエフスキイと書かれている。瞳の読者には先刻ご承知の登場人物ということだ。

変奇館は新築からわずか十年で増改築をほどこされることになった。

主な改装、増築は以下の通りである。

中二階のテラスと、瞳がついにあまり使わなかった書斎を二間続きの日本間にする。

ここに六畳の和室がふたつできた。頑亭先生は完成した和室を見て、あきれたように、なんでこんな間取りにしたのですか、と瞳に、ひいては建築家に苦言を呈した。

武家の屋敷では六畳二間続きは切腹のための部屋という決まりなのだという。六畳間の畳を裏返して切腹の場を造り、手前の六畳に見届け人が控えるという作法なのだろう。

増築した二階に九畳弱の部屋がふたつできることになった。これが僕の寝室と勉強部屋になる。

それを聞きとがめた瞳が、僕も一生に一度ぐらいはちゃんとした書斎が欲しいと言い出した。

僕だって一生懸命、仕事をしているんです。今まで一度も仕事のしやすい書斎を持ったことがないんですよ、と駄々をこねるように言い出した。

そこで、二十四畳ほどもあった応接間を二つに区切り、玄関に近いほうを応接間、庭への出入りに便利な奥の十二畳ばかりを瞳の書斎とした。

地下にあった治子の母やふいの来客のために設《しつら》えた二畳の日本間をつぶして半地下室に新しくシステム・キッチンをいれて広いダイニング・キッチンとした。

工事中、三田にアパートがあったことは幸いだった。

母と僕はアパートに住み、瞳は至近距離の銀座のホテルで『血族』の執筆に集中することができた。改築の現場には完成まで、極力近づかなかった。

新築当時、連日のように現場に現れて作業に抗議し、しまいには実力行使した隣接する土地の持ち主、T夫人の存在を恐れてのことだった。

あとで現場監督などから聞いたところによると、やはりT夫人が現れ、何かと工事の邪魔をしたという。

新築当時の現場監督は優しい人だったので、応対にも往生したようだが、今度の現場の連中は荒っぽく、何度かどやしつけるとT夫人も現れなくなったらしい。

瞳はホテルに五十四日間滞在し、いったん三田のアパートに移る。

――八月二十三日に、借りているアパートの部屋に帰ってくることになったのは、その日から息子が海へ行くことになっていたからである。心臓神経症である女房は一人では暮らせない。

（中略）

家を改築することになった第一の原因は、そのアパートの部屋代を支払うのが困難になったからである。この七年間で、部屋代は、実に倍額になった。それで、息子に家に帰ってもらうことにした。

もうひとつには、私は、自分の勉強部屋が欲しくなったからである。（「ホテルの五十四日」〈76・2〉）

ということである。ともかく僕は十年ぶりに家に戻った。短大の二年生から下宿していたから、そういう計算になる。放蕩息子の帰還だ。

1979年

増改築が終わったのが前年の九月二十日。僕たちはその日に三田のアパートを引き払って、国立に戻ってきてしまっている。

いや、細々したところは、まだ完成していなかったのだ。

新装なった変奇館には日本間がある。その日本間の襖の引手を頑亭先生に頼んだのだが、なかなかできてこない。引手は「乾漆鯰図引手」とでもいうようなものである。十一月八日、それがようやく完成して襖にはめ込まれたのであった。円形の引手にはそれぞれ一匹だったり二匹だったりする鯰の絵が描かれている。何か違いがあるのですかと僕が尋ねると、襖を閉めたときに、内側から見える鯰の数の合計が奇数になるのが定法なのだとおっしゃる。こういう口伝は聞いてみないとなかなかわからないものだ。

百年ほど使い込むと、黒漆の下に塗った赤漆が見えてくるという。頑亭先生はそういうことを、少し意地悪そうに言うところがある。

前年の八月二日午後二時。治子が最寄りの銀行構内の駐車場でバックしてきた自動車に撥ねられて足に打撲傷をおった。同日同時刻に『血族』の担当だった編集者の奥さんが右足にけがをしたという。牧場に遊びに行って、そこの番犬にかまれたのだった。

当時、瞳は『血族』の執筆中だった。

本年になって二月に頑亭先生の夫人がけがをしたという話を聞いた瞳は、ただちに、「時刻は午後二時、場所は右足」と言った。

ずばりではなかったが、まあだいたいそんな時刻であったという。

このことを「母帰る」（787）に書いている。

『血族』は女郎屋の話である。ほとんどのお女郎さんが梅毒を罹患し骨を侵されて、足を悪くする人が多かったといわれている。

治子や担当編集者夫人、また頑亭夫人のけがに、瞳はなにやら祟りのようなものを感じていた。瞳は、まさかねえと治子と語り合っていたが、女性にのみ足のけがが起こるので、なにやら信憑《しんぴょう》性があった。

数年後に小説『血族』がNHKでテレビドラマ化された。

そのとき主人公がかつて女郎をやっていた老婦人のところに取材に行く場面があった。元女郎役を演じたのは漫才の内海桂子さんだった。

主人公がその家を訪ね、ドア越しに声をかけると、戸口に現れた内海さんが、わずかに足を引きずっているという演技をしていた。

それをテレビで観ていた瞳は、思わず、「上手い。さすが、勉強している」と感嘆の声をあげたのだった。

新潮社版の「男性自身シリーズ」は単行本になったときに、省いたものや、よそから持ってきたものがある。その多くは、理由がわからない。再録されなかったものは、そのほとんどがさしたる理由もなく割愛されている。

だが、808と809の二回は、比較的その割愛の原因がわかりやすいのではないだろうか。「西武球場の雨」(808)では野球観戦に行った瞳が、警備員に雨が降ってきたらどうすればいいのかと尋ねると、粗末なビーチパラソルのようなものを指さすので、「あんなものが役にたつと思っているんですか。……駄目だよう。君たちは金持ちばかりにサービスして」というとふたりの大男が返事もしないでこそこそと立ち去った、という。

さらに別の日。

確かチケットに書かれていることを間違えて、別のゲートにたどり着いてしまったのだが、係員が、「向こうへ廻ってください」と言うので、ここから入れば早いし、同じじゃないか、脇から入れてくれと言うと、係員が、「いま、オーナーがお見えになるところですから……」困るというような言い訳をしたということ。

この二点を書いている。

特に二つ目の係員は、どこかの会社に電話したら、女子事務員が「まだ部長は、いらっしゃっていません」と答えるような敬語の間違いではない。

あきらかに一般の利用者よりもオーナーの意向を優先させるという考えだ。

瞳は続いて、次の「所沢球場の怪」（809）でも、同じ疑問を投げかけている。

警備員は、「いま、オーナーがお見えになるところですから」と言ったあとで、つぎのように続けていた。


——「ここはオーナーズ・シートとロイヤル・ボックスの方だけの入り口です」


ロイヤル・ボックスとは何か。私は頭に血が上るのを感じた。

「オーナーってなんですか。ロイヤルって何者ですか。僕は客じゃないか」（「所沢球場の怪」）


瞳としては珍しく、怒りをあらわにしている。それまでも怒ることは多かったが、これほどストレートではない。僕はそれを恥じて単行本から割愛したのかと思った。

しかし、あの性格だ。この情景描写が、単行本として長く世に残るようなことになったら、件の警備員が進退伺いを出すような事態になるのではないかと気がつき、それで再録はしなかったのではないか。

これならば、まあ理解できるし、いかにも瞳らしい発想だ。だが、それだけだろうか。

あることに気がついて僕は慄然とした。

瞳の父の正雄は戦争末期の絶頂期に軽井沢に六千坪の土地を所有していた。それをそのまま残して、戦後の混乱を一度の失敗もなく乗り越えたとしたら。

僕が小さかったころ、我が家の茶の間ではよく、「ピストル堤」といわれた堤康次郎や「強盗慶太」と呼ばれた五島慶太の名前が取り沙汰されていた。

東京芝浦電気の名前も出た。ある時期の正雄にとって彼等、あるいはその会社は追いつき追い越す対象だった。僅差と思っていた時期もあっただろう。

のちの『家族』や田中角栄について書いたものを読んでも、正雄の性格は堤康次郎や五島慶太に似ていた。現に正雄は、最晩年に野球場建設の夢を持っていた。

麻布の高台にある元堤康次郎の邸宅を見学したことがある。有栖川公園にほど近く、豪邸であり谷があり野鳥が飛来する池がある広大な敷地だった。

戦前の山口の家もそのあたりだった。

もしも、あのまま、すべてがとんとん拍子にいったとしたら、オーナー席に座っているのは、正雄の跡をついで一貫して実業界を歩いていた瞳の異母兄かもしれない。そして、やはり父親に反抗して作家となっている自分は……。

いけない。少し想像力が飛躍しすぎた。

それにしても、あのむき出しの怒りは、ある種の近親憎悪だったのではないだろうか。あるいは我が内なる嫉妬心のようなものに自己嫌悪を感じたのだろうか。

いずれにしても、のちの〝オーナー〟氏の一連の不祥事を見れば、瞳の第一印象と第六感は当たっていたのではないか。


一九七九年九月四日、国立市周辺は一時間八十ミリとも三十分で八十ミリともいわれた記録的な集中豪雨、今でいえばゲリラ豪雨に襲われた。

この件については瞳自身が「水害」という題名で七回にわたって書いているので、瞳の側から見た水害については、そちらを参照していただきたい。

その日、僕はひとりで留守番をしながら一階の応接間のソファで読書をしていた。両親は絵画展の打ち上げのために駅前の中華料理店へ行っている。

そのころの僕は、なるべく両親と行動をともにしないようにしていた。心臓神経症の持病をもつ母親といつも一緒にいなければならなかったので、父が一緒であったり、なんらかの事情で別行動をとれるときは、極力、同席しないことにしていたのだ。

五時ごろから降り出した雨は八時ごろには豪雨となっていた。最初のころは恐ろしい雨音だったが、それが次第に聞こえなくなっていった。

小降りになったのかと思ったのだが、実は正反対だった。あまりの雨量に音すら吸収されてしまっていたのだ。

九時すぎに、バツンという大きな音がして停電した。すでに半地下に浸入していた水が、一番下にあるコンセントのところまで上昇し、ショートしてブレーカーの落ちる音だった。

僕は暗い中、仏壇の横に置いてあるロウソクを探してライターで火をつけると、半地下に下りていった。ブレーカーをチェックしようとしたのだ。

しかし、階段の一番下まで来ると、足首まで水に漬かってしまった。もうそのくらいは水位が上がっていた。ブレーカーのスイッチを戻して復旧するような状況ではない。

半地下の食堂部分にあるダイニングテーブルの上にロウソクを立ててから、書画骨董や大切なものを、少しずつ順番に上の部屋に避難させ始めた。

吉野秀雄先生や八木重吉先生の書や短冊は半地下の狭い納戸にしまわれていた。それを何回かに分けて、上の応接間まで運びあげた。

何度目かのとき、水はすでに膝頭のあたりまで来ていた。

ふと庭のほうを見ると全面ガラスの窓になっているアルミサッシ枠がたわんで隙間から水が噴き出している。暗い中で目を凝らすと、真っ黒な水面は中腰になった僕の頭よりも上にあった。いずれ窓ガラスは割れるだろう、そうすれば、水は一気に流れ込む、と判断して、品物を上に運びあげることは中断せざるを得なかった。

さきほど、水中で右足の甲の外側にグニャリとしたイヤな感じがあったが、ロウソクの火で見てみると、牛乳ビンの底ほどもある厚手のガラス片が深々と刺さっているのだった。不思議なことに痛みは感じなかった。パニック状態になると人間は痛みを感じないのだとあとで知った。ともかく、そのガラス片を抜き出す。やはりグニャリとしたイヤな感じをともなってガラス片は抜けた。そこは今でもうっすらと痛い。特に冷えると痛くなる。

あとでわかることだが、あれほど水の重さでたわんでいたガラス窓は割れなかった。ガラスは意外にも強いと知った。

そうこうしていると、両親が帰宅した。

母が「あら、なんでもないの」というようなことを言うので、「台所は大変だよ」と答えた。すぐに下りていこうとする母に、感電するから行っちゃ駄目だ、と声を荒らげた。漏電しているかもしれないという判断だったのだが、さっきまで僕自身は膝まで漬かって歩いていたのだから、矛盾している。

母は、「あたしゃ、東京大空襲を体験してるんだ。こんなこと屁でもないよ」となかば叫ぶように僕を叱責した。

国立のこのあたりは、国分寺崖線《がいせん》と立川崖線に挟まれた平坦な土地で、不思議なことに多摩川の下流から上流に向かって低くなっている。

下流側が例の忌野清志郎が歌った多摩蘭坂で、国分寺のほうが高くなっている。だから、ここに水がたまるのだ。

国立に引っ越してきたころは、よく水が出て、大学通りにはボートを用意している家もあったほどだった。

この水害のあとでも家の前のマンホールは雨が降るたびに吹き上げる水で蓋が飛んでいた。その後、市は下水道の整備に力を入れ、今は全く水があふれるということはなくなった。僕は密かに瞳の書いたもののせいだと思っている。

例のT夫人が最後に現れたのは、母が亡くなる一年ほど前で、偶然、玄関の近くにいた僕が対応することになってしまった。

彼女の苦情をまともに聞くのは初めてだった。

ここは家の地所であるということ、それから塀の位置が家の地所に立っているということなど、いつもの調子でまくし立てた。

それから、山口瞳が水害について書いたから、このあたりの地代が下がって迷惑している、と聞きようによっては正論めいたことを言い出した。

そうか、そういう見方もあったのかと、僕は感心した。しかし、そのために市役所が動いて下水道を整備して、今はもう水が出なくなったじゃないか、と言ってやりたかったが、他人の意見を聞くような性格ではない。なおもまくし立てていたが、強引にドアを閉めてしまった。

僕は半地下の居間にいた母に、珍しく強い調子で、「Tの婆《ばばあ》よりは長生きしてくれよ」と言った。

母は、「なにを興奮しているの、あんなのほっておけばいいのよ」と鷹揚に構えていた。治子は自分自身も精神を病み、そのためT夫人にも同病相憐れむ、といった態度で接していたのだった。

父が、母のために着物の反物を買ってきた話を書いている。『血族』が菊池寛賞を受賞したので、そのときのスピーチの引用だ。

少し前に丹後で丹後縮緬を購入し、梅原龍三郎の使い古した墨で染め、「三松」という有名な呉服屋で仕立てた。結果的に大変すばらしいものに仕立て上がり、高価なものになったという。それを授賞式に着ていくと言っていたのに、どうしたわけか、本日、着てこないのだとスピーチで言う。

——エー、ところが、今日まで、女房は一度もその着物に袖を通したことがありません。あれは、いつ着るのだと私が申しますと、女房は、ふいっと、考えこんでしまって答えないのです。

エー、今年の春でございますが、女房は、ふいっと、こんなことを言ったのです。

「あなたが文学賞を貰ったら、あの着物、着てゆくわ」（中略）

ところが、四、五日前に、やっぱり、あの着物はやめとくわと言い出しまして……。（「受賞の弁」（826））

母が自分の死に装束としてこの着物を着せてくれと、かねてから言っていたので、二〇一一年の三月十日、日舞の名取である従姉妹に頼んで、タンスの中から探し出してもらった。

「あら、ハコバー（従姉妹は母をこう呼ぶ）、一度も着てないんだわ、仕付け糸がそのままになってる」

と言った。その着物は薄鼠色というか、やや青灰色で、死に装束としては最適と思われた。

5「男性自身」(1980〜1983年)

1980年

「男性自身」シリーズも中盤を迎えるというのに、瞳の心は落ち着かない。この四年間にも種々の事件が起こり、日常生活は瞳の望んだ安穏な生活とはほど遠いものとなっていく。豪雨の被害を受けて水没した地下部分がこの時期にリニューアルされて、変奇館は、ほぼ最終形になる。

「卑怯者の弁」(868〜872)は瞳の『江分利満氏の優雅な生活』における「昭和の日本人」と双璧となる心情の吐露であり、代表作となるだろう。これもこの時期の重大事件だ。

重大事件といえば、向田邦子さんの遭難事故も、瞳にとって驚天動地の出来事であり、追悼に「木槿の花」(916〜923)と題して、「男性自身」八回を費やしている。向田さんの事故死が瞳の精神にあたえた影響は計り知れない。

また、父親の犯罪歴を暴くことになってしまった『家族《ファミリー》』の執筆は『血族』と対になるとはいえ、過酷な作業となる。

その苛酷さゆえに、身辺雑記を書き続けることに嫌気がさしたのではないだろうか。自分自身の身近なものを傷つける仕事に愛想をつかしたのではないだろうか。

その結果が、「男性自身」新潮社版シリーズの『私本歳時記』の身辺雑記から小説体への移行の隠された理由の一つなのではないかと、僕は推察している。

細かく回を追って解説していこう。

「年の終り」(830)で新橋のバー「トントン」が十二月二十五日に閉店する、と書いている。

この店で瞳が誰彼かまわず絡んでいるのを見ていて、面白いと思い、小説でも書きませんか、と誘ったのが、「婦人画報」の編集長であった矢口純さんだ。瞳はここで文藝春秋の常務だった向坊寿さんと知り合っている。その向坊さんも八月に亡くなったと書く。九月には、『戦艦大和ノ最期』の著者である吉田満さんも亡くなっている。吉田さんも「トントン」の客だった。

僕もたぶん中学生ぐらいのとき、一度だけ連れていってもらった記憶があるが、カウンターのみの七席ばかりの小さな店だったと思う。そのサイズにして、この客種である。文壇バーというのだろうか。こんなところで毎晩、文学論を戦わしていたことになる。そういう時代であったのだろう。

一月二十三日に退院したと書くのが、「療養生活」(836)。

また糖尿病の検査入院だろうか。迎えに来た女房と息子の三人で銀座に出たとある。短期の入院でも大きくなる荷物を抱えて帰るわけにもいかないから、妻に助けを求めるわけだが、そんなときにも、僕が同行しなければならなかった。これは瞳も何度も書いていることだが、乗り物に乗れない治子は、瞳か僕と一緒でなければ病院まで行けないのだ。

たぶん地元のタクシーを使ったと思う。このときには、僕が同行して、地元の懇意にしている運転手ならば、都心まで行けるようになったということだ。

これだけでも驚きなのだ。僕が高校生のころは、タクシーで、僕が同行しても国立市をこえていくことができなかった。一度、試してみたが、甲州街道に出て、関戸橋を渡ろうか、というところで、「ママ駄目、引き返して」と言い出した。過呼吸を含む身体症状が出てきたのだ。

タクシーを使ってなのだが、瞳と一緒ならば、都心まで行けた。それが僕でもよくなったのは、僕が二十代も後半になってからだろうか。なんだか、やっと大人として認められたような気分になったものだ。

さて、このときの退院だが、僕だけが行けばいいじゃないかとも考えられるのだが、それはそれで治子が許さなかったのだ。

パパと正介だけで楽しもうとしている、などという理由で、一人で留守番はできないと言い出す。だから、瞳も後難を恐れて、僕に、「ママと一緒に来い」ということになる。

五味康祐さんの訃報を聞くのが、「白木蓮の頃」(844)だ。

そのあと、五味さんとのお付き合いを色々と書いている。将棋も麻雀も一緒にやったが、なかなか難しいかただったようだ。

あるとき、五味さんが瞳にオーディオ・スピーカーをくれるとおっしゃった。

ご存じのように五味さんはオーディオ・マニアとして有名だ。そのご所持の一台、おそらくは有名なタンノイ・オートグラフをくれるという。

瞳も『江分利満氏の優雅な生活』で「ステレオがやってきた」を書くぐらいだから、オーディオが好きだ。

瞳は、あんな大きなものが狭い部屋に入るだろうか、どこに置こうか、と悩んだ。そして、もしもタンノイがきたら、どんな音がするのだろうかと、日々、恍惚の中にいた。

しかし、一月《ひと》たっても、二月《ふた》たっても、取りに来いとか、いついつまでに送る、という話が出ない。

ずいぶん経ってから、お目にかかると、「瞳ちゃん、あれ、やっぱり、あげない」とおっしゃった。

瞳の推理では、新しいオーディオ・セットのことをあーでもない、こーでもないと考えていると、将棋にも麻雀にも気が入らない。だから山口瞳は弱くなる、と五味さんは考えたのだろうということになった。

そうまでして勝ちたいかなあ、と瞳は不思議に思うのだが、あらためて、「白木蓮の頃」や、「五味さんの麻雀」（848）などを読み返してみると、それ以外にも五味さんは瞳に勝つために、考えられる、すべての反則技を使ったらしいことがわかる。

瞳が生涯一度だけの海外旅行をしたのが、「新帰朝者」（851）と「続・新帰朝者」（855）だ。

ドスト氏こと関頑亭先生とのスケッチ旅行海外版、ということで、なんとタヒチまで出かけている。日曜画家として尊敬するゴーギャン所縁《ゆかり》の地を選んだのだった。

これには治子の神経症が少しよくなっていた、という理由もあったと思う。これまでは日本国内でも、瞳が飛行機に乗ることすら断固拒否して、猛然と抗議するのが治子だった。

治子は、当初、「あらせっかくだから行ってきたら」と鷹揚に構えていた。これならば、大丈夫だろうということになり、頑亭先生と出かけていった。

事件はそのあとで起こった。

治子は、パパはどこまで行ったのかしらと、自宅にあった地図でタヒチの位置を確認してしまったのだ。

治子はせいぜい沖縄の先、フィリピンまで行くかどうかくらいの距離であろうと考えていたのだ。

それがこともあろうに、タヒチは日本から遠く、ほとんど地球の裏側である。オーストラリアで乗り継ぎがあるというではないか。

治子の精神状態はたちまち悪化してしまった。

ここからの行動は、息子の僕にとっても、少しばかり不可解である。この種の病人の発想というものには、余人の窺い知れないものがある。ご理解いただけるかどうか、自信がないが、書いてみよう。

まず、一番仲がよかったすぐ上の実の姉を呼び出す。そして、都内の高級ホテルに部屋を取った。ひとりで移動できない母に伴い、僕もそのホテルに同行した。

パパが帰ってくるまで、ここにいるという。発想としては、パパがそんなひどいことをするならば、こっちも仕返しに贅沢してやるわ、ということなのか。

ホテルの部屋では、冷たく硬直した母の両手を伯母さんと僕が、左右から握りしめている、という状態が続いた。

そんな状態なのに、少し気分が落ち着くと、ホテル内のアーケードで高級ブランド品を買いまくるという塩梅だった。どうだろう？　ご理解いただけただろうか？

父の帰国をどこで迎えたのか、記憶がさだかではなくなっているが、治子は瞳の顔さえ見ればケロリとしてしまうのだった。

息子には窺い知れないところで、両親の間にはそれなりのやりとりがあったのだろう。これに懲りて瞳は二度と海外に出ようとはしなかった。

あれだけ競馬が好きだった父に、ロンシャン競馬場やケンタッキー・ダービーを見せてやりたかったが、かなわない夢となった。


『江分利満氏の優雅な生活』の中にある「昭和の日本人」とともに瞳の戦争についての考え方を「男性自身」で五回にわたって書いた「卑怯者の弁」（８６８〜８７２）は瞳の代表作ともいえるだろう。

評論家の清水幾太郎氏が「諸君！」昭和五十五年七月号に書かれた「核の選択―日本よ国家たれ」および、十月号に掲載された「節操と無節操」を読んで感じたこと、反論である。

いまの人に清水幾太郎といってもほとんどの人は忘れているだろう。ごく簡単に書けば、戦前は御用学者として国民を鼓舞し、戦後は一転して左派の論客となる。そして一九六〇年ごろ、再び転向した、といわれている。その間に膨大な著作を残したが、そのいずれもがベストセラーになったということでも知られていた。

変奇館の新築後、僕の部屋の本棚を見た父が、ずいぶん面白そうな本を並べたな、でもひとりだけ嫌いな奴の本があるけど、と言った。このひとりだけ嫌いな、と言ったのが、おそらく清水幾太郎だったと想像している。そのころ、『日本近現代思想史・全十五巻』（たとえば）というような全集があるとすれば、その中に清水氏の著作が含まれるのは避けられなかったのだ。なお、この本棚は例の水害で全滅してしまった。子供のころからの蔵書であり、いまとなってはかなり貴重な本も含まれていたのだが。

瞳が五回を費やした反論は本文を読んでいただくとして、僕がなるほどと思ったのは、

——軍隊で、私は戦争の話をしたことがなく、また聞かされたこともなかった。軍隊にいるより家にいたほうが、ずっと戦争について知る機会が多かった。（「卑怯者の弁〈承前〉」（869））

兵役についていたら、敵の狙いはこうで、こちらの兵力はこう、だからこう戦う、というような解説があるかと思っていたら、まったくそういうことはなかったというのだ。

これはひとりの兵隊として従軍した者の証言として貴重なものだと思う。

のちに触れる内務班の過酷な瑣末《さまつ》主義に翻弄されながらも、こうしたところに気がつくというのは、のちの作家としての感性というか、平常心を失わなかったというか、人とは違うもの

の見方が働いていたという証左だろう。

――こういう声は、三十五年前、四十年前に、さんざん聞かされ、教育されてきたあの声とよく似ているということだけはわかるのである。（「卑怯者の弁〈承前〉」（872））

と清水氏の論文を読んで、瞳は書くのだが、本文にあたっていただければわかると思うが、清水氏の論調は、最近の改憲論者が書いたものといわれても疑問に思わないものだ。清水氏は憲法第九条の破棄と再軍備について語っている。

そして、瞳はそれに対して反論というか、瞳なりの悲痛な思いを投げかけている。その意味でも、山口瞳のエッセイが、いま、読まれる価値があると思うし、読み継がれている理由でもあるだろう。

――十月の初めから、水害でめちゃくちゃになってしまった半地下の食事室の改装に取りかかることになった。（中略）床は栗の木の板にする。鉄骨を松の丸太でくるむ。（中略）壁は漆喰である。これはすべてドストエフスキイの意匠によるものである。（「秋の一日」（873））

つまり、とうとう瞳は現代建築に見切りをつけた。

変奇館は当初の建築家である高橋公子さんの手を離れ、室町以来の伝統工法を理想とする頑亭先生の手に委ねられることとなった。

外皮と内皮が別のものであるのが気持ち悪いとおっしゃっていた公子さんがもっとも苦手とする建物になってしまった。

ここにおいてはじめて変奇館は変奇館として一応の完成形を見ることとなる。瞳は栗材と書いたが床は松の無垢材だと思う。それを頑亭先生は一日がかりで漆塗りにしたのだ。

頑亭先生は国産の漆しか使わない。それを人毛の幅一センチばかりの専用の筆で塗っていくのだ。塗ったところを着古した木綿の下着で拭き取っていく。伝統的な拭き漆の技法だ。机などは何度も塗るのだが、床は一度塗りであった。それでもいまにいたるまでよい風合いが保たれている。

ご存じのように塗り立ての漆はかぶれるし、匂いも強い。瞳と治子は都内のホテルに避難してしまった。留守番役の僕は新たに寝室となった最上階で寝ているので、被害が少ない。

本当は湿度がある梅雨時にやりたかったと頑亭先生がおっしゃる。漆には湿度が高いほど早く乾くという不思議な性質があった。

僕も作業の一部を手伝ったのだが、頑亭先生がお帰りになってから、電熱器に水道水を並々と注いだ大きな鍋を載せて一晩中、蒸気がのぼるようにした。早く乾くようにと思ってのことだった。

1981年

正月に遊びに来た英国人について書いているのが、「職人気質」（884）で、彼の名前はアンドルー・アーマー。慶応大学に留学中で、例の三田のアパートに下宿していたときに友人となった。

『源氏物語』の研究家であり、現在も慶応大学で教鞭を取っているはずだ。ケンブリッジ大学出身で、はじめて校内に映画同好会を設立したと言っていた。

イギリスでは上映禁止になっているトッド・ブラウニング監督作品「フリークス」の、新宿で行われたアングラ上映にご案内して、大変喜ばれた。

正月の宴会で同席した常盤新平先生が、そうですかあ、ケンブリッジですかあ、すごいなあ、とおっしゃった。

瞳には軽率がつきまとう、というキャッチフレーズ（?）がある。普通の人は間違えないようなことを、吸い込まれるように間違えてしまうのだ。

——府中市では朝鮮人である全演植さんが、一軒のパチンコ屋から、デパート経営にまで伸しあがっていたので、傳さんとは対照的な感じがする。全さんは、最近では、モランボンとかさくらの名のつく馬の馬主で全国的に有名になった。（「逝く春」（895））

これは「男性自身」新潮社版からの引用で、「週刊新潮」掲載時には〝韓国人である全演植さんが〟となっていたはずだ。

全さんが瞳のファンだということでお近づきになった。それを書いたのだが、後日、全さんの秘書のかたがお見えになり厳重な抗議を受けた。どうやら在日関係者の間で大問題になったらしい。

およそ政治や世界情勢全般に疎い瞳は、朝鮮という言葉は使ってはいけないことになり、韓国と言い換えなければならないと思い込んでいたのだ。

あらためて書くまでもないが、戦後、半島出身者は朝鮮籍となり、大韓民国の成立を待って韓国籍と北朝鮮籍に変更するのだが、北の共産主義も南の独裁政権も気に入らないとして、そのままにした方もいるらしい。そうしたことを瞳が知る由もない。

だから単行本が出版されたときに書き換えられたのだ。

ことほど左様に、瞳は世間一般の常識からかけ離れているのだ。僕なども、何度もはらはらさせられた。「週刊新潮」が出るたびに、またなにかとんでもない間違いをしていないかと心配でしようがなかった。

なにしろ、徳川家のご当主にむかって、開口一番、佐幕と言うべきところ、僕は尊皇攘夷です、と言ってしまう人なのだから。

ここで登場している傅さんとは、国立駅前で「蘭燈園」という中華料理店を経営していた傅少擻さんだ。

傅さんに台湾旅行に誘われたが、女房の許可がおりなかった、と瞳は、「逝く春」で書いているが、単にどうせ悪いことでも考えているんでしょう、という意味ではない。治子がタヒチ旅行のときのような神経症の悪化を懸念して許可しないのだ。

知り合ったのが遅く、この数カ月後に傅さんは亡くなられた。五月十二日が傅さんの四十九日だったと書いているのが、「苔に降る雨」(901)。

――傅さんの在命中、彼の細君が呉氏の出だと聞いたので、昔、台湾出身の呉明捷という野球の名選手がいたと言うと、傅さんは、それは家内の兄だと言った。このように傅さんは、決して自分からは身内の自慢話はしない人だった。(「苔に降る雨」(901))

この呉明捷さんはまだ当時お元気で、傅さんの四十九日に出席していた。瞳と戦前からの野球の昔話になった。

呉明捷の名前はひょんなことから、僕も最近、知った。数年前にヒットした台湾映画「KA

NO 1931海の向こうの甲子園」によってである。昭和六年、夏の甲子園第十七回全国中等学校優勝野球大会に出場し準優勝した嘉義農林学校野球部のエースピッチャーが彼だった。なんと、あの映画のモデルの妹さんが国立にいらっしゃったとは。

八月二十二日は暑い日だった、と書くのが「木槿の花」（916）で、ここから「男性自身」で八回を費やして向田邦子さんの死と思い出をつづる。新潮社の単行本では、これに他誌で書いたものを足して向田さんを追悼している。

瞳のショックはいかばかりであっただろう。

当日、テレビにテロップが流れ始めたころ、僕も両親と一緒に画面を注視していた。速報が出て台湾での飛行機遭難を伝える。向田邦子さんが乗っていたらしい、とテロップが出る。すぐに間違いらしいという報道がなされる。

そのたびに、死んだと出れば母は悲鳴をあげて泣き叫ぶ。誤報と出ると、やっぱり、大丈夫、大丈夫などと言いながら小躍りする。ジャンプする。天井の低い食堂室であんなに跳べるものかと思うほど高く跳び上がって喜ぶ。

その間、瞳は苦虫をかみつぶしたような顔をして、梶山季之さんからいただいた革張りの応接椅子に深く腰掛けたままだった。

そして、次第に向田さんの死は確実なものになっていく。

僕は、向田さんには数回、お目にかかっている。

父は国立に戻ってきて、無職で逼塞《ひっそく》している僕を心配して、息子を頼むと、知り合いに片っ端からお願いしていた。

唐十郎さんからは、「しょうちゃんのパパから息子をお願いします、と言われたけど、ぼくはなにをすればいいの?」と言われた。父は、演劇関係で何かできないかと思ったのだろう。

倉本聰さんに、赤坂見附のTBSの近くまで呼び出された。やはり父が就職を頼んだのだ。ふたりでTBSの旧社屋の地下にあったカフェにいると久世光彦さんが現れた。倉本さんは久世さんの下でスタッフの見習いから始めればいいのではないかと、お考えになったようだ。

おふたりが雑談をしているところに、後ろから、「あら、何かいいことでも話しているの?」と声をかけてきたのが向田邦子さんだった。

三人の話題は、俳優として才能がある荒木一郎を何らかの番組で使いたいというものだった。向田さんが、破廉恥事件を起こしている荒木一郎なんて嫌い、とでも言うのかと思ったら、案に相違して私も高く評価している、というようなことをおっしゃったのが、ちょっと意外だった。やはり、テレビの世界の価値観は、一般庶民とはかけ離れているなと感じた。

荒木一郎は倉本さんが一九七九年、TBSに書いた連続ドラマ「たとえば、愛」に出演している。

談笑するお三方の会話は僕からは遠く離れた別世界のものだった。

「あんたに会ったら、言おうと思っていたことがあるんだよう」

TBSのテレビドラマ制作の下請け会社でディレクターをしていた先輩につれられて赤坂見附の居酒屋で飲んでいると、名前を言えば誰でも知っている女性プロデューサーが同席を求めてきて、こんな風に絡んできた。

「あたしゃ、あんたのお父さんを恨んでいるよ。どうして、誰も彼も小説にいっちゃうんだよ。小説のどこがいいんだよ。テレビはそんなにだめなのかよ」

T女史はそう続けた。かなり酩酊していらっしゃった。

「久世も久世だよ。小説なんか書きやがって。向田も死ぬことはなかったんだよ、あんたのオヤジが誘わなければ。みんな、そっちに引っ張られちゃうんだ」

久世さんの名前が出たのだから、瞳の死後、一九九五年以降だっただろうか。

瞳が無理に直木賞に推挙しなければ、向田さんは死ななかっただろう、という話はテレビ関係者からよく聞いた。

我が家に一度だけ来た人は早死にするというジンクスのことを瞳は書いている。もちろん、事実は、一度しか来たことがないのに長生きしていらっしゃるかたのほうが多いのだ。

しかし、瞳と治子はそう信じている節があった。

その人名を数え上げているのが、「木槿の花」の四回目（919）だ。

だからこそ、一九八一年の十二月二十五日の深夜、向田さんが瞳を、我が家まで送ってくれたときの困惑を隠さない。

「お願いだから、必ず来てくださいよ、近いうちに」

と懇願することになる。

そして、翌一九八二年の四月十二日の花見に向田さんが現れたとき、瞳は欣喜雀躍した。

そして再訪を懇願した理由を説明すると、向田さんは、

「えっ？　本当？　もう大丈夫？」

向田さんは座布団から飛び上がるようにして喜ばれたという。

だけどねえ、お父さん、と僕は思う。

あのジンクスは、きちんと一泊するか、それに近い、朝まで飲み通すじゃなければ、駄目なんだ。数時間の滞在では、呪いは解けない。

向田さんの最晩年、と書くにはあまりにも若い晩年だが、その活躍ぶり、過密スケジュールは異常である。

まるで何かから逃げようとしているようだ。

瞳もうっすらとそれに気がついていたのかもしれないが、「木槿の花」の連作の最後で向田

さんの乳ガン手術について書いている。

向田さんはガンの再発を恐れていたのではないか。あるいは、その予感が、少しずつ現実になっていったのかもしれない。当時の医学では再発はほとんど死を意味していた。聡明な向田さんにはそれがはっきりとわかっていたはずだ。それゆえ、今のうちに書くべきことは書く、見るべきものは見る、食べるべきものは食べておきたかったのではないか。

四月の花見にお見えになったとき、瞳が、あなたは長生きしますよ、と言った言葉に対する喜び方は、ちょっと常軌を逸して過剰なものだった。

向田さんは向田さんなりに、自分にかけられた呪いと戦っていたのではないか。

1982年

八時ごろ、矢口純さん夫妻がみえて、向田さんのとき、あんなに乱暴な口を利いたか、と言われたというのが「春の雨」（942）。向田さんが亡くなったときに、瞳に色紙を書けと言った件か。

新橋のバー「トントン」で酒に酔って誰彼かまわず絡んでいる瞳にものを書かせようとしたのが矢口さんだ。

しかし、酒を飲むと怒りっぽくなることにおいて、矢口さんも相当なものだ。

僕もこっぴどく怒られたことがある。

まだ変奇館を建てる前の、国立に引っ越してきたごく初期のころ、報知新聞の記者だったNさんというかたが、当時では珍しいシェパードのブリーダーだった。

生き物の好きな僕が父にねだって、子犬を分けてもらうことにしたのだが、玄関に届けられた子犬を見て、僕は驚いた。生後まもないというのに、前足が当時、中学生だった僕の二の腕よりも太い。

ひと目見て、僕の手にはおえないとわかった。そこで、とても飼えないと父に言ったところ、どんな経緯があったのかはわからないが、その子犬は矢口さんが引き取ることになった。

矢口さんが引き取りにみえたとき、僕は、「ときどきは見に行きますから」と言ってしまった。

「おい、いま、なんと言った。そっちが困っているから引き取ってやるというのに、ときどきは見に行きます、とはなにごとだ。そこになおれ」

と叱責された。

確かに僕の言葉は生意気で、礼を失していた。

「おい、おい、正介はまだ子供なんだから。それに他人の子供がいかに悪くても、そこになおれはないだろう」

と、父が取りなしてくれたが、矢口さんの怒りは収まらない。

「あたいは、こういうガキが心底、嫌いなんだよ。折檻でもしないと、とんでもないことになるぞ」

「まあまあ、そこまで言うなよ。正介はもうわかっているよ」

そのとき、矢口さんの前で正座していた僕が、父と矢口さんの間を取り持ってしまった。

「パパ、僕はパパに怒られたことがないだろ。だから怒られるってどんな感じかわからないんだ。たまには怒られてみます」

そう言って、もう一度、矢口さんに向かって深々と頭を下げた。

ああ。山口家の幇間精神がここでも発揮されてしまったらしい。

これには矢口さんも振り上げた拳の下ろしどころがわからなくなったらしく、もうあっちへ行ってろ、とおっしゃってそっぽを向いてしまった。

瞳の小説『マジメ人間』の中で、オコリ人間と綽名《あだな》をつけられた矢口さんの面目躍如ではあった。

1983年

——こんな風に忠臣蔵が大好きなのであるけれども、あるとき、突然、戦慄が走るといった感じに襲われることがある。そのときは、とても怖い。

自分の身に、かつて、あれとまったく同じことがあったのではないか、と思われてくることがある。そのときが怖い。そうなのだ、あれとまったく同じことがあったのだ。そう思うのは、やはり、私の妄想癖によるものだろうか。（「忠臣蔵」（984））

仇討ちが終わり、本懐とげて泉岳寺の主君の墓前で切腹するものを、細川家ほかのあずかりとなる。

すぐに切腹のご沙汰がある、と思っているうちに、どうやらそうでもないらしいという感じになってくる。世間の評判ではこんな忠義者を殺してはいけない、ということになっているらしい。他家に仕官の道が開けるかもしれない。

このあたりの感覚が、なんとも怖いと瞳は書く。

自分自身が戦争が終わったとき、昭和二十年の八月十五日から九月の二十日まで鳥取県の山中にあった部隊に留め置かれていたのだ。瞳は陸軍二等兵だった。

なんらかのご沙汰があると思っていた。

しかし、一向にその沙汰はなく、現地で除隊することになる。

忠義に殉じて死ぬつもりであったものが、ある日、突然、ほっぽりだされてしまった。瞳の戦後とは、つまりいつか切腹の沙汰があるのではないかという、不安と、このまま生き長らえるかもしれないという恍惚の間にある、ちゅうぶらりんの感覚ではなかったか。

「男性自身」の千回目を迎えたあたりから、身辺雑記から掌編小説風と大きく作風を変える。

小説『家族』を上梓したのがこの年の四月。このころのエッセイを読むと、ついに作家として踏み込んではいけないところに入ってしまったという感慨を書いたものが多くなる。作家としては書くべきだが、人間としてはどうなのかという、自分自身に対する問いかけだ。

そして、向田邦子さんという瞳の人生の中で出会った女性として、母の静子に匹敵するほど重要な人を失った喪失感もある。治子は向田さんを贔屓《ひいき》にする瞳に対して、かなりの嫉妬を覚えていたようだ。

自分があのとき、半ば強引に直木賞を取らせなければ、もう少し長生きできたのでは、という思いもあっただろう。

この『家族』執筆と向田さん喪失のショックから、身近な心象風景を描くことに嫌悪感に近いものを持つようになったのではないだろうか。

その結果が、「男性自身」を小説体、つまりまったくのフィクションへ移行させたのではなかったか。この時期の小説体「男性自身」にはモデルや、ある事件のことだなとわかるものはほとんどない。

三十年以上も前のことなので、僕がその当時の瞳の人間関係を忘れているだけなのかもしれないが、僕としては、それは、この時期、瞳が書いた小説体の「男性自身」が、山口瞳の現実逃避としての小説であったからではないかと感じている。

6 「男性自身」(1984〜1987年)

1984年

比較的、安定していたのではないかと思われる、この時期にも様々な変化があった。

〝安定〟というのは、三田のアパートを引き払い変則的な生活をやめた、僕が国立に戻り、親子三人の生活が復活した、という程度の意味ではあるのだけれど。

強烈な個性が切磋琢磨する演劇界からはじき出された僕が、少しずつ短い小説や映画評論を書くようになった時期でもある。父は、僕には面と向かっては言わなかったが、母にはそれなりに、安心したようなことを言っていたという。もちろん、これは母が、いつものように、「パパが、これこれと言っていたわよ」と僕に諭すように伝えるというやり方だった。

〝変化〟というのは、新潮社版「男性自身シリーズ」でいうと『私本歳時記』にあたる、一九八三年の十月ごろから一九八四年の六月いっぱいまで続く、それまでの身辺エッセイから小説体への変化である。

また、同新潮社版「男性自身」の『還暦老人ボケ日記』となる日記文体への変化も重要なものとなる。還暦を迎えて〝絶筆宣言〟をするのもこの期間だ。

『還暦老人ボケ日記』の巻頭エッセイとして「オール讀物」一九八七年五月号の「おしまいのページ」に書いた「絶筆」を挿入する。

還暦を契機として、絶筆するというのだ。

例によって、瞳はこんな重大な宣言であるのに、〝絶筆〟〝休筆〟の違いを考慮したり、あるいは、このときの気持ちを表すもっと適切な言葉を選ぼうとしない。

文意をよくよく読んでみないと、この〝絶筆〟の正体、瞳が意図することはわからない。つまり、〝絶筆〟という言葉で瞳が言いたかったことは、現在、連載中のもの以外の、新しい連載は始めません、書き下ろしの小説は書きません、というだけのことなのだ。

したがって、「週刊新潮」の「男性自身」の連載もサントリーのPR誌の紀行文の仕事である「行きつけの店」シリーズもそれまで通り続いているので、〝絶筆〟だと思った愛読者は混乱することになる。

さらに断りきれないといって、種々のエッセイも方々に書くので、どこが絶筆なのか、わからなくなってしまうのだ。まことに人騒がせな話なのである。

一九八三年四月に、実の父親の犯罪歴を暴いた小説『家族』を上梓したものの、それまでには、執筆に難航し、呻吟する日々が続く。

憎しみや悲しみを、絶唱体や、詠嘆調というレトリックを駆使し、そして、にもかかわらずそれが、ある種の父との和解にまでに昇華できなかったのではないかという後悔と、〝戦友〟向田邦子さんの死による喪失感から立ち直れなかったことによる鬱状態が続いていた。

このふたつのことから、瞳は、いわゆる私小説、自分自身の身内や友人、知人について書くのが嫌になってしまったのではないかと、僕は思っている。

『私本歳時記』は、それゆえの小説文体への移行だったのではないか。

新潮社版「男性自身」の『余計なお世話』に収録されている、「文藝春秋」一九八三年六月号に書いたエッセイ「なぜ書くのか」を読むと、その苦渋の一端が見えてくる。

──『家族』が発売された四月初旬から、ぼんやりと庭を眺める時間が長くなった。私は一日でも長く生きたいと思っている。平均寿命ぐらいは生きたいと切望している。死にたいと思ったことはない。ところが、庭を眺めているときに、いつのまにか自殺の種類を数えあげていたりしているのに気づく。嘘をつくな、死にたいと思ったことなんかないじゃないかと自分を叱りつける。そうして青葉若葉に見惚れている。のんびりしようとしている。しかし、いつのまにか、縊死だけは厭だなと考えている自分に気づかされる。（「なぜ書くのか」）

という状況だったのだ。

去年の秋、総イレ歯が完成した、と書いているのが、「イレ歯の十徳」（1061）なのだが、この時点でも、自分の歯が何本かは残っていたはずである。何回かあとの「男性自身」にも、まだかろうじて残っている数本の歯のことが出てくるのだ。僕の感覚としては、総入れ歯とは、すべての歯が抜けた状態で使用するものをいうのだと思う。このあたりが、瞳のいい加減なところなのか、それとも〝総入れ歯〟というインパクトがある言葉を使う効果を狙ったものなのか、どうなのだろう。そんな例はたくさんある。

たとえば、向田邦子さんが直木賞の候補になったとき、選考会で、彼女はもう五十歳なんです、あとがありませんと訴えて得点を稼いだのだが、あとで、あたしはまだ四十九歳ですと怒られたりしている。

また、伊丹十三さんと初めて会ったとき、彼は十九歳だったという、伊丹さんのエッセイ集『ヨーロッパ退屈日記』のために書いた跋文《ばつぶん》にも間違いがある。

伊丹さんは、あのとき、僕は二十歳を超えてました、とおっしゃるのだ。瞳は、そのほうが効果的じゃないか、彼は十九だった、というほうが鮮烈な印象をあたえるじゃないか、と言っていた。単なる思い違いなのに開き直っているのか、あるいは、知っているのに、戦略的に間違えてみせたことなのか、わからなくなる。

だから、瞳が書く文章や言葉では何度もヒヤヒヤさせられた。

「寺山修司」（1076）で氏の葬儀の席上、劇団員が会場で「レミング」の主題歌を合唱したとき、父に同行した僕が、「寺山さんの芝居は全部見ているけれど、寺山さんの演出では、これが一番よかった」と言った、と書いている。

僕は、それまで何本か観た寺山さんの演劇では、たとえば状況劇場や自由劇場ほどの感動はしなかった。〝全部〟観ているというのは、例によって瞳らしい誇張だ。

どうして寺山さんの演劇にそれほど感激しなかったかというと、寺山さんが自作の出演者にシロウトを使ったからだった。演技力としては、はっきり書けば、ちゃんちゃらおかしいレベルの人たちで、昨日家出してきたような人に寺山さんの難解なセリフをそれなりに話せ、と要求するのは土台無理な話なのだ。

葬儀の会場ではどうだったのかといえば、全員がなぜ、何のために歌っているか本当に理解していた。簡単にいえば、心がこもっていた。もう、あの尊敬していたかたには、二度と会えないのだという心情がひたひたと伝わってきた。

寺山さんが元気だったころ、出演者はほとんど、何でこんなことをしているのか、よく理解していなかったと思う。それでは観客に何も伝わらないのだ。

僕には、総じて寺山さんの仕事は苦手だった。僕の印象としては、寺山さんは偉丈夫だった。体格がいい。だから、そのくせすぐに死ぬだの病弱だのというのが、なんとなく嘘っぽく聞こえた。本当はネフローゼという持病があり、子供のころから死と隣り合わせだったと知ったのは、氏の死後のことだった。申し訳ないことをした。

それにしても、瞳はここでも向田さんの言葉を引用している。


――自分にとっての最大のお祭りで、自分が主役なのに参加できないのが葬儀だと言ったのは向田邦子である。（「寺山修司」〈1076〉）

「私の根本思想」（1081）から、何の前提もなし、解説もなしで原文の一部を引用しておきたい。これが瞳が一生をかけて言いたかったことだと思うから。


――私は、日本という国は亡びてしまってもいいと思っている。皆殺しにされてもいいと思っている。かつて、歴史上に、人を傷つけたり殺したりすることが厭で、そのために亡びてしまった国家があったといったことで充分ではないか。

（中略）

どの国が攻めてくるのか私は知らないが、もし、こういう国を攻め滅そうとする国が存在するならば、そういう世界は生きるに価いしないと考える。私の根本思想の芯の芯なるものはそういうことだ。（「私の根本思想」（1081））

これを評して、山口瞳は命懸けの厭戦主義者とおっしゃったかたがいる。

こういうことを書くと、必ず、では妻子を凌辱されそうになったらどうする、と反論が返ってくる。

そういうときはと、すでに瞳は「卑怯者の弁」で書いている。僕は妻子の前に出て、最初に殺されます、と。そのあとのことは知ったこっちゃない、である。

そして、ここまで書いてきて、あることに気がつく。こうした議論の中に、妻子を云々、とこれもよく聞くセリフを持ち出すのは、卑怯なのではないかと。

だったら、「卑怯者の弁」における卑怯者とは誰か。瞳は自分は卑怯者であると書いている。しかし、その真意を探っていくと、もっと深いところにあるのではないだろうかと思えてくるのだ。

1985年

軽井沢の別荘があった場所を再訪しているのが「年年歳歳」（1091）で、戦後すぐまで千ヶ滝に六千坪の地所を持っていたことは、少し前に書いた。

両親は無計画であったが、もしかしたら、軽井沢にこれだけの不動産があれば一生、食べるのに困らないと考えていたかもしれないと瞳は回想している。

しかし、この土地は戦後すぐ三十五万円で売却してしまい、その金も戦後のインフレの中で、あっと言う間になくなってしまったと書いている。

僕もそう思っていたのだ。そして、あの軽井沢の地所をそのまま温存させていれば、あの一窯分の魯山人の焼き物を梱包も解かず、そのまま所持していれば。

しかし、我が家がやったことといえば、正反対のことだ。

三田のアパートは賃貸だった。もしも同じ月々の支払いで都心のマンションを購入していたらと思わないではない。計画性がないのは、何も正雄に限ったことではない。いや、正雄から連綿と継がれてきているのかもしれない。

瞳だったら、そんなことで得しようなどと思うな、と大喝することだろう。

正介さん、こういうことはしないでくださいね、と父から言われたことがふたつある。

前にも書いたが、ひとつは吉野秀雄先生が亡くなられたあと、息子の吉野壮児さんが書かれた小説だ。その中でお父様のことを悪しざまにけなしている。そんなことはしないでくれというものだ。

俺の死後、暴露的な悪口を書くな、というのだ。この一連の解説が悪口になっていなければいいのだがと思う。

もうひとつが、「悲報」（１１１０）の守谷兼義さんの死だ。

大学時代からの親友である守谷さんはお母様の訃報を受けて勤務先のロンドンから急遽、帰国した。そして通夜の席で納棺に際して声をあげて泣いているうちに、昏倒されて、そのまま亡くなられた。

お前は精神的にも肉体的にも弱いから、こんなことにならないようにしてくれ、というのだった。

一九九五年八月三十日の父の死はなんとか乗り越えることができた。僕もまだ四十五歳だったし、母のことのほうが心配だった。

これまでの経緯から母が後追い自殺するのでは、というかたと、女は丈夫だよ、というかたが半々だったか。その母もなんとか持ちこたえた。

父が危惧した通り、僕が危なかったのは、二〇一一年三月十三日の母の死のほうだった。体重が五キロ以上落ちて、駅の階段をひと息に上れなくなった。ＪＲの車内で二度ほど席を譲られ、その都度、そんな歳じゃありませんとお断りするような仕儀と相成った。有り体に書けば、そのショックからはまだ立ち直っていない。

――去年の八月に弟が急死した。一昨年の八月には妹が死んだ。そのことを小説に書いた。その前には遭難した向田邦子さんのことがある。どうも、八月は、私にとって魔の八月であるらしい。父が死んだのも八月である。私のところの法事は八月と十二月に集中している。それ以外にない。（「八月の悪魔」（１１２１））

そして、瞳の命日は八月三十日だ。

向田さんを妹や父親と同列にあつかうところに瞳の並々ならぬ思いがある。

何かにつけて、瞳が、向田さん、向田さんと言うのに、妻である治子はどんな感情をいだいていたのだろうか。

治子は最晩年、肺に水がたまり、それが中皮腫という一種のガンであることがわかる。年齢も年齢であったために、大がかりな手術はしないことになり、水を抜いてもらったり、呼吸が苦しくなれば酸素補給をするというような対症療法を行うばかりだった。

何度か入退院を繰り返すことになるのだが、大変な読書家でもあったので、僕が何冊かの書物を病室に持ち込むのが常であった。

あるとき、見舞いに行った僕に、「みんなは内田百閒がいい、いいと言うけど、何にも読んでないのよね」と言った。そこで代表作と思われる文庫を数冊、見繕って病室に届けた。それを読破してしまうと、「実は向田さんの小説も、きちんと読んだことがないのよ」と言う。さっそく、自宅にあった『向田邦子全集』(全三巻・文藝春秋刊)を病室に持ち込んだ。

治子は、速読であり、読み巧者でもある。テレビで山田太一、倉本聰、向田邦子にいち早く目をつけ、瞳に面白いわよと言って教えたのは治子だ。

数日後、病室を訪れると、母がこともなげに、「向田さんも、まとめて読むと、意外に下品ね」と言った。

僕は、テレビドラマの脚本を前提として書けば、おのずから大衆に迎合せざるを得ないだろう、と言おうかと思ったが、黙っていた。

治子は、すでに余命一年と宣告されている。だから、その辛辣な言葉は、死を目前にした治子の、瞳が、文学上のこととはいえ、向田邦子に寄せていた異常ともいうべき関心への、せめてもの意趣返しであったのではないかと思えてくるのである。

1986年

「週刊新潮」の一月九日・十六日合併号に「年の暮れ」(1137)を書いて、再び、「空っ風」(1138)から「秋時雨」(1179)までが短編小説の形態をとる。そして、第1180回の「還暦」から再び日記体がとられる。

この時期に瞳は自らの死が間近に迫っていると感じ、このような人間が、次第に衰弱してこのような最期を迎えるということをドキュメンタリーのようにして書き綴りたいと思ったようだ。

十一月一日(土)の項。

——向田邦子原作、深町幸男演出『父の詫び状』をみる。向田深町のコムビもこれが最後かと思うと、何か心のなかに秋風の立つ感じ。作品の出来栄えより、堪らなく向田女史に会いたくなる。(「還暦」(1180))

ほら、またこれだ。治子の心情やいかに、と詮索したくなる。それほどに、いま風にいえば、瞳の向田ロス、つまり、向田邦子の事故死がもたらす喪失感はそうとう重症であったといえる。

1987年

「中途半端なり」（1188）の一月一日の項。いままで元旦というと延べ人数で七十人とか八十人とかいう来客があった。

それを還暦を機会にやめたのだ。いや、老生も老妻も歳をとり、お相手できませんので、元旦と花見、月見の宴を取りやめます、という葉書を出したと記憶している。

それでも来てしまった人が、この年は二十人ほどいたという顚末を書いている。

元旦の来客はこれ以降、だんだんに減って、ひとり、ふたりの飛び入りはあったが、最終的には、常盤新平さん、田沼武能さん、豊田健次さん、岩橋邦枝さん、大村彦次郎さんが残り、それぞれの奥様、お子さんもいらっしゃるあたりで落ち着いた。台所のほうは「繁寿司」のタカチャンとセッチャンが来てくれた。この元旦の会は、このメンバーで治子の死亡する前年まで続くのだった。

「春愁」（1202）の四月十三日（月）曇り、には最後の短編小説集となる『庭の砂場』の見本ができたので、献呈本サインのため、文藝春秋に行く、とある。

——これが最後の短編集になるはず。心境を問われるならば「老樹花一輪」。（「春愁」（1202））

「パドックの馬」（1207）に面白い記述がある。

——五月十五日に新潮社佐藤誠一郎氏来。短篇集『梔子の花』の見本を持ってきてくれる。

と書いているのだ。

つまり、小説体の「男性自身」を単行本にしたものは、瞳の認識としては、「男性自身」ではなかったことになる。

発表の場として「週刊新潮」の「男性自身」のページを、いってみれば間借りして短編小説を書いているという気分だったのだろうか。

確かに四百字詰め原稿用紙七枚から八枚程度のスペースは瞳にとっては、もっとも馴染みのあるものであっただろうし、他ではこの見開きで小説というのはあまり見かけない。

だから器として、この場が書くときの呼吸にもっとも合致していたのだろう。

「一の酉」（1231）で久しぶりに夫婦で銀座に出たら、その変貌ぶりに驚き、治子が思わず、「大都会だわねェ」と言うと瞳がすかさず、「これが東京だよ、おっかさん」と受けている。

治子の精神状態も歳とともに、だいぶ軽減してきた様子だったし、機嫌のいいときのふたりは、たえずこんなことを言い合って、楽しそうにふざけていた。

7「男性自身」（1988〜1991年）

1988年

両親と村松友視ご夫妻を僕の行きつけの店「燁《あき》」にご案内したのが「老人割引」（1241）だ。

瞳は店内の壁にかけられていた武者小路実篤の有名な「実篤葡萄」を見ているのだが、あまり感心しなかったのだろうか、それには触れていない。

この店の女主人、中尾富美子さんと村松友視夫人、そしてあるカレー屋さんの奥さんの三人で、吉祥寺三大美女と呼ばれている。

「燁」について瞳は、「吉祥寺に京都ありというような店だった」とだけ書いている。当時、「燁」は村松ご夫妻も愛用の小料理屋で、銀座では、お猪口一杯一万円などといわれた「菊姫大吟醸」などをリーズナブルな値段で呑める店だったが、惜しくも数年前に閉店してしまった。

近所の喫茶店としてCatfishが、そろそろ登場し始めるのが、「小鳥たち」（1244）あたりからだろうか。以後、頻繁に登場する。関頑亭先生の甥御さんである関増雄さんが始めた喫茶店で画廊「エソラ」が併設されている。

以後、瞳の定期的な書画展覧会の会場として、また我が家の応接間として頻繁に利用されることになる。また頑亭先生の弟さんである関敏さんが提案した年末恒例の「はがきゑ展」もこの店の名物となる。

増雄さんは僕と同い年でアルコールを飲まないのと運転が好きなので、旅先などでずいぶん瞳たちを助けることになる。

なかなかに立派な肥満体で、僕はある年の「はがきゑ展」のオープニングで、「増雄さんとナンシー関は同一人物です」とやってしまった。それなりに笑ってもらえたが、増雄さんは内心は相当、怒っていたのではないだろうか。

でも、消しゴムで似顔絵を彫る版画で人気のあったナンシー関さんと増雄さんは「週刊文春」の名物企画である「顔面相似形」に応募したら入選する程度には似ていたと思う。

三月十一日の日記に瞳を突然襲った、左半身の麻痺について書いているのだが、僕はどうも記憶がさだかではないのだ。僕が近所の府中病院まで車で送っていったというのに（「痺れる」（1

248))。このときの痺れは結局、最後まで治ることがなかったようだ。
CTスキャンの結果、このときは脳梗塞という診断だったが、あとで頸椎症という診断に変わることになる。

この治療のために慶応病院へ毎月、通院することになるのだ。あとで、あんなに大病院へしょっちゅう通っていたのに、なぜガンの早期発見ができなかったのかと悔やまれた。

知り合いの脳外科医に発症当時のことを話したら、言下にそれは頸椎症だと断言した。「牽引するでしょ。普通は十キロとか二十キロぐらいの負荷でじっくり引っ張る治療をするのだけど、あれじゃ駄目なんだよね。一トン近い負荷をかけて、一発でガツンと瞬間的に引っ張ってやらないと治らないんだ。だけど、普通の先生は怖がってやんねえんだよ」とおっしゃる。外科医というのはたいがい乱暴なことを言うものだ。

それはともかくとして、このあたりから「男性自身」には常に不快感があり、微熱があり、痺れがあると書き、入院とか診察という語彙が頻発するようになる。

四月四日から慶応病院に検査入院。その結果は、脳血栓の痕跡は、二年前の府中病院のフィルムにあるが、今回は認められない。頸椎に損傷があり、それが神経を圧迫して左半身が痺れるのだろう、というもの。頸椎症は作家の職業病のようなものだ。前かがみで長時間仕事しているから、首に負担がかかるのだ。以後、入退院を繰り返すということになる。

六月二日に花柳紘三さんが亡くなった。六十二歳。瞳の二人の妹、花柳麗輔、若菜の相手役として、ずいぶんご一緒させていただいたのではないか。

晩年は六本木の交差点近く、今のハードロックカフェのあたりに小さな小料理屋風のバーを経営していた。僕が吉行淳之介さんとお目にかかったのもこのバーだ。

吉行さんは、僕が小児喘息だと聞くと、

「それは治しちゃ駄目だよ。透明な神経を持ちなさい。でもガラスのようにもろいのは駄目だ。上等なビニールのようにしなやかな神経じゃないと駄目だ」

と教えてくれた。

瞳は、いま風にいえば、隠れ家風のこのバーをよく利用していた。そういえば、瞳が親子三人でいたときに、伊丹十三さんが当時は誰でも知っていた若いタレントを連れてひょっこり現れたのも、この小さなバーだった。

六月三十日にこの日記体の文章の意図を書いている。

——僕は日記を書いているのではなく、一人の老人がどうやって死んでゆくか、死の一週間前に何を考えていたかというドキュメントのつもりなので許していただきたい。

そうなのだ、瞳はこの日記体で「男性自身」を書いている間に病を得て死ぬと思っていたのだ。

あとのことになるが、どうやらなかなか死なないので、日記体をもとの毎週一回エッセイを書くというスタイルに戻す。

皮肉なことに、その直後から死へのカウントダウンが始まるのだった。

銀座にあった「小笹寿し」にはよく通っていたが、職人であった岡田周蔵さんが下北沢に、ご自身の店を開いてからはあまり行かなくなった。国立からだと不便であったからだろうか。ともかく、九月の十六日に、駅前の増田書店の新装開店祝いで世話になった「ロージナ茶房」の伊藤接さん、関頑亭先生（ここでは本名の関保寿さんと表記されている）をここで接待している。瞳夫妻、それとサントリー広報部の須磨君こと谷浩志さん、僕も同席している。

子供のころ、僕をよく連れていったということも、ここに書かれている。

岡田さんと瞳のつきあいは長く、瞳が「昭和四十二年に父が死んだ。通夜のとき岡田さんは若い職人を連れて手伝いに来てくれた。いや、一切の食事を賄ってくれた。百人を越す客に銀座の一流店の寿司を食べてもらって、勘定は十万円だった。その恩義を忘れたことはない」と書いているほどの関係だった。

瞳は自分の葬儀に際しても岡田さんに寿司を握ってくれと、半ば遺言のように書きもしたし、言いもした。

しかし、あわただしく瞳の葬儀の準備をしている国立の変奇館にいらっしゃった岡田さんは、羽織袴に威儀を正し、かしこまって口上を述べるように、瞳の気持ちにはそいかねるとおっしゃった。

もう「繁寿司」さんという立派な行きつけの店があるのだから、わたくしどもの出番ではないでしょう、というのがその趣旨だった。

後日、店で、「瞳さんはいいけど、息子、ありゃ駄目だ。ろくすっぽ挨拶もできやしねえや」と誰彼かまわずおっしゃっていたと漏れ承った。

そうおっしゃるのも無理はない、通夜と葬儀の準備の真っ最中で、僕もスウェット・スーツ姿でてんてこ舞い。弔問客の一人一人にご挨拶などという状況ではなかったのだ。

僕は、十月十一日、競馬場の帰りに「繁寿司」に寄られた赤木駿介さんを、国立の富士見通りの喫茶店「書簡集」にご案内している。

少し前から通うようになったコーヒー専門店で、まだできたばかりだった。それがいまでは国立を代表する老舗になっている。

この日から瞳も〝行きつけの店〟として通うようになる。同じ日の記述に、息子が勧める伊藤屋という菓子店にも行ったと書いている。

意外に思われるかもしれないが、京都の一澤帆布店や甲府の印伝の店を紹介したのも僕だ。いずれものちに愛用してくれるようになったのは、ご存じの通り。

1989年

僕はあいかわらず自堕落な生活をしていて、朝は午前十時過ぎまで寝ている。

普段はそんなことをしない母が朝っぱらから寝室に入ってきて、カーテンを開けると、「あんた、テレビなくなったわよ」と言って僕を叩き起こした。

一月七日、天皇崩御。

この日、僕はNHKで「現在、活躍中の二世作家」というようなタイトルの番組の収録をするはずだった。

若手の作家で親も作家であるような人に対するインタビュー番組だ。僕が〝活躍中〟かはおくとして、確かにほかにも作家の子弟が何人か、作家活動をしていた。

早々と局から電話があり、お聞き及びでしょうが、それどころではありません、とのことだった。

それはそうだろう。後日、改めて同じ企画で収録いたします、ということだったが、結局、それきりになってしまった。ほかの人たちの収録はあったのだろうか。

矢崎泰久さんが、「こういうときは、瞳さんまで愛国者になってしまう」とおっしゃった。

矢崎さんの立場からすれば、そうなのだろうが、瞳の真意がそのあたりにあるのではないことは、よく読んでもらえばわかることだ。瞳はただ昭和天皇の和歌を高く評価していると書いただけなのだ。

瞳が反対していたのは一貫して、内務班のイジメであり、それが存在する軍隊であり、それを支える徴兵制度だった。ひと言でいえば理不尽だろうか。

昨日までペコペコしていた御用聞きが隣組の班長になると、住人の奥さんたちに、命令口調で乱暴な口をきいたり、ポマードをこってり付けて着流しでなよなよしていた長唄のお師匠さんが丸坊主になり、敬礼して行ってきますと言って、それっきり帰ってこなかったりしたことなのだ。

変化を嫌ったといってもいいし、分を守れということでもあり、その意味においては保守的ともいえる。

我が家にとっては一大事ともいえる事態が出来した。

何がキッカケだったのか、あの治子が電車に乗ると自分から言い出したのだ。

瞳は、一瞬〝我が耳を疑う〟という状態になった。

瞳のみならず、僕さえも、治子の乗り物恐怖症をはじめとする不安神経症にどれだけ苦しめられたことだろうか。

――妻も辛かっただろうが、僕だって四十年近く悩んできた。文壇の大御所ともいうべき方の所へ夫婦で挨拶に行ったとき「きみは先輩の家に来るのにハイヤーで乗りつけるのか」と怒鳴られたことがあった。

治子が東京駅から中央線に乗ってみようかしら、というような意味のことを呟いたのは一月二十六日のことだ。定期的な歯医者の診察の帰り、そう言い出した。

こんなとき、そうか、よし、今からまっすぐ帰ろう、などと勢い込んで大喜びしたりすると、やっぱりよすわ、となりかねない。

瞳は、それとない風を装って、高島屋と丸善に寄る。その間に考えなおして、駄目だわ、タクシーにすると言い出すかもしれない。冷静になる時間をあたえたのだ。

ともかく、瞳が選んだ、東京発高尾行特別快速電車のシルバーシートに座ることができて、無事に国立までたどり着く。治子は目をつぶって、緊張に耐えているのかと思ったら、寝息をたてていた。

このときの瞳の心中は察するに余りある。

——妻は眠っていた。精神安定剤を服んだのだろう。僕はいろいろなことを考えていた。眠っている妻は頭を僕の肩に乗せた。僕は身動きができなくなった。

このときの瞳の万感の思いをご理解いただけるだろうか。

ある方が、治子の病状を知って、僕だったら離婚だな、とおっしゃった。また、施設に入れるべきですよ、ともおっしゃった。

病状を正確にご存じだったということは、瞳と治子をよく知る方だ。したがって、その方の発言は治子の知るところとなった。別の知人が、あの人、こんなこと言ってましたよ、と治子に告げたのだ。

その方にしてみれば、僕にはできない、だから瞳さんは偉い、と続けたのだろうが、そこのところは治子に伝わらなかった。

あの人の悪口がいっぱい書いてあるから、私の日記は、私が死んでも、あの人が死ぬまで、門外不出ね、と僕に釘を刺した。

それはともかくとして、この日を境として、治子は電車に乗ることもあれば、競馬場からの帰り道、バスに乗ることもあった。

もちろん、それも瞳が付き添ってのことなのだ。しかも、いつもというわけではない。たまにひどく機嫌がいいときに限られるのだ。

それでも、我が家にとって奇跡にも近い変化だった。

以後、瞳の取材に同行することもできるようになったし、プライベートでの瞳との旅行にも行けるようになった。

僕としても、その間の独り暮らしは、束の間の息抜きとなった。

だが、今にして思えば、僕たち〝親子三人〟には、もう残された時間はそれほどなかったのだ。僕はこの時期の瞳と治子の旅行に同行したほうがよかったかとも思う。多少の後悔はあるのだが、しかし、瞳がいないときは四六時中、母と一緒にいなければならなかったのだからご理解ください。

一月三十一日にはさっそく、鉄は熱いうちに打て、奇貨居《お》くべしとして、甲府湯村温泉の常磐ホテルに行こうと治子に提案する。

「行ってみる」と治子が答えたときには、瞳は天にも昇る心地だったであろう。

二月六日、立川発十時五十三分の「あずさ11号」で瞳と治子は甲府へ向かう。八日に無事に帰宅するまでの小旅行は「男性自身」の「奇貨居くべし」（1293）を読んでいただきたい。

二月九日、手塚治虫氏死去とある。一体にこの日記体では誰が亡くなったという記述が多い。

つまり、自分をふくめての死んでいく人たちの記録にしようとしていたのか。

ともかく手塚治虫さんと瞳は同年同月同日生まれの有名人、ということで雑誌のグラビアページで取り上げられたことがある。

また、ふたりの人相も似ていた。ところが、あとになってわかることなのだが、手塚さんは年齢を偽っていた。あまりに若いと仕事で軽く見られると思われたのだろう。

瞳には常に自分の生年月日について疑問があった。そして、もしも親戚のお節介《せっかい》なおじさんが言ったように、瞳の本当の誕生日が一月十九日ならば、半年早く兵隊になり、戦死していたかもしれないという思いがあったと思われる。

つまり、ほとんど生まれ月が同じ腹違いの兄の存在がなければ、戦場で死んでいたかもしれないのだ。しかし、そうは思っても腹違いの兄を、命の恩人として受け入れることも難しい。このアンビバレンツな感情が瞳の精神構造に多大な影響をあたえたのではないか。

——息子には、ずっと長く無職・扶養家族という時代が続いていた。それが少しずつ仕事（主として映画批評。小説も書く）をするようになった。僕は、あるとき何気なく息子の書いた短いものを読むことがあって、そのとき、親馬鹿と言われるだろうけれど「アッ、これは大丈夫だ」と思った。同じ業界なので編集者に迷惑をかけるような仕事だったら注意しようと思っていたのである。（「毎日が花見」（１３０１））

と書いているのは四月の二日。
このとき、うっかり読んだというのは中間小説雑誌の依頼で書いた、「僕の父親」というような見開きページのコラムだった。当時、僕は二十七歳だった。母が、「パパは、俺が二十七歳のときは、あんなにうまくは書けなかったと言っていたわよ」と教えてくれた。瞳は、こうしたことを決して直接言わない。母は続けて、「だから、頑張りなさい」と言って、あとは小言になる。僕が無為徒食の日々を送っているのを母がとがめるたびに、あいつはそのうち何か書くつもりなんだろ、とかばってくれたのは父だった。

——丸谷才一氏と「波」の対談。於銀座はち巻岡田。鰹の中落ちが美味い。こういう、品書きにないものを注文するのに二十年以上の歳月が必要になる。岡田とのつきあいは三十年に近い。

（「帽子の話」（１３０７））

五月十九日だから中落ちも美味しかったのだろう。岡田にはじめて行って、いきなり「山口瞳が好きだった中落ち、ください」などと言う客がいるかとも思うが、こまったものだ。この手の、賄い料理というのは、常連になって、いつものものじゃ飽きるでしょう、とか、いつもご注文のものから、こんなものもお好きなのでは、というようなやりとりがあって、はじめて供されるものなのだ。最近のように、はじめからメニュウに「シェフの賄い料理」などと出ているのはいかがなものか。

素人女に手を出すな、玄人女を泣かせるな、という家訓は、瞳にはもちろんのこと、僕も祖母の静子から聞かされていた。静子は僕が小学校三年生の大晦日に亡くなっているから、それ以前に諭されたことになる。子供に言うセリフかなあと思うが、静子はそんな人だった。

六月十三日の日記に瞳は次のようなことを書いている。

——僕は母の教えに背いて玄人女を金で買うことをしなかった。若い頃は、韓国や東南アジアに女を買いに行くような奴は打ち殺してもいいと言ったり書いたりした。そうかといって女中や看護婦にチョッカイを出すこともなかった。(中略)この件に関しては「沈香も焚かず屁もひらず」という平々凡々の人生だった。(「ソースケさん」(1311))

そうだった。祖母の教えは性的な処理は玄人女で間に合わしておけ、ということだったのか。しかし、この数行は別の意味でちょっと気になる。巷間、瞳は妻しか知らない一穴主義といわれているが、小説『人殺し』に書いたように銀座のホステスとの間に性交渉があったのではないかという反証である。

愛読者の中には、「僕は知ってますよ。山口瞳は浮気してます。だって書いてるじゃないですか」などと鬼の首でも取ったように話す人もいる。

それを聞いた治子が、最晩年にその反論を試みるために、資料を集めていた。つまり、京都においてホステスとふたりきりになることはなく、常に友人が同席していた、というようなアリバイ探しをしていたのだ。

それはともかくとして、僕は、この六月十三日の数行の記述で瞳が浮気していなかったことは明々白々だと思う。

僕も多少の経験があるのでわかるが、もしも何かあれば、〝若いころはちょっとしたこともあったが〟とか〝かつてはちょいとしたこともあったが〟ぐらいは書いてしまうと思うのである。作家の性として書いてしまいそうなものなのだが、書かなかったということは、やはりなにごともなかったのではないかと思う。

八月十日には、このごろ、一息で国立駅から自宅まで歩いて帰れないと書いている。駅と自宅は、大人の足で十五分、ゆっくり歩いて二十分というところだろうか。僕は現在、六十九歳で、同年齢の友人には体力がないと言われるが、この十五分ばかりの距離に特に痛痒は感じない。糖尿病は加齢が進むといわれているが、そういうことなのだろうか。

八月十五日に治子は女学校時代の親友、吉水翠さんと山の上ホテルで会食している。もしも瞳が先に死んだら、ふたりで老人ホームへ入ろうと約束していたようだ。

約五年後には瞳が死亡することになるのだが、そのころすでにお付き合いは間遠になっていた。

吉水さんと治子は、昔の女学校用語で言えば〝おエス〟とでもいうような関係で、唯一、治子が心を許した友人だった。おそらく生涯独身でいらっしゃったと思う。瞳の死後は年賀状のやりとり程度のお付き合いになったと思うが、あるころより、まったく連絡がつかなくなってしまった。

治子はひどく気にしていたが、惚けてしまったなどという事実をつきつけられるのが嫌で、あえて探し出そうとはしなかったのだ。

息子がダイナースクラブの仕事でベルギーへ行くので、その壮行会を常盤新平さんが『繁寿司』で開いてくれた、と書かれているのが八月三十日。常盤先生のお人柄がわかるので、少し触れてみる。

このベルギー行きに先立つ数年前、常盤先生から珍しく、僕宛てに電話があった。

「正介さん。ダイナースクラブの会員向けの月刊誌で『シグネチャー』というのがあります。近々、ここの編集者が正介さんと会いたいと言ってます。ぜひ、会ってやってください」

という内容だった。会いたいということが、仕事のことであるくらいのことはわかっていた。常盤先生は、「正介さん。『シグネチャー』の編集部はみんないい人ばかりです。断らないでください」とおっしゃって電話は切れた。いかにも常盤先生らしい気配りだ。引っ込み思案な僕が遠慮して断るのでは、ということも考えてくださっていた。

こうして、お目にかかった編集部の方々とのお付き合いが始まり、月刊でのエッセイのお仕事をいただくことになった。この連載はのちに、『都会の都合』(集英社)と『たまにはリゾート気分』(あすか書房)という二冊の単行本に結実する。そして、この編集部にいらっしゃった方からは、今でも定期的なお仕事をいただいていて、僕の重要な収入源になっている。

僕が常盤先生を命の恩人と書くのは、このためだ。

そして、十一月一日、赤坂プリンスホテルで僕の最初の単行本、映画評論集の『机上の映写機』(話の特集社)と小説集『アメリカの親戚』の同時出版記念パーティーをやった。見本ができてきたとき、父が最初の出版で二冊同時というのは聞いたことがない、と書いている。

僕のというよりは父のこれまでの出版関係の友人知人が一堂に会した感があり、それに僕の演劇関係の友人たちが出席したので、ずいぶんと派手なものになってしまった。花束贈呈が吉祥寺の三大美女のひとり、「燁」の女主人・中尾富美子さんと女優の余貴美子さん。スピーチが伊丹十三夫人の宮本信子さんと俳優の笹野高史さん。「話の特集社」の矢崎泰久さんが西武の堤清二さんと親しかったので、この会場になった。あとで、ぽっと出の新人が処女出版でこんなに大規模な出版記念パーティーをしてはいけないと、ずいぶん叱られた。

十二月の一日、雑誌「東京人」の取材で粕谷一希さんが見えた。そのとき、同行なさった、当時は「東京人」の編集者であった坪内祐三さんをつかまえて、瞳が、粕谷さんは僕の担当、坪内君は息子の担当ね、などと軽口をたたく。のちの坪内さんのご活躍を見れば、いかに的外れの親馬鹿かわかるだろう。

僕は多くの人が珍重するほど湯豆腐が好きではなかったが、このころは、むしろ好物の一つになっている、と書いているのが十二月十四日だ。

父と僕とは色々なところが、たとえば外見などが似ていると言われるのだが、湯豆腐が嫌いというのも共通している。

それ以外でも、意外なのは風呂嫌い。瞳は温泉地に行くと日に何度も入るくせに、自宅ではあまり入浴しない。僕も毎日、入るというタイプではない。

それと六十になったと同時にシルバーシートに坐ることにした、という点。僕もまったく同じことをしていた。

1990年

五月三十日に朝食の献立について書いているが、じっくりと読んでいただきたい。相当変な食べ方で、小さく丁寧にチーズを刻むところなど、一種の偏執狂を思わせる。どうして、変なところだけ馬鹿っ丁寧なのだろうか。

治子がひとりで出歩けないことに関してはしつこいほど書いてきた瞳だが、その描写がメートル単位というのは七月八日が最初で最後だろうか。

まず、自宅から七、八百メートルほどのブティックまで行って夏のワンピースを買う。どうやら大丈夫そうなので、そこから目と鼻の先、二百メートルほどの大学通りの朝顔市まで歩く。たぶん市役所の佐藤一夫さん、通称ガマさんがいるから、もしものときは助けてくれると判断したのだろう。

そして、そこまで行けたので、さらに百五十メートルほど大学通りを進んだところにある瀬戸物屋で盂蘭盆会《うらぼんえ》用の焙烙を買う。

これだけのことが、このとき初めてできたのだ。

ちょうど、岩場で泳いでいる、あまり泳ぎが得意でない人が、あの岩まで泳げるかもしれない。ここまで泳げたのだから、次のあの岩まではたどり着けるだろう、と泳ぐみたいなものだ。これだけの買い物が命懸けに感じられてしまうのが、この病気の理不尽というか理解不能なところだ。買い物に成功した治子は、おそらく鼻高々で瞳に報告したことだろう。


この時期に、瞳は大切な友人、知人を亡くしている。サントリーに入るとき、世話になった開高健さんを一九八九年十二月九日に享年五十八で、一九九〇年五月三日に同じ東京人として気心の知れた池波正太郎さんを享年六十七で、それぞれ亡くしている。

そして、同じ国立在住の漫画家、滝田ゆうさんの死を伝えているのがこの年の八月二十五日。僕が駅前のカフェで夕方、まだお酒には早いのでコーヒーを飲んでいると、滝田さんが担当編集者をふたり連れて入っていらっしゃった。

当然、アルコールを注文なさった。僕が、ずいぶん早くから飲むんですね、と言ったら、若い編集者が、いえ、飲み始めたのは昨日の夕方からです、とのことだった。

つまり、昨日の夕方から飲み始めて、徹夜で今朝まで飲んで、そのまま昼を経過して今まで飲み通しということになる。これでは身が持つも持たないもないだろう。

八月三十日、書斎にいた瞳は異常な音を聞いて、表に飛び出した。大型のトラックが拙宅の角に設置した駐車場の屋根に、曲がり切れず接触したのだった。このことを、瞳は数行であっさりと書いているが、実際は次の通りだった。

わずかにかすった程度で被害はさほどでもなかったが、一応はトラックが停まり（曲がり切れなかったのだから）、運転手が顔を出した。

瞳と僕がどうしたものかと呆然としていると、立ち尽くすふたりを追い越して、治子が猛然とトラックに突進すると、「あんた何があったのかわかっているの。すぐ下りて謝りなさい。会社に連絡したの。警察呼ぶわよ。弁償してもらいますからね」というようなことを続けざまに早口でまくし立て始めた。

僕は瞳と顔を見合わせて、おどろくやら、あきれるやら。

瞳は、どうもすごいね。これだから女は、いやこういうときこそ、女の人の力が必要なのかもしれない、などと呟いている。

こんなとき、男は駄目だ。運転手さんが会社で上司に怒られるんじゃないだろうかとか、弁償金は彼の給料から引かれるのだろうかとか、あまり頭ごなしに怒鳴ったりしたら、逆に食ってかかられるのではないか、などと考えている間に時間が経ってしまう。

うーむ、女の向こう見ずの怖いもの知らず、猪突猛進にも一得があるな、などと瞳は悦にいっているが、結局、そんなものは、この場では、なんの足しにもなりはしない。

そのうち、トラックは走り出してしまった。

どうした、行っちゃったじゃないか、と瞳が言うと、治子は、ふふふと笑って運転手の名刺を瞳の目の前でひらひらさせた。

出入りの植木屋さんである植繁さんが呼ばれ、駐車場の屋根は即刻、修復され、請求書は当該運転手の会社に送られたのだった。


新潮社版「男性自身シリーズ」の中に『巨人ファン善人説』というタイトルのものがあるというのに、瞳はアンチ巨人である。

しかし、その理由については詳しく語っていないように思えた。

十月九日、珍しくというか、ほとんどはじめて、その理由をはっきりと書いている。

原因は、相手チームのエースを引き抜いてしまうという別所事件であった。そういう巨人の本質に嫌気が差したのである。

将棋で大山康晴さんが強いとしたら、その攻略を考えるのが本筋だろう。

ところが、野球では、いや巨人は、相手チームに強い選手がいたら、彼の攻略を考えるのではなく、彼をこちらのチームに引き抜いてしまうのだ。

そうしてできたチームが強い。勝った、勝ったと喜んでいる。

これではお話にならない、と瞳は考える。

野球少年は誰しも巨人ファンだ。そして選手もみんな巨人に入団したいと思っているに違いないという考え方の上に立ったあげくの傲岸不遜である、というのが瞳の真意だった。

十二月二十九日の九時半、変奇館の玄関の呼び鈴が鳴った。

玄関先に立っていたのは嵐山光三郎さん、黒鉄ヒロシさん、小林薫さん、伊集院静さんだった。

言わずと知れた、「遊ビマショ」というお誘いだが、老齢ゆえに、申し訳ないがと頭を下げたと、書いているが、実は、皆さんが誘いにいらっしゃったのは僕だった。

正確には、「正ちゃん、遊びましょ」だった。

このとき、僕は駅前の居酒屋で飲んでいた。両親とも、僕がどこにいるか知っていたにもかかわらず、正介は留守です、とすげなくお誘いをお断りしている。

どうも、瞳は悪所場や無頼派の方を僕に近づけないようにしていた節がある。それは親としては当然だろう。

深夜、僕が帰宅すると、半地下の食堂室にいた瞳が、「嵐山さんたち、誘いに来たよ」と教えてくれた。

どこにいるか知ってたのに、なぜ連絡してくれなかったんだよ、と抗議すると、お前はお前の友達と飲んでいたんだろと言う。

1991年

一月一日から二日にかけて、大事件が出来した。

かねてより前立腺肥大の影響か、頻尿にして尿の出が悪くなっていたものが、ついに、どう頑張っても排尿できなくなってしまったのだ。

あいかわらず十人前後の来客がある元旦に飲みすぎ、尿量が増えたあげくに、アルコールのせいで尿閉を起こしてしまったのだ。

午前一時半、僕の運転で近所の府中病院のERに瞳を担ぎ込んだ。

この日の僕の日記を見ると、僕は午前中、38度の熱で寝ていた。暮れに引いた風邪が治らなかったのだろう。だからアルコールを飲んでいなかったのは不幸中の幸いだった。食事のときだけ下にいき、あとは自室で寝ていた。

深夜十二時ごろから両親が何か声高に話し合っている。熱が下がったので、僕は一時ごろ、入浴した。風呂から出てくると瞳の尿が出ないという。だから、急遽《きゅうきょ》、府中病院のERに連れていくことになった。本当は受け付けてくれないらしいが、治子が例の調子で強引に受診をお願いしている。

泌尿器の先生はいないが、当直が外科医なので、なんとかカテーテルを入れて排尿できることになったらしい。

病院のロビーにいると守衛がやってきて、表の車はあんたのかと言う。そうだと答えるとエンジンが駆けっぱなしだとのことだった。やはり僕も相当にあわてていたのだろう。

診察室の中では瞳が看護婦さんに、「正月そうそう門松なんか握らせて、悪いね」などと軽口をたたいている。まだ完全に酔っぱらっていた。

綺麗に排尿ができて、すっかり楽になったものだから、帰りの車の中で、「どうも最近の看護婦は冗談がわからなくて困る」なんてことを言っていた瞳は、「正月そうそう、変なものを握らされてしまった看護婦には申し訳ないことをしてしまった。縁起物だと思って勘弁してもらいたい」と書いている。


一月十七日、多国籍軍がイラクへの侵略を開始した。

それについて同月二十九日に瞳はかなりの字数を割いて、戦争に関する考え方を書いている。


――僕は、世界中で兵器の製造を禁じたらどうかと思っている。人間が人間を殺すための道具を造ってはいけないということには大方の賛同を得られると思う。(中略)僕はイラク共和国とサウジアラビア王国の国境附近の砂漠でイラクの兵隊とアメリカ海兵隊の兵士とが半裸でレスリングをやっている夢をみたりしている。(「花嫁の父」(1393))

瞳は人後に落ちない反戦家、ある人は命懸けの厭戦家と呼んでいる。

しかし、たとえば原水爆廃止運動などには賛同していない。お誘いがあっても断っていた。

瞳に言わせれば、なんで原爆だけをやめてピストルはいいんですか、ということになる。

いや、原水禁の人に言わせれば、それは順番にそうやります、ということなのだろうが、瞳は、駄目なものは駄目で、一度に全部同時に廃止しなければ意味がないという。

「男性自身」の連載中、まともに大規模な戦闘が行われたのは、これが最初だろうか。

同じ日の日記の中で、「戦争を知らない子供たち」が、もう知らないと言って馬鹿にするな、俺たちはテレビで見て生中継で知っているぞと反論するが、違うと書いている。

そうじゃないんだ。一緒に冗談を言い合って遊んでいた兄が、近所で評判の孝行息子が、級友の父が、応召で戦地に連れていかれたと思ったら、たちまちにして遺骨になって帰ってくる。

それが戦争なんだと書いている。

デパートで買ったカンカン帽が届いたというのが六月二十三日。

さっそく帽子をかぶった瞳が、どうです「ベニスに死す」みたいでしょう、と言うから、ああ老作家ね、と言ったら、違いますよ少年のほうです、などと言う。

十月十三日

府中JRAからの帰り道、府中からバスで帰る。妻は初体験。

と簡単に書いているが、この歳にして治子はバスに乗ったことがないのだ。不安神経症を発症する前、つまり僕が生まれる前には乗れたかもしれない。しかし、市内でもバスはもちろん、タクシーでもよく知っている運転手でなければ乗れなかったし、徒歩も大変な状態だった。

それが瞳が一緒とはいうもののバスに乗れるようになったというだけでも格段の進歩だった。

いよいよ厚生年金の手続きをすることになる。治子の不安神経症はある種の完全主義からきているのだが、それで助かることもあった。

瞳の年金関係の書類をすべて保存していたのだ。戦後すぐから小さな会社を転々としていたから、手続きはさぞかし煩瑣なものだっただろう。

ここで、六十からもらっても同じだったのに六十五からもらったほうが得なのだと思い込んでいたと書いているが、どうなのだろう。

ともかくふたりで十一月八日に立川社会保険事務所に出向いている。

そして手続きをしたのだが、もらえる年金は思っていたものよりも、ずっと少ないものだった。瞳はこれを「ずっと尠少だった」と表現している。

特に治子の年金が少ないものであったらしい。帰途、事務所を出てから二百メートルほど歩いたとき治子がどうしても納得がいかず、事務所に公衆電話から半ば抗議の電話をしている。結婚まで、数年間働いていたお針子の仕事で、きちんと小さな裁縫店がかけていてくれたものなのだ。

しかし、治子は納得するというよりは諦めたようだったらしく、「哀れな年金夫婦は激しさを増した冷たい雨の中を深く頭を垂れて帰って」ゆくのである。

どうも、治子の年金が、毎月もらえると思っていた金額が、一年分の間違いであったらしい。

8「男性自身」（1992〜1995年）

1992年

あいかわらず慶応病院の神経内科に通っている。瞳の頸椎症の治療のためなのだが、一向に治らない。やはり僕の知り合いの脳外科医が言ったように、強い負荷をかけて一度にドカンと引っ張らないと駄目なのか。

一月二十四日。この日も血圧が175の105だ。四半世紀前は、こんなに高くても、手の施しようがなかったのだろうか。

瞳が前回測定したMRI（磁気共鳴断層撮影）の結果が出ていた。脊椎の通る道が先天的に狭いとわかった。どうも子供のときから自分は人と違うのではないかと思っていたらしい。体温が低いということはいつも言っていた。脈がわからないほど弱い。白血球が異常に多い。そして今回、脊椎が狭いことがわかった。これらはすべて先天的なもので、後天的なものは糖尿と高血圧だけということになる。

「男性自身」シリーズを通読して、特に感じるのは、瞳がいつも風邪をひいているということだ。僕も病弱でよく風邪をひくが、これほど一年中、ひっきりなしにひいているわけではない。医者にあなたは純粋なB型だと言われたと、どこかに書いていたが、これも何か意味があることなのだろうか。

それはともかくとして、今になって気になることは、こんなにしょっちゅうCTスキャンやらMRIやらレントゲンをやっていて問題はなかったのだろうかということである。年間の被曝許容量をこえていたのではないだろうか。それがのちの肺ガンへとつながっていたのではないか。いまさらしようがないことだが、何かひっかかるものがある。

瞳の妹、麗子の夫で長唄の師匠だった吉住小三蔵が亡くなった。吉住小三蔵の名前は昔の平凡社大百科事典には出ていたものだ。

その通夜が二月五日に執り行われた。日吉小三八、吉住小三郎、杵屋勝東治の顔が見える。勝東治さんは俳優の若山富三郎、勝新太郎の父親だ。

親類の通夜の席と言ってもほとんどが芸人だから、安心して坐っていられるのが有難い、と書いているのだが、この安心の意味がおわかりだろうか。

芸人とは気働きの人だから、こっちが気をつかうまでもないということだ。

二月十日に映画監督の三村晴彦氏、脚本家の安倍徹郎氏、円企画の山崎譲氏、来。仕事の内容はまだ発表できない、としているが、テレビ版「居酒屋兆治」の打ち合わせのためである。主演の兆治には、いまや〝世界のケン・ワタナベ〟である渡辺謙さんだ。高倉健主演の映画版「居酒屋兆治」は北海道だったが、舞台を本来の谷保に戻して現地ロケで撮影されることになる。

高倉健さん主演の中央競馬会のテレビCMにも瞳は出演した。その撮影のために北海道入り。三月九日、ロケ地となる吉田牧場で、瞳は厩務員の役。絵コンテをもらったときから、落語の「富久」幇間の久蔵でやろうと思っていたという。何をやっても幇間になってしまうのだから、あえて強調しなくてもと思うが、やはり本人が幇間になりきろうとしているのだ。

緒形拳が映画「継承盃」の製作発表の席で、「役者は国家権力とは逆側にいたほうがいい」と発言したことに、瞳は、まっこうから反対意見を述べている。

五月二十三日のことなのだが、ちょうど伊丹十三さんが何者かによって切り付けられた直後だった。

緒形さんの場合、発言したときの映画が、いわゆるヤクザ映画であったのが悪かった。芸術家が反体制であることは理解できるとしても、暴力団は反権力ではない。いかに彼等が体制と癒着しているかは、政界汚職などを見れば、わかることじゃないか、ということだ。

八月十三日、中上健次氏死去。どうもこの日記体では、誰それがいつ死んだかということを書き継いでいこうとしているかのようだ。

中上さんとは一度だけ、銀座の「茉莉花」という文壇バーでお目にかかっている。これが息子ですと瞳が言うと、中上さんは分厚いが柔らかい手を差し出したので、僕は握手した。しかし、中上さんは手を握ったときには、もう隣の人のほうを向いていた。苦労知らずのお坊っちゃまなど、お気に召さない、という感じだった。

八月三十一日。毎日新聞朝刊、仲畑貴志「仲畑流万能川柳」が面白い。瞳は、この万能川柳のファンで、毎朝、仲畑さんの選んだ秀逸とは別に、自分のお気に入りにピンクのマーカーペンで印を付けていた。

九月六日、瞳の腹違いの兄、純が死去した。この兄について、瞳には万感の思いがあったと思う。ほとんど、瞳の文学作品の通奏低音として、常に兄の存在があったといっていい。前年の法事のさい、純伯父さんは、「来年は俺の新盆だ」と言った。いかにも山口家の人間が言いそうなきついジョークだった。そして、ホラ見ろ、立派に山口家の血筋じゃないかと僕は感じた。

吉行淳之介さんとの対談はあいかわらず続いていた。小説を書かなくなった吉行さんをなんとか引っ張り出して、ファンに元気な姿をお伝えするという趣旨で始めた、「耄碌対談」シリーズだが、なんのことはない、瞳自身も小説を書かなくなったのだから、相身互いではないか。十月二十七日は「老イテ益々耄碌」（「小説新潮」平成五年新年号）の最終回。その席上、吉行さんに出たばかりの『山口瞳大全』を差し上げたら、吉行さんが、「タイゼンか」とおっしゃった。瞳はそれまで、ダイゼンだとばかり思っていたのだ。

1993年

安部公房氏が亡くなられたのが一月二十二日。

前々年のパーティーで珍しく同席している。口をきくのはおよそ四十年ぶりだという。「あの頃、髭を立てていませんでしたか」と瞳が聞くと、「髭なんか生やしたことないよ」という答だった。

かつて、安部さんが外国から帰ってきたとき、髭を生やしていたので、外国から帰ってくるとたいがい髭を生やすね、と瞳が言ったところ、その次に会ったとき、すっかり綺麗に剃っていたと、話したことがある。その件を持ち出したのだが、どちらかの記憶違いだろう。

このときの安部さんは、非常に懐かしそうな優しい笑顔だったという。

僕の入った大学は桐朋短大の演劇科だった。その三年目から専攻科というものがあり、千田是也のブレヒト・ゼミと田中千禾夫《ちかお》の田中ゼミ、それに安部公房の前衛劇ゼミに分かれていた。僕は安部さんのゼミに入った。そこが僕には一番面白そうだったのだ。

安部さんは新潮社の新田敞さんと懇意だった。安部さんがのちに安部公房スタジオという劇団を作ったときも、新田さんはずいぶん肩入れしていたらしい。

その新田さん経由で、安部さんが、「教室に入ると山口瞳の息子がいるので、やりにくい」と言っていたという話が伝わってきた。

やりにくいのは、こっちのほうだ。千田是也は義理の叔父であるジェリー伊藤の叔父さんだし、田中千禾夫にしても、山口瞳の息子となれば、それなりに思うところがあっただろう。


六月七日、川喜多和子さん死去。どうも死去のことが続く。

川喜多さんは伊丹十三さんの最初の奥さんだった。

僕が中学の一年生の夏休み、我が家の親子三人と伊丹夫妻で下田のプリンスホテルに出かけた。

川喜多さんはビキニ姿で、瞳は初めてビキニの女性を見たと書いている。

プールでパチャパチャやっていたら、川喜多さんに親しげに声をかけてきた同年配の女性がいた。しばらく三人で泳いでいたのだが、あとであの人は誰ですかと聞くと、ニースでもよく会うんだけど、誰だか知らないのよね、とのことだった。

川喜多さんは後年、ご存じのように伊丹さんと離婚して、フランス映画社を設立なさった。僕も映画評論の仕事が増えていたので、試写室などでお目にかかる機会も何度かあったのだが、そのときも雲の上の方だから、軽くご挨拶する程度のことでしかなかった。

築地本願寺で行われた、六月二十四日のご葬儀には、父の代理で僕が参列した。映画評論のほうの大先輩が僕を見つけて、こんな若造がどうしてここにいるのかと不思議そうな顔をしていたが、しばらくして、瞳との関係を思い出して、ああそうかと気がついたようだった。

瞳は僕をサントリーの新聞広告のモデルとして何度か使っている。休日の親子という設定で、父親役は瞳が、子供役は僕がやった。このときの写真家が田沼武能さんなのだ。

単行本の『江分利満氏の優雅な生活』の口絵写真は、このときのものを流用していたのではなかったか。そんなことで、僕は元コマーシャル・タレントですと言っている。

それはともかくとして、ダイナースクラブの宣伝写真で瞳を使いたいというお申し出があった。すでに書いたようにダイナースの「シグネチャー」という会員誌を常盤新平先生にご紹介いただいて以来、ずっと仕事をいただいている。その関係で、この広告写真の企画が出てきた。瞳のことだ、「僕は嫌です」と言われたら、この企画はそれっきりになってしまう。僕は一計を案じて、ちょっと長い手紙を書いて、食事室のテーブルの上に、深夜そっと置いておいた。

翌朝、起きていくと、治子が、「パパ、やるって言ってるわよ」と教えてくれた。僕が書いた手紙の内容は、昔、僕をサントリーの広告に使ったのだから、今度はお父さんお願いします、というものだった。

その撮影があったのが、九月二十三日だった。

十一月五日、瞳の誕生日に合わせて電気炊飯器をプレゼントした。僕も食べるのだから、特にバースデー・プレゼントというものでもないのだが、だいぶ前から炊飯器が壊れていると感じていた。炊きあがったご飯が、一部はおこわ、一部はおかゆのようになっているのだ。これは炊飯器の不具合だと思ったのだが、治子は気のせいだ、ぐらいのことしか言わない。だからプレゼントという強行手段に出たのだった。

結果は上々で、喜んでもらえたみたいだ。僕ができた数少ない親孝行のひとつだろうか。

十二月の三十一日。瞳は、この日記体の文章を、ひとりの老人がどうやって病を得て、どうやって死んでゆくかを記録するつもりで書き始めた。だが、目論見通りに死なないので、この大晦日で日記体をやめて、元の読み切りエッセイに戻すことにした。

日記体を書いているうちに死ぬと思っていたが、案外そうでもなかったのだ。

しかし、入退院を繰り返す、本当の闘病生活は、皮肉なことに、この日記体をやめてから始まる。

1994年

三十年書き継いできた「男性自身」も、いよいよ余すところ一年と八ヵ月を残すのみとなる。一九九五年八月三十日、山口瞳は武蔵小金井の桜町病院のホスピス棟で亡くなる。

この間の事情については拙著『ぼくの父はこうして死んだ』（新潮社）に詳しいので、そちらを参照していただけるとありがたい。

また、最近、サントリーの坪松博之さんが、『Y先生と競馬』（本の雑誌社）を上梓された。競馬場での、晩年の瞳と治子の日常、いくらか残っていた取材のための旅行先における屈託のない瞳の素顔などが詳しく書かれているので、こちらも、ぜひ参照していただきたい。

これまで、ずっと書いてきたように瞳の妻の治子、つまり僕の母には不安神経症という持病があり、終生ひとりで出歩くことができなかった。僕か父が一緒でなければ、家の外に出ることさえできなかったのだ。

母が父と競馬場に行ってくれること、取材に同行して旅行に出てくれることは、僕にとって得難い自由時間だった。

だから、両親の付き添いとして、旅や競馬場に、坪松さんが同行してくれることは、いってみれば、介護とまではいわないが、母の面倒を彼に丸投げしていたことになる。

だからこそ、『Y先生と競馬』は、僕も知らない両親の素顔を知る貴重な記録となっている。

腹違いの兄がいることは、山口瞳の文学というか人生に深く影響を残していて、しつこいほどに何度も登場する。

「捨て台詞」（1540）で、このあたりの事情が再び描かれている。

そして、気になるのが、もう一人、姉がいたという記述だ。

——一人の兄がいると書いた。それから、もう一人、姉がいた。この姉は精神薄弱児であって早くに死んだ。姉の印象は極めて薄い。

この姉がいるのを承知で母は父と結婚して私が生まれた。（中略）母は献身的に姉の世話をした。（「捨て台詞」）

祖母の静子の父親である羽仏豊太郎は、「大宴会」（1577）によれば、子供のころ、女中があやまって子守の最中、庭石に頭をぶつけてから、少しおかしくなったのだと言われていた。一生職につかず、ぼんやり暮らしていた。ポーッとしていることから〝ポータロウさん〟と呼ばれていたという。

このポータロウさんがほとんど唯一の趣味としていた、小さな手帳作りのことを瞳は書いている。

うがちすぎた見方かもしれないが、瞳が持っていた弱者に対する無条件の優しさ、敗者に対する思いやりは、生活に適応できなかった、この祖父と、障害者であった腹違いの姉という、ふたりの弱者と過ごした体験からくるものではなかっただろうか。

梶山季之さんからいただいた端渓の硯について書いているのが、「風字硯」（1545）だ。長いこと家の中にあることはわかっていたが、行方不明であった硯がひょっこり出てきた。何かのお礼にといって梶山さんからいただいたものだ。梶山さんは三桁（百万単位）で取引されているものであり、いつでもその値段で引き取る、ともおっしゃっていた。

ところが、この硯を骨董に詳しい関頑亭先生、陶芸作家である京都の竹中浩さん、書画骨董の目利きである「ロージナ茶房」の伊藤接さんの三人に見せたところ、どなたも、これはすごいとはおっしゃらない。

瞳の死後、何かの折に、骨董に詳しく、この硯を見たことがある人に、本物か偽物か訊ねたことがある。

やはり、あれはすごいとも、真っ赤な偽物ともおっしゃらない。ただ、眼《ガン》があんな都合のいいところに出たりはしないんですよねえ、と独り言のようにおっしゃった。

〝眼〟とは石の中に別の石があって、削るとそれが眼球のような模様になるもののことだろう。つまり、この梶山さんの硯の〝眼〟はあとから張り付けたものです、という意味だったのではないかと解釈している。

瞳は死亡記事を愛読（?）しているが、その人選に多少の疑問を投げかけているのが、「死亡記事その他」（1558）だ。

母の治子が亡くなったとき、おせっかいで知られる遠縁の女性が、「正ちゃん、新聞社には知らせたの。死亡記事出してもらわなくちゃね」と言うので、そういうものじゃないんだよ、と言っておいた。

どういうシステムになっているのかはわからないが、こちらから届けるものではないだろう。

数日後、瞳の著作権の継承者が治子から僕に変わったことを日本著作権協会に連絡すると、新聞社にも伝えていいですか、と言われた。どうぞ、と言うと翌日から各新聞社から、死亡記事を掲載してもいいかという問い合わせがあり、死亡の日時と病名、葬儀の日程（もう終わっているが）を教えてくださいという。つまり、そういうことだったのだ。

書斎の書架にある新潮社版「男性自身シリーズ」の最終刊『江分利満氏の優雅なサヨナラ』の「庭の眺め」（1562）の次の部分に鉛筆で鉤括弧が書き込まれている。

瞳が亡くなったあと、テレビの追悼番組があり、僕がこの部分を朗読した。

テレビ局の構成作家の方が、瞳の人となりを伝えるものとして、この文章を選んでくれたのだが、意外（失礼）にも瞳の最終的な到達点を的確にとらえていると思える。瞳の最後の日々、思い残すことはないとも読めるし、もう長くはない自分の命を予感しているとも思える。

瞳は予約した病院からの連絡を待っている。病室が空き次第、入院して前立腺肥大の手術を受けるのだ。朗読した次の文章は、その待機している日々の感慨だ。少し長くなるが、引用してみよう。

――朝起きて新聞を読む。水を飲み、野菜と果物のジュースを飲み、牛乳を飲む。時に内服薬を飲み、アリナミンを飲む。珈琲を喫み、トーストを二枚食べる。

それから庭を掃き、水を撒き、芥があれば燃やす。

そのあと庭の陶器の椅子に腰をおろし、いい気分だなあと思う。そのいい気分というのはほんの短い間だけだ。須臾《しゆゆ》の間と言い、玉響《たまゆら》なんていう言い方もある。ほんの短い短い間で、瞬間的だと言ったらいいかもしれない。どうも、この須臾や玉響の積み重ねが私の人生だという気がする。そんな心持で鉢植えの朝顔の花を眺めている。(「庭の眺め」)

約一年後に死を迎えるこのときになって、瞳はやっと安泰、安寧の境地に達したのだろうか。万感の思いがこもっているようでもあり、結局、人生の目的のようなものは、こうした瞬間のことであるという達観した軽みと一抹の哀れがある。いかにも瞳らしいと思う。

七月二十六日、吉行淳之介さん死去の報がもたらされた。しかし、瞳は通夜にも葬儀にも行かない。

やっと予約がとれた病院のほうを優先させる。二十八日に入院して前立腺肥大の手術を受けるのだ。

吉行さんのご遺体はいったん上野毛のお宅に戻り、葬儀はなく、二十八日出棺とだけわかり、そのあとの詳細な連絡を待つうちにいたずらに時間ばかりが経ってしまった。

瞳は上野毛で、お別れだけでもと考えていたらしいが、入院の前日うかがう、というのも無理な感じになっていた。つまり、例によって時間を割り振りしてスケジュールを考えられなくなっていた。「男性自身」でも、このあたりは混乱している。なにしろ、実際に原稿を書いたのは、手術の直前か直後の慌ただしさの中だ。記憶も曖昧なのかもしれない。

ともかく、予約なんか取り消してしまえばいいという発想は瞳にはなかったようだ。

以後、「涙のごはむ」と題して吉行さん追悼を第１５６４回から第１５７０回まで七回続け、次の「相撲見物」（１５７１）も吉行さんについて書き残したこと、としている。

この「涙のごはむ」の連作中は吉行さんについてと同時に、前立腺肥大手術とその後の経過を書いている。

退院してから少し経ったころ、深夜、トイレの前の踊り場で、僕は父と出くわしたことがある。

僕はそのころ、深夜二時三時に就寝し、午前十時ごろ起き出すという自堕落な生活パターンで過ごしていた。

その就寝直前にトイレに立ったのだが、暗いトイレの前の人影に気付き、「パパ、トイレの回数は減ったの」と訊いた。

「減ってませんよ」

と、ぶっきらぼうで不愉快そうな返事が返ってきた。

夜毎、一時間おき、二時間おきにトイレに立たなければならないので前立腺の手術をしたのだった。しかし、その効果はなかったようだ。

それはそうだろう。深夜の頻尿は何も前立腺肥大が原因ではない。加齢により、膀胱が小さく硬くなるので、一度に溜められる尿の量が減って頻尿となるのだ。そちらを改善しないで、前立腺の手術だけしても、深夜の上厠《じょうし》の回数は減らないだろう。

「秋の愁い」（1572）によると、

——前立腺の手術は成功し、いわば下水完備になって夜は一回か二回しか起きなくて体調はいいはずなのに何か鬱陶しくてしょうがない。

ということなのだが、一回か二回、トイレに行くというのでは、手術前の調子が悪かったときと、大して変わらない。

——軍隊を無くせと言ったって、とうていそうはならないだろうから、私は武器を無くせと言っている。戦闘機も軍艦も弾丸もミサイル砲も機関銃も小銃もピストルも、こんなものは不要だ。マリファナや阿片を厳罰をもって取締っているのに、直接人を殺す兵器の製造はお構いなしというのは私には納得いかない。子供みたいなことを言うな、それは理想論だと人は言う。しかし、理想のない人は人間ではないと、いつも心中密かに反論を繰り返している。（「鼠と戦争」（1576））

この「鼠と戦争」ではこのこと以外にも遺書とまではいわないが、心情を箇条書きにして吐露している。

1995年

父方の祖父は佐賀県出身の職業軍人であり祖母は武田の臣であった沢田文衛門の末裔沢田安治の末娘で横須賀に住んでいたと書いているのが、「玉葱」（1586）で、僕は先祖に士族がいるなんて知らなかった。

この「玉葱」では父方のことを書いて、また腹違いの兄のことを書いている。しかも、ずいぶんと直截に書いているのだが、何かもうすべて書き残しておきたいという強い意志のようなものを感じる。体力、気力の衰えから、それとなく匂わすような書き方をする余裕がなくなったのかなあとも思われる。

大江健三郎さんの原稿を預かって、しばらくそのままにしてしまったというのが、昭和三十一年か三十二年であったと書いている。（「続々感冒記」（1587））

伊丹十三さんから、友人の原稿を読んでくれと託された。それが大江さんの原稿だった。

伊丹さんと大江さんは松山時代の親友だ。のちに大江さんと伊丹さんの妹さんが結婚したのはご存じの通り。

僕は、このとき、瞳が大江さんの原稿をなくしてしまったと記憶していた。この「続々感冒記」を読むと、原稿は無事に大江さんの手元に戻っていた。

託されたのは二本の小説で、一本は「他人の足」で、治子が読みナイーブなところがあると言っていたという。もう一本のほうを瞳が読んだのだが題名を思い出せず、のちに大江さんが教えてくれたのだが、それも忘れてしまったらしい。

どなたかがのちに、それは『死者の奢り』ですよ、と僕に教えてくれた。

志ん朝師匠が国立のCatfishにお見えになった。（「志ん生・志ん朝」（1590））僕が海外取材で撮りためた写真の個展をCatfishでやっているときに、わざわざご足労くださったのだ。

『行きつけの店』がテレビ化されたときにナレーションをやってくれたのが志ん朝師匠で、その取材には僕も同行している。そのとき師匠と少しばかりカメラ談義などをしていたのだ。

二人とも銀座のカメラ・ショップ「銀一」の常連であることがわかり、「銀一」の当時の社長、丹羽壽彦さんが一席設けてくれた、などという経緯もあった。

喫茶店に師匠がお見えだと、家に電話して両親を呼び出した。

こうして、はからずも師匠との再会ができた瞳はとても喜んでいた。

これも一つの親孝行であったか。

しかし、このころ、「男性自身」によると、瞳はずっと微熱が続いている様子だ。

二月二十四日、恒例になっている荻窪病院での親子三人の人間ドック。

ここで、瞳は胸部の縦隔が太くなっていると指摘される。

先に書いてしまえば、これが瞳の命を奪うことになる肺ガンの最初の指摘だ。

原発は肺の悪性腫瘍で、それが、この時点ですでに縦隔に転移していた。つまり、発見時にステージ4の後期であったか。前年の人間ドックで見つからず、一年後には摘出が不可能な、しかも転移したガンになっていたことになる。

続く、「啓蟄」（1593）では、透視の結果、肺はきれいだと言われている。まだ原発のガンは見えないほどなのだ。のちに米粒大程度であったことがわかる。しかし、ずっと続いている微熱はガン性のものではなかったか。

――人間ドックで縦隔にはれがあり、再検査のCTスキャンの結果、縦隔腫瘍の疑い、ということになった。（「菫咲く」（1595））

四月七日に入院。検査検査の毎日が続き、五月一日に手術。

この手術は、のちにどんな医者に聞いても、私だったらやりませんというものだった。大きく切開して患部を見て、手の施しようがないので何もせずに縫合した。それだけのことだった。

――五月十七日の水曜日の夜になってすべての結果が判明した。私は病室にいて妻と息子が呼ばれた。医学に精しくて自らも大手術を経験しているスバル君にも立ちあってもらった。縦隔内淋巴腫瘍は良性のものではなかった。しかし、急に成長するとも思われないので、二年か三年は様子を見てみようというのがK教授の意見だった。私も続けて左右の腫瘍を除去する大手術には体力的に耐えられそうにない。だから今回は肺左様奈良とはならなかった。（「手術の顛末」（1602））

術後の診断結果の報告としては、おそろしく正確だ。

まるで、すべてお見通し、という感じすらあたえる。しかし、事実はもう少し、過酷だった。

K教授による経過説明。四期の末で五年生存率は十パーセント。教授がホワイト・ボードに書いた曲線によると、半数が半年から一年で亡くなると読めた。

母とスバル君こと新潮社の石井昂さんと三人で、先生に余命の具体的な数字は告知しないでくださいとお願いする。しかし、それ以外のことは作家でもあるので、できるだけ本当のことを伝えてくださいとお願いした。その結果が先の文章だ。

——肺に小さな癌があり（それを医師は原発と言った）縦隔内の淋巴腺に転移して腫瘍になった。

まあ、そういうことだ。兄が大腸癌、妹二人が子宮癌であるのに自分は癌にならないと信じ込んでいた。（「退院」1604）

ガン宣告を受けた患者の記述として、驚くほど冷静だ。

この記述に続けて、理想的な死に方は映画「ゴッドファーザー」における、マーロン・ブランドが扮するゴッドファーザーの死に方だと書いている。それは、孫と庭のトマト畑の手入れをしているときに心臓発作で倒れるというのものだ。

「執行猶予」（1606）で遺書のようなものを書いている。

一、葬儀は自宅で。

一、通夜はいつもの正月や花見のようにどんちゃんさわぎ。食べ物と飲み物は、繁寿司のタカーキーと下北沢小笹寿しの岡田周蔵さんに相談してください。

一、書斎はたったいままで執筆していたように保存することはやめてくれ。さいわい息子も同業であるので、私の机を使ってくれ。ずいぶんと仕事がしやすくなっていると思うよ。

自宅での通夜と葬儀は、希望通りにできた。「小笹寿し」の岡田さんが、「繁寿司」さんがいらっしゃるのだから、今回は辞退したいとわざわざ断りのためにおいでになったことは、もう書いた。

通夜は自宅では弔問客が入りきらないので近所の喫茶店Catfishを借り切った。

書斎については、今読んでも涙が滲んでくる。だいぶ使いやすくなっているよ、とは書いてくれたが、僕はすでにワープロからパソコンに移行していて、そのままでは使えなかった。もちろん大きな書き物机は使っている。

使いやすいといったのは書架も含まれていると思うが、これはあくまでも父にとって使いやすかったのだろう。

三方が床から天井までの書架になっているのだが、僕の目から見ると、まったく整理されていなかった。つまり、自分の著書、定期購読している各種の文学全集、それに献呈本。これらが届いた順番に、本棚に入れられていたのだ。

父の死後、僕はこれを父を含めた著者別に並べ替え、江戸文化関係のものを一ヵ所に集めるというような作業をした。この作業は見やすさや棚の高さなども考慮して、もっとも経済的な並べ方を考えながらやったので、二年近くを要した。

——見番のそばの薬局で軽便カミソリと何種類かの薬を買った。私が初めてコンドームを買ったのはこの薬局である。二十歳だったかな。店の前を何度も往復したのを思い出す。（「老酒」（1608））

末期（とは宣告されていないが）のガン患者にして、この軽みとユーモア。初めてコンドームを買った薬局で、老夫婦が細かな買い物をする。万感の思いとはこのことだろうか。死を目前にして、なお山口瞳の真骨頂が読み取れる。

薬局で買い物をしたあと、瞳と治子は中華料理の「維新號」へ寄る。

——「飲みましょうか」

と、妻が言った。そこで老酒一本（ボーイは、あたたかいのか？　と訊き、私はあたたかいのだと答えた）と前菜を注文した。（中略）

「乾杯！」

というわけではないだろうが、妻は氷砂糖をいっぱいにいれた老酒の盃をあげた。疲れて物を言うのも鬱陶しくなっている私は黙ってそれを飲んだ。いや、おそるおそる初めての酒を喉に流しこんだ。そいつは食道から胃のほうへ、やけに熱く染み込んでいった。（「老酒」）

治子にしてみれば、瞳との食事は毎回、最後の晩餐のつもりであったろう。これがいつ最後となるかわからない状態なのだ。治子は盃をあげながらも、万感の思いであったはずだ。

驚くべし。この状況で、七月一日、瞳は馴染みの温泉であるかみのやま温泉郷の「葉山館」を訪れる。

妻の治子が同行したのはもちろんのこととして、坪松君が鞄持ちで自宅からかみのやままで両親をアテンドしてくれた。

翌二日、上山《かみのやま》競馬場に矢野誠一ご夫妻、三日に関増雄さんが来て、少し遅れて嵐山光三郎さんもお見えになった。

医者に好きなことをしなさい、好きな食べ物を食べなさい、旅行に行きなさいと言われたからなのだった。クオリティ・オブ・ライフを勧められたということだ。

瞳の病状を知る僕はとても同行できるような精神状態ではなかった。今にして思えば、この最後の旅行に行っていればよかったなあ、と思わないでもない。

七月十八日、ステッキを突いて直木賞選考会に出席。あの正雄が縋りついた、あの〝父のステッキ〟だ。

縦隔に転移したガンは脊椎にも転移し、下半身の麻痺が始まっていた。

七月二十日、とうとう下半身が完全に麻痺してしまった。這いずるようにトイレまでいったのだが、そこで転倒。額をぶつけて、かなりの出血があった。

それからどうやって半地下まで動いたのだろうか。僕が帰宅したときは食堂のテーブルの横で寝ていた。

翌朝、救急車をお願いして、緊急入院となる。

この救急車での搬送中に高橋義孝先生が亡くなった。

瞳は、僕が入院すると、必ず誰かが死ぬ、と書いている。

そうか、それでわかった。


――私が慶応病院に入院すると大事件が起ると書いたが、翌日、私が救急車に乗っている最中にわが師高橋義孝先生が亡くなっていた。（「大事件」（1612））

「大事件」という題名は、自分が下半身麻痺になってしまったことを指すのかと思っていたのだが、改めて読んでみると、どうやら高橋先生逝去のことである。

そして、それを受けて、「男性自身」の最後の二回分は「高橋義孝先生」（1613）と「仔象を連れて」（1614）である。

瞳は自分が死ぬなどとは考えていないのだ。いや、近々死ぬと覚悟していても、「男性自身シリーズ」の基本姿勢は崩さないという強固な意志があったのだと思う。

僕はずいぶん色々な方から、なぜ最後が、高橋義孝さんであり、「仔象を連れて」なんですかと質問された。

今まで僕も、その答がわからなかったのだが、こうして、「男性自身シリーズ」を通読することによって、その謎が解けたと思う。

「大事件」などというタイトルから、てっきり自分の下半身麻痺のことだと思っていたのだが、考えてみれば、瞳は自分のことなど二の次、三の次、という性格だった。ここでは自身書いているように〝大事件〟とは高橋先生の逝去のことなのだ。

吉行淳之介さんが亡くなった。自分が入院した。そして手術を受けたあと、自分の手術のことを交えて、吉行さんについて七回分書いた。この基本的なスタイルを踏襲して、高橋先生の死で十回は書けると思ったのか。

それが、つまり、「男性自身シリーズ」の最後が「仔象を連れて」となったことの真相だ。

病床で「男性自身」三回分を書き、これが本当の絶筆となる。

「高橋義孝先生」（1613）が掲載された「週刊新潮」は八月十七日・二十四日の「夏期合併号」だった。すでにベッドの上で画板を胸の上に置いて原稿を書いていた瞳は、一回分の余裕をもらったことになる。

そして「仔象を連れて」（1614）が掲載された「週刊新潮」八月三十一日号の次週に

「週刊新潮」九月七日号が発売されたのが八月三十一日。目次には「山口瞳氏『男性自身』は休載されます」と印刷されている。

「週刊新潮」は木曜日発売。この号が発売される前日の水曜日、八月三十日に、瞳は武蔵小金井の桜町病院ホスピス棟で亡くなった。

一度も休載しないで、一六一四回の連載を続けられた、というのはこういう理由からだった。

「男性自身」は父が僕にあてた長い遺書だと書いたことがある。今回、初めて精読した。精読などするものじゃない。何度も声をあげて泣いた。

死の二十年後に読むというのは遅すぎたのだろうか。いや、すぐにでも読むべきだったが、辛くて二十年間、読めなかったのだ。これだけの時間をかけることが必要だったのだと、今は思っている。

ここでこの「男性自身」シリーズの解説のようなものは、いったん終わります。

次章からは、「男性自身」シリーズ以外のものについてとなりますが、何度も「男性自身」に立ち返りながら解説していくことになると思います。

9　作家以前から「江分利満」のころ（〜1963年）

妻の夏子や息子の庄助が登場しない山口瞳の小説を読むのは、僕にとっては、かなり奇妙な体験である。

短篇小説「愛別離」は、瞳が鎌倉アカデミア時代に結成した同人誌「尖塔」に投稿した小説だ。処女作といえるものかもしれない。添付した付記の中に、「主に戦争中の原稿で甚だ拙いものであるが、拙い儘に再批判する積りで清書してみた」と書いている。

書かれているのは、おおむね瞳とおぼしき青年が大学を止めてから、徴兵されて入営するために家を出るまでの思い出だ。

登場する日系アメリカ人のピアノ教師と、日英ハーフの美少女の存在が、戦時中を書いた小説としては、異色だろうか。

瞳の妹の栄は、アメリカ人と話すとき、戦時中、アメリカ人を匿っていたことがあると口にすることがあった。このピアノ教師のことだ。それを聞いたアメリカ人は、まるでアンネ・フランクを匿っていたみたいですね、と感心していた。

たぶん、なんらかの伝手で、山口家と縁があった人なのだろう。それを瞳は多少、脚色して小説の中に取り入れている。

ハーフの少女は、ほかの作品にも何度か登場させているが、重要な登場人物というほどのことはない。小説「履歴」に、戦後すぐ、進駐軍のジープに米兵と乗っているのを見かけたのが最後だったと書いていた。

「愛別離」の中では、僕の祖父、つまり瞳の父である正雄の経営する工場が空襲で焼かれたことが描かれてはいるが、まだ父親との確執といったような、その後の作品における重要なテーマとなるものは書かれていない。

毎日の空襲と被災、さっきまで話していた同僚の黒こげ死体を目の当たりにする体験などがつづられ、それどころではなかったのではないだろうか。

むしろ、父親とはよく、酒を酌み交わし、終いには自分のほうが強くなってしまったと書いている。空襲の合間に「ホっとした気持になって父母と昔話をするのは楽しかった」とも書いている。

短篇小説として書かれている「愛別離」の世界は、大きな長篇小説にすることも可能だったと思うが、瞳はそうしなかった。

むしろ、ここに描かれているエピソードは分けられたり、また別々に組み合わされたりして断片化され、これからあとの各作品に連綿と語り継がれていくことになる。

つまり、瞳のすべての作品が、この「愛別離」の変奏曲といったものであるともいえるだろう。

こうして、小説にしようとした反面、瞳は、この自分自身の青臭い時代をひどく恥じている風があった。二度と思い出したくないものだったのだろう。これだけの戦争体験があるというのに、普段、こうしたことを、僕に話すことはなかった。

僕が聞かされたのは、下町が焦土と化す東京大空襲の折のことで、瞳の母の静子が、「こんなものは二度と見られないよ」と言って、物干し場だか屋根の上から見るように言われたことだけである。

こんなときになんていうことを言うのかと、あきれたらしい。

焼け出されたときに杓《ひしやく》一本を持って逃げたことや、あとで飲もうと思って、池に放り込んだウイスキーが飲める代物ではなくなっていたという話などは、のちの「江分利満もの」や「男性自身」で読んで知るのだった。直接、僕に話して聞かせるようなことはなかった。

続いて書かれた、「三人姉妹」は、同じく、「尖塔」に発表したものだが、僕からすると、少し、困った作品だ。

僕が生まれる前に書かれているので、当然のことながら、モデルがわからない。

「愛別離」で書かれたように、空襲で麻布の家を焼け出された瞳の一家は、鎌倉にある、この従姉妹《いとこ》たちの住む家に避難している。由比ヶ浜に面してワンブロックすべてを使った旅館であったから、部屋の数だけはたくさんあったのだ。

読む前は自分の従姉妹たちのことを書いたのだろうと、勝手に想像していた。鎌倉の従姉妹は三人姉妹だからだ。登場人物の性格描写に影響を与えていると思えるところが多少はあるようだ。

では、軽井沢の別荘暮らしで実際にモデルのような女性に会っているのだろうか。僕は、瞳が軽井沢時代は書いたことがない、あの文章力をもってしても、六千坪の別荘で暮らす生活を嫌味なく書くことはできなかったのではないかと思っていた。「三人姉妹」は、そういう僕の先入観を覆したともいえる。

「三人姉妹」は私小説とは思えず、題名からも設定にも、チェーホフの影響はあきらかで、難しいことにチャレンジしてしまったという感は否めない。当時、愛読していた太宰治の影響もあるかもしれない。習作期とはいえ、瞳としては、珍しい作品である。

小説「履歴」は、瞳の死後、発見された未発表作品ということになっている。

原稿は、ほかのメモのような断片と一緒に、たぶん山桜の樹皮を張った、大ぶりな文箱に収められていた。鎌倉アカデミア時代の同人誌「尖塔」の創刊号と第二号、それにこの原稿などが入っていた。

治子も僕も、その存在は昔から知っていた。それまで、どこに保管していたのか、僕は知らなかったのだが、国立の、いわゆる変奇館が増築されたとき以降は、瞳の書斎の本棚の一角に、その文箱が大切そうに置かれていたので、〝発見〟と呼ばれるほど大仰なものではなかった。返却された生原稿はたき火にくべてしまうし、出版された自著も大切にしない瞳が、鎌倉から麻布、そして西麻布に半年ばかりいたあとの社宅住まい、我が町国立への転居と、のちに変奇館と名付ける新築と、それにともなう一時的な転居、また数年後の大規模な増築といった間、この文箱を片時も放さず、後生大事に保管していたのは奇跡に近い。

それはさておき、内容は「愛別離」に第二章を足したようなものだ。

つまり、「愛別離」は空襲で焼け出されてから入営までを描いているが、「履歴」はそのあたりを、ちょっと変奏曲風になぞり、そのまま戦後の生活を描いていく。

賭場に通ったすさんだ生活、鎌倉アカデミアの思い出、結婚、出産、そして高橋義孝先生に勧められて國學院大學に入学する経緯。おそらくは国土社に出勤するために、朝、親子三人で都電の停留所まで歩く場面までを描く。

執筆時期は一九五三年の春以降と思われる。登場する息子が二歳五カ月で、その後のことは書かれていないからだ。

『江分利満氏の優雅な生活』の「困ってしまう」に、庄助が喘息の発作を起こしたのは、二歳十カ月のとき、鎌倉に海水浴に行った夜、と書いてある。僕は十月生まれなので、八月の海水浴ならば計算が合う。

この「履歴」では妻の不安神経症について書いているが、息子の喘息は書かれていない。だから、ここに書かれていることは一九五三年の夏前までだろうと推測される。瞳は、一九五四年に國學院大學を卒業し、国土社を退社、河出書房に入社している。同年、六月、日野啓三、村松剛、清岡卓行、吉本隆明、それと麻布中学の同級生だった奥野健男たちと同人雑誌「現代評論」を創刊している。

もしかしたら、ここに掲載するつもりで書いたのではないだろうか。

創刊準備で原稿を集めるとしたら、その前年から取りかかったとしてもおかしくない。「現代評論」に掲載されなかったとしたら、おそらく合評会かなにかで、ボツにされたのだろう。同人の顔ぶれを見れば、それもいたしかたないことかもしれない。僕としては、可哀相に、お父さんはこっぴどく叩かれたんだね、と思わざるを得ない。

結局、活字にならなかったと思われるが、この「履歴」に出てくるエピソードも「愛別離」同様、のちの瞳の作品に繰り返し繰り返し、少しずつ形を変えて現れることになる。

この作品で、注目(?)されるべきは、すでに主人公の妻の名前が夏子で、息子の名前が庄助であることだ。

『江分利満氏の優雅な生活』の執筆が始まるのは一九六一年、すでに「履歴」のときからの腹案であり、その内容は「愛別離」から延々と引き継がれていたのだった。

瞳が出征するとき、送別会で歌われた賛美歌「また逢う日まで」を、母の治子も知っていた。ずっとのちのことになるのだが、武蔵小金井の桜町病院のホスピス棟で瞳が亡くなった。その年に亡くなった患者を送るミサが桜町病院の教会で営まれたさい、この賛美歌が歌われた。ミサに出席していた治子が、「パパが出征するとき、みんなが歌ってくれた賛美歌よ」と、隣にいた僕に囁いた。

戦後に知り合った母が知る由もないと思っていたのだが、瞳から直接、聞いていたか「履歴」「愛別離」を読んだのだろう。

戦後の山口家は、例の三人姉妹がいる、静子の妹の嫁ぎ先を出て、長谷の豪邸に引っ越していた。

——鎌倉駅から海沿に家に向かった。艨艟が海に密集していた。父母は某侯爵の別荘を買って住んでいた。三十畳の洋間と十畳の客間が二室あり、全く夏むきに建てられていた。(「履歴」)

この家は、川端康成邸の向かい側にある。治子の記憶によると、元内閣総理大臣、松方正義公爵が夏の別荘として借りていたという歴史もあり、山口家も借りていたらしい。瞳は侯爵と書いているが、正確には公爵だ。

僕が書いた『江分利満家の崩壊』を読んだ叔母の栄が、「ひとつだけ間違いがあるわ。松方公爵の家を正雄が買ったのよ」と言ったことがある。瞳も同じ誤解をしているが、これは叔母の身びいきであり、間違いだ。

松方公爵も、この邸は借りていたのだ。この邸は、鎌倉市の景観重要建築物等に指定されている加賀谷邸で、一九二五年に建てられ、現在も当時のままの姿で残っている。

昭和二十三年の暮れ、山口家は東京に引っ越している。

この、「履歴」の中で、瞳はわざわざ、括弧を付けて、角川書店版昭和文学全集をお持ちのかたは『川端康成』三二一頁三行目以降を参照されたい、とただし書きを入れている。川端康成の『山の音』のことだ。その中に登場する雨宮家のモデルが、山口家なのだ。

「履歴」を書いてから『江分利満氏の優雅な生活』を書くまでの空白期間、瞳の生活は大きく変わっている。

まず、一九五八年の二月に、サントリー（当時、「洋酒の壽屋」）に入社することができた。

そして、一九五九年の大晦日に、瞳の母の静子が脳溢血で急逝する。五十六歳だった。

このために、一家は離散する。山口家は静子の人間的な魅力だけで、かろうじて繋がっていたのだ。その崩壊は早かった。同居していた伯父夫婦と叔父一家は、別に所帯を持つことになる。正雄はこの年の二月から、糖尿病と腎臓病が悪化して長期入院している。

瞳一家は、早稲田以来の親友であった上田健一さんのご好意で、霞町（今の西麻布）の交差点にほど近いお宅の離れに半年ばかり下宿することになる。

麻布の家は、銀座の「凮月堂」の社員寮として貸し出された。この管理を弟の昭が任されていて、家賃の一部から正雄の入院費用が賄われた。

そして一九六〇年の十二月には、幸運にも川崎市元住吉のサントリーの社宅に入居することになる。

なぜ、幸運だったかというと、この社宅は大阪本社からの転勤組のためのもので、東京の人は入れないことになっていたからだ。

瞳は、サントリーに入社してから、宣伝部の仕事をやるかたわら、いくつかのアルバイトに精を出している。オープンな社風ということだろうが、企業として大変な好意だったと思う。しかし、それによって開高健さんの芥川賞や瞳の直木賞受賞にも繋がるわけである。

この時期の瞳の仕事として、あまり知られていないものが幾つかある。

そのひとつは「朝日新聞」に連載されていた柳原良平さんの四コマ漫画「ピカロじいさん」の原作である。つまり、柳原さんも、社外の仕事をしていたことになる。

また、NHKテレビで放映されていた人形劇、「シャブシャブ丸の冒険」の脚本も書いていた。資料によると、製作は「柳原良平＋α」となっているが、プラス・アルファとは瞳ひとりであったというのが定説になっている。

なお、この番組は映像が残されていない。残っているのは台本だけだ。人形製作をした、あやつり人形の結城座にも残っていないという幻の番組だ。

僕はその放送を欠かさず観たものだが、内容はうろ覚えだ。柳原さんの作品らしく、シャブシャブ丸という船名の客船だかタンカーが舞台で、それが漂流しているのか、諸外国を廻るのかというような設定だった。のちの「ひょっこりひょうたん島」の設定を先取りしていたと思う。僕は、この番組で〝しゃぶしゃぶ〟という関西弁を知ったのだった。

「男性自身シリーズ」の「蒼い目の日本人」（991）でロイ・ジェームスの紹介で、ラジオのディスク・ジョッキーの台本を書いていたことに触れている。

――私はロイの口ききで、ラジオのディスク・ジョッキーの台本を書くようになった。道が開けた。彼の初期の「意地悪ジョッキー」という番組も何十本か書いた。（「蒼い目の日本人」）

ロイ・ジェームスの「意地悪ジョッキー」は、文化放送（のちのニッポン放送）で、一九六〇年から放送されている。「何か忘れちゃいませんか?　ってんだ」というロイ・ジェームスのセリフが人気だったらしい。このあたりのセンスは瞳の作かもしれないと思わせる。ロイの紹介でディスク・ジョッキーの台本を書き、〝ロイのも書いた〟と書いているのは、ほかに園井啓介の台本も書いていた、ということだと、僕は記憶している。そちらのほうが先だったかもしれない。

ロイ・ジェームスが山口家に出入りするようになったのは、日舞をやる瞳の妹の麗子と栄が、戦後すぐ、進駐軍の慰問のために駆り出されていたときの司会が、E・H・エリックやロイ・ジェームスだったからではないかと思う。

もしかしたら、東京宝塚劇場が進駐軍の専属劇場としてアニー・パイル劇場という名前になっていたころ、そこに出演していたのかもしれない。日本の伝統芸能に属する芸人がずいぶん駆り出されていた。瞳は、日本人オフリミットだったアニー・パイル劇場でも、観劇していると言っているが、彼らの紹介で裏口から入っていたのかもしれない。

「愛別離」「三人姉妹」「履歴」を書いたあと、数年間、この四コマ漫画の原作と人形劇の脚本、ラジオのディスク・ジョッキーの台本を書いている。

それが瞳にとって、いい文章修業になったのではないかと思う。先の三作品が、どちらかといえば純文学風であるのに対して、〝江分利満もの〟以降の作品には、軽みと戯作的なユーモアがある。

このテクニックは一般的な読者や聴衆を相手とする新聞、テレビ、ラジオで培われたのではないか。だからこそ、ロイ・ジェームスによって道が開かれたとまで書いたのだろう。

図らずも、のちの山口瞳文学はこうして大きく育っていくこととなる。

そして、満を持しての「江分利満シリーズ」だ。

新橋駅周辺のバー、おそらくは一種の文壇バーであった、「トントン」あたりで酒に酔ってからんでいる瞳の姿を見て、面白そうだと思い、なにか書いてみませんかと持ちかけたのは、当時、「婦人画報」の編集長だった矢口純さんだ。

そして短篇小説「どっかり夫人を愛す」が一九六一年七月号に掲載される。つづいて八月号に「むし虫いたします!」が掲載され、さらに、九月号に、「悲暑地のできごと」が掲載されることになる。

この三篇は、いわゆる『江分利満氏の優雅な生活』の連作ではない。単発あつかいだ。さすがに、矢口さんも最初から連載にはできなかったのだろう。

一九六三年二月に文藝春秋新社から出版された初版本にも、このうちの二篇、「ドッカリ夫人を愛す」(「どっかり夫人を愛す」から改題)「悲暑地のできごと」は※印のあとに、巻末付録的に扱われている。二作目だった、「むし虫いたします!」は瞳の生前、単行本に再録されることはなかった。

そして続く十月号から、はじめて連載小説「江分利満氏の優雅な生活」と題する連作が始まることとなった。

新聞に掲載された「婦人画報」十月号の広告では、「新連載、『エブリマン氏の結婚の条件』(サラリーマン物語) 山口瞳」となっている。

正確には、第四作目から連載ということになったのだった。まだ〝エブリマン〟とカタカナ表記だ。〝江分利満〟では、一般読者は読めなかったのだろう。また、〝サラリーマン物語〟などと、内容を伝える必要もあった。

「婦人画報」に連載を始めるにあたって、瞳は、家庭婦人を読者としている雑誌なのだから、主婦が知ることのない、会社での夫の生態を教えてあげたかった、という執筆の意図を持っていた。

山口瞳一家が住むことになった、六棟十二戸のタウンハウスの社宅の住人は、いずれも東京に転勤してきたばかりの若い社員で、子供たちはせいぜい幼稚園児だった。父親と同居し、息子は小学校の四年生になっているという山口家は、かなり異色の入居者だった。

関西人であり、若い会社員である隣人たちとの付き合いは、瞳にとって異文化体験ともいえるものだった。

遅刻しないように道を急ぐ同僚や、わずかばかりの庭を菜園にする隣人は、瞳にとって珍しい異星人のようであったらしい。しかし、その同僚たちからすれば、瞳こそ風変わりな変人であったはずだ。映画監督で俳優の伊丹十三さんが、「エブリマンというけれど、瞳さんほど特殊な感性の持ち主はいないよ」と言われる所以《ゆえん》である。

ある朝、目を覚ましたら、有名になっていた、というのはバイロンの名言だったと思うが、ある朝、目覚めたら、僕の父は有名人になっていた。

瞳の小説『江分利満氏の優雅な生活』が直木賞を受賞したのだ。

ついでに、僕も有名になった。

瞳が『江分利満氏の優雅な生活』を上梓したとき、「お前は子役を使うからいけない」と言われたそうだ。

――私は作家志望ではなかったから、一流出版社からの最初の書物が出版されることになったときに、装幀は柳原良平さん、書文字は伊丹十三さん、口絵写真は田沼武能さんにといったように友人であり、仕事上で尊敬している方に依頼した。「これで死んでもいいや」というくらいの気持だった。（「苛め」〈1585〉）

その口絵写真が、僕と父が多摩川土堤を歩いているものだった。それを子役を使うと批判されたのだった。子役や動物を使えば、簡単に面白くできるから、安易だということだろう。

単行本となった『江分利満氏の優雅な生活』は、四作目の「しぶい結婚」（連載時は「結婚の条件」）から始まる。冒頭は、主人公のひとり息子、庄助が十円玉を握って、埃がたつ砂利道を斜向かいの貸本屋に向かって走るシーンになっている。

だから、読者にとって印象的な場面となり、埃っぽい道を走る少年のイメージが鮮明に残ることになる。僕も有名になったというのは、このことだ。

作中では、武藤勝之介・著『金星人襲来』を借りたことになっているが、実際の僕が、そのころ愛読していたのは、前谷惟光の『ロボット三等兵』や水木しげるの『墓場鬼太郎』。そしてさいとう・たかをの『台風五郎』シリーズや『武芸紀行』。まだ途中までしか出版されておらず、次が待ち遠しかった白土三平の『忍者武芸帳』であった。

『金星人襲来』も読んだのだろうけれど、記憶にはない。瞳は少年の真剣な姿と、その題名のコントラストに滑稽さを感じたのだろう。

まさか、少年は白土三平の「忍者もの」を愛読している。どうやら劇画を通して唯物史観に目覚めたようだでは、山口瞳の小説にならない。

そのころ、僕がどんなものを読んでいるか気にしていた治子が、なんの気なしに、ちょうど読みかけのまま部屋に置いてあった『忍者武芸帳』をパラパラとめくって、こんなものを読まないで頂戴、と悲鳴をあげた。

それは、運悪く、狂気の城主が胎児を見たいと言い出して、妊婦の腹を割く場面だったのだ。

瞳の作品の読者ならば、治子にとって、堕胎とか、それを連想させるイメージとかがどんな意味を持つかご存じだろう。

僕の出産に続いて妊娠した治子は、瞳の言うままに二度、人工流産をしている。それが生涯続くことになる不安神経症の原因となったのだ。

こうして『忍者武芸帳』は、我が家にあっては、禁書となったのだが、僕は隠れて全巻を読破した。

なぜ、瞳は「洋酒の壽屋」の宣伝部に在籍していたのに、『江分利満氏の優雅な生活』の作中では、東西電機の社員であるのかという疑問があった。

祖父の正雄の家は麻布にあり、そのあたりは小さな町工場がならぶ工業地帯であった。そして、そのころ、正雄が経営していた会社は、東京芝浦電気と肩を並べるほどの規模であったと、瞳も書いている。のちの東芝である。だから東西電機という言い方には若干の馴染みがあったのではないかと思われる。

また、当時、サントリーの宣伝部と並び称せられたのが、山藤章二さんや仲畑貴志さんが在籍していたナショナル宣伝研究所（通称、ナショ研）であった。このことも、主人公の職場を電気関係のメーカーとした理由と考えられるのではないだろうか。

「ステレオがやってきた」が象徴しているように、目覚ましい経済成長に歩調を合わせて、新しい文化的な生活を営むようになった日本人、そして日本のサラリーマンを描くために、瞳は、主人公の江分利満が勤務している会社を、自分が勤めている洋酒メーカーではなく、「東西電機」という家電メーカーに設定したのだ。

この感覚に、瞳の、社会を観る洞察力の鋭さを感じざるを得ない。瞳の眼には、日本人の日常生活に家電製品が次々に登場してくるのと、サントリーが定着させた洋酒文化とが、戦後の日本のサラリーマンを語る上で車の両輪のように映っていたのだろう。

山口瞳を、いや、江分利満を有名にしたのは、新しいサラリーマンを新しい文体と手法で描いた、このセンスだと思う。

『江分利満氏の優雅な生活』と『江分利満氏の華麗な生活』の連作が書かれたのは、一家が川崎市元住吉にあったサントリーの社宅に住んでいた時期と、ほぼ一致する。

「優雅な生活」の連載は、一九六一年の十月号から、翌一九六二年の八月号まで続き、「華麗な生活」の連載は一九六三年三月号から連載が始まり、十月号の「今年の夏」（八作目）で完結となっている。

当時の元住吉の社宅の様子を知りたければ、岡本喜八監督作品の映画「江分利満氏の優雅な生活」を観ていただきたい。ロケは、まさに当の社宅を使って行われたのだ。僕が学校から帰ってくると、我が家はロケ現場になっていた。庭にキャメラが据えつけられ、照明機材が乱立していた。そして二階の居間が出演者の楽屋となっていた。

その楽屋にしつらえられた居間の化粧台前に坐り、シミーズ姿でメイキャップを直す夏子役の新珠三千代を見ても、僕は驚かなかった。麻布時代から、日舞の公演に出演する叔母のお供で、渋谷駅構内の東横ホールや内幸町のイイノホールの楽屋を遊び場にしていた僕にとって、それは懐かしくも、馴染み深くもある風景だった。

瞳の直木賞受賞により、いつも芸能人が出入りしていた、派手でにぎやかな山口家の日常が戻ってきたと、幼い僕は感じていた。東京宝塚劇場の東宝ミュージカルに出演中の栄の夫である、ジェリー伊藤の楽屋に親子三人で遊びに行ったり、舞台化された『伝法水滸伝』の八波《はっぱ》むと志さんの陣中見舞いに親子三人で訪れたりした。

一九六三年一月に『江分利満氏の優雅な生活』で、第四十八回直木賞を受賞したあとの山口家のことをひと言で書けば、生活は一変したということになる。

直木賞を受賞した瞳はサントリーを退社し、嘱託となる。その結果、社宅に入居している権利を失い、退出することになる。一九六四年三月、終の住処となる、「わが町」国立に引っ越すのである。

10『マジメ人間』のころ（1964年）

この時期は激動のころともいえる。瞳が『江分利満氏の優雅な生活』で直木賞を受賞したのが、一九六三年の一月だ。

忙しくなり、二足の草鞋《わらじ》というわけにもいかなくなって、翌一九六四年サントリーを退社することになる。そして、社員ではなくなったので、社宅に住む権利が消失する。そこで、三月に国立市の借家に転居するのだ。

退社とほぼ同時に、宣伝部の部長だった山崎隆夫さん、開高健さん、柳原良平さん、坂根進さん、酒井睦雄さんらと広告制作会社「サン・アド」を設立して取締役となる。

アートディレクターであった坂根進さんの提案で、せっかくこれだけの陣容を誇るならば、サントリー以外の宣伝もやりたいということで、新会社が設立されたと聞いている。つまり、サントリー宣伝部の一部がそのまま新会社として新たな一歩を歩きだしたということだ。

僕はサントリー退職とサン・アド取締役就任の間にサントリーの嘱託になっていた時期があるように記憶していたが、そんなことはなく、事態は移行したのだろうか。

忙しいから辞めたと思ったら、これではかえって忙しくなったのではないか。二足の草鞋どころか新会社設立である。小説家としての仕事が忙しくなったのでサントリーを辞めた、ということでなかったようだ。

引っ越し先として国立を選んだのは、僕がすでにこの町にある桐朋学園に通っていたからだった。元住吉の社宅から、当時は単線だった南武線で、一年生の一学期と二学期いっぱい通っていた。片道一時間半ほどだったが、病弱であった僕は疲れ果てて授業中はほとんど、ぼんやりとしていた。学業が振るわなかったのは、この長距離通学のせいにしている。

それでも、一橋大学の構内から駅にかけて、町が巨大な赤松の林の中にあるような景観と、南部に広がる一面の麦畑から舞い上がるヒバリの声に、僕はいつも感動していた。

それはかつて敷地が六千坪ともいわれる軽井沢の別荘で青春時代を送った瞳にとっても同じだったのではないか。

ともに箱根土地が関係している別荘地、高級住宅地であった共通点があることも手伝って、瞳も郷愁に近いものをおぼえていたのではないか。

今ではその面影も薄れているが、国立は発売当時、一区画が二百坪単位だった。それまで一面の松林であったので、敷地の中に数本の松を残したまま造成された分譲地も多かった。

この松林の中に「松風ホテル」という旅館があり、のちに小説「林間ホテル」のモデルとなる。

東京人の素封家《そほうか》には、都心に本宅を持ち、生活のある部分を避暑地の別荘、あるいは別宅で過ごすという習慣があった。瞳はこれを気取ってみたのではないだろうか。瞳にとって鎌倉や軽井沢は定番に過ぎるし、瞳自身の記憶の中では手垢のついた土地でもある。世田谷から荻窪、吉祥寺あたりにかけては、別荘地というには都市化が進みすぎているし、大先輩の作家の多くが住んでいる。国立の景観や立地条件は、これから東京人の戦後を書いていこうという瞳にとって理想的な場所だった。

元住吉に住んでいたから、僕は隣の駅にある慶應義塾大学中等部も受験した。また、生まれ故郷である麻布に近い三田の慶應義塾大学中等部も受験したのだが、あっけなく一次試験で落ちた。

一騎当千の受験生たちが全国から蝟集する慶應の受験会場は入るだけで、僕を萎縮させるのに充分だった。

その点、国立の桐朋中学校の受験会場はどちらかといえば和気藹々としたもので、古びた木造校舎や緑の多い校庭のたたずまいも好ましいものだった。

僕がこの町の学校を選ばなければ、のちの瞳文学は生まれなかった、とある講演で発言したら、パネリストとして同じステージにいた嵐山光三郎さんに、「しょうちゃんが、勉強できなかっただけだろ」と指摘されてしまった。

いずれにしても僕が三田の慶應に通うようになり、瞳一家が元の麻布に戻ったとしたら、その後の瞳の作品はかなり変わったものになっただろう。

ともかく、一家は「江分利満もの」の舞台となった川崎市の元住吉から、「男性自身」の舞台となる国立に転居する。国立は瞳の終《つい》の住処《すみか》となるのだった。


直木賞作家として、瞳は旺盛な創作活動に入る。

その登場人物に瞳らしい特徴が現れているので、少し触れてみる。

瞳の小説は、作家とおぼしき自分自身をモデルにした人物と、四人の仕事仲間という作品群と、同じく作家らしき人物と三人の大学時代の同級生が登場する作品群に分けられる。

小説『マジメ人間』の登場人物は、フシギ人間の田村高一は四十歳、スケベ人間の松永生喜は三十五歳、オコリ人間の篠原健治は四十三歳、ネムリ人間の須藤耕作は三十歳、マジメ人間の私は三十七歳、となっている。

モデルはそれぞれ、フシギ人間が村島健一さん、スケベ人間が梶山季之さん、オコリ人間が矢口純さん、そしてネムリ人間が伊丹十三（当時、一三）さんだ。

小説『谷間の花』では、作家自身がモデルであるらしい小説家と、新聞記者の元橋と、学校の先生と、船会社のサラリーマンの辻本の四人が、大学以来の親友として登場する。新聞記者は毎日新聞の上田健一さんであり、学校の先生は桐朋学園の波多野和男さん、船会社の勤め人は日本郵船の守谷兼義さんだ。

『谷間の花』では四人が小旅行に出かけるという設定になっているが、実生活ではおそらくそんなことはなかったと思う。四人が会うときは常に夫人同伴であって、その八人でも都内の会食程度のお付き合いであった。そして、たまに僕をふくめて、それぞれの子供たちも同席した。

そして、僕が読むと、どうしてもそれぞれの方々の顔なり、人となりがありありと見えてしまい、しかも言葉遣いまでもが聞こえてきてしまうので、作品自体を客観的に読めないのだ。

たとえば、ほとんど実生活に即して書かれている「江分利満もの」であれば、「結婚の条件」の冒頭、少年が十円玉を握りしめて砂利道を駆けていく、と書かれていれば、その道幅やズック靴を通して感じた砂利のゴツゴツした感触も、まだ舗装されていなかった道の砂ぼこりもありありと感じることができる。しかし、『谷間の花』のように、いかに先生や新聞記者が酒席で話していたと書かれていても、僕にはそれ以上の想像は働かない。

僕が瞳の、いわゆる私小説と、そうでない小説を読むときにズレがあることはいたしかたないことだと思う。むしろ一般の読者の方々のほうが公平な読後感を持たれるのではないだろうか。

いずれにしても、瞳は、自分の身のまわりの人物を遠慮なく、自身の小説の登場人物として描き、現実に起こったことと、まったくの創作のエピソードとを交えて書いていた。

そこにはふたつの流れがあることは先に触れた。ひとつは著者である作家と、幼なじみともいえる大学時代からの友人三人との四人組もの、もうひとつは成人してから、仕事を通して知り合った五人組ものだ。

『谷間の花』は前者であり、『マジメ人間』は後者である。

〝江分利満〟と同様に〝マジメ人間〟も瞳の造語として、流行語になったのではなかったか。

〝江分利満〟はいまでは死語になったかもしれないが、〝マジメ人間〟はいまにいたるまで、ごく日常的に使われる言葉となっている。テレビのワイドショーなどで、「あの人は普段はマジメ人間で通っていたのに、あんな犯罪を起こすとはねえ」などとコメンテーターが使っている。

マジメ人間という言葉は、梶山季之さんが、オランダを旅していて、同行者たちと列車の中で猥談をしていたら、車内アナウンスに、「スケベニンゲン、スケベニンゲン」と言われたというジョークが元になっている。

オランダの海岸にあるScheveningenは、最近、誤解をおそれてスヘフェニンゲンと表記することが多いようだが、ちょうど、その駅に差しかかったので、車内アナウンスが、次はスケベニンゲン、スケベニンゲン、とアナウンスしたのだった。

そんなにタイミングがいいこともないだろうから、これは梶山さんの創作と思われるが、それを聞いた瞳が、それじゃあ、俺はマジメ人間だ、小言ばかり言っている矢口はさしずめオコリ人間だ、とひとりずつ綽名をつけ始めたらしい。

畳の上だろうが、絨毯の上だろうが、すぐに横になってしまう伊丹さんがネムリ人間で、村島さんのフシギ人間は少しわかりにくいが、行動パターンが屈折しているというか、酒を飲むと、人が変わるというところからきているのだろうか。

小説『マジメ人間』は、のちに青島幸男さんの脚本でテレビドラマになる。

そのテレビ番組の主題歌も青島さんの作詞で、その中の一節に〝マジメ人間、バカ人間〟という箇所があり、瞳はそれにはちょっとご立腹だった。

一生懸命努力してもどうしようもない、不器用で、世間の波に乗り切れない人間を描いて、それを「マジメ人間」としたのだが、世間一般からしてみれば、それは単なる馬鹿ということなのかと落胆していた。

僕は、このテレビドラマは五人の男をとりまく世情を軽妙なタッチで描いていたと記憶している。

そうした印象があるので、この小説『マジメ人間』は、瞳特有の軽妙洒脱な人間群像を描いたユーモア作品だと思っていたが、再読してみると、「愛別離」や「履歴」、それに『江分利満氏の優雅な生活』にある「昭和の日本人」に連なる戦中派の心情を吐露した、かなり重たい作品であることがわかった。

小説「俺は19歳」については不思議なエピソードがある。

瞳の死後しばらくして、若いころからのファンだというかたから手紙をいただいた。それは、自分が子供のころ、コーセー化粧品のPR誌「カトレア」に連載されていた山口瞳さんの「俺は19歳」という連載小説に、もっとも強く影響を受けたのだが、その後、どこにも再録されていない。ついてはぜひ読みたいので、お宅にスクラップなり、コピーなりが残っていたら、一部コピーをいただけないか、というものだった。

僕も、当時は元気だった母の治子も、この作品の存在を憶えていなかった。

コーセーと名前が出ているのだからと、直接、広報部に電話をかけてみると、たしかにそういう作品は実在しているとのことで、すぐにコピー二部が送られてきた。

そのうちの一部を、手紙をくれたファンのかたに郵送した。育ったご自宅が化粧品店ということなので、子供ながら、店頭にあった拡販用の月刊誌「カトレア」を読んでいたのだろう。僕が「洋酒天国」や「おとなの漫画」を子供のくせに読んでいたのと同じことだ。

この作品は十九歳の主人公を中心とした若者たちによる青春群像劇なのだが、先に書いた男友達五人組の系譜につらなるものなのだ。

伊丹十三さん、矢口純さん、梶山季之さんたちが毎日、銀座や六本木で繰り広げていた出来事を、もしも彼らが十九歳前後だったらと、スライドさせている。

特筆（？）すべきは、ほかの五人組もの、四人組ものでは年齢と職業はそのままで、名前だけを変えているのに対して、「俺は19歳」では、年齢を二十（！）ばかりサバを読み、職業（まだ無職か）も変えているというのに、名前だけはいずれも実名か、当時の綽名なのだ。

――矢口純（国立の谷保天神のそばで生まれたので通称ヤボジュンで通っている）とマルマンのお和（煙草を吸いもしないのにガス・ライターを持っているので俺たちはマルマンと呼んでいる。（中略）一番町のタケは来ていなかった。タケはブルジョワの息子でフォルクス・ワーゲンの新車を持っている。（「俺は19歳」（2）銀座の雨）

矢口さんは、説明の必要がない。しかし、タケには少し説明がいるだろう。伊丹十三（当時、一三）は芸名で、通名は池内岳彦《たけひこ》という。したがって仲間うちでの綽名は〝タケチャン〟だった。

マルマンのお和は、当時の伊丹さんの奥さんだった川喜多和子さん。和子だから〝お和〟だ。マルマンというのは、ガス・ライターの商品名だが、当時、伊丹さんと和子さんが使っていたのは、伊丹さんのエッセイ集『ヨーロッパ退屈日記』の表紙に、伊丹さんが描いているダンヒルのガス・ライターだった。ダンヒルではあまりに成金風になるので、安価なマルマンとしたのだろう。

トシは梶山季之さんか。イッちゃんというのは、そのころ銀座の並木通りにあった洋品店

「チロル」の番頭さんだった市村明さんだ。

そもそも市村さんが川喜多和子さんと知り合いで、のちに伊丹さんと和子さんが結婚し、瞳とも友人になったという経緯がある。

なお、市村さんは伊丹さんの処女作である映画「ゴムデッポウ」で主演している。

連載の第8回「夫婦」は〝フシギ人間〟の村島健一さんをモデルとしていると思うが、ここは〝野口〟さんとしている。内容から、多少は遠慮したのだろうか。


連載の第13回「恋はやさし」には驚かされた。

かつて同居していた照子が突然、ヒトミを訪ねていく。ヒトミが寝ている布団に忍び込んできたという過去もあるという。

ちょっと、誰がモデルなのかと読みながら、どきどきしていたら、最後のところで、照子は明治十九年生まれで、今年七十九歳と種明かしされる。

このモデルは我が家に同居していて、山口家が一家離散したときに、当時は養老院といわれていた老人用の介護施設へ行くことになった小久保ハルさんだ。寝ていたのはヒトミではなく、当時五、六歳の僕だろう。

このどんでん返しにはやられたと思ったし、作家とは実際に起こったことをこのように料理して作品に仕上げるのかと教えられる思いだった。

僕がばあばあと呼んでいた小久保さんは、小柄で華奢な体つきだったが、母の治子に言わせると、裸になるとお尻から太股にかけての肉置きはよく筋肉が発達してピカピカだったという。それは朝日楼が廃業したあと、吉原の「角海老」で仲居をしていたからだと治子は言っていた。一日中、料理の載った重いお盆を持って、階段の昇り降りを繰り返していたのだろう。

小柄であったが、毎朝、幼稚園に通う僕をおぶって、麻布二の橋から三田に続く坂道を上がってくれた。

秀でたおでこで、細面。彫りの深い端正な顔だちで、不思議なことだが、のちに俳優の西村晃を映画かテレビで見たときに、僕はばあばあに似ていると思った。目がぎょろりと大きい中年以降の西村晃の顔は、ばあばあにとてもよく似ていた。

姑、ふたりの小姑のいる中で台所仕事は、主に治子とばあばあの仕事だった。

治子は兄ひとり、姉四人（そのうちのひとりは夭折）の六人兄弟の末っ子として生まれた。父親が酒乱であったことをのぞけば、戦争が終わるまで子供ひとりひとりに子守がつくような恵まれた育ちをしていた治子は、この下働きが嫌いではなかったという。意地悪な継母や義姉たちにいじめられるシンデレラに憧れていたというのだから、かなり屈折しているが。

そんな家事の合間に、瞳の妹の栄に、オニアザミという綽名をつけた張本人がばあばあだった。台所の洗い場で立ち仕事をしているときに、ばあばあがそう言ったと治子が言っていた。

ばあばあは単なる温厚な優しいお婆さんというわけではなかった。

「俺は19歳」の、仲間のタケがヨーロッパに行き、また戻ってくるあたりは、のちに『ヨーロッパ退屈日記』を書くことになる伊丹十三さんの行動そのままだ。

また、第七回の「ふぐについて」など、のちの『礼儀作法入門』を思わせる。二十歳そこそこのチンピラが銀座でフグを食べるというのだから、奇妙な設定なのだが、歳をサバ読んでいることを割り引いて、これは瞳のそのときの〝礼儀作法〟教授として読んでいただければいいのではないだろうか。

ことほど左様に、この連載では、やや無防備に当時の瞳の実生活がむき出しになっている。銀座から六本木にと、連日のように伊丹さんや梶山さんたちと飲み歩いていた瞳の流行作家の日常が、意外にもこの作品から読み取ることができるのだ。

それにしても主人公がヒトミという名前で、十九歳の男というのに無理がないか。

また、化粧品会社のPR誌であるにもかかわらず、第一回で濃い化粧を非難したり、顔の傷を化粧で隠している女性の話（第十一回「暗い灯の下」）など、よく書けたと思うし、編集部のほうからクレームがつかなかったのかと心配になってしまう。

いまはもっぱらPR誌の仕事をしていて、日々、クレームと戦っている僕としてはうらやましくもあるのだが、瞳には、怖いもの知らずの無鉄砲な一面が表に出てしまうことが多いのだ。

11 『世相講談』『結婚します』のころ（1965年）

この時期にも我が家には色々と変化が起きた。

「結婚します」と「巷説天保水滸伝」という二本の新聞小説の連載があった。

この新聞小説の収入を国立の、のちに変奇館を建てることになる土地の購入にあてたのだ。

サントリーの社宅を出なくてはならなくなった瞳が、国立に家を探していて、この家を不動産屋から提案された。ちなみに、この不動産屋が、のちに、『世相講談』の「チェーホフの熊」のモデルとなる。

それはさておき、数年後、転勤が長引きそうになったので、関西で自分の家を購入することになった貸主から、国立の土地を買わないかという提案があった。

瞳にまとまった貯金はなく、父親の正雄の借金からやっと解放されたばかりだった。こんなときに、新たにローンを組むことは考えられなかった。まして、普通は、作家などという不安定な生活をしているものに銀行は金を貸さない。

それに加えて、東京人は一生、借地借家で過ごすものだという考えも、瞳は持っていた。

サントリーも辞めてしまったし、潤沢な預貯金があるわけでもない。いまの連載がいつまで続くかもわからないし、この先の収入はいたって不安定なものだ。

そのとき、妻の治子が、「あら、買えるわよ」と言った。

治子に言わせると、新しく始まった新聞連載は固定収入である。また、新聞小説の原稿料は、文芸雑誌原稿料よりもいいではないか。

すぐに、治子は駅前の都市銀行に行って、担当者と直談判した。そして、驚くべきことに、この新聞連載を餌に、銀行員を説得してしまった。

瞳は、「女は度胸があるなあ」とあきれるしかなかった。

「書かなくちゃいけないのは、俺なんだけどなあ」と釈然としない面持ちだった。

こうして、国立の土地と建物は瞳のものとなった。

この自邸購入がなければ、瞳は、僕の高校卒業を待って、都心に戻っていたはずである。そして、のちに変奇館と呼ばれる現代建築の家に住むこともなかっただろう。


向田邦子さんと沢木耕太郎さんがともに山口瞳の最高傑作、あるいは一番好きな作品とおっしゃっていた「世相講談」の連載が「オール讀物」で始まる。

「世相講談」は毎回、異なる職業の人を主人公にして、芝居仕立て、講談仕立て、ノンフィクション風、私小説風と多彩に書き分けるという離れ業をやってみせる。

けだし、引き出しをたくさん持っていた瞳の面目躍如というべきか、自家薬籠中《じかやくろうちゅう》のものというべきか、持てる技を出し惜しみすることなく、七色の変化球で書き分けた。しかも、驚くべきことに、この連作は月刊誌の連載なのだ。

〝月給鳥〟と書いて、〝サラリーマン〟とフリガナをふる。〝豪儀〟と書いて、〝すばらしい〟。〝観客席〟と書いて、〝スタンド〟。〝大混乱騒ぎ〟と書いて、〝ドンチャンさわぎ〟。〝突然に疾走だす〟と書いて、〝だしぬけにはしりだす〟と、ケレン味もたっぷりだ。このフリガナの言葉アソビは、明治大正の戯作者の文体のパロディーだろうか。

色々な職業の人間が、登場するわけだが、普段から付き合いがあり、僕にもモデルがわかるケースもあれば、その都度、取材して書いているケースもあったようだ。また、同じ職業の何人かから聞いた話を、ひとりの登場人物として書いている場合もあるのではないか。

たとえば、第一話の「生き残り」は、タクシー運転手の話だが、おそらくは、国立のタクシー会社の運転手、徳本春男さん、通称〝徳さん〟がモデルだと考えられるが、同じタクシー会社の数人の同僚から聞いたことを混ぜ合わせていると思う。なお、徳さんは、のちの「兆治」の主人公の友人のモデルとしても、登場するし、国立を舞台にした作品には、しばしば登場することになる。

第二話の「空巣と刑事」や第三話の「憂世風呂」などは、僕が、父に刑事や風呂屋の知り合いがいなかったと思っているだけなのではなく、新たな取材によるものではないだろうか。

第四話の「医は忍術」は父の正雄の入院中に見聞したことを元にして書いていると思われる。「下町にて」は芸者の話で、下町に育った妻の治子の知人のことなのか、あるいは行きつけの店であった、「亀清楼」で同席した芸者から聞いたのだろうか。

そして、この不思議な職業探訪のような連作の中に、あの「愛別離」や「履歴」、そして、「江分利満」の系譜に連なるものが短篇小説のようにして挿入されている。

自分のことは、「私」として、小説家であり、瞳という名前であるが、妻は夏子、息子は庄助と、いわゆる「江分利満」ものを踏襲している。

第四話もそう読めるし、第五話の「ある代打男」には、小学校の同級生でプロ野球に進んだ東急フライヤーズの黒尾重明さんへの思いが込められていないだろうか。

この連作は瞳としては珍しく、市井の庶民を描いた短篇小説集として読んできたが、改めて、まとめて通読すると、サラリーマンを辞めたあとの、〝江分利満一家の生活誌〟とも読める。連綿と続く、「愛別離」「履歴」の続きであり、自分史から家族史に、さらに、それ以前の家の歴史にまで遡ろうとしているかのようだ。

「旅の終り」は老人ホームの入居者の話なのだが、ここで登場するのが、例の、ばあやその人である。

これにはちょっと驚いた。僕が、この連作が実は、自分史を書き続けた瞳の処女作から、いずれは、『血族』『家族』に連なるものなのだと書くのは、この「旅の終り」があるからなのだ。

小説家の私が、かつて同居していた老婦人を、妻子を連れて老人ホームに訪ね、その直後にひとりで再訪して、もう少し詳しいことを聞き出す、という設定だ。

ばあばあが老人ホームに入ったのは、昭和三十年の五月だったと明記されている。僕は、祖母の静子が死んだ当日までは一緒だったと思っていたのだが、それは記憶違いであったようだ。

そのとき、瞳一家も家を出たと書かれている。僕が幼稚園をいったん中途退園して、親子三人が本郷動坂に一時転居していたのと軌を一にする。そうか、あのとき、僕はばあばあと別れたのか。

祖母が亡くなった直後、泣きじゃくる僕をあやしてくれたのはばあばあだとばかり思っていたのだが、それでは、あれは母の治子だったのか。僕には叱られた記憶はみんな母からで、やさしくしてもらったのはすべてばあばあからだったと記憶する癖がついているようだ。

僕たちの転居は、母の治子の不安神経症の悪化から、大家族との生活が原因だろうということで、そこから脱出するためと教えられていた。しかし、ここに書かれている通りだとすると、祖父の正雄の商売がにっちもさっちもいかなくなって、伯父一家も同時に家を出たことになっている。

親子三人だけになった動坂での生活は、瞳が仕事に出かけて夜も遅くならないと帰ってこないので、治子が寂しさに耐えられなくなり、かえって病状が悪化してしまったために、一年足らずで麻布に舞い戻っている。僕も以前の幼稚園に復園した。

それはともかくとして、ここで僕が愕然《がくぜん》としたのは、瞳とおぼしき作家が、自らの母親の実家の家業について、「いいよ、知っているよ。変な商売をしていたんだろ。教えてくれよ」と書いていて、ばあばあから、母の静子の実家は貸し座敷業だ、と聞かされていることだ。

それに対して、小説家は、たぶん念を押すために、〝私はそれを、もっといまようの言葉ではっきりと言った〟と書いている。

僕は、これまで、瞳が実母の生家の職業を知るのは、小説『血族』の取材を通してだと思っていた。

だが、瞳は、もう、この時点で、すでにかなり正確な情報を得ていて、それを補強するためにばあばあにインタビューを求めたということだ。

瞳が、小説『血族』の執筆に着手する約十四年も前だ。あの作品に昇華するためには、それほど長い醸成期間を必要としていた、ということだ。

そして、もうひとつは、連作とはいえ、この「旅の終り」が独立した作品として成立していたのかということだ。当時の読者には、何が書かれているのか、作者の真意がわからなかったのではないかと危惧している。

聞き書きの詳細は本文にあたっていただくとして、ほかのこれまでの作品では触れられていなかった貴重な情報が幾つか出てくる。

――シトミさんなら言っちまおうか。前に小説家にきかれたことがあるんだ。おばさんは唯者じゃないって。一代記を話してくれって言われたことがあるんですよ。そんなときも、あたしは言わなかった。逃げちまった（「旅の終り」）

ここに書かれている小説家というのは川端康成のことだ。川端家は鎌倉では、通りを隔てたご近所で、山口家とは行き来があった。

川端さんはばあばあの雰囲気から何かを感じ取り、取材を申し込んだようだ。ほかの作品では、ちょっと興味を持ったというようにあっさりと書かれていたが、川端さんから正式に取材要請があり、それをはっきりと断ったという経緯があったようだ。一時期、料亭の仲居をしていたという過去についても語られている。しかし、治子が僕に教えてくれた吉原の「角海老」という具体的な呼称は書かれていない。

いずれにしても、この「旅の終り」は、「山口家の『血族』」という大きな文脈で読み解かなくてはならない大切な作品だ。

第十話の「栄華は廻る」の取材先は、瞳の母の静子の従兄弟《いとこ》である羽仏勇太郎さんではないかと思われる。瞳は長い間、この人を静子の弟だと思っていた。

昔の男子としてはスマートで、役者にでもしたいような好男子であった。僕は江東楽天地の支配人をしていたと教えられている。

この、「栄華は廻る」のエピソードのすべてが、勇太郎おじさんの直接体験したことなのかどうかはわからない。瞳の映画鑑賞の歴史は古く、自分自身が映画館に通ったころの思い出も、勇太郎おじさんとの会話を通して思い出されて、それを使っているのではないか。

勇太郎おじさんの娘のひとりは新国劇の重鎮の息子と結婚したと記憶している。娘夫婦は固い仕事で芸能界とは関係がないが、瞳が池波正太郎さんとお話しするときに、新国劇に親戚がいるというようなことを話題にしていた。


瞳は、この時期に、二本の新聞小説の連載をしている。その定収入によって、国立の借地と借家を買えることになったことは、すでに書いた。

そのうちの一本が、「岐阜日日新聞」に昭和三十九年八月十八日から翌昭和四十年の三月十八日まで二百十回にわたって連載された「結婚します」である。

このお見合いを繰り返す男のモデルは瞳の大学時代からの親友四人組のひとり、上田健一さんだ。ご存じのように、瞳は学生結婚であり恋愛結婚である。

「結婚します」の、見合いを繰り返す男というアイデアは上田さんが、結婚が決まるまでに、何度かお見合いをしたという事実に基づいている。

もちろん、その回数は、この小説ほどではないだろうし、またそれぞれの見合い相手のエピソードも上田さんの実体験だけではないだろう。そのあたりは、瞳の創作であると考えられる。瞳の感覚としては見合いをしたのならば、最初の相手と結婚するべきだということだったろうか。

就職試験にしても、数社を掛け持つようなことを嫌っていた。また、結婚したら、離婚すべきでないと考えていた。結婚すると決めた段階で、生涯添い遂げるということが条件だというのだ。

だから、後年、伊丹十三さんや常盤新平さんが離婚して再婚したときも、瞳はずいぶん戸惑っていた。どう対処していいかわからなかったらしい。

瞳はかなり長い間、伊丹さんと結婚した宮本信子さんのことを、前の奥さんの名前だった和子さんと呼んでいた。面と向かって話していても、言い間違えてしまうのだ。

さすがに、伊丹さんも、「瞳さん、いいかげんにしてくださいよ」と言っていた。

これは軽率であるというより、不器用であって、どうも再婚した新しい奥さんという、頭の切り替えができないらしい。

なお、あえて付け加えれば、上田さんはちょっと考えられないくらいの大変な良縁に恵まれ、ご子息たちもそろって優秀だ。

昭和四十年の十一月十五日から、昭和四十一年七月十七日まで「サンケイスポーツ」紙に長篇時代小説「巷説天保水滸伝」を連載する。

これは瞳の母方の先祖に松坂屋仙造という天保水滸伝に登場する三下ヤクザがいることから、小説『血族』の前史として、直木賞受賞後第一作の『伝法水滸伝』以来、書き続けているものである。この最初の『伝法水滸伝』は、敗残して千葉から手漕ぎの小舟で東京湾を横断して横須賀にたどりついたあたりから、すぐにサラリーマンの自分の生活に結びつけたりしてしまったり、常に負け組に加担してしまう性癖や、母方のどうしようもない、ある種のだらしなさや、その反面の粋な生活を描いた。

新聞連載では、飯岡助五郎や笹川繁蔵の若き日から説き起こそうという壮大な構想だったが、果たせないで、連載半ばで休載ということになってしまった。

やはり、瞳には資料を読み込み、そこからフィクションを生み出すというのが、得手ではなく、あくまでも実体験に基づき、小説とエッセイとドキュメンタリーをない交ぜにしたような作風が合っているようだ。江戸時代の一両で何がどのくらい買えたのか、しっかりと肌で感じられないと、俺は書けないんだよ、と頭を抱えていた。

ある高名な時代小説作家（池波正太郎さんではない）から、わからないことは書かないで飛ばせばいいんだよ、と教えられたが、瞳は釈然としない様子だった。

つまり、ここでも不器用ということなのだろう。

12『結婚しません』『善の研究』のころ（1966～1967年）

1966年から1967年にかけて突然、このあたりから〝江分利満〟という表記が消失する。江分利満氏の優雅なる引退ということだろうか。

前年までは「江分利満氏の生活と意見」とか「江分利満氏の1日社員」というような冠連載があったものが、この年から姿を消す。

これには理由があるのではないだろうか。〝江分利満〟というのはうだつの上がらない小市民の象徴として書かれていた。しかし、このころの瞳は、自分自身をサラリーマンの代表とはいえなくなってきていたのではないか。

作中にそれとなく登場する作家の分身は職業も作家となっていることが多い。それでなければ、業界紙の記者だろうか。

また、瞳はこの題名に引っかけて〝エブリマン・カット〟というヘア・スタイルを考案していた。これはおそらく石原慎太郎の、いわゆる〝慎太郎カット〟に対抗するという意味もあっただろう。前にも書いたように瞳は、石原氏に対して、長きにわたって、ちょっとしたライバル意識を持っていたようだ。

ちなみに〝エブリマン・カット〟とは短めのGIカットのようなものである。詳細は瞳自身のポートレートを見ていただきたい。

頭髪がだいぶ薄くなってきたので、その一番短いところに刈り揃えるということだ。ハゲの部分と同じ長さにしてしまえば、ハゲが目立たないというのが、その理屈だった。

そういえば、瞳は、〝エブリマン・カツ〟という豚カツも考案していた。これは豚肉を牛乳ビンかなにかで叩いて薄くのばして、それから衣をつけて揚げるというものだ。

自宅の食卓には、よく供された。しかし、この料理はイタリア料理にあるので、必ずしもオリジナルとはいえない。出入りしていた狸穴のイタリア料理「キャンティ」あたりで覚えたのだろうか。

いずれにしても、エブリマン・カットにしろ、エブリマン・カツにしろ、流行ったとはいえない。

〝マジメ人間〟や〝男性自身〟に比べれば、〝エブリマン〟という言葉の命は短かったといえるのだろうか。〝マジメ人間〟や〝男性自身〟はいまでも一般の会話で使われることがあるが、〝エブリマン〟という言葉を聞くことは少ない。

ちなみに、瞳の作品でこの時期以降のものも、妻は〝夏子〟であり、息子は〝庄助〟で、これはのちのちまでも踏襲されていくことになる。

なお、新潮社版「男性自身シリーズ」の最後の刊のタイトルは『江分利満氏の優雅なサヨナラ』となっているが、これは瞳の死後に編まれたものであり、題名を決めたのは、その当時の担当編集者だ。

「世相講談」のモデル探しは簡単に想定できるものと、そうでないものがある。わかりにくいのは、瞳が担当編集者に、その都度、未知の職種の方を紹介してもらったせいと思われる。グルメ雑誌の取材で新規開店した店をライターが記事を書くために訪ねるのと、ライター自身の行きつけの店を取り上げることの違いと同じだろう。

名前を変えただけと思われる簡単な例でも、その人物の言動はまったくのドキュメンタリーということではなさそうだ。そこには瞳の目を通して眺めた〝世相〟が含まれている。

「遠見と背亀」に出てくる皆川米造という鳶職のモデルは麻布の家に出入りしていた〝さぶちゃん〟だろう。子分の〝みっちゃん〟とふたりで何かと山口家の内外の仕事をしてくれていた。

さぶちゃんは『江分利満氏の優雅な生活』にも出てくるし、「男性自身」にも登場している。この「遠見と背亀」では、詳しく、その人となりが描かれている。

僕が驚くのは、さぶちゃんは、山口家が没落してからも、何くれとなく細かい仕事をしてくれていたということだ。

あまりにも幼かったので、このころの山口家の財政状態について、僕はよくわかっていない。ただ、鳶職が頭を下げて挨拶に来るのだから、ずいぶんとお大尽なのだと思っていた。

しかし、実際には、戦前のいい時期に面倒を見てくれた、瞳の母、静子の人柄に惹かれて、もう経済的に逼迫していた山口家に、それまでと変わらずに接してくれていたのだ。

さぶちゃんとみっちゃんは僕の面倒も見てくれていた。子守のような感じだっただろうか。編集者であった瞳は家にいる時間が短く、大家族の食事の支度や掃除洗濯で忙殺されている母の治子は僕の世話までしている余裕はなく、広い家の中で、僕はばあばあを見つければばあばあに、さぶちゃんやみっちゃんが来ていれば彼らに、遊んでもらっていた。さぶちゃんもみっちゃんも、上半身は首から下、手首から足首まで、全身、入れ墨をしていた。僕はふたりに、「そのTシャツ、脱いでみてよ」などと言って、からかっていた。

だから、僕はいまにいたるまで、入れ墨を入れた人を見ても、怖いと思ったことはない。むしろ、郷愁のひとつになっている。

この作品の最後のところで、米造が通っているクラブのホステスが静子にそっくりだったというのは瞳の創作だろうが、ある種のミステリーを感じさせる。

「男性自身」や「江分利満シリーズ」ではこうした創作は行われていない。と、いうより、むしろ、筆は控えめであった。

そして、この「世相講談」という舞台を得て、瞳には、空想の翼を広げるとともに、もう少し立ち入った描写も可能になっている。

「韋駄天街道」でトラックの運転手の生活を描いて、「四つ辻でベンツやロータス・エランなんかに出遇すと、向こうは肩をすくめて脇に寄る」と書いているが、ベンツはともかくとして、ロータス・エランは唐突だろう。運転どころか、コンロの火もつけられない瞳が車種について詳しいとは思えない。

当時、瞳の畏友の伊丹十三さんが、ロータス・エランに乗っていたから書いたものだ。車高の低いロータス・エランならば、大きなトラックの下にもぐり込んでしまいそうになるという情景は、瞳にとってわかりやすいものだったろう。

「鞍上ニ人無シ」は競馬に取材したものだが、騎手だった森安弘昭さんと弟の重勝さんは、当時、わが家によく遊びに来ていた。もちろん、瞳が毎週、競馬場に通うほどの競馬好きで、森安兄弟ともすぐに親しくなったことによる。

競馬を題材にして、「世相講談」を書こうと思い立ってから紹介してもらったものではなく、すでに一回分の原稿を書くだけの取材は済ませていたのだ。

「当世菊人形」は、実際のファッション・モデルに取材したようだ。

その冒頭に、〝脊椎動物門哺乳綱霊長目ヒト科〟に属する動物、下世話で言えばこれをにんげんなどと称するが、という一文がある。

向田邦子さんのエッセイに、『霊長類ヒト科動物図鑑』というのがあるが、瞳はこれに対して、エッセイのタイトルとしては重すぎて不適当だというような苦言を呈していたのではなかったか。しかし、この一行を読んでみると、あのタイトルは、瞳に対する密かなラブレターではなかったかと思えてくる。

せんだって再放送された向田邦子さん脚本による「阿修羅のごとく」（一九七九年）を観て驚いた。四人姉妹を描いたこのドラマで、姉妹の実家は国立という設定になっていて、国立の大学通りなどでロケが行われている。また、佐分利信演じる、姉妹の父親は、歳に似合わぬお洒落好きでベレー帽とオーバーを愛用していて、「江分利満氏……」の口絵にある瞳の父親、正雄にそっくりだ。これも向田さんから瞳に送られた、なんらかのシグナルではないか。

「世相講談」には、もうひとつ見逃せない点がある。

それは、「遠見と背亀」もそうだったのだが、例の「愛別離」「履歴」を通して「江分利満シリーズ」などと書きつなぎ、のちに『血族』や『家族』にも受け継がれる、わが家の歴史、瞳の自伝的な要素が色濃く漂っている作品群に連なる系譜が隠されている、ということだ。

「混血の空」では、鎌倉に住んでいた、いわゆる鎌倉時代の山口家の様子が、それとなく描かれている。単独の作品として見ると、うっかり読みとばしてしまうかもしれないが、筆者には鎌倉に住んでいたことがあり、という風に書いている部分がそれにあたる。

面白いのは、この「世相講談」では、やや露悪的に当時のことを詳述していることだ。「江分利満シリーズ」は掲載誌が女性誌という制約があったかもしれない。また、エッセイである「男性自身」「愛別離」や「履歴」はいわゆる若書きであり、粗削りともいえるだろう。「江分利満シリーズ」は掲載誌が女性誌という制約があったかもしれない。また、エッセイである「男性自身」にもときどき家族の歴史が出てくるのだが、あまりにも筆者と内容の距離が近いので、踏み込んだ描写ができなかったと思われる。

その点、「世相講談」は中間小説雑誌での連載であり、フィクションという建前なので、かなり踏み込んで書けたのではないか。

したがって、ここで描かれている鎌倉時代の山口家の生活が、小説仕立てであるゆえに、一番真実に近いと思われる。

ここで、登場する青年のモデルは、数人の人物のエピソードを足していると思うが、その多くは、タレントで、変な外国人の第一世代だったロイ・ジェームスさんだろう。それでないと、時代劇の主役をやりたかったというセリフが浮いてしまう。

国土社や河出書房が倒産の憂き目にあい、サントリーに就職したものの、父の正雄の借金を返済しなければならなかった瞳に、ラジオの仕事を紹介してくれたのが、ロイ・ジェームスだったということは前にも書いた。そして、この「混血の空」に描かれていたようなことが、少しでもあれば、ロイによる恩返しだったとも読めてくる。

詳しい真相はわからないままだが、少なくとも、誰彼かまわず、分け隔てなく受け入れる山口家の家風がロイにとっても居心地がいいものであったことは間違いない。

軽井沢の別荘での暮らしもほかの作品よりも踏み込んで書かれている。「昭和二十年の三月、私は軽井沢に疎開している祖母のところにいた」（「混血の空」）、と明記されている。

僕は長い間、当時、兵役を忌避するために医学部や理工学部に転部した学生に比べ、早く召集令状が来るようにと、あえて大学を中退して浪人となった瞳を尊敬していた。

しかし、同時に、そのとき、どこにいたのかということを疑問に思うようになっていた。おそらく、軽井沢の六千坪はあったという土地に移築した田舎家で、クラシックを聴きながら小説を読んでいたのではないかと推理していたのだ。図らずも、ここにその推理が当たった証拠が書かれていた。瞳の感情や行動は常に重層的で、一概にこうだと断定できない。

——今年は悪いことばかり。我が師と頼むひとが二人亡くなった。兄は事業を縮尻《しくじ》って逐電中。流行語でいえば蒸発した。弟は食堂を手放して逼塞中。上の妹は、家屋敷を建築会社に騙しとられる。下の妹は亭主が交通事故を起して、同じく別荘を手ばなすという有様。（「パン屋の青春」）

これはすべて本当に起こったことだ。何度も書くが、「男性自身」という身辺雑記では、リアルすぎて書けなかったことを、なかばフィクションである「世相講談」に埋め込んでいる。

――朝、伜が泣きっ面で帰ってくる。散歩に出て、ちょっとした隙に自転車をとられたという。伜の交通機関だから忽ち困る。泥棒にとって自転車ぐらい都合のいいものはない。

「あんた、どうして盗られたのか、よく反省してごらん」

と、女房。

「さあ」

「ようく考えてごらんなさい。どこが悪かったか。反省すべきところは反省し、つぎの失敗に備える」

「おいおい。そんな下士官が兵隊を苛めるような言いかたは、よせ」

と、わたくし。

「ほうら、子供にだけは甘いんだから」（「パン屋の青春」）

このくだりを読んで、久しぶりに、母の肉声を聞いた気がした。母は僕に対して常に厳しい人だった。それは何度も書いてきているが、こういう場面を読んだときは、怒られているほうもカッとなっているので、微妙なニュアンスを忘れていることが多い。さすがに、父は脇で聞いていて、記憶していたのだろう。

僕が外で間違いをしたり、ひどい目にあっても、母は決して味方になってくれなかった。温かく迎えるとか、なんとか弁護しようなどということはなかった。まず、あんたが悪い、とくる。だから、僕は、世の母親が持つらしい母性愛というようなものを感じることはなかった。

そして、一時の激情が去ると、母は多少は悪かったと思うのか、金銭であがなおうとする。このときも、すぐに自転車を買ってくれたと記憶している。

しかし、子供にとって肝心なのは、とっさに対応してくれるときの感情なのだ。まず、かばう、包み込むという行動を無意識にやってくれないと、母親の愛情を感じることはできない。

母自身が不安神経症に悩んでいたということがあるのだが、そもそもこうした基本的な感情が普通の人とはズレていたので、潜在意識の中でストレスがたまり、ヒステリーの発作のようになったのではないだろうか。

「世相講談」では「男性自身」などでは、母は、もう少し母親らしい姿を見せるが、やはり、一歩踏み込んだ赤裸々な表現となる。

この時期には、「結婚しません」と「善の研究」も書いている。「世相講談」と「結婚しません」がほぼ同時進行で、「結婚しません」の連載終了を待って、「善の研究」の連載が始まる。

しかも、「善の研究」は「週刊文春」の連載だ。そのほかに毎週、「男性自身」を書いている。

さらに単発の小説を何本も書いているのだ。これは命をすり減らすような作業だったと思う。「世相講談」の中で、何度も作家らしき登場人物が現れ、書けない、書けないと苦悩するのも無理はない。さらにやや露悪的に身内のことやら、これまでは婉曲に書いてきたものをダイレクトに書いてしまうのも、毎日締め切りに追われていることがさせることだろう。しかし、作品のクオリティは落ちていないどころか、千変万化、当意即妙ともいえる離れ業で傑作を物している。

「結婚しません」は瞳としては久しぶりの「婦人画報」連載である。先に『結婚します』という小説を書いた際、「婦人画報」の編集長であり、「オコリ人間」の異名を持つ矢口純さんが、いまは結婚することではなく、結婚しない女性が増えていることが問題なのだ。だから結婚しない女の話を書け、ということで連載が始まったのが、「結婚しません」だ。

『善の研究』は、瞳としては、ほぼ唯一のミステリー作品ではないだろうか。瞳はロアルド・ダールが好きで、いつか都会的な洒落た推理小説を書きたいと思っていた節があるのだ。例によって登場人物は数人の中年男性。「俺は19歳」に登場した不良少年たちが、『マジメ人間』を経過して中年に差しかかっている。そしていまでは、新橋あたりのバーに毎日のようにたむろしていて、彼らに関わる女たちが小説を彩る。

僕は、「キャンティ」の経営者であった川添梶子さんをモデルにした小説を書いているということは小耳にはさんでいた。

瞳の妹の栄がアズマ・カブキに同行してイタリア公演をしたときに、通訳として現れたのが梶子さんだった。当時、彫刻の勉強をしていた梶子さんはイタリア貴族と結婚していた。

アズマ・カブキのプロデューサー格で参加していた川添浩史さんと恋愛関係となったが、イタリアでは離婚が許されない。梶子さんはアズマ・カブキの一行と逃避行をして国外に出た。栄に言わせると、ボテに入って身を隠して脱出したのよ、ということになる。ボテというのは演劇で使う、衣装や小道具を入れる大きめの竹で編んだ旅公演用の行李である。

叔母と梶子さんは、そのとき以来の親友となった。

のちに叔父の昭が「キャンティ」で働くことになる。その後、独立してイタリア料理店を開くのだが、先に、「世相講談」の「パン屋の青春」で、弟は食堂を手放して逼塞中、と書いたのは、この「キャンティ」から独立したあとで、弟の昭が開業したイタリア料理店が潰れたという意味だ。

『善の研究』の中では小説家の関口がかなりのウエイトをしめる。このころ、瞳は梶山季之さんと文藝春秋社が主催する「文藝講演会」に参加したことがある。これは作家ふたりか三人が組んで、日本国内各所で文化講演会をするものである。

作中で作家が地方に旅行する場面が出てくるが、このときの経験を元にしたものだろう。とはいうものの、物語で登場するのは主として鹿児島へ行ったときの話だ。ここで知り合う若い女が物語のサイド・ストーリーとなる。

彼女たちを仕切っているヤクザまがいの男たちが出てくるが、彼らがしゃべる、また女たちがしゃべる鹿児島弁の表記はかなり正確に御国訛りを捉えている。

瞳は、僕は一週間もいれば、その土地の言葉になっちゃうんだ、と言っていた。音楽に関してはひどい音痴を自認していたが、こと言葉のニュアンス、アクセントとなると、そのコピーは天才的だった。京都に入れば、祇園で〝うっとこ〟〝ほんねき〟といった京言葉をすぐに習得してしまう。

しかし、この鹿児島弁のヤクザまがいの恫喝は迫力がある。

物語は大きく三つに分かれているが、その最後の章、「イタリア式」に出てくるのが、そのころ、梶子さんが「キャンティ」と同時に経営していた主にイタリアの西欧骨董をあつかう「ベビードール」だ。

「ベビードール」は当初、直輸入の衣類とオリジナルの洋服を売る店だったが、次第に西欧骨董、絵画やら椅子やテーブル、彫刻も扱うようになった。

グループ・サウンズのタイガースやスパイダースにも舞台衣装を提供していた。

最初のころは、「キャンティ」の一階を使っていたが、のちに飯倉片町の交差点に面したビルの二階に移転した。かなり広いスペースだった。

『善の研究』は「キャンティ」を舞台にしたミステリーだと思っていたが、「ベビードール」を思わせる西欧骨董の店がモデルだった。

作中、離婚が許されないイタリア、ということがトリックとして使われているが、これは梶子さんのエピソードに触発されたアイデアだろう。

また登場する妖艶な美女、沼沢漾子は、あきらかに川添梶子さんをモデルにしている。描写される容姿はまさに梶子さんそのものだ。

この作品が巧妙なトリックとか巧みな伏線によるウェルメイドなミステリーかといえば、ちょっと疑問である。推理小説は、時代小説と同じように、瞳としては苦手なジャンルであったのだろう。

とはいうものの、随所に瞳らしい読みどころがある。誤解が誤解を生んだり、言葉の暴力など、他の著作には見られない読みどころだ。

なかでも、最後に関口が語る女性論は、瞳が到達したある種の諦観であったかもしれない。

――「わるい女だな」

「そんなことはないよ」

「なぜ」

「世の中には悪い女なんていやしない」

「………」

「女ってのは、全部、悪い奴なんだよ」

「同じことじゃないか」

「そうじゃない。ぜんぜん違うよ。女ってのは、そもそも悪人なんだよ」

「存在自体が悪か」

「そういうことだ。そうでなければ生きられないんだ。だからね、女の悪は許してやらなければいけない」

「わかったような、わからない話だね」

「いや、単純なことだ。損をするのは、いつでも男なんだ。それでいいんだよ」（『善の研究』あとがき）

13『わが町』『小説吉野秀雄先生』のころ（1968年）

東京新聞に阿刀田高さんが自分史を連載されていて、その第七〇回、「小説とは②」の中に瞳の名前が出てきた。（二〇一七年八月二十六日夕刊）

そこで、阿刀田さんが心に留められた小説についての格言を幾つか引用されている。

「革命に資するものを知らせること、それが小説の役割だ」は毛沢東の言葉。

「社会全体が是とするものに対して個々の真実を訴え叫ぶもの、それが文学だ」は伊藤整のエッセイ『藝術は何のためにあるか』からの引用。

そして、「小説とは男と女のことを語るものです」とあって、「山口瞳さんの言葉だったと思う」と書かれていた。

僕は一瞬、違和感を覚えた。

僕が瞳の言葉として、この小説とは「男女のことを語る」に違和感を覚えたのは、瞳には男と女のことはわからない、といわれることが多かったからだ。また、瞳自身も一穴主義を標榜し、それを実現させていたと思われていたからだ。

生真面目な頑固オヤジというのが世間の通り相場ではなかったか。

しかし、その作品を読み返しているいま、瞳がいっている小説における〝男女のこと〟とは、一体どういうものなのか、僕なりに考え直すべきだと思いいたった。

『江分利満氏の優雅な生活』では、社内の独身男性の評価を手帳につけている女子社員の話が出てくる。

また、瞳が社内の女性従業員一同に生理用品をプレゼントしたところ、意外にも社内で清純派で知られる女性から、とてもよく気がつくわね、と礼を言われ、年かさの女性には、うっかりプレゼントするのを忘れていたので、あたしだってあるのよ、とすごまれたエピソードを書いている。

瞳がいう小説における男女のこととは、こうした女性自身の内面というか、素顔を描くことであるらしい。

小説『善の研究』の最後で瞳のたどり着いた境地を、その登場人物のひとりに、こう語らせた。

「女はみんな悪人だ。だから、男は、それにだまされてやらなければならない」

何度か触れているが、「素人女に手を出すな。玄人女を泣かせるな」は母の静子が瞳に伝えた山口家の家訓であった。

このことを書くときの瞳が意味するところは複雑である。

瞳が子供のころ、山口家が、一瞬ではあったが非常に裕福な暮らしをしていたとき、瞳の父の正雄は家族全員を連れて新橋の料亭に赴いて芸者の総揚げをした。妻の静子をはじめ、まだ中学高校や小学校に通っている子供たちまで連れていくというのが山口正雄の流儀だった。

そして、そうしたとき、幼い瞳は座敷で芸者衆の舞踊りやお料理に舌鼓を打つこともなく、料亭の台所でお燗番をしていることを好んだ。

料亭の台所は、座敷でひと仕事終えた芸者たちの休憩する場所でもあった。

そこで語られる、芸者衆の裏話を、瞳は興味深く聞いていたのだ。

座敷は表舞台であり、お燗番をしている台所は楽屋裏のようなものだ。

そこでは、それまでお座敷で男性客を相手に丁々発止のやりとりをしていた玄人の女性が素顔をさらすのだ。

〝女はみんな悪人で、男はだまされてやらなくては〟というのは、このことだろうか。

そこまでわかっているのならば、そんな舞台裏に出入りするのではなく、表舞台で、だまされてあげればいいものを、そうはしないところが、また瞳のおかしなところなのだった。

サッカーの試合中、相手方のキーパーと世間話をしているようなものだ、といったら変だろうか。そこから試合はよく見えるかもしれないが、ルール違反だ。山口瞳はサッカーのルールがわかっていない、といわれただろう。そこから山口瞳には男女のルールがわかっていない、という見方も出たかもしれない。

そのあたりがわかっていたのは、吉行淳之介さんであり、梶山季之さんであり、伊丹十三さんであっただろう。瞳の周りには、その道の達人といわれる人たちが多すぎた。

いずれにしても、瞳は働く男性の人生論を書いてきたようだが、じつは多くの女性たちにも、その本音を語らせているのだ。

いま、手元に、「わが師開高健」というタイトルのエッセイがある。父、山口瞳が、一九六三年に『昭和文学全集』第29巻「開高健、大江健三郎」の月報に書いたものだ。

少し長くなるが引用してみよう。

――私がはじめて開高にあったのは昭和三十二年十一月だった。(中略) 当時サントリー株式会社の東京支店は茅場町にあり、木造二階建てで、みすぼらしいといったほうがいいようなビルだった。

開高さんは社に現れた瞳を向かいのビルにある喫茶店につれていく。瞳は失業中であり、妻子がいた。

——開高はすぐに「洋酒天国」の企画の話をした。次に推理小説の話をした。推理小説マニアの印象を受けた。文学の話もした。新聞広告の話と、つい最近起った彼の仕事上の失敗の話もした。私はこんなに事務所を長時間ぬけだして叱られないのか、と言った。

開高さんの答えは、「いいんだよ、うちの会社は」というものだった。瞳はこのとき、この会社に入りたいと強く願った。

——この時の開高の印象を一口でいうならば、シャープで元気で優しい〝狼〟である。

と瞳は、その第一印象を書いている。

僕はこれまで、開高さんが芥川賞を受賞して忙しくなったので、PR誌の「洋酒天国」の編集長ができなくなり、代わりを募集していたのだと誤解していた。

しかし、瞳が開高さんに初めて会ったのは、前年の十二月で、芥川賞受賞は翌年の二月であった。

開高さんは受賞してすぐに辞表を出し、嘱託となった。

こうして瞳は開高さんから少しずつ仕事を受け継ぐ、ということになる。

――私は開高からいろいろ多くを学んだ。ひとつは短くひきしまった文章である。彼の広告の文章は絢爛豪華といってよい。私のコピーはどうもしめっぽくなってしまう。

なにしろ、この、代わりの編集長を募集するために「洋酒天国」の編集後記に書かれていた求人広告のコピーが、「三十歳まで。目の澄んだ人」を求む、というのだ。

これ自体が、一個の〝短くひきしまった〟名コピーである。おそらくは開高さん自身の作だろう。

――〝計算〟ということも教えられた。開高の人生は〝計算された人生〟という印象をうける。私はそこに新しさを感じた。（中略）彼の計算はなかなか見事であり、たびたび私を救ってくれた。（中略）開高には傲岸と謙虚、純真とスレッカラシが同居している。そして私は開高の両面を愛している。（中略）私は開高から逞ましさのほうを学び、それでずいぶん助かったことがある。彼は私が挫けると大声ではげまし、酒をふるまってくれた。

瞳がサントリーに入社したときに、最初にしたのは、宣伝部員だけの野球部を作るということだった。これは瞳の小学校の担任がこのクラスの生徒だけで野球部を作ったことに倣ったものだ。

瞳が監督で開高さんも、野球をまったく知らなかった柳原良平さんも入部した。宣伝部内の親睦を図るためだった。

野球チームは「東京トリス軍」という名前で、家族も応援に駆り出された。社会人野球のための球場で対外試合もあり、たしか和田堀公園だったと思う。僕も母につれられて参加した。このとき、開高さんにお目にかかった記憶はないが、奥様の牧羊子さんと一緒に来た、お嬢さんの道子さんには強烈な印象を受けた。男たちが野球に興じ、その家族が熱心に観戦している間、退屈した子供たちは公園のほうに遊びに行った。

釣り堀があり、僕は釣りをしたかったが、ポケットの中に数枚のコインしか持っていなかった。

そんな僕を察したのだろうか、道子さんが、あたしが払うと言って、高額の紙幣を取り出した。そこにいた数人の子供の料金、すべてを彼女が払ったはずだ。

あとで、二歳年下の道子さんに奢ってもらったと母に報告したところ、なんて恥ずかしいことするの、あたしに言いなさい、釣り堀代ぐらい出してあげたのに、とこっぴどく叱られた。

僕は道子さんが所持していた、子供にあるまじき高額紙幣と、その気っぷのよさに啞然としていた。僕たちはまだ小学生だったのだ。

あちらも親子三人、こちらも親子三人だったが、その後、開高さんご一家にお目にかかることはなかった。

「平等、平等いうとるけど、あれ平等とちゃうで」

開高さんが例の冗談まじりの言い方と関西人らしい人懐っこさで、そんなことを言っていると、父から聞いたのはいつのことだろうか。

開高さんは中国訪問日本文学代表団の一員として大江健三郎さんらとともに一九六〇年に訪中している。

その中国が表向きは、国民すべてが平等であると謳っているが、実態は違うというのだ。

当時の中国はほとんどすべての人が、おそろいの人民服を着ていた。詰め襟で、色も濃紺で統一されていた。そして、階級がわかるような勲章やバッジはほとんど着けていない。

人民服は、すべての人民が平等であるということの象徴的なものだった。

ところが開高さんに言わせると、その人民服に歴然たる上下の差があるという。

生地の品質、仕立てが上等か簡素かで、その人の政府部内などでの上下関係は一目瞭然だというのだ。

毛沢東から庶民の生活までつぶさに観察した作家としての炯眼だろう。

「あかん、おっさん、ボケてもうたる。惜しいこっちゃな」

という、いかにも開高さんらしい感想も聞こえてきた。

おっさんとは、一九六六年に初来日した哲学者、サルトルのことだ。開高さんは一九六一年にパリで大江健三郎とともにサルトルと会見していたが、このときも、ボーヴォワールとともに来日したサルトルと開高さんは対談したか、講演を聞いたのだろう。

その結果、サルトルの言葉には往年の切れ味がなくなっている、世界情勢に関する分析がずれているということなのだ。

そのころ、日本国内におけるサルトルの人気はすごいものだった。

社会人、大学生はもとより、高校生まで、誰も彼もが理解できるかは別として、サルトルの著作を小脇に抱えていた。猫も杓子もサルトルで、難解な哲学書がベストセラーになるという塩梅だった。

そんな風潮に水を差すような開高さんの感想だった。

七〇年安保闘争を前にした時期であり、僕も学生運動にはシンパシーを持っていた。

しかし、どこか浮き足立つ同級生から一歩も二歩も離れて政治的な風潮を眺めていた。

それには開高さんから伝えられた客観的な世界観の影響が大きかった。まわりが安保反対で舞い上がっているときに、少しばかり冷静になれたのは、開高さんのお蔭だろう。僕は父を通して開高さんから世界情勢を学んだ。

開高さんが闘病生活に入られたというニュースが伝わってきた。重体であるという噂もあった。

僕は居間でテレビを見ている父に、それとなく開高さんの容体を訊いてみた。いつもだったら、いいとか悪いとか言いそうなものだったのだが、このときは口をへの字に曲げたまま、沈黙を通した。それで事態の深刻さがより一層伝わってきた。そしてそれが現実のものとなった。

開高さんが亡くなられてからしばらくして、サントリーの、いつもはお見えにならないような、偉い方たちが来宅した。

開高さんは第一次焼酎ブームのときに、あれは一過性だからサントリーは手を出さないほうがいい、というような社の営業方針そのものを左右するような助言をなさるかただった。「洋酒天国」も「サントリーミステリー大賞」も開高さんの発案だったと聞いている。大所高所からの発想を持っていた。

開高さんというブレーンを失って、その跡継ぎを瞳に求められていたのではないか。

開高亡きあとの社の方針を、同じ宣伝部にいた瞳に提案してもらいたいと考えられたのか。

しかし、文学のことならともかく、瞳に大局的なプロデュース能力を求めるのは、無理な話だった。

「次は、どんなものが流行《はや》りますか。やはりワインでしょうか」というような質問に、瞳は単に、「僕はワインは飲みません」と、ぶっきらぼうに、個人的な好みを言うと、黙ってしまった。

せっかくお見えになったというのに、この答えである。いらしたかたは、なにやら釈然としない面持ちで帰っていかれた。

朝日新聞の日曜版に連載されることになる、小説「わが町」はいかにも瞳らしい作品であると同時に、少しいつもとは語り口が違うようにも思われる。

このころ、瞳を発見し、小説をはじめて書かせたとして知られる、「婦人画報」の編集長であった矢口純さんが会社を辞めて、瞳が勤める広告制作会社「サン・アド」に途中入社していた。

瞳はいったんサントリーを退職して嘱託となったものの、この「サン・アド」の設立に際して重役待遇で入社していた。

こうなると、作家の仕事をこなしながら、真面目に出社するのも瞳らしいことだった。

そして、瞳が、浪人していた矢口純さんに、この会社を紹介したということになるらしい。その結果、この年、一九六八年から、ふたりは役員会がある日には、そろって通勤電車に乗ることになった。この「わが町」の作中、河居となっている登場人物は矢口さんをモデルにしたものだと思われる。

「わが町」の「不在地主」から、少し引用してみる。

——「ちょっと、からんでいいかね」

「……いいよ」

送っていったつもりが、河居のところで酒になってしまった。

「お前は、運転手に先生と呼ばせているのかね」

「気になっているんだけれど……。めんどうでもあるからね」

「いけないよ、そういうことは。先生とよばれて、うしろにふんぞりかえっちゃいけない」

「そうかもしれないね。ふんぞりかえってはいないけれど」

「断じていけないね」

「……」

「それに、あの人たちと野球をやったり遊んだりしているんだってね」

「そうだよ」

「それもいけないね。お前には、いま、やらなければいけないことがあるんだよ」

「なにを？」

「いくらでもあるじゃないか。そんなことは自分で考えろ」（「わが町15　不在地主」）

小説『マジメ人間』で〃オコリ人間〃という綽名をつけられた矢口さんの面目躍如の怒りっぷりである。

この時期、瞳は駅前のタクシー会社の人たちと親しくなり、釣りや野草取り、また社内の野球チームに参加していた。

その間の事情も、この「わが町」に描かれている。

瞳と、というか山口家の人間にとって、出入りの職人さんたちとの付き合いは親密で特殊なものだった。

僕が知る限りのもっとも古い例は麻布時代の鳶職、さぶちゃん、みっちゃんだ。

〃ラビット交通〃の運転手である森本のモデルは、のちに小説『居酒屋兆治』でも重要な役をあたえられることになる。

いってみれば、瞳にとって町の人たちとの交遊は趣味と取材をかねたものだ。

このように国立ではこの運転手のかたや谷保の庭師などが常に瞳の身辺にいた。

確かに矢口さんが言うように、先生と呼ばせてはいけないという考えはある。

現に、ほとんどの人が、先生と呼ばれた瞬間に、止《や》めてください、先生と呼ばれるほどのものじゃありません、とおっしゃる。

また、私はあなたに何か教えましたか？　教えていないのだから先生とは呼ばないでください、と理路整然とおっしゃるかたもいる。

瞳ももちろんそのことを知らないわけではない。しかし、瞳の発想としては、そんな精神的な面倒をお互いに相手に強要するぐらいならば、単に先生と呼ばせておいたほうが、いいのではないか、ということになるのだろう。

尊敬する作家の山本周五郎に『青べか物語』がある。瞳も自分なりの『青べか物語』を、ここ国立を舞台に書きたかったのではないだろうか。それには市井の人々との交際はかかせないものになってくる。

そのあたりの事情を矢口さんは、どう思われていたのだろうか。

巷間、矢口・山口不仲説というものがあったと聞く。確かにごく親しくしていたのに、ある時期から疎遠になってしまったように見える。

瞳には、こうしたことが多いのだが、その原因はいずれの場合も定かではない。

矢口さんに絡まれたとき、その場で反論しないで新聞連載のエッセイ風小説の中でとりあげるのは、ある意味ではフェアでない。

当然、矢口さんは読んだだろうから、それでまた絡まれたかもしれない。

幾つかのこうした事例が重なって、少しずつ距離をおくことになっていったのだろうか。

実際には、人が思っているよりもふたりの交際は続いていた。そのことはいちいち小説に書かなかったので、仲違いしたと思われたに違いない。

ものだ。
『世相講談』の「影を売る男」は、瞳の小説が映画化されたときに関係者との会話に取材した

一九六八年、松竹映画「爽春」（中村登監督作品）は、瞳の小説『結婚しません』を元にして書かれた脚本による。題名から連想できないので、瞳の原作と知られていないのではないだろうか。最近、なかなか観られない映画なので残念だ。

ここにちょっと出てくる男が〝鎌倉時代〟の瞳を知っているというエピソードがある。その中で、当時の山口家が骨董屋というよりはスーベニールの店をやっていたという記述が出てきた。

母の静子が「大仏屋」という骨董品店をやっていたと書かれることが多いが、こうしたところにちょっと書かれていることのほうが事実に近いのではないかと思う。

続いて一九六九年三月、中村監督により、映画「結婚します」が公開され、なんと同年十月には、同じ中村監督による映画「わが恋わが歌」が公開される。

この映画は公式には、吉野秀雄先生の随筆集『やわらかな心』と瞳の『小説・吉野秀男先生』、吉野秀男先生の次男である壮児さんが著した『歌びとの家』を原作として脚色されたものだ。

『小説・吉野秀雄先生』は、僕にとって辛い作品だ。ページをめくるたびに涙が出てくる。

「獣めくわが性の悲し砂浜に身を抛《なげう》ちて吠えんとぞする」と詠む二十歳の瞳に対して、その愛情を一身に受け止める十九歳の治子は「かき抱きかき抱き寝しぬばたまの夜床に我の幸尽きんとぞす」と詠む。

若き日の、両親の恋愛感情を読むことは、すでに瞳の没年を来年に控える年齢である僕にとって、ほかの人には理解してもらえないくらい、重たいものである。

いずれにしても、『小説・吉野秀雄先生』は瞳文学の中でも指折りの傑作だと思う。

しかし、同時に、この作品が、これ一本で独立した小説として成立しているのかどうか、少し疑問である。

なぜならば、その頁の多くが吉野先生の短歌、瞳との往復書簡、また瞳自身と治子自身の短歌の引用によって埋められているからだ。

また、瞳のこれまでの作品群を読み込んでいる読者でなければ理解できないような舞台設定になっている。背景説明が不充分ということだ。

だが、もしもこのときまでの瞳の書いたものを精読したあとで、この作品に触れたとしたら、その爆発的なとまでいえる魂の叫びに驚嘆を禁じえないだろう。

高潔な精神というものがかつてこの世に存在した、ということが、僕の読後の感想だ。僕には残念ながら、瞳と吉野先生のような師弟関係を持つことがなかった。また、瞳と治子のような相思相愛の恋愛関係を持つこともなかった。

そのこと自体が大変、辛いものとして僕に迫ってくる。しかもなおかつ、一頁一頁の文章が、ひと言ひと言の言葉が僕の胸に突き刺さる。そして、一行一行を読むたびにとめどなく涙が溢れる。月並みな表現しかできないが、僕自身の言葉を失うほど、僕にとって、この作品には強烈なインパクトがあるのだ。

それはさておき。

この小説を読んで、初めて吉野先生の名著として、またベストセラーとして知られる『やわらかな心』が、瞳の提言によって編まれたものであることを知った。おそらくは吉野先生の貧窮を知る瞳が知り合いの編集者に声をかけて、あの先生に何か書かせるといいよと唆《そそのか》したのだろう。

思えば、まだ売れない俳優だった伊丹十三さんにエッセイ『ヨーロッパ退屈日記』を書かせたのも瞳だった。

向田邦子さんの才能に目をつけて、親しい文芸編集者に小説を書かせるようにしたのも瞳だった。

書画骨董の世界や、美術の狭い分野では知る人ぞ知る存在だった仏教彫刻の作家、関頑亭先生を広く知らしめたのも瞳だった。

このように瞳には編集者としての、あるいはプランナーとしての並々ならぬ才能があった。

そういえば、例によって、この『小説・吉野秀雄先生』にも瞳独特の誤解や間違いがある。吉野先生が教授を務め、瞳と治子が学んだ「鎌倉アカデミア」(当時の名は鎌倉大学校)では、経営をめぐって内紛が続いていた。そのひとつに学生に人気がある吉野先生の失脚を狙った動きがあったらしい。

――教授会の席上で、吉野先生を指した教授は、先生の人気を妬んでいたのだった。

「大学を卒業していなければ大学教授になれない」

というのは規則である。しかし、鎌倉アカデミアの建学の芯となるべきものは、そんなところにはなかった。(『小説・吉野秀雄先生』)

と瞳は書いているのだが、僕が知る限り、大学教授になるために大学を出ている必要はない。専門分野で秀でていれば、中学校卒業の学歴でも教授になれるのが大学のはずである。

また、作中につぎのような箇所がある。

――飯塚友一郎先生が退き、三枝博音先生が学長になった。学長交替の先鋒となったのは、教授であった長田秀雄先生である。長田さんに言わせると、坪内逍遙と名妓ぽんたとの間に生まれた娘を飯塚さんと争って敗れた意趣返しということになるのである。（『小説・吉野秀雄先生』）

と瞳は書いているのだが、最近、「鎌倉アカデミア　青の時代」というドキュメンタリー映画を監督し非常に詳しく鎌倉アカデミアについて取材なさっている大嶋拓さんは、次のように証言される。

――飯塚友一郎の妻になった「くに」は、鹿嶋清兵衛とゑつ（ぽん太）との間の娘です。一八九九年生まれで、一九〇五年に坪内逍遙の養女となりました。坪内逍遙には自分の子どもはいません。

養女に出されたいきさつや、その後の出来事については、飯塚くに自身が『父逍遙の背中』（中央公論社）という本に書いています。「飯塚友一郎との結婚は逍遙が決めたもの」としか書かれておらず、長田秀雄のことは一切出てきませんでした。

また、「鎌倉アカデミア青の時代」で、飯塚くにの娘のやなぎさんにインタビューしたときにも訊きましたが、長田秀雄という人のことは知らないとのことでした。

ただ、長田秀雄が飯塚くにという人に、一方的に入れあげていた可能性は否定できません。長田秀雄は鎌倉アカデミア設立当時、すでに60歳くらいでしたが、かなり歳の離れた若い芸者上がりの奥さんがいたそうです（おそらく後妻）。女性に関しては、なかなか積極派だったよ

うです。（人名表記は大嶋さんによる）

しかし、瞳としてみれば、吉野先生は大学を卒業していないから、大学教授になれなかった、でなければならないのだ。

なぜならば、そうでないと、先生が亡くなられるひと月前に慶應義塾大学から特選塾員として卒業者名簿に記載され、このことを吉野先生が非常に喜んだというエピソードが立ってこないからだ。

また、絶世の美女であったぽん太の娘を争ったのでなければ、学長の椅子の争奪戦が面白くないのである。横恋慕が大学人事を左右する、これもまた面白い、と考えるのが瞳の感覚なのだ。

これらは瞳ならではの、意識的な事実誤認だろう。

伊丹さんの『ヨーロッパ退屈日記』の跋文の中で、瞳は「伊丹さんとはじめて会ったとき、彼は十九歳だった」と書く。

伊丹さんは、僕は二十歳過ぎだったと記憶しているとのことだった。

しかし瞳にとって、十九歳の紅顔の美少年の才能に驚いた、ということだから面白いのであって、二十歳過ぎでは月並みになってしまう。

こうした積極的な誤認、誤解は、瞳が確信犯的にやった、たくまざる演出なのだろう。

『小説・吉野秀雄先生』の中では、登場人物の名前がすべて実名であるのに、のちに妻となる治子の名前だけが、『江分利満氏の優雅な生活』などで使われることになる〝夏子〟となっている。実名だと、私はそんなことを言ったり、したりしていません、と抗議されるのを恐れたのだろうか。

それはともかくとして、作中に次のような箇所がある。

――「山口君！　恋をしなさい」

と、先生が言った。

「恋愛をしなさい。恋愛をしなければ駄目ですよ。山口君。いいですか。恋をしなさい。交合《まぐわい》をしなさい」

先生は、力をこめて、声をはげまして言った。（『小説・吉野秀雄先生』）

この『小説・吉野秀雄先生』の中では、積極的に女性と接しなさいという教えが、その基本的なテーマになっている。瞳の小説における〝男女のこと〟というのは、こういうことなのである。

畢竟、瞳渾身の人間讃歌だ。それは積極的に人生と対峙するという意味でもある。

14 「やってみなはれ」『なんじゃもんじゃ』のころ（1969年）

この年、一九六九年は目次の上では作品の数が少ないように見えるかもしれないが、内容を精査してみると、決してそんなことはいえない。

むしろ、創作活動は、質量ともにますます旺盛である。目次が寂しく思えるのは、この時期、細かいエッセイやコラムをあまり書いていないからなのかもしれない。

大作や問題作がお留守になっているような気がするが、この時期のほうが瞳が瞳らしい作品を物した時期だと思っているのだ。

この時期は、『小説・吉野秀雄先生』という渾身の思いで書き上げた作品と、まだ自分自身では気がついていない、『人殺し』という問題作に挑戦する前の、端境期《はざかい》であるといえる。

「男性自身」シリーズに戻って考えてみると、この時期は国立の古くなった木造二階建ての家を取り壊し、近くのアパートに、一時的な引っ越しをしていたということがわかる。

当初、数カ月と思われていたこの工事は、隣のT家との境界線争いという想定外の出来事が起こり、納期がまったく見えない状態になっていた。

隣家のT夫人が、工事差し止めの仮処分を家庭裁判所に提出したのだ。

これにより、瞳と治子は何度も都心の家庭裁判所に赴くことになる。

瞳は、僕がこの件を書くと、隣の人はこの町に住めなくなる、だから僕は書きませんと言って、実際に、この間の事情について詳述することがなかった。だから、瞳の悩みに気がついた人はいなかったのではないか。

雑音が入ると、精神的に参ってしまい、仕事ができなくなってしまうのが、作家というものなのだが、この裁判騒ぎは瞳にとってまったく予期しなかった大問題だった。

このことで、瞳は、やっと馴染んできた、この「わが町」国立から引っ越そうかと思いつめるほどになっていた。

それを、また未知の土地で、一から始めなければならないのは嫌だと言って反対したのが、最初はこんな田舎町では暮らせないと言い張っていた妻の治子だった。

このあたりの事情については、すでに書いた。

変奇館の工事中、わが家は自宅から徒歩三分あまりの公団住宅のようなアパートで暮らした。うろ覚えだが、六畳と四畳半と三畳の和室三部屋とトイレ、風呂、台所、といった間取りではなかったか。

瞳はどんな環境でも騒音を気にすることなく原稿を書ける。まわりに人がいても書くことができるのだ。

これはほかの作家とは少し違うのではないか。執筆中は、家中が、針を落とす音すら立てられない、という作家の家庭が多いと聞く。執筆時間中は腫れ物に触るようにしているご家族が多いようだ。

それに引き換えて瞳は、妻の治子や僕が書斎を横切ろうが、話しかけようが、特に気にする様子はなかった。もちろん母も僕も、あえて話しかけたりはしなかった。それぐらいの気は使っていた。

このころの瞳の執筆活動に戻ろう。

「男性自身シリーズ」は当然、続いている。「オール讀物」の「世相講談」が一九六九年の六月号で終わり、同じ「オール讀物」の同十月号からは、「なんじゃもんじゃ」が、連載開始となる。もちろんそのほかに、単発の短篇小説が幾つかある。

「世相講談」の最終回、第五十四話「落穂抄」（「オール讀物」六月号）では、これまでの登場人物の後日談が一話ごとに書かれている。

この時期で特徴的なのは、これまで書き継いできた、例の大学時代からの、瞳をふくむ、妙に生真面目な、まっとうな一般人である四人の男たちの物語と、それとは逆に反社会的ともとれる、小説「俺は19歳」から『マジメ人間』にいたる、銀座や六本木周辺を舞台とした不良中年グループの生態を描いた小説群が消えるということだ。瞳は彼らが登場する小説を書かなくなっていく。

そして、代わって登場するのが、「わが町」国立の住人たちを素材にした作品群ということになる。このころ、瞳を除く大学時代からの友人たちは、新聞社の主幹や大企業の重役、大学教授となっていて、題材にしにくくなっていたのだろう。

また、不良中年、壮年グループである伊丹十三さんにしても梶山季之さんにしても、村島健一さん、矢口純さんもそれぞれ一国一城の主となり、モデルに使うのは失礼、ということになったのだろう。

こうして、渡りに舟ではないが、新たに登場してきたのが、地元の旧家の出であり仏教彫刻家である関頑亭先生や、親しくなった町の庭師、近所の寿司店のご主人と駅前のタクシー運転手たちということになる。そして、それはそれなりに、多士済々ということになるのだ。

新築当初の変奇館の玄関脇には幅が十センチほどで、長さが二メートル近い植木を植えられる空間があった。

そこに頑亭先生が持ってこられたのが〝なんじゃもんじゃ〟の木だった。これは高級な爪楊枝の原料としても使われる植物で、清楚な明るい緑がたちまち瞳のお気に入りとなった。茶席や格式のある料亭などでも使われる黒文字（つまようじ）の原料であることも評価された。

「オール讀物」で始まった連載のタイトルは、こうして、『なんじゃもんじゃ』に決まった。

僕が人から、お父さんの作品で何が一番好きですか、と訊かれるたびに、『なんじゃもんじゃ』です、と答える作品だ。

瞳らしい軽妙洒脱なユーモアに、もっとも満ちた作品となっていると思う。人の哀れを書いたり、戦争の悲惨さを書いても、ここではあまり深刻な話題にならない。

それが、救いとなっているのかもしれないが、読み返してみると、関頑亭先生の存在が、大いに影響しているということがわかる。

日常生活に疲れた中年男ふたりが家から脱出する、というのが、毎回のテーマになっていて、その旅の先々で事件が起こるという体裁だ。

この時点で頑亭先生は、まだ瞳の作品の登場人物として常連ではない。だから、第一話では、人となりやら、風貌にかなりの紙数をついやしている。

頑亭先生は、その風貌がドストエフスキイに似ていることから、ドスト氏という綽名で呼ばれることになる。そして、『なんじゃもんじゃ』は、そのドスト氏と瞳の諸国漫遊珍道中を描いているのだ。

頑亭先生は大正八年(一九一九年)二月の生まれで、二〇二〇年一月現在、まだご健在という怪物ぶりを書くまでもなく、ちょっとほかに例を見ない奇人、変人、怪人だ。

地元の旧家に生まれて、若くして親に勘当されたというが、それでも、親戚一同にもっとも信頼されている。

長じて頑亭先生は彫刻家の道へと進まれる。『なんじゃもんじゃ』の冒頭の人物紹介では、S先生となっている彫刻家の澤田政廣さんに師事するのだが、文化勲章受章者の澤田さんをして、「関頑亭は私の心の師です」といわしめるような存在だ。

召集されて満州に赴任すると、その土地の仏教寺院に入門、得度してしまった。どうしてそんなことになったのですかと、訊ねると、なに、部隊がその寺の境内で野営していただけのことです、とこともなげにおっしゃって笑っている。その笑顔のまま、開祖が中国で修行していない仏教の宗派は、みんな新興宗教です、などと怖いことをのたまう。

頑亭先生は兵隊のころ、一列縦隊で斥候に出るときは、一番先頭になりますと志願されたという。ずいぶん勇気があるなあと思うと、一番を志願するとお猪口一杯のお酒が出るのです、とおっしゃる。それに狙撃兵は先頭の兵隊は撃ちません。どこから出てくるかわからないので、撃てないのです。ああ、あそこから出てきたな、ということで、二番目の兵隊を撃つのです。だから、先頭は安全なのです、などと先生には似合わないような理路整然とした戦場の知恵を教えてくれる。

脱活乾漆法《だつかつかんしつ》という古墳時代から知られ、奈良時代に最盛期を迎えたという技法で塑像を作ることを得意としていらっしゃる。

土などで原型を作り、麻布を張り、それを漆で固めると、内部の土をほじりだして、外側だけを残すという技法だ。

これで仏像などを製作するのだが、一メートル近い鯰の像を作ることでも知られている。この鯰は風洞実験しても空気抵抗がありません、美しい造形は科学的に見ても合理的だとおっしゃる。そして、なぜ鯰なのですかと訊くと腹黒ではなく腹が白いから、との答え。なぜ風洞実験などという科学用語が出てくるかといえば、若いころはバイクを乗り回し、甲州街道を国立から新宿あたりまで遊びに行っていたのだ。どうにも一筋縄ではいかないかたなのだ。

瞳は毎年、近所の画廊「エソラ」で行われる「はがきゑ展」なるものに参加して、はがき絵を出品していた。

この展覧会は地元の人はもちろん、著名なイラストレーターや京都の陶芸作家も参加する、なかなかにぎやかなものだった。

瞳の死後、しばらくして、この「はがきゑ展」の打ち上げが「エソラ」で開かれたとき、僕は頑亭先生の柔和な笑顔に癒されたいと思い、ご挨拶をしたところ、頑亭先生に「瞳先生は何をやってもオリジナルだったけど、正介さんのは全部、瞳先生の物真似だ」と一喝されてしまった。

じつは、父の死後、僕も下手なりにはがき絵を数点、出品するようになっていた。ともかく本物だけを認め、少しでもおもねったり、手を抜いた偽物だったりすると、決して許さないのが頑亭先生だった。

見事に僕のいい加減さを言い当てられてしまい、癒されるどころではなかった。

いずれにしても、瞳と頑亭先生の親しいお付き合いは、この『なんじゃもんじゃ』のころから数えて四半世紀近くになる。


この年、瞳は不思議な小説を書いている。

瞳が勤めていたサントリーが六月に社史を出す。社史『やってみなはれ・みとくんなはれ サントリーの70年』がそれだ。

創業七十年を迎えたサントリーが、それを記念して社史を出版したのだが、それがいわゆる社史とは趣がずいぶん違う。

立派な帙《ちつ》に入った豪華本である。二冊に分かれていて、そのⅠが山口瞳と開高健による社史。そのⅡが歴代の商品の写真と広告コピー、カレンダーなどだ。

帙の背表紙に「やってみなはれ・みとくんなはれ」とあり、これがタイトルとなっているのだろうが、〝やってみなはれ〟が瞳と開高さんによる小説のようなふたつの社史で、〝みとくんなはれ〟が新聞などの広告やポスター、カレンダーなどの視覚に訴える広告作品集である。

社内に小説家がいるのだから、彼らが社史を書くというのは、ごく普通の発想だろうが、このふたりが書いた社史が独立した読物として、日を置かずして、中間小説雑誌である「小説新潮」に再録される、というのが不思議だ。

瞳の書いたものは「青雲の志について——小説・鳥井信治郎——」と題して「小説新潮」七月号に掲載される。また、開高健の書いた戦後篇は「やってみなはれ——サントリーの七十年・戦後篇——」（「小説新潮」八月号）として再録される。

一般企業の社史が小説としても読めるということで、新潮社が再録を決めたのだろうが、そもそも、小説としても読めるというのが不思議だ。

瞳が戦前篇、開高さんが戦後篇を担当するということになっていたようだが、読み返してみると、ふたりとも戦前の出来事は書くわ、戦後の物語は書くわ、で、縦横無尽な態度なのだ。

特に瞳が書いた戦前篇は、その冒頭の六章分を自分がサントリーに入社した事情と、そもそも入社が決まる前に開高健という小説家に会った経緯を綿々と書き続ける。

こうした助走というか、仕切り直しを何度か繰り返さないと本題に入らないのが、まさに瞳のスタイルなのだ。

いきなり鳥井信治郎の誕生とか、小学校でのエピソードなどから始められないのが瞳なのだ。

さらに、ともに明治生まれの起業家だが、天才的な経営者として、希有《けう》な存在であった鳥井信治郎と、何度も倒産を繰り返す自分の父親の正雄を比較して考えないではいられない。

ふたりは、明治の起業人として似ているところもあれば、似ていないところもある、と書き綴る。

私の父は戦前、軽井沢に六千坪の土地を持っていたが、それを維持することができなかった、などといきなり書かれても、一般の読者にはなんのことだかさっぱりわからなかっただろう。

その正雄に対して、信治郎は会社の利益を社会に還元することを第一として、私するようなことはなかったと書く。そこが大成する人と、父の正雄のように失敗する人の違いなのだと瞳は書き続ける。

――鳥井信治郎という男は、一筋縄ではいかないのである。一本の縄で彼を縛ることはできない。一刀で、すぱっと斬ることはできない。

彼を捕えようとするには何本かの縄を用意しなければならぬ。（中略）

美談めかした材料なら、いくらでもころがっている。

しかし、鳥井信治郎は、決して単純な男ではない。複雑である。混沌である。

そこで私は、通常の社史、評伝、一代記とは異なって、むしろ、欠点から、世間一般に傷であり弱点であると思われているような事柄からはいってゆくことにした。（中略）私が知りたいのは、社内における熱気である。（中略）鳥井信治郎を捕えることは、明治以降の日本を捕えることになるのではないか。（後略）（「青雲の志について――小説・鳥井信治郎」）

これが第六章の最後の部分である。それまでずっと自分と社の関係などを書いてきたのだ。社史なのだから当然だが、開高さんをはじめとして皆、実名で登場するのだから、それも不思議な感じがする。

たしかに普通の会社だったら、決して書かないようなこと、もしもライターが書いたらたちまち消去されてしまうような、会社として忘れたいような出来事も書いてある。つまり、それがサントリーの社風ということになるのかもしれない。

第七章の冒頭で、瞳はやっと次のように書く。

——明治十二年一月三十日に信治郎は生れた。父忠兵衛、母こま。男二人、女二人の末子である。(「青雲の志について——小説・鳥井信治郎」)

普通だったら、これが第一章の一行目だろう。さらに、あとがきでは次のようなことが書かれている。

——(前略)なるべく小説風に書いてみた。『小説・鳥井信治郎』にするためには、社内の熱気を理解してもらわなければいけない。そうやって「青雲の志」にぶつかった。「明治のこころ」である。

自分でも驚いているのだけれど、私は、なにを書いても私小説ふうになってしまう。それがいいかどうか分らないけれど、私が念じたのは、当代にもっとも希薄になっていると思われる「何ものか」を、いまの若いサラリーマンに理解してもらいたいという一事だった。それを「青雲の志」と名づけたのである。（「青雲の志について——小説・鳥井信治郎」）

瞳に美辞麗句を並べた社史を書けというほうが、どだい無理な話なのだ。このころ、書いてきた『小説・吉野秀雄先生』「隣の〝伯父さん〟と私↓隣人・川端康成」「先輩・高見順」「木山捷平さん」に続く、一連の人物像を描く作品群のひとつとして捉えていたのだろう。

戦後篇を受け持った開高健さんの社史とは名ばかりの、逸脱ぶりも面白い。

純文学作家としての開高さんと、私小説、中間小説作家としての瞳の文学的な好一対も読みとれて、瞳と開高さんの文学に対するスタンスの違い、文体の違いがわかって興味はつきない。

なお、このふたりがそれぞれに書き分けた社史は『やってみなはれ　みとくんなはれ』（新潮文庫）というタイトルになって文庫化されており、いまにいたるまで、版を重ねている。瞳の本としては稼ぎ頭といえる。ある種の企業小説、ハウツー物として読み継がれているのだろうか。

15『けっぱり先生』『人殺し』のころ（1970〜1971年）

一九七〇年と一九七一年に執筆した主なものは『けっぱり先生』であり、『人殺し』だろう。いずれも独立した長編小説で、著者の息子として身近に知りえたことを書いておきたい。

「けっぱり先生」は一九七〇年八月十八日から翌年の七月五日まで北國新聞をはじめとする地方紙に連載された。

けっぱるとは東北から北海道あたりの方言で〝頑張る〟といったほどの意味になる。一部の地方ではけっぱりがあまりいい意味ではないので、「わからずや」という題名で掲載されていたという。福岡や北九州では〝けっぱる〟は〝盗む〟の意味であり、良家の子女は使わないものとされていたらしい。本文中ではけっぱり先生だったのだから、そのあたりはどうしていたのだろうか。

すでによく知られているように、この『けっぱり先生』は、当時の桐朋学園の学園長だった生江義男先生をモデルとしている。生江先生は、音楽を専門に教える桐朋学園大学音楽学部をふくむ、桐朋学園の学園長であると同時に、女子校の校長でもあったので、通常、生江校長、あるいは単に生江先生と呼ばれていた。

普通、学園物の主人公は、若くて情熱的なクラス担任に設定されることが多いが、『けっぱり先生』は珍しく校長先生を主役にしている。

生江校長は名物校長だったが、瞳の交遊関係といえば、芸能界、出版界や将棋、競馬の関係者が多いなかで、教育者というのが珍しい。

鎌倉アカデミアの吉野秀雄先生やドイツ文学の高橋義孝先生などの教育者との交遊はあったが、吉野先生は大学のときの先生であり、高橋先生は当初、筆者と担当編集者という関係だった。

瞳の作品には、大学時代の親友三人を含めた四人組のものが多いのだが、その中のひとり、波多野和夫さんは、仙川にある桐朋学園女子校の先生だった。

波多野先生とのご縁から生江先生との交遊が始まった。瞳が自宅で主催する、元旦、花見、月見の宴に生江先生がいらっしゃるようになる。そんなときには、必ず同僚の先生がたがご一緒され、『けっぱり先生』と、その同僚の先生たちのモデルとなった。

現実の桐朋学園の普通科の中学校と高校は、仙川の女子校と国立の男子校に分かれているが『けっぱり先生』では両校は私鉄沿線にあり、一駅しか離れていないという設定になっている。

この距離でないと、女子校の校長であるけっぱり先生が、男子校の学生たちが起こすバリケード・ストライキに乗り込むというエピソードが不可能になる。

実際には、同じ桐朋とはいえ、男子校と女子校にはほとんど交流がなかった。仙川の女子校の生徒はあんな三多摩の田舎の子たちとは付き合えないと言って、都内有名男子校と付き合うことが多かった。

女子校の教え子が卒業するのを待って結婚した波多野先生は、なににつけても情熱家であった。ある年の文化祭で生徒の自主制作による映画の上映があり、〝エネルギー〟という字幕が出たあとに、波多野先生の顔のアップがモンタージュされていた。

そのことを、帰宅後に、父に話すと、「なんだ、高校生もわかっているじゃないか」と面白がっていた。

僕が桐朋高等学校に進学したころ、仙川の桐朋学園大学短期大学部に演劇科が併設されることになった。それまでは、文科や音楽科がある女子短大だったが、新設された演劇科だけは、男女二十五名ずつの共学になったのだ。僕は、一般の大学を受験することなく、桐朋短大の演劇科に願書を出すことになる。

だいぶあとになってから聞いた話では、すべての受験の面接官が、虚弱な体質とやる気が見えない僕の合格に反対するなか、生江先生が、「僕が責任をとります」とまでおっしゃっていただけたことによる合格だったそうだ。

けっぱり先生のモデルが生江校長であることは知られているが、生徒側の準主役である、好青年の林文男のモデルが、僕の同級生であることは、知られていないだろう。

かりにE君とでもしておこうか、文武両道の好漢である。屈強な肉体と柔和な笑顔の持ち主で柔道の山下泰裕に似た偉丈夫だ。

中学、高校在校中は柔道部に属していて、その練習中に頭部を強打した。「けっぱり先生」の作中ではラグビーの練習中の怪我として、このエピソードが使われている。

E君の父親は戦前の早稲田大学ラグビー・クラブで活躍したかたで、E君も大学ではラグビー同好会に属し、就職した大手広告代理店でもラグビー部に所属していたから、「けっぱり先生」で、登場人物の文男が高校時代、ラグビー部だったというのは、瞳らしい設定だ。

E君は高校の二年生だか三年生だかのときに、学内の模試で国語の成績が学年一番だった。読書家であり、映画、落語にも精通していた。

僕に映画の面白さを教えてくれたのは彼だ。在校中に一緒に観に行った映画「ドクトル・ジバゴ」やセルゲイ・ボンダルチュク監督の「戦争と平和」など、それまでジェームズ・ボンド映画ばかり観ていた僕に文芸作品を教えてくれた。

彼の影響から文芸映画も観るようになった僕は、いっきにゴダールやトリュフォーなどのヌーベルバーグ作品を観るようになる。そんな彼との付き合いは、高校卒業後も途切れることなく、現在まで続いている。

『けっぱり先生』の第五章である「深夜の教室」は、このころ、実際にあった桐朋学園でのふたつのバリケード・ストライキを巧みに取り入れたものである。

第一のバリケード・ストライキは仙川の桐朋短大演劇科での出来事だ。

日にちがはっきりとしないのだが、おそらくは一九六九年の10・21国際反戦デー闘争前後ではないかと思われる。そうでないと、『けっぱり先生』の執筆時期との関係が成り立たなくなるからだ。僕は仙川にある桐朋学園大学短期大学部の演劇科の一年生だった。

『けっぱり先生』のモデルである生江先生は、この短大や女子高校、そして音楽科全体の学園長でもある。

そのころは、まるで流行り病《やまい》のように、どこの学校でもバリケード・ストライキをやるという風潮だった。

ご多分に洩れず、演劇科でも学生運動が盛んになった。そもそも新劇運動そのものが反体制や反権力、あるいは人権問題と深く関わっているのだ。

ある日、演劇科の教室のひとつに数十人の学生が集まり、全学集会のようなものが行われた。

議題は学校のロックアウトと、学長なり学部長を引っ張りだして総括し、自己批判させようというものだった。

一同の気勢があがっているところに、教室のドアが開き、当の学長である生江先生と学部長である千田是也氏が入ってきた。

あっけにとられる学生たちを尻目に、最初に、「僕たちも同席させてもらうよ」というようなことを言ったのが生江先生だったか千田さんだったか。

「戦争に反対するという諸君の意見には賛成です。本校に問題点があるというのならば、徹底的に話し合いましょう。用務員さんには話をつけてあります。何日かかってもいい、時間が許す限り、忌憚のないところを聞かせてください」

と言ったのは、生江先生だった。

「ただし」と生江先生は付け加えた。「この学校のガラス一枚でも割ったら、ただちに警察を導入します。なぜならば、この学校の校舎のガラス一枚も、私のものでもなければ、君たちのものでもない。諸君の親御さんがご苦労して手にしたお金を元にして建設されたものです。ガラス一枚から校舎のすべては、あなたたちの親御さんのものです。だから、決しておろそかにしてはいけない。少しでも傷つけたら、それは犯罪として警察の力を借ります。さあ、それだけはわかってもらった上で、話し合いを始めましょう。何日かかっても、私はかまわない」

生江校長は、それだけ言うと、正面の折り畳み椅子に腰を下ろした。

学生一同はことの成り行きに、豆鉄砲をくらった鳩のように目を瞬かせるばかりだった。

「いま、生江先生がおっしゃった通りだ」と、隣に座った千田さんが発言を引き取った。そして、「誰か意見はありませんか」と千田さんが発言を促すのだが、学生たちは誰ひとりとして言葉を発しようとはしない。

「ご意見がないようなので、僕のほうからちょっとした参考例をお話ししましょう」

とその沈黙に千田さんがあきれたようにしゃべりだした。

「あなたたちはすでに演劇人です。そのことをしっかりと自覚してください。演劇人として演劇を通して自分たちの意見を社会に訴えていただきたい。戦前にドイツの若い演劇人が行った抗議行動についてお話ししましょう。何かの参考になるかもしれません」

千田さんは戦前のドイツに演劇の勉強のために留学していたのだ。

「当時はナチスドイツの台頭期でした。演劇を学ぶ学生たちは、示し合わせて朝の通勤電車に乗り込みました。そこで、仲間のひとりが『ヒットラー、バンザイ』と叫ぶのです。それに対して仲間が、『何を言うんだ。ヒットラーなんかやっつけろ』と反対意見を叫びます。これは街頭演劇なのです。何人かがナチスに賛成だ、反対だと満員の車内で討論を始め、一般の乗客もそれに参加して議論が始まります。そんなころ、駅に停車すると騒ぎを聞きつけたゲシュタポが乗り込んできます。学生たちは反戦ビラを撒いて、いっせいに逃げ出すのです。あなたたちも演劇を志すのならば、このような運動を考えてみてください」

相手がナチスやゲシュタポだというのでは手ごわすぎる。日本の機動隊とはスケールが違う。

この話を千田さんは持ち前の説得力がある話術で披露してくれた。天才的な俳優でもあった千田さんは、達者な仕方話で、ビラを撒く仕種などを演じた。

その左手の薬指が不自然に曲がっている。戦争中、特高警察の拷問を受けて曲がってしまったことを僕は知っていた。

ふたりの話が終わったとき、学生たちは毒気にあてられたというか、すっかり空気が抜けてしまったように、押し黙ったままだった。

「質問がないようならば、僕たちは失礼します。必要ならば、いつでも呼び出してください。みんなでよく話し合ってください。この教室はこのまま使えるようにしておきます」と言い置いて生江先生と千田さんは退出していった。

ああ、古狸にはかなわねえや、とリーダー格の学生が独りごちている。気勢を上げていた学生たちの空気はすっかり抜けてしまった。

そんなことが、仙川の桐朋短大演劇科の教室であった。当時はまだ下宿していなかったので、帰宅した僕は、その一部始終を父に報告したのだった。

瞳は、これを聞いて、これで生江先生をモデルにして小説が書けると思ったのではないか。

そして一九七〇年の秋、今度は国立の桐朋学園男子校でバリケード・ストライキが起こった。これを知って、瞳は、生江校長が男子校のバリケード・ストライキをする学生たちと対峙して、例の演劇科での話をする、というシチュエーションを思いついたのではないだろうか。

半世紀近く前のことなので、僕自身の記憶も曖昧なのだが、二年後輩が書いたブログがネット上にあるので、少し形をかえて引用させていただく。

「一九七〇年、高1の時。その騒ぎがおこる前から一部の生徒はズボンの色が黒ならいいだろうと勝手に校則を解釈して、制服の黒ズボンではなくブラックジーンズをはいて学校に通ってきた」

こういう学生は、僕の学年にもすでに数名いた。在校生に長髪の生徒もいたというが、二年違いの僕たちのころは、まだ髪形についてはきびしかった。

「その年の秋頃だったか、二十五期生を中心とした一部の生徒達が職員室を占拠した。彼らはその後退学になった。その事件をきっかけに全校ストライキがあり、講堂で学生による討論会が開かれ、授業もなくなりクラス討論会になった。職員室を占拠していた人たちは制服を無くすために占拠した訳ではなかった。しかし、それをきっかけに生徒の自由を認めるということから制服は廃止されたが、校章はつけることと校則が変わった」

そして、もちろん、みんな校章はつけないし、いざとそうなると、何を着てもいいならばと、あえて制服を着てくるというへそ曲がりがいるのも桐朋らしい、とブログの筆者は書いている。同じ年には、三島由紀夫の自殺事件があり、映画「ウッドストック」が公開され、ビートルズが解散した。これで、時代の雰囲気が多少はご理解いただけるだろうか。

この年に騒ぎを起こしたのが、桐朋の二十五期ということは、彼らは高校三年生ということになる。僕とE君は二十三期だ。僕は演劇科の学生になっていて、E君は浪人中だった。

もう、時効だろう。この、二十五期生を中心とした一部の生徒たちが職員室を占拠したという事件に、僕とE君と変奇館が深く関わっていた。

いまとなっては、記憶もはなはだあやふやなのだが、この在校生が決起するというニュースは、在校中からいわゆる学生運動にかかわっていた卒業生にも伝わってきた。

E君や僕の耳にもそのニュースが伝わり、訳がわからないままに参加することになった。

当初の計画としては、深夜、学校に侵入して職員室などを占拠して、そのままバリケード・ストライキに入ろうというものだった。

まずは、どこかに集合しなければならないということになり、どんな経緯だったか忘れてしまったが、僕が、それだったら、僕の家がいいんじゃないかと提案した。

あるいは、E君あたりが、お前の家を貸せ、と言ったのかもしれない。

なにしろ、変奇館の一階は二十四畳ほどの広い応接間だった。当の学校までは直線距離で二百メートルと至近距離にあって好都合だ。

卒業生と在校生を合わせてもおよそ十余名ほどの参加学生が集まるのには、最適だと僕は思ってしまったのだ。

僕としては、「忠臣蔵」で、討ち入り前に赤穂四十七士が出陣の用意をするそば屋の二階の心づもりだ。

ところが、当夜、変奇館前の小道をびっしりと埋めつくして蝟集した在校生たちは、百名近かったのではないか。いずれもヘルメットにマスク替わりのタオルで顔を隠していて、手に手に角材を握りしめて殺気だっている。

僕たちが卒業してから、ちょっとの間に、学生運動はすっかり様変わりしていた。大学生はもとより高校生でも火炎瓶ぐらいは辞さない勢いだった。

僕たち卒業生はといえば、いたって穏健なもので、せいぜい椅子と机で形ばかりのバリケードを作り、手書きのポスターでも貼って学校側と討論しようか、という程度の覚悟だったのだ。

在校生の代表が選ばれて、変奇館の応接間で卒業生と会議をすることになった。若い学生たちで立錐の余地もない変奇館一階の大広間は、ときならぬ討論会場と化した。入り切れない学生たちで、変奇館前の道路はいっぱいになっていた。

焼き討ちに近い過激な行動をしようとする在校生相手に、暴力はいけないと卒業生が説得する場面が展開された。その議論は深夜におよび、空も白むころまでつづいて、まだ埒があかないという仕儀となった。何をどの程度までやるかということで、話し合いがつかないのだ。

結局、軟弱な先輩たちに愛想を尽かしたのか、武装した在校生は、とりあえずひきあげることになり、卒業生だけが、当初の計画通り、職員室に侵入してバリケードを構築することで決着がついた。

朝もやの中、隊列は粛々と進んだ。武装した在校生はどこにいったのだろうか。大学通りの遠くに駐車しているパトカーが見えたような気がする。

あらかじめ電話を入れて、これこれの日時にバリケード・ストライキをするから取材してくだサいと頼んだ大手新聞の記者は現れなかった。

現地で行動をともにすると期待した、隣の一橋大学の過激派も姿を現さなかった。

校庭を囲む塀を乗り越えてから、僕たちが最初にやったのは、グランドの片隅にある用具置き場から運動会のときに使う赤組の旗を引っ張りだして、校舎に括りつけることだった。

教員室に隣接する応接間に数日分の茶菓が用意されていたから、この日の計画は事前に伝わっていたのだろう。

たちまち十人ばかりの教職員と卒業生十余名が中庭で対峙する。その場で怒号が飛び交い、掴み合いになりそうになっていた。

僕は、それを見て、もはやこれまで、と考え、その場から離れることにした。その旨、E君にも伝えると、E君は、そうだな、お前の身元がばれるとやばいな、と言った。そして、僕は校庭脇のフェンスを乗り越えた。そのとき、遠くからパトカーのサイレンが聞こえてきた。

つまり、当時の言葉でいえば、僕は日和った。現場から逃げ出したのだ。

E君たちは警察官に追われ、当時は学校の南側から谷保駅まで、一面の麦畑が広がっていたのだが、その麦畑の中で追跡劇が展開されたのだという。なんとも牧歌的だ。

あとで考えれば、新聞沙汰となり、「直木賞作家山口瞳の長男、正介（自称・役者志望）が不法侵入と器物破損の容疑で逮捕。当夜の暴力事件は、通称変奇館をアジトとする過激派グループによる犯行だった」などと書かれるところだった。

瞳は、親の監督不行き届きだったと、責任をとって筆を折るなどと言い出したかもしれない。実際、この日のことは新聞の記事となっている。

その後の経緯は先に書いた当時の在校生によるブログの記事の通りなのだろう。軟弱な先輩たちは警察官の姿を見ると、あわてて逃げ出した。そして、当日、登校してきた在校生は荒らされた学内の様子を見て、そのままストライキに突入したということだろう。

ずいぶんあとになって、僕は母に、あの夜は、パパは取材旅行か何かで出かけていて留守だったんだよね、と間抜けなことを訊いた。

「なに、言ってるのよ。パパもママも、ベッドで朝まで一睡もできなかったのよ」と叱責されてしまった。両親とも、応接間に隣接する中二階の寝室にいたのだ。

しかも、そのあとが大変だったのよ、と母が言う。

「あんたはさっさと仙川の学校に行っちゃうし、何日経っても、あの子たちが訪ねてくるし。だいたいあんたは、なんでもやりっ放しで、責任を取ろうとしない」といつものように、僕に対するお説教が、際限もなく続いた。

あの夜、在校生たちは、各自が所持していた生徒手帳を集めて、変奇館の物置に置いていった。逮捕されたときに身元がわからなくするためだろうか。しかし、そんなものは自宅に置いてくればいいものを、こういうところが幼い知恵なのだ。

それはともかくとして、生徒手帳を変奇館に置いていった生徒たちが、何日経ってもふたり、三人と連れ立って現れ、おばさん手帳を返してください、と言うのだという。全員の分の返還が終わるのに数カ月を要したらしい。

その都度、母はお茶を出して、彼らの話をジックリと聞き、懇切丁寧に応対をした。あのときのお母さんの態度には感動したという声を、その後も何度か聞いた。

あの日、麦畑の中を逃げまどった卒業生は、警官に捕縛され取り調べを受けたが、その後、不問に付された。

瞳も「男性自身」など身辺雑記として、このことを書くことはなかった。また、僕は仙川の生江校長の自宅にも遊びにいったり、卒業後も亡くなるまで家族ぐるみのお付き合いをしていただいたが、この男子校の事件が話題になることはなかった。

このバリケード・ストライキによって変わったのは制服の廃止だけというところが、いかにも時代を象徴している。

変奇館に僕をはじめとする卒業生と在校生が集まり、夜明けの校舎に侵入したということを一九七〇年の秋としたのだが、もしかしたら一九六九年であったかもしれない。

七十年とした理由は、桐朋高校の男子校でバリケード・ストライキがあった当時、在校していたというかたが投稿したブログに「七十年の秋」と明記されていたからだ。

登場人物のモデルであったE君にも訊ねてみた。彼は正確な年を覚えていなかったが、追跡してきた警察官を自転車ごと押し倒し、逃げ戻った変奇館で治子がつくった朝食を食べたという。もうひとりの同級生にも訊いてみたのだが、どうも要領をえなかった。

ところが、数日前に一年後輩の男と、偶然、国立駅前の居酒屋で隣同士に座ったので、桐朋高校のバリケード・ストライキのことを覚えていないかと質したところ、「ああ、あれは僕が高三のときだ。ショウチャンのところに集まったんだろ」と明言したのだった。

つまり、彼が三年生だとしたら、それは六九年ということになる。

どうも腑に落ちないのだが、一番可能性のあるのは、変奇館の件があったのは六九年で、いったんはその日かぎりの不祥事として処理されたものの、そのまま事態はくすぶり続けて、七十年の秋ごろ、在校生のみによる本格的なバリケード・ストライキに突入したのではないかということだ。

これならば、一九七〇年八月十八日からの「けっぱり先生」の連載開始まで間があり、瞳に『けっぱり先生』の重要なテーマとして、この演劇科での生江校長の発言と男子校の事件という一連の学生運動を小説の題材として組み合わせるアイデアを思いつくだけの時間的な余裕があったことになる。

そう考えると、あの夜の変奇館騒動もまんざら役に立たなかったわけではなかった。そして、こんなところに、瞳の作家としての業のようなものを感じる。困ったことになったとは思いつつ、これは小説の題材になると、まんざらでもなかったのかもしれない。

自分の人生にとって、重大な事件なのに、こうして記憶が曖昧になっているのは、情けないと思うが、時の流れの速さにも驚かされる。

なお、七〇年のバリケード・ストライキの責任を取らされて退学処分になった在校生は、その後、大検を受け、全員が東大に入学したと伝えられている。

僕が都内の下宿を引き払って国立に戻ったころ、駅前のスナックで呑んでいると、偶然、カウンターで隣に座った女性から話しかけられたことがある。

彼女は、『けっぱり先生』に出てくる、文男の姉でスナック「ルピナス」のママの有子のモデルは、私の母親です、と言うのだ。彼女自身は母ひとり子ひとり、仙川の女子校の卒業生で、母親は四谷荒木町だか神楽坂でスナックを経営していたという。

生江先生には大変、お世話になったと言っていたが、もとより裏が取れるような話ではなかった。

瞳は一九七〇年の「文學界」十月号から小説「人殺し」の連載を始める。

それに先立つ八月十八日から北國新聞ほかに、小説「けっぱり先生」の連載が始まっていた。

話が前後するが、同年、「小説現代」の一月号から、のちに『血涙十番勝負』と改題されることになる「小説将棋必殺法」の連載が始まっている。この『血涙……』については、翌年に半年の間をおいて、「続血涙十番勝負」が始まる。

また、当然のことながら、「週刊新潮」での「男性自身」の連載が続いている。つまり、瞳は多忙を極め、しかものちに代表作といわれるようになる作品を量産していたことになる。

これでは身体を壊してもおかしくない。実際に体調はひどく悪い状態に陥るのだ。

それは主に糖尿病の悪化で、入院加療が必要となる。治療は食事制限によるもので、医師の管理下でカロリー制限をするというものだった。入院でもしていないと暴飲暴食が止まらず、とても自分でコントロールできない状態なのだ。

そこで、入院することとなるのだが、この入院場所に瞳は京都の病院を選ぶ。それには瞳なりの深謀遠慮があった。

「男性自身」の「泣き虫」(310)で入院十日目にして初めて見舞客がきたということは、入院したのは一九六九年の十一月の始めだろうか。

入院したのは京都の病院だ。なぜ、よりによって京都なのか。

それは、乗り物恐怖症の治子が見舞いに行かないわけにはいかないような状況を作り、それによって病状を克服させようと試みたのだが、この思惑はむしろ逆効果だったと思う。

瞳に精神科の知識などないのだ。だから、一度、電車に乗ってしまえば、病状は消え去ると安易に考えていたらしい。

翌年、一九七〇年の九月ごろのことだが、瞳は「男性自身」の「ゴム草履」(351)の中で次のように書いている。

——去年、私たちは結婚二十周年をむかえた。そこで私は、かねてから考えていた荒療治をこころみた。(中略)私は京都の病院に入院した。(「ゴム草履」)

入院するほどの病気ではないが、京都という遠隔地に入院したというのだ。

不安神経症であり、乗り物恐怖症である治子が電車に乗ってひとりで見舞いに来る、来ざるをえない状況を作ったのだという。そのために、入院先に銀座のホステスが見舞いに来るぞ、という脅《おど》し文句まで用意していた。

つまり糖尿病の治療と、妻の乗り物恐怖症を一度に治してしまおうという魂胆だった。

「女房は女学校時代からの親友と、近所に住む私の友人と、親しくしている医者の三人につきそわれ、精神安定剤を飲み、それこそ必死の形相で、電車に乗ったのである。」(「ゴム草履」)

近所の友人というのは関頑亭先生で、医師というのは京都在住で、国立に将棋敵がいたので繁寿司を通して知り合った京都在住の医師F先生だ。

治子は新幹線の車中、頑亭先生とFさんに両方から手を握られ、大量の安定剤を服用しての道中となった。こんなことが不安神経症の治療になるのか。むしろ逆効果ではないか。ただし、いざ京都に着いてしまうと、治子はケロリとして買い物を楽しみ、神社仏閣を見学した。抗鬱剤が効きすぎたのか、ある種の躁状態となり大量の骨董品を買いあさったりもした。京料理を食べすぎて腹を壊し、翌日は寝ていて、次の日はまた食べに出かけるというありさまだった。

その後も、京都ならば出かけるのも大丈夫ということになるのだから、この病気はわからない。荒療治も部分的には効果を発揮したということになるのだろう。

この入院生活は数カ月におよんだはずだ。だから、僕はあの高校生や学生たちが深夜の変奇館で会議を開いたとき、瞳はいなかったのではないかと母の治子に質問したのだった。ともかく、この入院中に瞳は毎日のように治子宛に葉書や手紙を出している。それは恋愛時代の再現のようだった。

その中の一通に処女作「江分利満」に匹敵する小説の題材を得た、という一文があった。それに続いて、それはあなたのことです、と書かれていた。

このことで、不安神経症をかかえて、必死に寂しさと闘っていた治子は、欣喜雀躍する思いだったという。

しかし、その小説なるものの第一回が掲載された「文學界」を手にした治子は驚愕し、絶望することとなる。

自分に対する愛を告白するような内容であると思っていたのに、なんとその内容は銀座のホステスとの大胆な恋愛事件を描いたものだったからだ。

このことにより、治子の不安神経症はいっきに悪化してしまう。瞳の深謀遠慮は、またしても裏目と出てしまう。

『人殺し』を通読してみれば、そのような神経症を患う妻を持った作家の悩みなり、暮らしなどが書かれていないわけではない。しかし、治子にとって、いまさらそんなことを取ってつけたように書かれても、言い訳ぐらいにしか読めなかったのだ。

瞳に銀座あたりのホステスとの恋愛を描いた作品がこれまでにもなかったわけではない。『世相講談』の「フラワーさん」（単行本で「葛飾の女給」と改題）に出てくる、キャバレーのホステス〝葛飾のキャシーこと鈴木美智子〟と〝私大の助教授で、名は花輪高〟の情事などは、まさにその前駆的な作品となっている。

作家として、これはある種の通過儀礼のようなもので、ベッドシーンを描けないようでは一《いっ》端《ぱし》の作家とはいえない、などという言い方もある。だから、一度はそのようなテーマに挑戦してみたくなるのだろう。

そんな背景は別として、小説『人殺し』を独立したひとつの小説作品として読んでいただきたいと願うばかりだが、この件に関しては、ちょっとした後日談がある。

瞳の死後、ずいぶん経ってから、治子は瞳の熱烈なファンであると自称しているかたが、「一穴主義なんて言ってますが、浮気してますよ。僕は知っているんです。『人殺し』にちゃんと書いてあるじゃないですか」と声高に話しているのを聞いてしまう。

その場で反論したりしないどころか嫌な顔をしないで笑って聞き流していた治子であったが、内心は怒りで煮えたぎっていた。

その日、帰宅するなり、あたし、パパの無実を立証してみせると勢い込んで宣言した。しかし、その手段はなかなか決まらなかったようだ。

『世相講談』の「フラワーさん」で書いているじゃないですか、とでも言われたら、さしもの治子もぐうの音も出なかったのではないか。

その後、治子は二〇一〇年の半ばごろ、中皮腫の診断を受け、余命一年と宣告された。その宣告を受けて、それに先立つ数年前から、なんとなく形になりだしていた、パパの無実を証明するという作業に取りかかる。

それは自身が書いていた日記、瞳が京都から治子宛に出した手紙と葉書と、瞳が書き続けていた「男性自身」と『人殺し』の日にちを突き合わせて、ホステスとの浮気が不可能であったことを証明するというものだった。

たとえば、『人殺し』の中で、京都の病院に瞳を見舞いに来た銀座のホステスと、病院の近くの喫茶店でお茶を飲む場面があるのだが、そのことは、瞳の手紙によれば、同時に見舞いに訪れた出版社の編集者が同席していた、というようなものだ。作中ではふたりだけで会ったことになっているが、実際には友人で編集者であるT氏が同席していたというのだ。

すでに余命一年とされた治子はこの作業に没頭する。食卓のテーブルに原稿用紙を広げ、毎日、書き進めていく様子は鬼気せまるものがあった。そして、病魔の歩みが弱まることはなく、志半ばにして治子は他界する。原稿は未完であった。

『人殺し』が出版されたあと、酒席で誰が質問したのか忘れたが、この京都における浮気の話が出たことがある。

瞳は言下に、なんで京都の病院に入院していたか知らないのですか、入院加療が必要な重度の糖尿病ですよ、浮気なんかできるわけがないでしょう、と不愉快そうに答えていた。

俗に糖尿病になるとインポテンツになるということを受けて、そのように発言したのだろう。瞳一流のきわどい冗談ともとれる。

すでに書いたように、瞳の浮気を疑うのならば、それに先立つ『世相講談』やそのほかの作品に散見されるホステスとの情事を問題にするべきだろう。

それが発表されたころ、治子は艶福家である梶山季之さんや伊丹十三さんから聞いた話を小説にしたのだろうとたかをくっていたのかもしれない。

僕の印象としては、瞳はそれほど器用な人間ではなかったと思う。もしも何かあれば、隠し通したりできなかっただろう。

そもそも、治子の不安神経症のため、瞳は無断外泊できなかったのだ。瞳が深夜を超えて帰宅すると、治子は全身が硬直するという発作が起こってしまうため、瞳は何があろうと必ず帰宅しなければならなかった。こんな状況で浮気などできるものだろうか。

瞳にとってホステスとの交際（?）では痛い思い出があった。

そのうちのひとつは、贔屓にしていた銀座のクラブ・ホステスに帰宅のさいに使うタクシー代金は俺が持つよ、と言ったことだ。

当のホステスはそれをいいことに、自分のパトロンなり重要な客なりの送迎にそのタクシーを使っていた。そして、その料金がこのクラブの請求書に上乗せされたのだった。

どうも飲食の代金としては高すぎる、と請求書を見て疑問に思ったのは、瞳の経理一般も担当していた治子だった。瞳を問い詰めた治子は、そんなタクシー代金は払えないとクラブの経営者に言いなさいということになった。このクラブの経営者の答は、うちはそんなお金を直接、お客様に請求することはありません、というようなものだったらしい。

この一件がどのように処理されたのか、僕は知らないが、瞳には苦い思いが残ったことだろう。

もうひとつのホステスがらみの事件は、まさにこの『人殺し』を着想した元ともなり、京都入院時に起こった。

瞳は、おれが入院すれば、銀座のホステス連中が心配して見舞いに来るだろう、と思っていて、このことは少し書いている。来れば祇園など案内しよう、そうすれば京都における自分の格も上がるだろう、というのだ。

しかし、非情にもホステスは一向に姿を見せない。やっとひとり、一番贔屓にしていたホステスが現れた。瞳はずいぶん気をよくしたことだろう。

しかし、この見舞いが、そのホステスの間夫というか、本当のパトロンと大阪あたりに遊びに行くついでであったことが露顕する。

瞳の潔癖主義は、こうしたある種の欺瞞を許さない。

はじめから、スポンサーと一緒に大阪に遊びに行く途中でお見舞いに来ましたと言えばいいものを、まるであなたのことが心配で取るものもとりあえず来ました、というような〝嘘〟をついたのが許せないというのだ。

こうした行為は人殺しにも匹敵するというのが、執筆の動機となる。

瞳が銀座のホステスと接するとき、通常のお客とはスタンスが違っていたらしい。君をこんな苦界から救ってやりたい、となる。ホステスとは、こうした場所を介しての男と女の遊びであり、騙しあいであることを理解していない。

というより、のちに『血族』で書かれるように、山口家の家訓には玄人女を泣かせるな、というものがあった。祖母の静子の実家が遊廓であったことを考えれば、ホステスとの情交など、商品に手を出してはいけないという、ある種のタブーになっていた。

吉行淳之介さんは、瞳に「あなたはホステスを苦界から救ってやりたいと言いますが、すべてのホステスを救えますか」と諭した。また「商売として売っているのだから買ってあげなくてはいけません。あなたは、その当人がほかに生活手段がない商売を辞めろ、というのですか」とも言われた。

『人殺し』は平和も人を殺す、魂の殺人、というテーマで書かれているが、もうひとつの〝人殺し〟は堕胎である。

作中のホステスは堕胎のことを持ち出して、「人殺し」と主人公を責める。

瞳には堕胎について辛い思い出がある。治子は僕を出産したあと、半年を待たずに妊娠していることがわかる。

このとき、治子はすでに重い産後鬱病であったと思われる。また、瞳にはひとりでも大変なのにふたりの子供を養うだけの財力はなく、また当時は子供がいると部屋を借りられないということもあった。

そして、瞳は、なかば闇の堕胎医に治子を任せてしまう。

この手術は失敗で体内に胎児が残っているという幻想に治子は終生取りつかれてしまうのだ。

さらに、この医師が遊女相手の堕胎医だと思い込んで、自分を遊女扱いにしたと瞳を責めた。

そんな状態だったのに、日を置かずして治子は再び妊娠し、もう一度堕胎を繰り返して、病状はますます悪化する。この堕胎と妻の不安神経症は瞳の原罪となり、終生変わらぬ罪の意識と、作品執筆の重要なテーマとなった。

「人殺し」とは、自分自身のふたりの子供を殺した瞳自身のことだったのである。

16『血涙十番勝負』『月曜日の朝』のころ（1972〜1973年）

この時期からすでに始まっている『血涙十番勝負』、最初は「小説将棋必勝法　八段　二上達也」として「小説現代」一九七〇年一月号に掲載された。続いて「続・将棋必勝法　九段　山田道美」が「小説現代」六月号に掲載される。つまり、この時点では長い連載になるという気持ちが瞳にはなかったのではないか。

いずれにしても、この二作は、のちに出版される単行本の『血涙十番勝負』の第一回、第二回として再録されることになる。

当初、「小説将棋必勝法」としてあったように、瞳が将棋について知るうちに知り合った将棋の棋士たちが面白いので、小説仕立てにして彼らを描いてみたいと思ったのだろう。

瞳と将棋の関係は長い。母の静子の妹の嫁ぎ先である鎌倉由比ヶ浜の「海月」という旅館の、瞳にとっては義理の叔父にあたる、ご主人に手ほどきを受けたのが最初ではなかったか。小学校四年生ぐらいのときで、二段の叔父に六枚落ちを教えてもらったが、なかなか勝てなかった、という。このことは「男性自身」の「教訓」（397）に詳しい。ただし「教訓」では〝伯父〟になっている。例によって瞳らしい間違いだろう。

このかたは旅館のご主人としての家業は女将である妻に丸投げして、髪結いの亭主ではないが、一生を趣味の世界で生きた。鎌倉彫、観賞用の巨大な菊の栽培、謡は玄人はだし、そして囲碁将棋もなかなかの腕前だった。

普段は目の前に広がる由比ヶ浜で漁師同然の生活をしていて、筋骨隆々であった。二の腕に巻き付けた釣り用のテグスを、ぐいっと曲げた上腕二頭筋の筋肉で切るほどの肉体を誇っていた。常に笑っている楽天家であったことから、山口家では密かに〝ワハハ〟という綽名をつけていた。

その彼が瞳の最初の将棋の師匠となった。不思議なことに瞳は囲碁については、まったく才能がなかったようだ。

なんでも力業で押しまくるようなことが好きで、相手の王将を取れば勝負がつくという、結果が一目瞭然な将棋のほうを好んだためだろうか。最後に碁石を並べてみないと勝敗がわからないような囲碁は苦手であった。

ともかく、瞳がこの人から学んだのは、将棋と麻雀だけだったようだ。最晩年にはアマチュア四段ほどの棋力であったという瞳の将棋は軍隊時代にずいぶん瞳を助けることになった。

軍隊というものは最前線で戦闘態勢に入っているときをのぞけば、いたって暇なものであるらしい。休憩時間に将棋を指すと、瞳の棋力はたちまち部隊内で評判になった。噂を聞きつけた将棋自慢の連隊長から呼び出され、一局、指すことになる。

そのうち、ほとんどの時間を連隊長の部屋で将棋を指して過ごすことになる。瞳の召集期間は二カ月足らずで、七月に入隊、九月に復員している。連隊長と将棋を指して過ごしたのは、主に敗戦の八月十五日以降ではないか。部隊が現地解散して、麻布の家は空襲で焼失していたので、鎌倉の「海月」の離れに下宿していた山口家に戻るのは、九月になるからだ。

瞳は、その後も機会があるごとに将棋を指していたが、本格的になるのは変奇館が完成してからだ。

変奇館の一階の応接間は約二十四畳ほどの広さがあった。そこで瞳は将棋教室を開いたのだ。脚本家の安倍徹郎さん、大橋巨泉さん、俳優の小松方正さん、競馬評論家の赤木駿介さんなどが参加していた。それと、瞳の弟の昭とその次男が加わっていた。

将棋会館からの紹介だったのか、先生として山口英夫五段（当時）に来てもらっていた。広い応接間に将棋盤を五面か六面並べて、立派な教室となった。

そこへ芹沢博文さん、米長邦雄さんや中原誠さんたちも顔を出すことがあったから、たちまち将棋版の梁山泊といった様相を呈することとなる。

これがのちのち『血涙十番勝負』として結実することになったのだろう。

最近、羽生善治九段に、ある方が、「歴代、著名人、有名人の中で一番、将棋が強かったのは誰ですか」と質問したところ、羽生さんは言下に、「それは山口瞳です」と即答されたという話を耳にした。

ということは、羽生さんは瞳の棋譜までも目を通しているということだろうか。

もっとも、この質問されたかたが、瞳の大ファンであることを、羽生さんは知っていたと思う。こうしたときにも瞬時にして、最善手を指すのが棋士というものだ。瞳と答えておくのが、この場合、最善手であると判断されたというのが真相だろう。いずれにしても、僕は羽生さんが、瞳の『血涙十番勝負』を読まれていたと思いたい。

瞳の作品のファンは、最初は将棋について書いたものを読んで、それが面白かったので、次第に別の作品も読むようになったというかたが多い。そして、彼らが最初に読んだというものが、『血涙十番勝負』であることは間違いない。

そういった意味では、この『血涙……』シリーズこそ、瞳文学の入門書、ともいえる存在なのだ。

最近、連勝記録が話題になった中学生棋士の藤井聡太七段と瞳にはちょっとした因縁がある。

報道陣から夢を問われて藤井君が、「名人になって、板谷進先生の夢であった名人位を名古屋に持ちかえりたい」という発言をした。

藤井七段は、板谷進さんの弟子である杉本昌隆八段の弟子である。つまり板谷さんの孫弟子ということになる。

板谷進さんと瞳は、『続 血涙十番勝負』の第三番「東海の若旦那　板谷進八段」で対局している。将棋を指さない僕には対戦内容など理解できないが、そののち、板谷さんと瞳は仲よくなった。

そして、板谷さんから瞳に、将棋の駒がプレゼントされた。これは虎斑《とらふ》の入った最高級の柘《つ》植《げ》材で作られたもので、とても高額なものだと推察される。

瞳は当然のことながら固辞したのだが、板谷さんは頑として、譲ろうとしなかった。

そこで、一応は預かるが、瞳が死んだら、板谷さんにお返ししましょう、ということで、両者の話がついた。年長者である瞳が先に死ぬのだから、問題はないだろうという判断だった。

そのときの、どちらか先に死んだら、残ったものが所持することにしましょうという悪い冗談が本当になってしまった。

若い板谷さんが急死されてしまったのだ。一九八八年二月二十四日未明、くも膜下出血。四十七歳であった。

そして、瞳は一九九五年八月三十日に肺ガンで亡くなった。

瞳の妻、治子は、この将棋の駒のことをとても気にしていて、瞳の死後、さっそく名古屋の板谷さんのご遺族のところに連絡を入れた。

瞳が死んだので、駒はお約束通り、そちらにお返しします、と伝えたのだが、ご遺族は受け入れる場所がないということで、返還を固辞された。

東京新聞に、「藤井聡太を生んだもの」というタイトルで、岡村淳司さんが、板谷さんを中心とする名古屋の将棋教室の歴史を書いていらっしゃる。

それによると、一九九九年に名古屋市中区の「山岳会館」という看板が掲げられた築三十年の小さなビルに「日本将棋連盟東海研修所」というものが開設されたという。

板谷さんの岳父も将棋の棋士であって、これは板谷親子の悲願であった将棋教室だという。

山岳会館は板谷親子が行きつけの店にしていた居酒屋「山岳」の女将、加藤武子さんがオーナーであった。

ここに板谷さんの将棋関係の遺品も収蔵され展示されると聞いた治子は、この将棋教室に、件の虎斑の将棋の駒を寄贈するのが筋ではないかと決断したのだった。

しかし、すでに遺族のかたからは返却を断られているし、どうしたものかとしばらくの間、考えていた。そして、アイデアマンであった瞳の影響か、いい解決策を思いつくのだった。

ご自身も将棋棋士であり、将棋評論家であり、将棋ライターだった河口俊彦さんに仲立ちしてもらったらどうかと思いついたのだ。河口さんは瞳とも板谷さんとも親しかった。

二〇〇二年十二月十七日、神楽坂の瞳の行きつけの店だった小料理「弥生」で返却式が行われた。そのとき、僕も同席していて、河口さんが袱紗《ふくさ》から取り出した虎斑の駒を丁寧にひとつずつ磨き上げるように拭いていたのを覚えている。河口さんは、「使い込むと、もっとよくなりますよ」とおっしゃった。

数年後、治子は瞳所縁《ゆかり》の地を訪ねるという旅行を何度かしていて、京都に行った帰りに、名古屋で途中下車して、「日本将棋連盟東海研修所」を訪ね、この将棋の駒と再会している。

不安神経症で乗り物恐怖症だった治子が京都や名古屋に行ったというので、疑問を持たれるかもしれない。

治子の症状は瞳の死後、少しずつ解消されていった。このまま家に閉じこもった人生は味気ないと思ったのか。それとも病気そのものの原因が、やはり瞳との関係にあったのか。そのあたりは、僕にもはっきりとはわからないが、僕と近所の画廊「エソラ」のオーナーで関頑亭先生の甥であった関増雄さんが同行すれば、瞳と一緒に旅した湯布院、金沢、京都、上山温泉などに小旅行を敢行することができるようになっていたのだ。

その都度、治子は瞳の行きつけの店となった旅館や酒場に出かけ、お店に所縁のある瞳の絵をプレゼントするのが常だった。

増雄さんと僕は大きな額を振り分け荷物にして背負い、水戸黄門に従う助さん格さんである。治子は女水戸黄門といったところだろうか。いずれにしても、それなりの珍道中ではあった。

余談になるが、二〇〇九年の四月十日、第六七期名人戦の七番勝負の第一局で観戦記者として対局室に同席していた東公平さんが対局中の羽生善治に白扇を差し出し、サインを求めるということがあった。

このことがテレビ中継されていて、いわゆるネットで炎上するという事態になってしまった。気が優しくて繊細な神経を持つ東さんは、このことで精神的にまいってしまい、第一線から退かれたようだ。

将棋対局の雰囲気を知らない人たちまで映像を見てしまうことにより起こった悲劇だろう。将棋対局は、たとえタイトル戦でも、対局室はかなりリラックスしていると聞いている。相手が長考に入れば、席を外して隣の部屋で観戦記者やほかの棋士たちと談笑して時間をつぶすなど普通のことだったという。

長く将棋界で活躍していた東さんにとって、サインをしてもらうことがそれほどの問題とは思っていらっしゃらなかったのだろう。

ここで敢えてこのことを取り上げるのは、当日、東さんが着ていた紋付き羽織袴が瞳のものだったからだ。

生前の瞳と懇意にしていた東さんが名人戦の観戦記事を書くというので、ここは将棋界に所縁のある瞳先生の紋付き羽織袴で威儀を正して臨もうとお考えになり、わざわざ治子のところに借りにみえたのだった。

つまり、東さんは名人戦の格式を充分自覚されていた、ということだ。

瞳は一九七二年の「小説新潮」一月号から「考える人たち」の連載を開始する。これは読み切り掌篇小説といったものだろうか。十二月号まで続き、かっちり一年間の連載で、全十二話という体裁になる。

「考える人たち」は、瞳の変奇館での生活も安定したものとなり、国立の町の人たちとの交流も常態化してきた時期に書かれたものだ。

登場人物も詳しい説明なしで書かれている。主人公の名前は偏軒であり、その妻はイースト(東という意味ではなく、太っているのでイースト菌の意味である)となる。ふらりと変奇館に立ち寄り警句めいたことを口にするのは、近所の仏教彫刻と書画をよくするドストエフスキイで、関頑亭さんがモデルだ。その妻はフーセンさん(太っているから)である。

庭仕事をしている偏軒に、出前のついでに、厭味なことを言うジュニヤは、駅前の行きつけの店となった「繁寿司」のご主人だ。

読み切りの連載ではあるが、全体としてひとつの町の風景が見えてくるという趣向の作品で、山本周五郎の『青べか物語』などを念頭に置いていたのだろうか。

この連載終了を待って、「週刊朝日」の一九七三年一月十二日号から「月曜日の朝」の連載を開始する。そして同年十二月二十八日発売号まで全五十一話を書くことになる。これは週刊誌の連載で、おおむね各回が四百字詰め原稿用紙で四枚ほどであったと思われる。また、これに田沼武能さんの写真が毎号掲載され、写真エッセイという体裁になっている。連載が終わって単行本が出版されたときに、印税は田沼さんと折半にしてくださいと瞳が出版社に申し入れたそうだ。通常、写真は買い取りが多いなか、印税の折半は珍しかった。

それはともかくとして、「月曜日の朝」は中央線で東京の郊外から都心に通勤する人たちを描写したものである。

このころ、元「婦人画報」の編集長であった矢口純さんは退社され、瞳の紹介で、PR会社の「サン・アド」の社員となっていた。つまり、瞳とは同僚となったのだ。

あるとき、瞳が、同じ国立在住の矢口純さんと朝の中央線で乗り合わせた。そのとき、矢口さんが、「この先の土手に曼珠沙華の群生があり、いまごろが見ごろです」とおっしゃった。いざ、その場所を電車が通過すると、土手はコンクリートで補強されていて、曼珠沙華は残っていなかった。

このことがあり、通勤者の悲哀を描いてみようとしたのが、「月曜日の朝」の発端だった。

17『礼儀作法入門』のころ（1974〜1975年）

本稿は、息子として、山口瞳を間近で見、身近に感じたことを書いてきたのだが、一九七四年と一九七五年あたりのエピソードは少ない。

僕が「国立の変奇館」にいなかったのだ。すでに触れてきた通り、大学（短大だが）に入学した二年目から都心に下宿するようになった。作家として旺盛な執筆活動をしている父にとっても、そうしたほうが都合よかったはずだと思っていたのだが、振り返ってみると、あにはからんや、コンスタントに小品をまとめているものの、書き下ろし作品や文芸誌連載というような大作はしばらくご無沙汰となっている。

私事になるが、僕は一九七五年に、義理の叔父であるジェリー伊藤の里帰りに同行してひと月ばかりアメリカ旅行をした。

これはのちに『アメリカの親戚』と題して僕の処女作である小説になる。「小説現代」に書き下ろしとして掲載されたのは一九八八年の十二月号だから、それまでは、いってみれば最近取り沙汰されている、成人引きこもりのような生活をしていた。

この作品については、『遠いアメリカ』で直木賞を受賞された常盤新平さんが、「僕が遠いアメリカなのに、なんで正介さんはアメリカの親戚なんですかぁ」と、独特のほめ言葉なのか、卑下しているのか、人懐っこい様子で話された。僕の場合は、なんのことはない、単に叔父がアメリカ人だからアメリカの親戚なのだ。

それはさておき。

一九七四年の六月に小学館から若い世代向けの雑誌「GORO」が創刊された。六月十三日発売の創刊号から、瞳は『礼儀作法入門』(雑誌連載時のタイトルは「礼儀作法」)の連載を開始した。

この連載エッセイは飲食店や旅先での立ち居振る舞いなどを、瞳らしい筆致で書いたもので、友人、上司や同僚との付き合い方など、内容は多岐にわたっていた。

この『礼儀作法入門』は、不思議な経緯から、瞳の没後、重要な意味を持ってくるようになる。

瞳の死から数年経ったころ、嵐山光三郎さんがご自身の連載エッセイ「コンセント抜いたか!」(「週刊朝日」)だったと思うが、「いま現在、瞳さんの作品を読めないのはおかしい」というような内容のことを書いてくださった。

晩年の瞳は、必ずしも売れている作家というわけではなく、また熱狂的なファンはすでに発売されていたものを購入済みだったので、新しい購買層は期待できないという出版社としての判断からだろうか、書店の店頭から瞳の著作物は消えていた。著作は順次、絶版となり再版されることもなかった。没後、五年にしてこんな状態であった。

嵐山さんのエッセイは、こうした事情を受けて、本屋に行っても山口瞳の著作が置かれていないのはおかしなことだ、という意味だったのだろう。

この嵐山さんの言葉を奇貨として、新潮社のかつての瞳担当だった編集者が、すでに絶版となっていたこの『礼儀作法入門』の復刊を手がけることになる。

奥付を見ると、初版は平成十二年（二〇〇〇年）四月一日となっている。これが、意外にもいまにいたるまで版を重ねてベストセラーとなった。

当時、ちょうど小言を言ってくれるような頑固親父風の言説を書く人がいなかったのが功を奏したのかもしれない。何度も書くように、瞳は頑固ではなかった。むしろ柔軟な考え方の人だった。それも若い人には受けたのかもしれない。

それにともない、瞳のほかの著作も何点かが再版され、いずれもそこそこの売り上げに結びつく。ときならぬ〝山口瞳ブーム〟とでもいえる現象が出来することとなった。

とはいうものの、それはエッセイや旅行記に限られ、瞳の本格的な小説作品にまでは波及しなかったのは残念なことだ。

なんでも聞くところによると、瞳のような作家の著作が死後、復刻されたり、まして売れたりすることは、大変珍しいことだという。

瞳がどういう作家であるのか、僕には詳らかではないが、そういう言い方もあるのだろう。

司馬遼太郎さんや池波正太郎さんのような、主に時代小説や歴史小説を書かれた作家といえるようなかたの著作は長く読まれるが、瞳のように時代に即して自身の感想を書き続けたような作家のものは、その死をもって読まれる価値がなくなるというような意味であろうか。

瞳の死後、僕よりも若い、山口瞳ファンの読者に何人も会った。彼らに言わせると、山口瞳は、小津安二郎や、内田百閒、古今亭志ん生などに連なる、カルト的な作家なのだそうだ。自分だけが知っていて、ほかのひとには教えたくない、あまり知るひとはいないけど、本当は本格的ですごいんだよね、といったところだろうか。

山口瞳の世界は、親子三人という核家族であり、飲食をはじめとする趣味の造詣が深く、そして、職業はコピーライターという団塊世代好みのものだった。いずれも一世代前に彼らの生活スタイルを先取りしていたと思われる。それが受けたのだろう。

この嵐山さんのエッセイでのご発言に先立ち、瞳の一読者だという中野朗さんという、未知のかたから、母の治子に連絡があった。山口瞳の書誌を書きたいということだった。

パパのことを書いてくれるならばありがたいことだということで、北海道に住む中野朗さんを国立の「変奇館」にお迎えすることになる。

治子は、一面識もない、中野さんを温かく迎え、秘蔵のスクラップ・ブックなどの資料を惜しげもなく、提供し、何度も足を運ぶ中野さんの長時間の取材に、その都度応じた。これがのちに、『変奇館の主人／山口瞳評伝・書誌』（中野朗著・響文社刊）として、平成十一年十一月二十日に刊行されることになる。

だから、忘れられた作家、山口瞳を再発見したのは自分だと中野さんはおっしゃっている。平成十二年四月一日に発行された『礼儀作法入門』（新潮社）の解説は山口瞳研究家という肩書で中野さんが書いているから、これはまんざら間違いではないだろう。

その後、中野さんは瞳のファンクラブである「瞳の会」を主催、不定期刊行物として「山口瞳通信」という小冊子を刊行された。

この小冊子には瞳ゆかりのかたたちや愛読者のエッセイが掲載され、資料としても有意義なものになっている。

「山口瞳通信」は八号まで刊を重ねたのだが、現在は刊行を休止状態のようである。「瞳の会」はいまでも年に二回程度、集まりを持っているという。

18『迷惑旅行』のころ（1976〜1977年）

読書や文学について、瞳は僕に、何をどう教えてくれたのだろうか。

幼少期に母が、僕に読み聞かせたものは、文学作品というよりは自然科学の本だった。もしかしたら、まがりなりにも理科系であった祖父の正雄が、初孫である僕に買い与えたものであったかもしれない。

「岩波の子どもの本」シリーズの『ちいさいおうち』『ちびくろ・さんぼ』『どうぶつ会議』『ふしぎなたいこ』などは与えられていたが、これはごく常識的な選択で、どこの家庭の児童も読んでいたのではないか。

ウォルト・ディズニーの『ダンボ』の絵本を読み聞かせ、そのあとでアニメーションになった「ダンボ」を観せる、などといういたずらめいたこともしたようだ。そのときの僕の昂奮ぶりは大変なものだったという。後年、まがりなりにも映画評論のようなことを生業《なりわい》にすることになったのは、こんな幼児期の体験があるからだろうか。

「ピノキオ」「白雪姫」「不思議の国のアリス」なども観ているが、一番印象に残っているのは、同時公開されていた、「ピノキオ」に出てくるコオロギのクリケットが講師になって初歩的な数学を教えるという教育アニメだった。これはやはり、自然科学の本を読み聞かせられていたためかもしれない。

フランス映画「赤い風船」やドイツ映画「エミールと探偵たち」も観ている。特に「赤い風船」は瞳がなんらかの宣伝に関わっていたのか、A4サイズのスチール写真のパネルを僕の勉強机の上に飾ってくれた。

西部劇の「OK牧場の決闘」、黒澤明の「隠し砦の三悪人」も親子三人で観にいったのではなかったか。

映画ではなく、読書の話だった。

瞳が僕に買い与えてくれたとはっきり記憶しているのは井伏鱒二訳の「ドリトル先生」シリーズ全巻セットだ。

ただし、僕に手渡すときに、「きれいな日本語の勉強になります」と、言いながら、「でも下訳がいいんだけどね」と付け足した。

いまも書架にある、この「ドリトル先生」シリーズの奥付を見たら、昭和三十六年刊となっている。小学校の五年生に対して、「下訳がいいんだけどね」もないものだが、いかにも瞳らしいとも思う。

通常、翻訳物に下訳の人がいることは内緒になっていると思う。それをなぜ、瞳が知っていたのか不思議に思っていたのだが、後年、この『ドリトル先生アフリカゆき』のあとがきを読んで疑問が氷解した。井伏自身が、〝井伏鱒二しるす〟として、下訳について書いていたのだ。

――この『ドリトル先生アフリカゆき』は、私ひとりの手でできたものではありません。石井桃子さんと協力でできたものであります。すなわち、石井さんの訳文を私が書きなおし、さらに石井さんが、こまかいまちがいをなおしたものです。（『ドリトル先生アフリカゆき』あとがき。岩波書店刊）

瞳は、このあとがきを読んだ上で購入し、僕に手渡したのだった。

石井桃子さんはいうまでもなく、『ノンちゃん雲に乗る』の作者で、『プー横丁にたった家』をはじめとする英文学、児童文学の翻訳者だ。

この「ドリトル先生」シリーズは幼少期からの自然科学に対する、僕の興味とも一致していた。そして、僕の文学に対する姿勢のバックボーンとなった。

その後、『少年少女世界文学全集』なども買い与えられて何作かは読んだが、積極的に読んだのは、イアン・フレミングの007シリーズやスパイものの連続テレビドラマ・シリーズのノベライゼーションなどに限られるようになっていった。

瞳は、そんな僕に、これといった書物を薦めることはなかったが、ある日、一冊の本を差し出して、「正介さん、鳥がすきでしょう。この本を読んだら」と言って、稲見一良さんの『ダック・コール』（早川書房刊）を机の上に置いた。

この作品は瞳が選考委員をしていた山本周五郎賞の、第四回受賞作品だった。一九九一年のことだ。

ミステリーと鳥の狩猟をからめた設定はいかにも僕好みで、これを読んで、少しでも文学に興味を持ってもらいたいという親心だったのだろうか。

高校を卒業し、演劇関係の仕事をしていた僕は、僕自身ですでにそれなりの読書歴と読書傾向があったので、瞳の思惑は、ややお門違いと感じていた。

山本周五郎や井伏鱒二が面白いとか、内田百閒の名前などは、しょっちゅう会話に出てきたので、読んでいたが、僕が成人してから瞳が薦めたのは、後にも先にも、この本一冊だったのではないか。

なお、この『ダック・コール』の見返しには、瞳自身によるメモが書かれている。

つまり、この単行本は山本周五郎賞の選考にあたって出版社から資料として渡された本なのだった。

ご存じのように、各文学賞では、選考にあたり各社の担当者が下読みをして数点にしぼり、そのあとで各選考委員に最終候補作品をあらかじめ渡す。事前に目を通しておくためだ。

瞳は直木賞、小説現代新人賞、講談社エッセイ賞、またこの山本賞の選考委員などを務めていたが、最終候補作品を読んで、見返しに選考会での発言のためと選後評のために、簡単な感想を書き留めることを常としていた。

我が家の書架には、下読みをして選考会に持参して、そのまま自宅に持ち帰った各賞の受賞作、候補作が数十冊残っている。

そのいずれにも、見返しに瞳の簡単な読後感想文が疑問点をふくめて書かれている。いまでは高名な作家となっていらっしゃるようなかたの候補作に、かなり辛辣な評が書かれているので、これは非公開かなあ。


一九七六年から一九七七年にかけて瞳は連載のほかは幾つかの短編小説をものしているが、一冊にまとまるような長編小説は書いていない。「男性自身シリーズ」やそのほかの小品を読んでみると、一九七九年の一月に出版される書き下ろし純文学小説『血族』の資料集めを進めているようである。

また、将棋界からゆっくりと遠ざかり、少しずつ競馬界に近づきつつあったのではないかと思われる節がある。

そんな中、一九七七年、「文學界」六月号に掲載された、「『事故のてんまつ』の顚末」は、瞳としてはかなり異色の作品となっている。

先に種明かし的に書いてしまえば、文芸評論家の臼井吉見さんが雑誌「展望」の五月号に、「事故のてんまつ」と題して川端康成先生の自殺について小説を書かれた。この文中に瞳が書いた川端先生に関するエッセイを引用されていた。

それについて読売新聞の社会部記者からコメントを求められる、というところから、瞳のエッセイというか書評らしきものが書き出されている。

その内容については本文にあたっていただきたい。ここでは作者の息子として知りえたことだけを書き添えておく。

冒頭の部分で瞳は、次のように書いている。

――四月九日、土曜日の午後十時過ぎに、読売新聞社から電話が掛ってきた。何か事件が起ったに違いない。私は、ある事情があって、去年の秋から、新聞社にかぎらず、電話の取材にはいっさい応じないことにしているのだけれど、話だけは聞いてみようと思って、受話器を取った。（それ以前は、編集者あがりの小説家ということもあって、マスコミの取材には協力的であったのだが）

話が逸れるが、この、電話取材を受けないことにした理由について、思いあたる節がある。

「去年の秋から」としているから、時期は一九七六年だったのだろう。そのときの相手というのが、新聞であったか週刊誌であったか記憶にない。

それはそれとして、瞳が電話取材を受け付けないことにした理由になった電話取材というのは、瞳もよく知る将棋の棋士のかたの消息についての問い合わせだった。闘病中である、そのかたについて何か知っていることはないかというようなことだったのだと思う。

その取材のなかで、瞳は、そのかたは現在、ガンで闘病中だと言ってしまった。瞳としては、これはオフレコに属することだと、暗に指摘したつもりであったようだ。しかし、この発言は一種のトクダネとして、そのまま掲載された。

そして、その記事を闘病中のご本人が読まれて、おれはガンなのか、と驚かれた。

当時は、いまと違ってガンの告知はよほどのことがない限り、当人にはされないものだった。現に瞳も一九九五年の八月三十日に肺ガンで亡くなるのだが、最後までガンの告知は行われなかった。

そういう時代に、このかたは自分がガンであることを、こともあろうに紙面で知ってしまったのだ。

このことが死期を早めたとも伝えられたし、ご家族からも厳重抗議を受けた。

例によって、瞳は自分の軽率を恥じるばかりだった。そして、もっとしっかりと口止めするのだったと後悔していた。

そうして、瞳は、これ以降、新聞などの電話取材には一切応じないことにしたのだった。

臼井さんの小説に関しての電話取材に際して、記者がどの程度、その内容を知っているのかということや、どういうことを書くつもりなのか、何度も念を押しているのは、このことがあったからだ。

そして、その読売新聞の記者が、まだその小説を読んでいないことを知ると、あきれて見せた。

その一方で、この記者が、大変丁寧であったことにも触れている。記者はさっそく臼井さんの作品を探し出して読み終え、再度、電話を掛けてきた。

このことの〝顚末〟については本文に譲るとして、このエッセイの中に僕がほんの少しばかり登場する場面について書きたい。

——四月十日の朝、駅まで行って、読売新聞を買ってきた。書店で「展望」五月号を買った。昼過ぎに、都心に住んでいる息子が郵便物の束を持ってきた。そのなかに臼井さんの手紙があった。息子は、大事な手紙であれば開封し、必要があれば電話で中身を知らせることになっている。

「バカだなあ。臼井吉見をしらないのか」

私は、久しぶりに息子を叱った。

臼井さんの手紙は、私の文章を引用したことについての鄭重な断り状だった。三月三十一日付になっているので、これは事後承諾ということになる。(「『事故のてんまつ』の顚末」)

まず、瞳が駅まで読売新聞を買いに行ったということは、読売新聞の定期購読をしていなかったということになる。これは、まがりなりにもジャーナリストでもある作家が、と不思議に思われるのではないか。

実は、以前にも少し触れたが、この時期、僕が下宿していた三田の東急アパートを、瞳は本格的に仕事場として活用しようとしていた。

したがって、定期購読している新聞、週刊誌、また献呈本の送り先、および各種の郵便物の宛て先は、すべて、このアパートの住所となっていたのだ。

三田のアパートは事務所、と決めてしまうと、すべての郵便物は事務所宛、と即決してしまうのが、いかにも瞳らしいところだ。こんなところも、瞳独特の、ある種の〝軽率〟だと思う。新聞など両方の住所で購読してもよかったし、私信は国立宛のほうがよかっただろう。

僕は、三田のアパートに配達される朝日新聞、毎日新聞、読売新聞と東京新聞の各新聞紙、出版社から送られてくる数種類の週刊誌と月刊文芸誌をありがたく拝読し、献呈本は開封して書架に収めていた。

しかし、手紙に関しては、両親宛のものを開封するという習慣はなかった。葉書でも読んだりしていない。

したがって、〝大事な手紙であれば開封し、必要とあれば電話で中身を知らせることになっている〟というのは瞳の思い違いか、文章の綾であろう。

そもそも、私ごときに、そんな重要な仕事をまかせるはずがないのだ。僕は、これは瞳の苦肉の策だったのではないかと思っている。

その日付から臼井さんの手紙は事後承諾を求めるものであったからよかったものの、もしも引用の許諾を求めるものだったら、大変なことになっていただろう。

いずれにしても、ただちに返信しなければならないことだった。返事の手紙なり電話なりをしなかったというのは瞳にとって大問題だ。そこで、ここは、不出来な伜の不行き届きということでお許し願おう、ということだったのだろう。

文中にもあるように、両親宛の私信は、ひとまとめにして定期的に、あるいはついでのあるときに国立の「変奇館」まで届けていたが、このシステムは、はなはだ効率の悪いものだった。

第一、仕事場と都心での宿泊施設として用意したアパートの部屋は、当初の目論見とはほど遠く、ほとんど使われていなかった。

借りていた期間は六、七年と短いものだが、頻繁に利用したのは、『血族』の執筆期間で、「変奇館」の増改築にともなって自然消滅した。

この三月三十一日付の手紙を、僕経由で受け取ったのが四月十日なのだから、少なくとも、その十日間ほどは、三田のアパートに来ていなかったことの証左となるだろう。

時間軸を検証してみると、瞳は読売新聞の掲載記事を読み、当該作品を読み、その直後に、この「『事故のてんまつ』の顛末」を執筆したことになる。そして、それを出版社に持ち込んだのだろう。

その内容は、臼井さんの引用に不確かな点があるということ、それに川端さんの人となりを臼井さんがわかっていないという、瞳としてはややキツイ言葉を使った抗議になっている。

通常は、中間小説誌に連載の紀行文やエッセイを書いている瞳にとって、書き下ろした文章を出版社に、まして純文学系の文芸誌に掲載してくれと持ち込むのは、かなり異例のことだったのではないだろうか。

瞳は論争を呼びそうな文章を書いて、純文学の雑誌である「文學界」をその発表の舞台に選んだ。そのころまでに瞳は、この「文學界」には、短い追悼文と短編小説を一編しか載せていないのだ。

それゆえか、その文章はいつになく気負っているように思える。しかし、この文章から瞳の文学観、あるいは文壇に対する考え方がよくわかるような気がする。

瞳にとって、文壇は自分のような、世間からのはみ出し者を温かく迎えてくれた場所であった。色川武大さんに、「僕たちのような者でも迎え入れてくれる居場所として、文壇があって本当によかったね」というようなことを話しているのを聴いたことがある。色川さんも、その言葉を聴いて、温厚な笑みを浮かべて、賛意を表していた。

その文壇の中で、川端さんが政治的に動いていたと思わせるような臼井さんの文章には納得がいかなかったのだ。

なお、この臼井吉見さんの『事故のてんまつ』は、瞳の文章を不完全な形で引用したということとは別に、登場人物の背景を巡り、その設定自体に、大変深刻な誤解を招く問題があり、川端さんの遺族やモデルのかたからの抗議により絶版となった。その後、文庫として出版されたが、現在は品切れになっているようだ。

いずれにしても、この瞳のかなり辛辣な書評というか疑問を投げかけた文章を臼井さんは読まれたのだろうか。そして、それに対する、何らかの反応はあったのだろうか。

19『血族』のころ（1978年）

去年（二〇一七年）の暮れ、古くからの友人である、女優の余貴美子さんから僕の携帯電話にメールがきた。

彼女がナレーションを担当しているNHKの「ファミリーヒストリー」という番組で落語家の桂歌丸さんを取り上げるのだが、その中に山口瞳の小説『血族』から数行を朗読するため、目下、下読みをしている、とのことだった（二〇一七年一二月二十日放映）。のちに書くことになるが、この番組を見て、瞳の取材と、NHKの取材の違いに驚かされた。

歌丸さんの実家は横浜の真金町遊廓の中にあったのだが、彼の祖母は、若いころ、横須賀の柏木田遊廓で働いていたらしく、その関係で瞳の『血族』の該当部分が取り上げられたということだった。

瞳の母の実家は柏木田遊廓の藤松楼だった。歌丸さんの祖母のタネは明治二十八年、十六歳のとき、同じ柏木田の若葉楼に、おそらくは帳場の下働きの仕事をするために、四日市から出てきたという。その後、結婚して明治四十年ごろ吉原で東屋という引手茶屋を始める。

ところが、関東大震災で吉原は壊滅状態になり、横浜の真金町に移り、当初は娼妓の周旋業をしていたが、昭和六年、富士楼を開業し、昭和二十七年まで営業していた。震災にあった遊廓関係者の多くが吉原から、復興が早かったという横浜の真金町に引っ越したらしい。

つまり、タネは明治二十八年から十余年を柏木田で過ごしたことになる。瞳の母、静子の祖母、ヱイを見知っていたかもしれない。タネは真金町三大ばばあと呼ばれ、女傑であったという。遊廓でバクチを打つ客をどやしつけ、あの可哀相な娘たちのお蔭で商売がなりたっているのだと、娼妓に食事を出したと伝えられている。まるで瞳が書くヱイの評判と瓜ふたつだ。娼妓が日常、食べることが許されているのは、客の残した食べ物だけだ。だから客がつかないと食事にありつけないということになる。きちんと娼妓にも飲食を提供する経営者は、それだけで尊敬を集めることになるのだ。

瞳は一九七九年一月十五日、書き下ろし長篇小説『血族』を上梓した。

同人誌「尖塔」に掲載された処女作ともいえる、「愛別離」や、没になり、長く日の目を見なかった「履歴」以来、「江分利満」にいたるまで、瞳が書き続けようとしてきたのは、自分の出生の秘密に関することであった。

自分の出生の秘密の第一歩は、母親の静子が、なぜ一年近くずらして、瞳の出生届を提出したのかということから始まる。

それは自らの生まれを探るものであると同時に、母の秘密に迫ることを余儀なくされる行為でもあった。ここに瞳の迷いがあった。

『血族』でも「知りたいという気持と、知りたくないという気持が常に交叉していた」とある。しかし、残された時間はないのである。母の生まれ育ちを知っている人が、ほとんど物故していて、生存している人も、いつ亡くなるとも知れなかったからだ。

その一方で、瞳が自分の出生の秘密と、母の出自について、まんざら知らなかったわけではない。そのことを、『江分利満氏の優雅な生活』や、『巷説天保水滸伝』などで取り上げていたからだ。

しかし、確信はなかったのだろう。そして、そのことを、あまり深く知りたくないという気持ちがあったようだ。

『山口瞳電子全集』の第十回配信に収録されたエッセイ「空想　ご先祖さま」（発表誌紙不明）という題名のエッセイで、瞳は、先祖は天保水滸伝に出てくる飯岡一家の三ン下で十手捕り縄と女郎屋の二足の草鞋であったと書いている。これは一九六四年のことだ。

ということは、そのときには母方の家業について、多少のことは知っていたことになる。

ただし、このときの書き方をみると、せいぜい、先祖は二足の草鞋で粋だね、という程度の認識だったようだ。歌舞伎に登場する、花川戸の助六か幡随院長兵衛あたりと似たようなものだと思っていたのだろうか。

『血族』は瞳の作品群の中において、かなり特殊な位置をしめていると思う。

そもそも、瞳は、その直木賞受賞作である『江分利満氏の優雅な生活』でもそうだったが、小説とエッセイをない交ぜにしたような作風であった。

授賞式のあとで行われた記者会見で瞳は、おおむね、次のように語っている。

「小説の仕事は終わったと思います。これからは小説とエッセイとノンフィクションをまぜたようなものが、かろうじて作品として成立するのではないかと思います」

まあ、若気の至りというか大言壮語というか、思い切ったことを言ったものだと思うが、その後もこの宣言に則した作風で書き続けてきたことは、ご存じの通りだ。

そして、その集大成ともいえるのが、『血族』なのだが、執筆にあたって、何度も何度も逡巡している。

この作品は、実母の生まれ育ちを調べるという、ノンフィクションの体裁をとっている。

すなわち、小説もエッセイも入り込む余地がない状態で書き出したともいえる。

つまり、自家薬籠中ともいえる「三位一体」を、あらかじめ封じてしまってから、始めたようなものである。

これまでは小説仕立てで、その実、実話やエッセイ風の筆者の感想を織りまぜて作品に編み上げてきたのだが、この『血族』では最初から、実話です、小説ではありません、と、読者だけではなく、自分自身にも言い聞かせている。だから、当意即妙のエッセイ風な洒落た物言いも影をひそめているようだ。

したがって、文体そのものが、瞳らしくない。

たとえば、前半部分の終りの数行。

——これが、私の血縁の者の概略《あらまし》である。

これが、チャプター26の最後の一行。そして、それに続いて、次の27の冒頭。

——私は、ここまで、少しも自分を偽ることなく、事実を、ありのままに書いてきた。すべて、実際にあった出来事であり、自分の心理を分析するときにも、つとめて冷静に、第三者の目で見るようにしてきた。そうでないと、こういう種類の文章は、意味をなさなくなり、土台が崩れてしまう。

しかし、文章を書く都合上で、伏せておかなければならないこともあった。これは致し方のないことである。（『血族』チャプター27）

瞳の読者ならば、この数行に違和感を覚えるのではないか。そんなことは先刻御承知で書いていたのが瞳ではなかったか。

確かに、そこに私情を挟んできたのが瞳であり、心理の分析などしないで単刀直入の物言いが取り柄だった。文体も普段とは少し違っていて、ドキュメンタリー・タッチというか、やや客観的な立場から書いている、という味わいになっている。

だからこそ、僕は、この『血族』において、瞳は手足を縛って水に飛び込むようなことをしたのではないかと思っているのだ。

続いて瞳は、「とはいうものの、うすうすは母の実家について知っていた」と書いている。それは僕も子供のころから知っていたようなたぐいのことだ。

おばあちゃんは赤ん坊のときに、投宿していた清水の次郎長に抱っこされたことがあるのよ、などということだ。このおばあちゃんというのは、次郎長の没年から考えると、瞳の母の静子の祖母であるヱイのことだろう。

これを誰から聞いたか忘れたが、いずれにしても、祖母の実家は旅籠《はたご》か旅館か料亭か、はたまた遊廓であったかぐらいは、僕たちの世代の親戚も知っていたのだし、先祖は十手捕り縄の二足の草鞋、というような話も聞いていた。

また、瞳は、前段を書くにあたって意識的に隠していたこともあると正直に書いている。

小説的などんでん返しや起承転結のために種明かしをしなかったというのだが、それを正直に書いているのも、瞳らしい。

すでに取材を終えてから執筆に取りかかっているのだ。また、この意識的な記憶の改竄《かいざん》により、瞳の当初の思惑とは異なり、『血族』はドキュメンタリーというより、まごうかたなき小説になっているのではないかというのが、僕の読後感だ。

ドキュメンタリー風のノンフィクションの体裁で書き始められた『血族』だが、刊行された単行本の帯に書かれた惹句では、著者初の〝純文学書き下ろし作品〟としてあるが、まさにそういう作品になったのである。

この小説の一番の眼目は、自分の生年月日が十一月三日ではなく、一月十九日であったということだ。

そのことをこれまでも、何度か書いてきている。しかし、そのことの、もうひとつの重要性に瞳は気がついていないのだろうか、と僕は不思議に思っていた。

つまり、生年月日が一年近くズレることによって、瞳の軍隊生活は二カ月という短いものになった。軍隊自体、たった二カ月でも、瞳に与えられた精神的なショックは計り知れない。

だが、もしも誕生日が正確に届けられていたら、瞳は一年ばかり早く召集を受けることになったかもしれない。

それによって外地に派遣されたり、最後の特攻部隊に配属されたかもしれない。

しかし、腹違いの兄の出現により、召集は一年近く猶予され、甲府の部隊に配属されたあと、米子に展開することとなった。激しい空爆は受けたものの、正規の戦闘には加わっていない。そこで命拾いしたのかもしれない。

そのことに、瞳が気づいていないのではないかと、僕は感じていたのだ。腹違いの兄の存在が持ち込んだ家族間の不幸と、そのことによって命を長らえたという負い目がアンビバレンツな感情を生まなかったのだろうか。

僕ならば、これはひとりの小説家が一生を費やして書いてもいい、大テーマだと思う。しかし、瞳は、まるでそんなことはなかったか、知らなかったように触れようとしてこなかった。

ところが、この『血族』の最後のあたりで、あいかわらずそっけなく、あっさりとだが、そのことに触れている。瞳もまんざらわかっていなかったわけではないのだ。

ただ、あの兄に対して、「お兄さんのお蔭で助かりました」と素直に言えなかったのではないか。そして素直に言えないようなことは、書かないのが瞳流の文章だった。

——私の軍隊生活は二カ月である。これは、本来は一年二カ月となるべきところだった。すると、戦死の可能性が、ずっと濃くなってくる。兄は、その意味で、命の恩人という考えかたも成り立つのである。

はっきり言って、こんなことを考えなければならないというのは、私にとって、はなはだ迷

惑である。（『血族』チャプター46）

どうも、瞳の屈折は尋常なものではないようだ。

瞳は、すでに死ぬ覚悟ができていた。それを生年月日の関係から、入隊が遅れたため、死に損ない、むざむざ生き恥をさらすことになり、戦後は脱け殻のようになっていた。そんなことだから、兄に対する思いは複雑だったが、その死に際しては、思いがけず涙を流している。

『血族』を執筆するために、瞳が自ら〝カンヅメ〟になったホテルは、当時、新橋演舞場近くにあった銀座東急ホテルだと大村彦次郎さんからご指摘いただいた。大村さんは何度か陣中見舞いに行ったとおっしゃっていた。

そして、母の治子と僕は三田の東急アパートで待機していた。

三田の聖坂の半ばほどにあり、坂の下には、祖母の静子が贔屓にしていた和菓子の大坂屋がある。

まだ麻布の二の橋と三の橋のちょうど中間あたりの都電の通る道に面した家に住んでいたころ、静子は僕を連れて、よくこの大坂屋まで歩いた。当時は店内の一角に椅子と机があり、茶菓を供せられた。この店の織部饅頭は静子の発案になるものだ。

また、四の橋まで行けば、戦前、山口家が下の屋敷といっていた檜舞台がある家や、そこから坂を上がれば、上の屋敷と呼んでいた家にいたる。

瞳が故郷に執着するようなことはなかったが、『血族』を書くにあたって、指呼の間に作品の舞台があるということは、なんらかの助けになったのではないか。

『世相講談』の「旅の終り」を読んで、ちょっと驚いた。「旅の終り」は、老人ホームの入居者の話なのだが、ここで登場するのは、例の、ばあばあその人である。

僕が、瞳の著作は、処女作から、いずれは、『血族』『家族』に連なる自分史を書き続けたものなのだと書くのは、この「旅の終り」があるからでもある。

「旅の終り」では、小説家の私が、かつて同居していた老婦人を、妻子を連れて老人ホームに訪ね、その直後にひとりで再訪して、もう少し詳しいことを訊き出す、という設定だ。

ばあばあが老人ホームに入ったのは、昭和三十年の五月だったと明記されている。僕は、祖母の静子が死んだ当日までは一緒だったと思っていたのだが、それは記憶違いであったようだ。そのとき、瞳一家も家を出たと書かれている。僕が幼稚園をいったん中途退園して、親子三人が本郷動坂に一時転居していたのと軌を一にする。そうか、あのとき、僕はばあばあと別れたのか。

祖母が亡くなった直後、泣きじゃくる僕をあやしてくれたのはばあばあだとばかり思っていたのだが、それでは、あれは母の治子だったのか。僕には叱られた記憶はみんな母からで、やさしくしてもらったのはすべてばあばあからだったと記憶する癖がついているようだ。

つまり、『血族』の取材はこのころから、すでに始まっていたのだ。そして、このときのばあばあが語った自分の経歴はすべて嘘だったことが、『血族』の取材を通してわかってくる。それは僕にとっても衝撃だった。自分に子供がいないものだから、僕を実の両親以上に可愛がってくれた、ばあばあ。その彼女は僕にまで嘘をついていたのだろうか。

麻布にいたころ、僕はばあばあの家系図を書こうと試みたことがある。いまでも、どの部屋でふたりで床に座って、どんな紙に書いたかまで覚えている。それは罫線が入ったノートの切れ端だった。

当時、わが家は何度も書くように大家族で、僕と両親、祖父母、伯父夫婦、叔父一家三人、それに叔父の共同経営者のKさんなど。瞳の下の妹も嫁入り前まで同居していた。そして、ばあばあとじいじい。

僕はたぶん、最初に山口のほうの家系図を書いたのだと思う。そして、それを元にして、ばあばあの家系を書き足せば、すべてが揃うと判断したのだ。

僕は、そのころ、親子三人の部屋になっていた別棟の座敷にしゃがみ込んでばあばあに訊いた。子供はいないの、と。

ばあばあは、ため息まじりに、死んじゃったねえ、と答えた。この時点で、僕はシマッタと思った。しかし、あとの祭り、話を続けるほかなかった。

じいじとばあばを○と△で書いたか。線をひっぱり、ふたりの親を表記した。ばあばあは、このとき、彼らがどこの誰だか、名前を上げて、職業も教えてくれた。

家系図に示された○と△が二十を超えようとしたときに、僕はもうひとつの事実に気がついて愕然とした。ばあばあは、僕の親戚じゃない。

なぜか、不思議な怒りに近い感情が沸き起こってきて、僕は憤然と席を立った。「もういいよ。知らないよ」というような捨てぜりふを吐いたかもしれない。

あのときも、ばあばあは、ちいさな身体を一層、ちいさくして部屋に取り残されたのではなかったか。

後年、何かの折に、父にこのことを話すと、「おい。正介さん。その紙はとってないのか」と言った。ばあばあが老人ホームに入る前ならば、僕は五歳に満たず、その後、ばあばあが老人ホームから遊びに来たときだとしても、僕は九歳以上ではありえない。そんなときの落書きのような紙切れが残っているわけはなかった。たぶん、座敷に残ったばあばあの前に置きっぱなしになっていたはずだ。

ともかく、ばあばあとじいじいが、山口家の親族でないことを、もっとも早くから知っていたのは、僕だったということになる。

「旅の終り」を読めば、瞳が静子の実家やばあばあとの関係を取材したことがわかる。このとき、ばあばあは言を左右して真実を語らなかった。

それほどまでに頑なに守ってきた秘密だ。同居して、それとなく言質《げんち》を取られたら、取り返しがつかないことになると思ったのか。瞳も治子も、そして僕も、何度も繰り返し、ばあばあに国立の家で、一緒に暮らそうよと持ちかけた。しかし、そのたびに、なんだかんだと言って断られたのだ。

すでに成人しようとしている僕に対しても嘘をつかなければならない。いや、すでに麻布にいたころ、僕には真実を話している。それをもしも僕が覚えていて、あのときと違うじゃないか、などと言い出したら。

何もなければ、どれほど一緒に暮らしたいと思ったことだろうか。

あるいは、瞳が「旅の終り」で書くように、ばあばあこと、小久保ハルは、老人ホームにおいて、ついに、誰憚ることのない、安穏な生活を手に入れたのだろうか。それは幸せな老後であったと信じたい。

瞳と治子の結納の席で、紋付き黒留袖の正装に威儀を正した、治子の母のさわが、瞳の父の正雄に対して、「元を辿れば、神職にいたり、決して怪しいものではありません…」と、杓子定規な口上を述べると、正雄が間髪をいれず、「瞳が好きだと言うのならば、中国人だろうと何だろうと、私どもに異存はありません」と答えた。

それを聞いて、さわは平蜘蛛のように這いつくばって頭を下げたという。

ご存じのように瞳と治子は恋愛結婚である。硬い一方で知られたさわにしてみれば、どこの馬の骨ともつかない相手ではないという言い訳めいた挨拶が必要だったのだろう。

僕は治子から聞いた、この話が好きだった。

治子は、だから、おじいちゃんがどんなでたらめをしても、あたしは最後まで面倒をみると言っていた。

瞳の著作を読めばわかるように、正雄は希代の詐話師で人たらしであった。この程度の応対はお茶の子さいさいであっただろう。

それを割り引いたとしても、この言葉は、おいそれと出るものではない。だから僕も覚えていたのだ。この正雄の態度は、僕の誇りでもあった。

瞳が、『血族』を執筆し、それを読んでからしばらく経って、ある厳粛な事実に思いあたり、僕は慄然とした。

この結納の席には、治子から聞いたり、文章にしたのではわかりにくい、もうひとり、重要な登場人物がいた。結納に立ち会ったのは、瞳と治子、正雄とさわ、そして…。

それが、その日の座敷の映像を思い描くと、あぶり出しの絵のように浮かんでくる。それは瞳の母の静子であった。婿の母が、結納の席に同席していないわけがない。

『血族』を読んで、あらためて、この正雄の言葉を思い出すと、そこには、まったく別の顔が見えてくる。

「中国人だろうと黒人だろうと、好きになったのならば…」

この言葉は、正雄が、彼のかたわらに座っていたであろう、静子に聞かせるためのものではなかったか。遊廓に生まれ妻子ある男と駆け落ちした静子に。

『血族』の作中に、学校の話が出てくる。柏木田の子供が、登下校できなかったというのだが、小学校に行けなかったということはない。文中にみんなは、ほぼ隣接している鶴久保小学校に通っていたとしている。

子供たちに禁止されていたのは、登下校時に大門をくぐることと、表から家に入ることだった。

それはそうだろう、これから登楼しようという遊興客のかたわらを学校帰りの子供たちが通りすぎたりしたら、興ざめで営業妨害だろう。まあ、その程度のことであったと思われる。おおむね、この手の話はオーバーに伝えられるものだ。

なお、静子自身は、他所に寄留していたと伝えられているが、当時の女子はめったにしなかったという進学のためだろう。

ふと思いついて、パソコンのグーグル・アースを呼び出し、瞳が横須賀で柏木田を探す際にタクシーを降りた場所を検索してみた。そして、瞳の文章に従い、ストリート・ビューを操作すると、あっけなく柏木田の跡地にたどり着いた。

その間、ものの三十秒だっただろうか。僕は、あのとき瞳が見た、祖母の静子が生まれ育った場所に、同じように立ち尽くしていた。

パソコンの画面上ではあるが、僕は父が歩いたように、柏木田を何度も往復した。作中にあった白茶けた埃っぽい、やけに道幅が広いその場所に往時を忍ばせるようなものはなかった。瞳の取材時にはあったという大門の遺構であるらしい石柱も、見返り柳もなくなっているのか、確認できなかった。

もしやと思い、地名検索欄に真金町と打ち込んでみる。こちらもすぐにそれとわかる特徴的な町並みがストリートビューに現れた。

NHKの「ファミリーヒストリー」で、当時の遊廓の建物で、ただ一軒、そのころのまま残っているという建物も確認できた。ただし、NHKの放送では、はっきりと遊廓と刻まれた石柱はボカシがかけられている。このあたりがテレビとインターネットの判断基準の違いだろうか。

柏木田の取材において、瞳はほとんど収穫を得られないままに終わっている。かすかに実母の生家の前に立ち尽くし、そこから何かを感じ取ろうとするのだが、果たせないでいるようだ。一方の真金町は、かつての楼主の子孫がインタビューに応じ、娼妓の髪を結ったという理容店の主人も思い出話をしている。

しょっちゅう女性の髪を扱っている理容師に取材するというところが、さすがにＮＨＫだ。瞳は横須賀で、写真館の主人に取材しているが、写真はよほどのときに、限られた人が撮影するものだろう。

真金町では、さすがにご当主の姿は映らなかったが、現存する遊廓の建物の中も撮影されていた。案内の人が、この廊下のたたきは油石《あぶらいし》というものです、と説明していた。それを見て、僕はあっと声を上げそうになった。僕の生家でもある麻布の家の玄関の意匠がまさしくそれと同じものだったからだ。

麻布の家では、正面玄関の引き戸を開けると、広い油石のたたきがあり、左手に作り付けの下駄箱があり、その上半分が引き戸になって中が覗けるというか、内部からは来客を確認できるようになっていた。これは、遊廓の張見世《はりみせ》の設《しつら》えと同じではないか。もっとも、麻布の家の引き戸を開けても娼妓がいるわけではなく、広い応接間になっているだけなのだが。

それはともかくとして、ＮＨＫの取材力には驚かされる。毎回、ナレーションを担当している余貴美子さんも、ＮＨＫはすごいよ、なんでも調べちゃうから、と言っていた。瞳にＮＨＫのような組織的な取材力はない。というよりも、この母の実家を探すことを、何度も逡巡している。知りたくもあり、知りたくもないというアンビバレンツな気持ちに支配されている。

だから、やっとたどり着いた柏木田で、昔を知っているという老人を自宅に訪ね、障子の後ろに本人がいるのがわかっているのに、家人が、「やはり考え直して、お話はしたくないと言ってます」と言われると、半ばはがっかりしたものの、その実、これでよかったのかもしれないと思うのだった。

戸籍簿の閲覧においても、直系の子孫以外は閲覧禁止になったと言われると、それで諦めてしまう。

NHKのほうは、駄目でした、では上司が許してくれないのだろう。戸籍簿が駄目ならば、当時の土地台帳や電話帳にあたるという調査をしている。また、大学に遊廓研究の教授がいると知ると、そちらからも、吉原や真金町の平面図を入手している。

また、遠い親族をあたると古い戸籍の写しなどが残っていて、それを見せてもらったりしている。

瞳が話を聞くことができたのは、かつて娼妓だったのではないかと思われる老婆と、遊廓の用心棒か何かをしていた老人夫婦のみのようだ。いずれも、当時の本当の職種などは判然としない。瞳なりに、なんとなくそうなのではないかと推測するばかりだ。

だいたい、調べて書くということ自体を、瞳は苦手としているのだ。

書物を読んでも、その人物なり出来事なりを、自分なりに具体的に感じることができない。本当に自分自身で体験したことでなければ、そこから何かを想像して発展させるというような文章が書けないのだ。だから、時代小説などは苦手なほうだった。

『天保水滸伝』に何度も挑戦していたが、どうしても、自分自身で納得がいく作品を仕上げることができなかった。

そういえば、瞳は、母の実家の菩提寺である妙栄寺の取材にも失敗している。取材を申し込んだ住職と折り合いが悪かったというか、反りが合わなかったようだ。けんもほろろの応対だったという。

いきなり乗り込んでいって、過去帳を見せろなどと言ったのではないだろうが、それに近いようなことで、住職のほうでも臍をまげてしまったらしい。

実家の先祖を埋葬した墓石などを確認し、同じ区画の中に遊廓関係者を思わせる色ッぽい戒名を見つけた。ところが、あらためて取材のため訪れると、こうした遊廓の従業員の菩提を弔ったとおぼしき墓石はすべて撤去されていたという。

こういうときに、これは駄目だと引き下がるのが瞳の性分だ。

そもそも、土足で人の気持ちにずかずかと立ち入るようなことを一番嫌っていた。それが、母も隠していた実家の成り立ちの取材をしなければならないというのだから、大変な重圧であったであろうことは、容易に想像できる。

かつてどなたかがおっしゃっていたのだが、テレビ局から出演依頼がきて、断ると、「えっ、テレビですよ」と驚かれるということだった。

ともかく、テレビならば、誰でも喜んで出演するが、活字の取材だと頑なになり、怖じ気づている。

てしまうようなところがあったらしい。

現に元は柏木田にいたと思われる老女は、取材に立ち寄った瞳に対して、「あんた、週刊誌の人？　週刊誌はあることないことなんでも書いちゃうから、嫌だよ」というような発言をしてい

総じて真金町の人々は町の歴史を保存しようとしているのに対し、横須賀では柏木田の記憶を関係者が消去しようとしているように思える。

これは取材時の時代が違うということと、媒体の違いであるかもしれない。

瞳は自分自身の出生の秘密から母親の生家を探すというノンフィクションの体裁をとりながら、実のところ、その迷宮の前で立ち尽くす作家を描くという、いままで通りのスタイルを踏襲しているのではないか。

だからこそ、この『血族』はノンフィクションでもドキュメンタリーでもなく、純文学書き下ろし作品なのだろう。

そうした観点から見ると、純然たるノンフィクションでありリサーチのテレビ番組である「ファミリーヒストリー」との取材に対する違いが見えてくる。

瞳はあくまでも、迷宮の入り口がわからず、やっとたどり着くとドアが開かない、という徒労を描いていく。油照りする砂ぼこり舞う、人気の絶えた路上の自分の姿を強調する。

それもあってだろうか、「ファミリーヒストリー」ならば、見逃さなかったような点を、あ

えて気がつかないふりをして通りすぎようとする。

たとえば、静子の祖母であるヱイが養女であったことを、さりげなく書いている。そして、その夫である藤造は婿養子であったと、これもあっさりと書いている。

ということは、十手捕り縄で二足の草鞋だった、松坂屋仙造と血縁関係にはなかったことになる。出自をたどる、『血族』の血の繋がりというメイン・テーマは破綻しているのだ。

ヱイは中島飛行機の創業者であった中島知久平のイトコであったと、『血族』では明記されている。『血族』では、一頁を割いて取り上げているが、こちらの系図を、それ以上たどることはなかった。NHKならば、見逃さないところだろう。

中島知久平は生涯、妻帯せず、身のまわりの世話をする女性との間にできた、ふたりの子供は認知したという。そちらのほうが、よほど『血族』らしい振る舞いだ。とはいうものの、明治、大正から昭和初期の企業人というのは、いずれもそうしたものだったのではないだろうか。

瞳の母の従弟にあたる勇太郎が中島家に借金をしに行かされたころ、知久平は社長を弟に譲って退き、政界に軸足を移している。


瞳が、『血族』のための取材を本格的に始めたころ、僕は三田のアパートにいて、行きつけの喫茶店で知り合った慶應義塾大学の学生たちとも親しくしていた。

その中に三浦半島で手広く書店チェーンを展開している社長の跡取りがいて、ちょうどそのころ、大学を卒業して家業を継いでいた。家は馬堀海岸だという。

彼ならば郷土史家などを知っているのではないかと、瞳に紹介しようとしたところ、「余計なことはしないでください」とにべもなく一蹴された。

『血族』の作中、瞳は、「母のことは、他人の手を借りずに、自分で調べてみたいと思っていた」と明記している。

ここに、遊廓を研究していたかたに取材しなかったり、外部の取材記者を使ったりしなかった理由があるのだろう。

いま、『血族』を通読して感じるのは、瞳はなにもすべてを明るみに出したいと思っていたのではないということだ。

迷宮の扉が開き、すべてが白日の下にさらされたら、ドキュメンタリーかノンフィクションになってしまう。瞳の目的は、あくまでも母についての小説を書くことだった。

同じことが、藤松楼がいつ廃業したか、具体的な資料を見つけていないことにもいえる。娼妓の廃業は、『血族』の中にも幾つか引用されているのに、肝心の遊廓を廃業した日付がない。

かすかにわかるのは、関東大震災のあと、藤松楼の敷地は更地になっていて相撲の地方巡業がそこで行われたという証言だ。

おそらくは、再建されることなく廃業したのだろう。ヱイも大震災の五年後、昭和三年に七十八歳で亡くなっている。

横須賀や浦賀の人は、大震災の被害は大したことがなかったという。誰に聞いても、家が多少、傾いた程度で大丈夫だったと言う。

しかし、それは本当だろうか。横須賀市では全戸数一万六千あまりのうち、焼失が四千七百戸、全壊が七千二百戸あまりで、無傷だったのは十パーセントほどだったという。死者も約七百人を数える。

横須賀には陸海軍の基地があり、兵隊が、突貫工事で復旧のために働き、あっという間に再建されたという事情があった。物資も軍隊から潤沢な供給を受けられた。

それを、大被害を受けて復旧が手つかずになっている東京に遠慮して、大したことはなかったということにしているのではないかと思う。

こうした事情は横浜も同じであったらしい。歌丸さんの祖母であった椎名タネも、横浜の真金町に移り、昭和六年に富士楼を開業する。これは、吉原に比べて真金町の復興が早かったからと説明されている。なお、富士楼は昭和二十七年に廃業している。

静子の父親である豊太郎は、瞳がポータロウさんという綽名で呼ぶような、瞳に言わせると廃人同様の人間であったという。

しかし、静子をはじめとして四人の子供が誕生している。これは少しおかしいのではないかと思うのだが、瞳はそれに対する答を書いていない。

僕の想像だと、髪結いの亭主ではないが、遊廓の経営は女将にまかせ、本人は生涯、何もしないでも暮らしていけるご身分だったのではないか。

それだけでも、相当な胆力がないと、人間的に駄目な人になってしまう。そして、関東大震災に際して、その収入源であった遊廓が更地になってしまったとき、ただでさえ精神的に弱いところがあったであろう豊太郎は大変な衝撃を受けたのではないだろうか。

わずかに瞳が書き残している豊太郎の症状というか人柄の描写を読むと、僕は震災後は、ある種のＰＴＳＤ（心的外傷後ストレス障害）だったのではないかと思う。

瞳の妹たちは、『血族』が刊行されたあとで、先祖が遊廓だということはうっすらと知っていたからいいけど、あの大好きなお兄さんが腹違いだったなんて知りたくなかったと、瞳に直接言えないので、嫁の治子を難詰した。

治子は小姑たちからの抗議の矢面となった。そんな軋轢《あつれき》もあり、このころ体調が最悪で家から出られないほどだったと、瞳の死後、数年経ってから、僕に教えてくれた。

確かに先祖のことを書いたのは、瞳にも負い目があった。「江分利満」などでも書いてきたが、これまでは小説でありフィクションであるということになっていた。しかし、『血族』は本人が、すべて本当ですと書いている。いままでは、知り合いに問いただされても、あれはフィクションですで済んだのだが、『血族』ではそうもいかない。

それもあって、罪滅ぼしのため、瞳は、『血族』の印税の一部で菩提寺の墓を整備した。


いつだったか忘れたが、僕は横須賀の小高い丘の上にあった家に住んでいた、お婆さんは誰だったのと、瞳に訊いたことがある。

たぶん幼稚園ぐらいのときだったと思うが、急峻な崖に沿って狭い階段を上がった先にある、崖にへばりつくような感じで建てられた小さな家を、祖母の静子と一緒に訪ねたことがある。

小さな庭からは横須賀港が一望できた。その家の縁側で静子が老婆としばらく話をしていた。明るい日差しの日だったと記憶している。

「正介さん、あの家に行ったことあるんですか」と瞳はかなり驚いた様子だった。

年格好からすると、この陋屋に住んでいた老婆は静子の実母であるヨシ以外には考えられない。

『血族』の中では、男と出奔した実母を静子は生涯、許すことができず、一度も会っていない、と書いている。だが、実際にはそうではなかったと考えられる。

静子自身も妻子ある男と夜逃げしたのだから、実母を咎めたりできなかっただろう。そして、静子は正介という初孫を見せに行ったのではないだろうか、と想像することは難しくないのではないか。

同様にして、静子は生まれたばかりの瞳を柏木田に連れていったことがあるのではないか。静子にしてみれば、瞳は初めての自分の子供だ。

関東大震災のあと、更地になっていたという藤松楼。ヱイはどこに住んでいたのだろうか。もしも、柏木田のどこかに家を借りていたとしたら、と僕は考える。

少なくとも、昭和三年九月十九日に亡くなった、祖母のヱイは瞳が生まれたとき、まだ存命だったはずだ。

——ヱイからすると、夫は放蕩者で、長男は廃人同様で、長女は遊び好きの派手好きで、婿養子は低能の役立たずで、孫の丑太郎は十五歳で情婦のいるような遊び人で……ということになる。(『血族』チャプター35)

というような家族構成だと瞳は書いている。たとえ妻子ある男性と駆け落ちしたにしても、静子は、はじめての自分の子供を、親族に見せたいと考えただろう。そして、その親族としては、自分の祖母のヱイ以外に思いつかなかったのではないか。

僕がなぜそう思ったかというと、『血族』の中で、瞳が、自分の見るきわめて特殊な夢について次のように書いているからだ。

――私が遊廓のなかにいるのである。私は客ではない。そうかといって、遊廓のなかの人間であるのでもない。(『血族』チャプター10)

瞳は、銀座東急ホテルで自らカンヅメになって『血族』を執筆している間、常に母の静子が背後に立っているような感覚におそわれたという。

結局のところ、瞳にとって母の生家がどんなところだったかはどうでもよかったのではないだろうか。おそらく、瞳が知りたかったのは、母の従弟の勇太郎から聞いた、こんな話だったのではないか。

――あるとき、勇太郎が私にこんなことを言った。
「正雄さん(父)から電話が掛ってきてね。いま、渋谷の旅館にいるって言うんだ。すぐ来てくれって……。行ってみると、シーちゃん(母)が一緒にいるんだ。……で、どうにもならないって言うんだね、これが」(『血族』チャプター24)

両親は愛し合っていた、だから駆け落ちした。瞳が知りたかったのは、このひと言だけだった。

20『居酒屋兆治』のころ（1979〜1980年）

一九七九年の「波」十月号から、瞳は「兆治」の連載を始めた。これはのちに単行本になったときに『居酒屋兆治』と改題される。

ご存じのように、モツ焼き屋の「兆治」は、南武線谷保駅前商店街のモツ焼き屋「文蔵」をモデルにしている。

『居酒屋兆治』のあとがきに、この月刊誌の連載を引き受けたものの、連載開始まで一カ月の猶予しかなかったと書いている。

にもかかわらず、巧みな伏線が張りめぐらされ、ストーリー展開が複雑であったり、瞳の作品としてはかなり異質なものとなっている。

この作品は、章ごとにタイトルがつけられているが、全体としては長編小説といってもよい。身辺雑記を取り入れることが多く、小説と銘打っていてもエッセイと渾然一体となっている瞳の作品の中で、珍しい。

長篇小説は『人殺し』があるが、これは私小説的な作品で、純然たるフィクションとしての長編小説といえば、『結婚します』と『けっぱり先生』ぐらいなものだろうか。

瞳は、山本周五郎の『青べか物語』のような、小さな街に住む人々の日常生活を描写することによって、ひとつの物語世界を構築しようとして、人々との交流を通して、少しずつ取材していた。そして、その一部、谷保の「文蔵」に集う客たちのエピソードを、ここで使うことになる。

再読して驚くことは、かなり下世話な描写が多く、たとえば、伏せ字までもが登場するのである。


——峰子が店をあけたのは六時である。一時間後に、有田と小寺が若草に顔をだした。いま、九時になっている。

「オ××コ、ぱくぱくさせて喜んでいたってよ」

川原が来ていた。（「第四話　水凍る」）


「兆治」の客は口が悪く、すぐに男と女の話になり、またしょっちゅう殴り合いの喧嘩になる。

あのころの酔っぱらいは、みんなこんな風だったのだろう。「兆治」には、新宿のゴールデン街あたりの武勇伝を思わせる大喧嘩も登場する。瞳自身も日本酒乱の会会長を自任していたし、みんな酒癖が悪かったのだ。

血だらけになった喧嘩の翌日、当人同士が仲良く飲んでいるなどという光景もよく見かけられたものだ。

茫洋とした気質で、大人しい人が多い谷保村の人情とは少し違った描き方をしている。冒頭の谷保周辺の描写を読むと、当時といまで隔世の感があると感じざるをえない。それはしょっちゅう霧が出るということだ。

東京の西側の郊外である国立市は、瞳が転居してきたころ、朝霧と夕もやの街だった。ほとんどが田畑だった本村《ほんぞん》と呼ばれる谷保周辺はもとより、中央線国立駅の宅地造成されたあたりも、まだ二百坪単位だった分譲当初の面影を残し、庭に巨大な赤松が何本も生えている別荘風の家が並んでいた。いまも一橋大学の構内に面影を残しているが、国分寺から立川にいたる国立駅周辺は一面の松林であった。当時は変奇館の近くでも牛を飼っている農家があった。したがって、緑が濃く、自然が豊かな景観は、瞳にとって幼少期に慣れ親しんだ軽井沢を思わせるものだったのではないだろうか。

本来ならば、俗に「谷保村の住人」と呼ばれている地元の人たちの群像を描く、エッセイ風なスケッチにしたかったのかもしれないが、「兆治」はかなり深刻なテーマも内包した、フィクションとして仕立てられている。

まず、モツ焼き屋である「兆治」は立ち退きを迫られている。

常連客である、タクシー運転手の秋本の妻が心筋梗塞で急死する。客との暴力ざたで兆治が逮捕される。兆治の初恋の人であるさよが嫁ぎ先の火事をきっかけに出奔してしまい、捜索願が警察に提出されている。

兆治の逮捕は、この件に絡んでの別件逮捕であり、火事は兆治とさよが示し合わせた放火ではないかと疑われる。そもそも、さよが嫁いだのは、嫁ぎ先の財産目当てではなかったかと疑惑の目で見られていたのだ。

兆治の留置場での生活や取り調べの様子など、瞳としては苦手なような気がするが、細部の描写など、かなり書き込まれている。

実在した「文蔵」そのものは、すでに廃業している。拙著『山口瞳の行きつけの店』（ランダムハウス講談社文庫）から少し引用してみよう。

——平成十八年八月五日、突然の来客に驚くことになる。

玄関先に、かおる夫人を伴われたヤキトリ「文蔵」のご主人、八木方敏《まさとし》さんが立っていた。そして、三十一年間続いた店を閉めるとおっしゃる。訪問は、その挨拶だった。かおる夫人が体調をくずされて、この七カ月の間、休業していた。

また、八木さんご本人も若く見えるが、七十になるということで、区切りもいいので、閉店を決めたということだった。

かおる夫人は、挨拶にみえた二カ月後の九月二十八日に亡くなられている。享年六十五歳の早い死だった。発見時に末期のガンであったという。

この小説は、一九八三年、高倉健主演によって映画化されているが兆治の本名である藤野伝吉が映画化に際して藤野英治に変更されている。これは映画の中での役名が、「駅STATION」の三上英次、「海へ See you」の本間英次、「あなたへ」の倉島英二など、健さんがエイジという語感を気に入っているためだろう。

監督は、健さんとよくコンビを組んでいる降旗康男さん。脚本・大野靖子。兆治役に高倉健、その妻茂子に加藤登紀子。さよに大原麗子。兆治の親友、岩下義治は田中邦衛。敵役の河原に伊丹十三。「兆治」の向かいにある小料理屋「若草」のママ峰子がちあきなおみ。

その他、山谷初男、平田満、池部良、妻を亡くすタクシー運転手に小松政夫。さよの夫で牧場経営の神谷に左とん平。河原の娘に中島唱子。兆治のかつての上司、吉野耕造に佐藤慶。相場先生に大滝秀治で、その若い妻に石野真子。兆治を取り調べる小関警部に小林稔侍。中村巡査部長に三谷昇。「兆治」の客で市役所職員、佐野役がなんと細野晴臣。

兆治にモツ焼きを教える松川が東野英治郎で、さらにあき竹城、武田鉄矢、伊佐山ひろ子、板東英二と端役にいたるまで豪華絢爛のオールスター・キャストである。

瞳とタイトルの題字を書いた山藤章二さんも、「兆治」の客としてカメオ出演している。

カメオ出演というのは、原作者や作品に縁のある人が、ちょっとした役を演じることで、ヒッチコック監督が自分の作品に一瞬だけ顔を出すのが、カメオ出演として有名だ。

なお、山藤さんはタイトルばかりでなく、エンド・ロールに表記されるすべてのスタッフ、キャストの名前を筆で書いている。こんな気遣いは滅多《めった》にあるものではなく、関係者一同がひどく感激したという。

主題歌「時代おくれの酒場」（作詞、作曲・加藤登紀子）を健さんが歌っている。

撮影・木村大作、美術・村木与四郎、録音・紅谷愃一というのも、知る人ぞ知る鉄壁の布陣である。

舞台はそのころ、健さんの映画がほとんど北海道を舞台としていたように、谷保から函館に変更されている。

というより、むしろ北海道を舞台にできる原作を探していたら、瞳の『居酒屋兆治』が目に留まったのではないかと僕は思っている。

八木さんは、撮影が行われた砧の東宝撮影所（東宝スタジオ）に毎日、朝一番から出かけて、スタジオのセットの脇で一日中、モツ焼きを焼いていた。毎日の撮影で消費されるモツ焼きをそのつど、本当の文蔵さんが焼いていたのだ。

僕も時間が許す限り、撮影所に通っていた。劇団を辞めてから、月刊誌での映画評論の連載が始まるまでの間のことで、時間はたっぷりとあった。

本音を言えば、このまま映画や演劇に関わろうか、それとも別の道を探そうかと、僕自身が迷っていた時期でもあった。撮影現場に日参したのは、そのための勉強という意味もあった。撮影監督として、すでに天才の名をほしいままにしていた木村大作さんの仕事を、目の当たりにするというのは、得がたい体験だった。

そして、もちろん高倉健の演技を間近に見られることも有難いことだった。

ある日、モツ焼き「兆治」の店内で酒癖が悪い常連客、河原（伊丹十三）が兆治を殴るというシーンの撮影があった。

伊丹さんがコブシを振り上げ、健さんの額から血が出る。健さんがうずくまり、伊丹さんが店から出ていったところで、監督の「カット」という声がかかった。

健さんは、「兆治」のカウンターの横にひざまずいたまま、額の血糊を手のひらで拭き取り、その血の着いた手をまじまじと見つめると、思い入れたっぷりのドスのきいた声で、「おゥ、昔を思い出すなァ」とつぶやいた。

その瞬間、僕には、兆治と染め抜かれた作務衣が、博徒が羽織る法被《はっぴ》か、渡世人が着ている着流しに見えた。

健さんを身近に知る人は誰もが、普段の健さんは、とても気さくで面白い人だったという。とはいうもののその内容はあまり表に出てこない。これは、健さんでなければ言えない、究極のジョークだ。

しかし、このとき、撮影所のスタジオにいる、スタッフ、キャストは、爆笑するどころか、凍りついたように立ち尽くしていた。そして、僕は、ここにスターとしての健さんの孤独があるように感じた。

健さんは、本来ならば軽い役や、脇に回って渋い演技もやりたかったはずだ。しかし、三船敏郎、石原裕次郎、勝新太郎、萬屋錦之介といった大スターが思いの外、若死にしてしまったために、彼らの分まで日本映画界を背負って立たなければならなくなった。

これは古今亭志ん朝さんが、文楽、円生、志ん生の不在をひとりで背負わなければならなくなった落語の世界と似ているのではないだろうか。

映画「居酒屋兆治」が封切られてから、しばらく経って、僕は国立駅前近くにある兆治にモツ焼を教える松川のモデルであるモツ焼きの「まっちゃん」に行った。「文蔵」は父の瞳のテリトリーなので、僕はもっぱら「まっちゃん」のほうを愛用していた。

焼き台というのだろうか、赤くなった炭の前に立ったまっちゃんの親父さんが、前に座った客が僕だと気づくと、手にしたモツの串を焼きながら、ぽつりと、「文蔵が高倉健なら、おれは、誰だぁ」と独り言のように言った。

映画「居酒屋兆治」は高倉健が、本当はこういう映画に出演したかったと語っていた作品で、なかなかに見応えのある作品となっているのだが、瞳にしてみれば、なんで北海道なんだろうなあ、という気持ちはあった。

劇場公開用の映画では、広大な自然をバックに過酷な風雪に耐えて、というような派手な道具立てが必要になってくる。それは、瞳自身も充分納得してはいるのだが、やはり、郊外電車の小さなさびれた駅の裏路地のような商店街にある、小さな物置を改装したモツ焼き屋、という設定で描いてもらいたいと切望していたのはたしかだ。

それが図らずも、理想的な企画として浮かび上がってくる。

脚本家の安倍徹郎さんが、『居酒屋兆治』をテレビドラマ化してくれることになった。安倍さんは一九六五年の九月から放映された、山口瞳原作の連続テレビドラマ「マジメ人間」で井手俊郎さんと共同脚本を書いていて、瞳とはそれ以来の付き合いだ。

このテレビ版「マジメ人間」の主な出演者は、長門裕之、久我美子、児玉清、柳生博、フランキー堺、春川ますみ、三島雅夫、市原悦子と、これもいまにして思うと、大変、豪華だ。

また、安倍さんは長く立川にお住まいで、瞳が自宅で開催していた将棋教室のメンバーでもあった。したがってある時期は毎月、変奇館にいらっしゃっていた。同時に、早稲田の稲門会の関係で国立在住の同窓生たちとも親交があった。

つまり、瞳とは別のルートだったが、国立や谷保の住人たちと、瞳よりも広く深く長い付き合いがあったのだ。

その安倍さんが、舞台も原作通り谷保駅前商店街に設定して、脚本を書くというのは、瞳にとっては願ってもないことだった。

テレビドラマ「居酒屋兆治」は一九九二年七月十日にフジテレビ系列の「金曜ドラマシアター」で放映されることになる。

主なキャストは兆治こと藤野伝吉に渡辺謙。映画版では健さん好みの英治となっていた兆治の本名が、テレビ版では原作通りになっている。その妻の茂子が桜田淳子、神谷さよが美保純で、スナック「若草」のママが永島暎子。兆治の師匠のモツ焼き「まっちゃん」の親父が三谷昇、妻に先立たれるタクシー運転手に阿藤海、憎まれ役の河原に川谷拓三、その娘に片桐はいり。監督は三村晴彦さんだった。

ということで、全編国立市周辺での現地ロケ。登場する場所は極力、瞳がモデルとした場所で、俳優が演じる登場人物と、そのモデルになった当の本人が同じ画面の中に混在するという、考えようによっては摩訶不思議な作品ができ上がった。

冒頭のシーンは国立大学通りの満開の桜並木を兆治が自転車で心地よく疾走するところから

始まる。国立の桜並木は全国的に有名だ。

この場面で、数年前に都内で二番目に古い木造建築の駅舎が取り壊されることになったということで話題になったJR国立駅を目撃することができる。しかも、景観問題になった駅の背後の高層マンションが建築される前の風景だ。

突然、「兆治」の店先に現れたさよを、兆治がモツ焼きの串を握ったまま追いかけていくのが南武線谷保駅の北口ロータリー。そこで、何もかもお見通しだよ、というような笑顔で兆治をやさしく見つめている仙人の翁《おきな》と媼《おみな》のような老夫婦が、仏教彫刻家で瞳の作中、ドスト氏として知られる関頑亭先生と民夫人だ。

驚くべきことは、兆治がモツ焼きを習う、モツ焼きの「まっちゃん」の場面で、当時の「まっちゃん」の店内そのものが撮影に使用されている。現在は、残念ながら道路拡張工事にともなって移転していて、往時を偲ぶこともできない。

また、谷保天神とその宮司さん、谷保の古刹南養寺のご住職はご本人のカメオ出演だ。このテレビ版では、カメオ出演のほうが役者よりも多いという、面白い事態も出来した。

街の人たちが、「まっちゃん」こと松川の新店舗を祝う会は、駅前の小料理屋「なつめ」の二階の大広間が使われた。

その宴会の客として二十余名が宴席に座っているのだが、すべて谷保と国立の住人である。

その中には、駅前の喫茶店「ロージナ」のマスターである伊藤接さん。兆治の親友のモデルである精肉店「オギノ」の荻野さん。市役所の職員で、そのモデルにもなり、のちに国立市長となるガマさんこと佐藤一夫さん。瞳がわが家の応接間と言っていた、近所の喫茶店「Catfish」の店長、関増雄さん。そして山口先生という役名の瞳と妻の治子の姿が見える。今、名を挙げた方々は、皆故人だ。ときの移ろいを感じる。皆に酌をして廻っているのが、タクシー運転手の徳本春夫さんだ。

この「なつめ」もいまは取り壊されて、跡地は調剤薬局になっている。

川谷拓三演じる河原が兆治を殴り倒す場面は国立駅のプラットホームが見える空き地で、建築用機材が置かれた空き地だが、駐車しているトラックには「桜山木材」と書かれている。やはり国立の古くからある木材店のものだ。この空き地には現在、マンションが建っている。さよが嫁入りする神谷家の豪邸は、砂川の砂川家の正面玄関で撮影されている。花婿の神谷久太郎の隣に立つのは、当時のご当主、砂川昌平さんご本人だ。

砂川家はもともと、このあたりの豪族で、かつては新宿まで他人の土地を歩かないで行けたという旧家である。そもそも地名の砂川は砂川家の名前からきているのだ。

ラストシーン近くで、さよの葬列が行くのは、甲州街道を渡って、谷保天神から城山（三田城址）にいたる田んぼ沿いの小道だ。その向こうが中央高速で、多摩川の河川敷に繋がっている。精進落としで、皆が泣きながら呑んでいる場面は、城山の敷地内に再建された古民家で撮影された。

ただし、モツ焼きの「兆治」は、『居酒屋兆治』のひとつのテーマであった、実在の「文蔵」で起こった店舗立ち退き問題のため、店舗そのものは撮影時には斜め向いに移転していて存在せず、スタジオでのセット撮影となっている。

四半世紀も前に放映された二時間ドラマがＤＶＤになって販売されているのは非常にまれなことではないだろうか。このテレビ版「居酒屋兆治」は、比較的入手しやすい。これは主演の渡辺謙さんが、いまや「世界のケン・ワタナベ」となったためでもあろうが、やはり作品として、よくできているからではないか。

劇場用映画として、また二時間テレビドラマとして、二本の傑作を残したとはいえ、本当のことを言えば、瞳には原作者として、ひとつだけ不満が残っていた。

それは一方の主人公であるさよの配役だ。大原麗子のさよも、美保純のさよも適役であると思われるが、瞳に言わせると、それは違うというのだ。

瞳の理想とする配役は、さよは吉永小百合であり、兆治の妻の茂子には、いしだあゆみあたりがイメージなんだけどなあ、と言っていた。

大原麗子や美保純だと、キャバレー勤めが似合ってしまう、というのが、その理由だった。一目でキャバレーが似合わない、男がなんとしても、こんなところから救い出してやりたくなる、というタイプじゃないと駄目なんだという。

それにひきかえ茂子のほうは、サラリーマンの妻も居酒屋の女将もきちんとできてしまうようなしっかり者でなければならない。あれ、水商売も、そそこなせるじゃないか、と意外な一面が見えてくるようなキャラクターが望ましい。

映画やテレビの人ってその辺が読めないんだよなあ、逆なんだよ、といって瞳は嘆いていた。テレビ版でいえば、桜田淳子がさよで、美保純が茂子を演じると想像していただきたい。このキャスティングだったら、ほぼ瞳の創作意図に近いのではないかと思うのだが、どうだろうか。

21『草競馬流浪記』のころ（1981〜1982年）

一九八一年から一九八二年近辺は瞳にとって大変な時期であった。ひとつには小説『血族』を上梓し、その後遺症のような疲労の極致にあった。

そして、もうひとつは戦友とまで呼んだ向田邦子さんの死だ。これには、相当なショックを受けて嘆き悲しんでいた。

そんなことがあってかもしれないが、この数年間は自らのもともとの趣味を生かしたような作品に取り組んでいる。

「武蔵野写生帖」は一九八〇年の四月号から「芸術新潮」で連載が始まっている。

つまり、「居酒屋兆治」とほぼ並行して連載されていることになる。

この『武蔵野写生帖』は、瞳が描いた風景画とそれにまつわる身辺雑記を並列させたもので、文章と挿絵の関係に近いが、絵はそれ自体が絵画の作品として成立していて、文章のほうもエッセイとしても読める。

瞳は、つねひごろからあまり美術に言及しない。たとえ魯山人にしても、茶碗や取り皿は愛用するし、使い勝手がいいと絶賛するが、魯山人の得意とする扁額や陶磁器でも床の間に飾るような大振りのものを所有しようなどとは思わない。

また、吉野秀雄先生の書やボッカチの油絵は大切にしているが、いわゆる名のある書家の作品を収集するなどということはなかった。

実用品として使えるものは評価するが、芸術として眺めるだけの美術品には興味がないようだった。

しかし、ことデッサンに関しては、若いころから自分自身でも描いていた。そして、いずれは文章を書くのはやめて、風景画だけを描いて暮らしたいと口にしたこともある。かつてはデッサン会を自分で主催するという本格的なものだった。

自らの書画展で、作品を販売していたぐらいだから、かなりの自信があったのだろう。はじめてのデッサンなり風景画を何時《いつ》ごろから、始めたのかはわからないが、第二期麻布時代ともいえる戦後、僕の生家となる二の橋と三の橋の間にあった自宅でのデッサン会は僕も子供心に記憶している。

この会はデージー会と名づけられていた。いかにもデッサン会にふさわしい名前に聞こえるが、本当は瞳もふくめて会員の何人かが痔疾の持ち主であったからだという。ここにも、いかにも瞳らしいブラック・ユーモアがある。

その後の、元住吉のサントリーの社宅時代には絵筆をとることがなかったようだが、国立《くにたち》に引っ越してきて、お向かいに住むかたが日展評議員の彫刻家だと知ると、そのアトリエでのデッサン会に参加するようになった。

——私は近所の人たちで行っている木曜会というデッサンの会に所属している。会の名称は一昨年、グループ展を行うときに何か名前がないといけないということで、あわててつけたものである。田中角栄の木曜クラブに似ているのが気にいらないが、毎週木曜日の夜にヌードを描くということで他意はない。

私の家の向い側に日展・日本彫塑会の評議員であるところの今城国忠先生が住んでおられる。その一軒置いた隣に同じく中村博直先生がおられる。このお二人は沢田政廣先生の弟子であって、二人だけでデッサンの勉強会を続けていた。そこへ画家やら、絵の好きな建築家やらが加わっていって今日の木曜会に発展したのである。だから、木曜会には三十数年の歴史があることになる。（『武蔵野写生帖　12』「高尾山麓新年会」）

こうみえても、瞳の絵画歴は一朝一夕のものではなかった。のちに、毎年、近所の喫茶店「Catfish」に併設されているギャラリー「エソラ」で、年に一回の書画展を開催することになるし、同じく「エソラ」で毎年年末にやっていた「はがきゑ展」にも作品を出品していた。「はがきゑ展」というのは国立の住人や友人知人ならば誰でも参加できる葉書大の絵画展で、皆が葉書絵を描いて展示即売する、この会を提案したのも瞳自身だった。喫茶店としてもあまり客が来ない「Catfish」と「エソラ」の経営者である関増雄さんのために新年の餅代を捻出するという名目で始めたもので、会の最終日は国立在住の友人知人が五十人ばかり集まる、にぎやかな忘年会になった。

ある日、瞳は国立の変奇館で、初対面の編集者と面会することになる。その編集者、石井昻さんは日本交通公社の「旅」という月刊誌のかたで、それまで一面識もなかったのではないか。

のちに瞳の作中、その名前の「昻」が「昴」に似ているので、スバル君という綽名で登場することになる石井さんは、瞳の死まで、公私ともに大変なお世話になることになるかただ。

それは少しあとの話で、このときの話題は、瞳に日本中に点在する地方競馬場を廻って旅行記風のエッセイを書いてくれないかという企画の持ち込みだった。

瞳は、この提案を受けて驚くとともに喜んだ。

「なんでいままで、誰も、このアイデアに気がつかなかったんだ。僕が競馬が好きなことは百も承知で、日本中を旅していることも知っているじゃないか」と思わず膝を打った。

瞳には、すでに旅行記の『温泉へ行こう』で全国各地の温泉、『血涙十番勝負』で将棋のタイトル戦が開催される全国各地の一流旅館を廻る、というエッセイ集がある。

その後、何かをテーマとして旅行記を書けないかなあ、と思っていたところに、この地方競馬という、願ってもない依頼が持ち込まれたのだった。

話は前後するが、のちに単行本となった『草競馬流浪記』の最後のページから引用する。

――公営競馬場全踏破なんていう馬鹿げたことをする人は専門家のなかにもいないだろう。いたとしても、ほとんど全レースの馬券を買うなんて愚挙をする人はいないだろう。

二十年ほど前、僕は某誌に『世相講談』という読物を四年半にわたって連載した。

当時、僕は現代は一種の産業革命が行われていると思っていた。計算器の普及発達によって、どの会社にもいた算盤の名人が立場を失ってしまう。公団住宅やら建売やら自家風呂つきの家がどんどん建って銭湯の経営が成りたたなくなってしまった。そんな、駄目になる人、駄目になってゆく商売ばかり追いかけて取材して原稿を書いた。

公営競馬の存続が危まれるようになったのは、五、六年前からである。自分の好きなものが潰れかかり駄目になろうとしている。

スバル君から、その公営競馬場めぐりの仕事を持ちこまれて、半年考えて引き受けたのは、駄目になろうとするものに惹かれるという自分の性情に押し流されてみよう……。そんなふうに思ったからだった。世の中から見捨てられたものに、自分の声を掛けてみよう、接触してみよう。dirtyなもののなかに自分も身を沈めてみよう。そんな思いがなかったら、とうてい、こんな馬鹿げた仕事は続けられない。(『草競馬流浪記 21』「旅の終りの帯広、岩見沢」)

「草競馬流浪記」は昭和五十六年五月号から昭和五十六年十一月号まで「旅」で連載され、その後、昭和五十七年七月号から昭和五十八年十一月号まで「小説新潮」で引き続き連載が継続した。

この取材旅行中、北海道、函館では、撮影中の東宝映画「居酒屋兆治」の陣中見舞いに行っている。

——雷しんことという菓子屋で草大福を買った。いつでも北海道の土産は大福であるが、こんどは大量に買った。僕の原作で、高倉健主演の『居酒屋兆治』という映画が函館で撮影中である。そのスタッフに大福を届けるつもりにしている。(中略)

東宝宣伝部の島谷能成さんが来た。まっ黒に陽焼けしている。すなわち、草大福を渡す。

(中略)

「町中の撮影では、どいてください、寄らないでくださいって、体を張って呶鳴っているんですが、いざ映画が封切になると、来てください、こっちへ来てくださいって祈るような気持になるんですから変な商売です」

と、島谷さん。どうか彼のためにも観てやってください。(『草競馬流浪記』「旅の終りの帯広、岩見沢」)

島谷さんはのちに東宝映画代表取締役社長になられた。

瞳には、この「草競馬流浪記」の連載を通して、もうひとつの隠された思惑があった。先に『血涙十番勝負』で将棋界に貢献したように、地方競馬にも市民権をあたえたいと考えていたようなのだ。

瞳が将棋について書く前は、将棋といえば、縁台将棋か縁日の夜店に出る賭け将棋というイメージがつきまとっていた。囲碁が会社で例えれば、重役たちの教養となっていたのに比べ、将棋は、一般の社員たちの娯楽という側面が大きかった。

そんな状態の将棋界を、瞳の『血涙十番勝負』が、日の当たる場所に連れ出したということで大いに貢献したといえる。

同じことを競馬においてもできるのではないかと、勢い込んでいるような節がある。

それゆえに地方競馬におけるダフ屋や予想屋についての言及があり、暴力団の資金源とならないようにと苦言を呈している。それがすぐさま功を奏したとも思われないが、多少の力にはなったのではないだろうか。

しかし、同時に、そのことで、瞳は、取材中にかなり危ない橋をわたることになったと思われる。その経験が、この連載中に構想を得ることになり、ほぼ同時進行で執筆された『家族《ファミリー》』

に結実することとなる。

22『家族《ファミリー》』のころ（1983〜1984年）

書き下ろしの長編小説『血族』を上梓したあと、『草競馬流浪記』や『武蔵野写生帖』などを書いて、少しのんびりと過ごしていたのかと思っていたが、流行作家である山口瞳には、そんな悠長な暇はなかったようだ。

まして、『草競馬流浪記』は好きな競馬をしながら諸国を廻り、美味しいものを食べ歩くという物見遊山的な紀行ではなかった。

全国の公共競馬場を巡りながら、瞳が気づいて憂慮したのは、地方競馬場における、地元の暴力団との癒着とまではいわないが、馴れ合いのようなものだった。

それは、幼少時から競馬場に通っていた瞳にとって、すでに馴染み深い光景ではあったが、いざ自分が筆をとる身となると、趣はだいぶ変わってきたようだ。

そして、そのことを通して、瞳は小説『家族』の基本的な構想を得ることになった。タイトルを比べてみると、『家族』は『血族』の姉妹編のように見えるが、じつは、この小説は競馬界と暴力団をめぐるクライム小説なのだ。それについてはのちに詳述する。

二〇一八年五月三〇日の朝刊各誌に、おおむね次のような死亡記事が掲載された。

――花柳若菜さん（はなやぎ・わかな＝日本舞踊家。俳優・歌手の故ジェリー伊藤氏の妻、本名伊藤栄＝いとう・さかえ）24日午後5時45分、脳梗塞のため、米カリフォルニアの自宅で死去。85歳。東京都出身。葬儀は近親者が米国で行う。花柳若奈の名前でも活動。夫の闘病に伴い米国に移住した。兄は作家の故山口瞳。

僕が〝サカバー〟と呼んでいた栄叔母さんは山口瞳の一番下の妹だ。これで瞳の同胞はすべて亡くなったことになる。

山口家の人間は皆、早死にといってよく、瞳の母の静子と弟の昭は、共に五十代で、父の正雄も六十九歳で、そして瞳自身も六十八歳で亡くなっている。

つまり、サカバーは親戚の中でも、異例な長命であったといえるだろう。

花柳流の名取であったわけだが、芸名がふたつあるように思われていた。花柳若菜と若奈だ。

それには、次のような事情があった。

栄が名取を襲名したときに、母親の静子が好きな言葉であった若菜という名前を選んだ。しかし、これに花柳流の幹部連中から異議申し立てがあった。のちに三代目花柳流の家元となる花柳壽輔《じゆすけ》さんの名前が若葉であり、若葉と若菜は音も似ているし、同じ草冠で混同されるのではないかというのだ。

そこで若奈という別の漢字をあてたのだが、本人も周りも、さして深く考えずに両方を使っていた。

サカバー本人は母親がつけてくれた若菜を気に入っていたのだが、別に若奈と書かれても、たいして痛痒は感じていなかったようだ。

ましてや、御家元となられた花柳壽輔さんご本人とは幼馴染みの兄弟弟子であり、「あたしは気にしていないし、名取としては花柳壽輔なんだから、使ってもかまわないわよ」という言質《げんち》も得ていた。

ちなみに姉の麗子は花柳麗輔を襲名し、こちらは男踊りを得意とし、妹の若菜との連れ舞は当代一流と評判になる絶世のものであった。

話は逸れるが、その若菜が歌手で俳優のジェリー伊藤さんと結婚し、第一子を身ごもったときに、母親の静子は流産すればいいと、真剣に祈ったという。

芸の精進のためには子供など邪魔だと静子は言うのだ。孫の流産を願ったりするのは、何とひどい人間だろうと、のちに静子は後悔していたが、それほど、このふたりの娘の芸に賭けるものがあったのだ。このことも小説『血族』で書かれた静子の性情の一端を伝えているだろう。

僕が桐朋短大演劇科に入学したら、花柳錦之輔さんの日舞の授業があった。

正月元旦に瞳が自宅で開催している新年会に親戚もやってきたのだが、僕が日舞を習っていると言うと、「あら、何を復習《さら》っているの。あたしたちが稽古をつけてあげるわ」と麗子と栄が言った。

僕も浴衣に着替えて、そのときの課題だった「雨の五郎」を踊ってみせると、ふたりは口々にあれこれと駄目ダシしてくれるのだった。

正月明けの日舞の授業は年度末の試験を兼ねていて、僕はAを取って錦之輔さんにほめられた。後にも先にも日舞でAを取ったのは、このときだけだ。

それにしても、変奇館の応接間が瞬時にして、本格的な日舞の稽古場と化してしまうというのは、山口ファミリーの面目躍如ともいえるものだ。

僕たち親戚は好んで山口家の人間のことを山口ファミリーと言っていた。それは、ちょっとマフィア組織に繋がるような特殊なニュアンスを持ち、あるときは自嘲として、またあるときは自慢げに、山口ファミリーだからで、なんでも済まされてしまうのだった。

このときの正月の宴会にしても、応接間が、突然、料亭の芸者衆の踊りの場に化してしまうのだから、招かれていた瞳の担当編集者や地元の人たちは、さぞかし驚いただろう。

いまからおよそ十五年前にジェリー伊藤さんが脳梗塞で倒れた。

そして、主に発語障害という後遺症が残った。歌手として、また俳優として一番必要とする機能を失ったジェリーさんの闘病生活は大変だった。

日本人の言語療法士が担当して、まずは英語で会話できるようにという治療が始まったのだが、彼の英語が「デス・イズ・ア・ペン」という程度の稚拙な日本人の発音で、NHKの英語講座の講師を務めネイティブ・スピーカーであるジェリーさんにとって、とても容認できるものではなかった。

そこで急遽、一家がアメリカに移住することになった。当時、ロサンジェルスには、すでに息子の栄治一家と娘のミッシェル一家が住んでいたのだ。

「七十になってから移民になるとは思ってもみなかったわよ」と、サカバーは出国間近に、五反田の伊藤家を訪ねた治子の手を握りしめて口にしたが、それは半分は悲しさからだっただろうが、半分は山口ファミリー流の強がりでもある冗談だった。

もしかしたら、この日が、今生の別れとなるかもしれないと、ふたりは手を取り合って涙ぐむのだった。

この章は『家族』についてなので、もう少し瞳の親族や各人の人となりについて書いてみたい。

瞳には五人の甥と二人の姪がいるのだが、そのうちの半数が瞳の小説を満足に読めないと知ったら驚かれるだろうか。

冗談ではなく、彼らは達意の表現力を持っていた瞳の文学を読むことができないのだ。ジェリー伊藤の息子と娘は、東京のインターナショナル・スクールを卒業するとアメリカに渡り、成人したときにアメリカ国籍を取得している。

瞳の末弟の昭はふたりの息子を幼稚園のときから日本在住の外国人子弟が通うインターナショナル・スクールに入れている。もしかしたら、それ以前から英語で授業を行う保育園に通わせていたかもしれない。

昭にはハワイに進出したいという夢があった。

麻布に皆で住んでいたころ、昭は単身、ハワイに渡った。新しくできるホノルルのアラモアナ・ショッピング・センターに出店しようと考えていたのだ。

この計画は詐欺まがいの手口に引っかかったらしく、頓挫してしまった。

お土産に買ってきたパイナップルのことを、昭が、一個百万円のパイナップルだ、と言って、家族全員の顰蹙を買ったのだが、それも山口ファミリーらしい冗談で、それほどの金額をだまし取られたらしい。

これに懲りずに、昭は自分の息子たちをインターナショナル・スクールに入学させる。ともかくアメリカ進出には、まず語学からということで、子供たちにはネイティブなみの語学力をつけさせたいと考えたのだろう。

昭には同胞に対する強いライバル意識があり、また半ば詐話師のようだった父親の正雄の血を受け継ぎ、山っ気が多かった。このことは瞳も折に触れて書いているから、読者のかたはご存じだろう。なんとか兄や姉を見返してやりたいと、ことあるごとに画策していた。

息子たちに受験させたのはセント・メリーズ・インターナショナル・スクールだった。それはジェリー伊藤の息子が通う学校でもあった。

いまでこそ、自分の子供に国際感覚をつけさせるためにインターナショナル・スクールに入れる親が増えてきて、一種のステータスにもなっているが、当時は両親とも日本人で帰国子女でもなく、一歩も国外に出たことがない子供が英語のみで授業を行う学校に入るなどというのは前例がないことだった。

幼少時からの英語教育と、従兄弟がアメリカ国籍を有するなどということが功を奏したのか、息子たちは無事に入学を認められた。

数年後に、昭一家四人は念願かなってハワイに移住することになる。

昭が母親の静子と花屋を経営し、麻布十番にも出店し、鎌倉アカデミアの同級生だったKさんとテレビ朝日（当時は日本教育テレビ）に生花を納入する仕事についていたことは、すでにどこかで触れたと思う。

「男性自身」の「私の駄目な」（435）で、瞳は次のように書いている。

――あるとき、私は、庭の秋草でもって、活花を行なった。それは、うまくいったと思った。そこへ弟が遊びにきた。

「この花、だれが活けたの？　これは駄目だなあ。……うまく見せようとしているところがいけない」

弟は、古くからの草月流の師範である。弟のその言葉も痛かった。（「私の駄目な」）

その活花の知識を生かして、満を持してのハワイ進出だった。

一時はマウイ島の新興住宅地の庭をすべて請け負うような成功を収めたのだが、現地のキク・テレビで生け花教室の講師を務めるまでになったのがいけなかった。

昭は、グリーン・カードなど就労ビザを取得しないまま、手広く事業を展開していたのだった。

住宅街で庭師として働いているぐらいならまだしも、テレビに出演して人目を引いてしまったのはまずかった。貨客船に乗せられて強制送還ということになってしまう。

さらに数年後、昭の長男がセント・メリーズをやめて単身、ハワイ・オワフ島の高校に留学する。このままセント・メリーズというお坊っちゃま学校にいたら、人間が駄目になるという、かなりまっとうな理由からだった。

その留学中に、たまたまジェリー伊藤さんの里帰りに同行してアメリカ旅行中だった僕と栄の長男が、ホノルルで彼と邂逅《かいこう》することになるのだが、この件に関しては拙著『アメリカの親戚』に詳しく書いた。

前にも書いたように、この本を上梓したときに、常盤新平さんが、東北人らしい含羞と愛情から、「なんで僕が『遠いアメリカ』で正介さんが『アメリカの親戚』なんですか」とおっしゃったのが、懐かしいが、それにはこんな理由があるからだった。

いずれにしても、瞳の甥と姪のうち四人はいわゆるバイリンガルである。しかし、日本語の読み書きもできるのは、そのうちのひとりで、また英語と日本語を仕事の上で使用しているのは別のひとりだけだ。この事実はいまや流行りとなっている外国語教育に一石を投じるものではないだろうか。

ながながと親戚のことを書いてきたが、それは『家族』が、瞳の同胞たちの人となりを書いているので、多少の追加説明が必要だと思ったからだ。

瞳は『草競馬流浪記』で川崎の競馬場を訪れたことにより、『家族』のメイン・プロットを構想したのだと思う。

しかし、すでにノンフィクションと小説をない交ぜにしたような『血族』を書いている手前、こんどは父親サイドを書くにあたって、同工のものを、と安直に考えるわけにはいかなかったのだろう。

僕は、瞳が調べて、取材して書くような小説は苦手だったのではないか、と考えている。あくまでも自分自身の実体験を深く掘り下げるような作風であったと思っている。そこに、調査資料が重要になった『血族』を書くにあたっての苦しみがあったと理解している。

事実、『血族』の執筆時には、だいたいのところを勉強して、当時の新聞記事を入手すると、郷土史家に教えを請うとか市役所、図書館などに足繁く通って取材している形跡はない。むしろ、このドアを開ければ事実が判明するところで逡巡する姿を描くことによって、作家の苦悩を描き出そうとしているかのようだ。

そんな瞳が次に『家族』を書くことになる。

しかし、今回は、『血族』での反省からか、きちんと取材をし、思い切って相手の懐に飛び込んで、真実を聞き出そうとする。その姿勢は『血族』のときとは正反対である。

――私は、いそいで登記所を出た。息せききって駅に向って歩いた。やっぱり正攻法がよかったなと思った。(中略)川崎市の地図を持ってきていた。西側に東芝堀川町工場と柳町工場とがあり、(『家族』15)

というように、事実関係に重きをおくノンフィクションの手法に忠実であろうとしている。

――私は『血族』という小説を書いた。そして、そこから押しだされるようにして父のことを考えずにはいられない立場に追いこまれるようになった。自分でそうなっていった。『血族』の書評のなかに、なぜ母のことばかり書いて父のことを書かないのかという趣旨のものがあった。辛いことを言ってくれるなあと思った。（『家族』43）

この一文を読んでもわかるように、僕は以前読んだときに『家族』は、母の出自を追った『血族』と対をなし、父の犯罪歴を暴いただけの作品だと思っていた。

しかし、この原稿を書くために再読してみると、この『血族』と『家族』は単に対をなすものではなくて、また続編だと思ったのは誤読であったようだ。

小説では、将棋、野球、麻雀、競馬について書く、瞳自身を思わせる作家がヤクザに睨まれ、それが暴行事件に発展する。その前段階として、作家は競馬場でダフ屋やノミ屋から挨拶されるようになる。そのことから、作家は、そういえば、青春の一時期、ヤクザ者に道ですれ違うと挨拶されることがあった、と過去を思い出すことになる。

そして、物語はその鎌倉時代のヤクザ者との交流へと遡る。

そもそも瞳の父親の正雄は下手の横好きでバクチ全般が好きだった。戦後のある期間は自宅の応接間で賭博を開帳するまでになっていた。

瞳もその賭場でヤクザ者相手のバクチを打っていた。だから、道で会うと挨拶されたのだ。そこに出入りしていた本物のヤクザが、のちに川崎競馬場のダフ屋やノミ屋を仕切る親分になっていた、というのが『家族』の大筋だ。

この小説は単に父親のことを書こうとしただけではなく、競馬をめぐるトラブルや暴行事件を書くのに、父の素行と、その血が自分にも受け継がれているということを脇筋として利用したということだろう。

瞳が競馬について書いたもののうち、競馬場におけるダフ屋やノミ行為がヤクザの収入源になっているという指摘は、当のヤクザ者たちの反感を買ったに違いない。

競馬場で、すれ違いざまに、その筋の人物から、先生、月夜の晩ばかりじゃありませんよ、ぐらいのことは言われていたのだろう。

ヤクザのしのぎ（収入源）を根元から引き抜こうというのだから、恨まれないわけがない。『家族』の作中で、作家はひどく殴られる程度で済んでいる。しかし、登場人物のひとり石渡は、自殺を装っているが、殺されたのかもしれないという設定になっている。この石渡の死が、作家に対する警告なのだ。

ここからは、小説『家族』の記述にしたがって、いままでご紹介した親族の関係などを踏まえた上で書いていこう。

『家族』の冒頭は山口家の法事の場面から始まる。

ここで書かれていることは、瞳ファンならば先刻ご承知のことがらだろう。山口家の法事は長男である純ではなく、次男である瞳が執り行うことになっていた。

それがいつごろから始まったのかは、定かではない。おそらくは瞳が父親の正雄をサントリー（当時は「洋酒の壽屋」）の社宅に引き取ったあたりからだろう。瞳の母の静子の法事などに際しては、瞳夫妻が正雄を連れて浦賀の菩提寺に行くという段取りになってからではないか。

それはともかくとして、『家族』では、またしても腹違いの兄との確執について書いている。ただし、ここで書かれているのは、なんともお人好しで気さくな性格の兄の姿だ。それがどうして、仲違いのように書かれることが多かったのか。

小説作品にするにあたって、瞳なりにアレンジを施しているということだろう。

――「いざとなると、これだけの人が集るということがわかりました」

兄は、のっけにそう言った。その一言で充分だった。それは、こういう際の常套《じょうとう》的な言葉なのかもしれないが、私は妙に感心した。（『家族』1）

悪しざまにいうことが多かった兄のことを、やや温かい眼差しで見ているのが、『家族』の特徴なのだ。

正雄が麻布に残した土地について、詳述しているのも、『家族』が初めてではないだろうか。あれだけの土地がありながら、正雄さんの借金返済のことをくどくどと書いているのはおかしいと、精読した読者から言われたこともあった。

静子の死後、一家は離散し、瞳親子三人は大学時代の親友、上田健一さんの西麻布のお宅の離れに一年間ばかり下宿させてもらってから、元住吉のサントリーの社宅に移る。正雄は入退院を繰り返しながら元住吉の瞳一家に合流する。

そして、東京オリンピックのための道路工事が始まるまで、麻布の家は銀座凮月堂の社員寮に貸していたと聞いている。

――事業の失敗を続けていた父に財産があるわけがない。しかし、東京の南麻布に百坪ばかりの土地が残っていた。(中略)借金取の攻勢を逃れて、その土地を守り通したのは、たしかに弟の手柄だった。(中略)

大通りに面した南麻布の土地は、道路の拡張によって東京都に買いあげられることになったが、おそろしいような土地の値の高騰により、一億円とまではいかなくても、それに近い金額を弟は得たはずである。その経過や決算報告を、弟は、どんなに追及しても明らかにしなかった。まことに頑強だった。(『家族』1)

というようなことがあった。

都による土地の購入は東京オリンピックにそなえて、一の橋から古川橋を通り高輪に抜ける桜田通りの拡幅工事によるものだった。

正雄が死んだ一九六七年四月、遺された麻布の土地のことが未解決だった。

俗に墓場まで持っていく話というのがあるが、僕ももう棺桶に片足を突っ込んでいるような年齢になったので、少し踏み込んだ話を書く。

山口家が所有していた地所は麻布二之橋と三之橋のちょうど真ん中あたりで、現在は歩道橋がある場所だ。だから、僕は自宅出産だったので、あの歩道橋の橋桁の下で拾われたと自称している。地所は、僕の感覚としては百五十坪程度ではなかったかと思う。

正雄の葬儀のあと、しばらくして国立の瞳の家で家族会議が行われた。

次男である瞳が、入退院を繰り返す正雄を引き取り、死んだときは葬儀も瞳の国立の自宅で営まれた。だから家族会議も国立で、となった。

ともかく、家族会議も国立のまだ建て直す前の木造の家の八畳間で行われた。

久しぶりに瞳の兄、妹ふたりと弟が揃うというので、治子は瞳の家に残っていた山口家伝来の魯山人の食器をすべて卓上に並べて、とっておきの料理を供したのだった。

家族会議の議題は遺産相続についてだった。

これまで、正雄の財産管理と麻布の土地問題は港区内に住んでいた叔父に一任されていた。

家族会議の席上、直情型の叔父が、麻布の土地に関しては全部、俺によこせと強行に主張した。土地取引の煩雑な作業を全部やっていたのは自分だというのが根拠であったらしい。

「お前ら殺して、俺も死ぬ」、というお定まりのセリフが叔父から飛び出した。そして、これも定番通りだが、叔父がお膳をひっくり返した。

このとき、卓上にあった、わが家に残された魯山人のあらかたが割れてしまい、治子とふたりの瞳の妹が泣きながら、その破片を拾った。一窯丸ごと買ったという魯山人がわが家にほとんどないのは、この事件が原因だ。

場合によっては多少の分配があるかも、と考えていたかもしれないにせよ、伯父や叔母たちにしても、ただ、収支決算はどうなっているのかという報告を聞きたかっただけなのだ。

瞳には、作家としての立場もあるので、面倒なことは叔父に任せっぱなしにしていた負い目もあった。

叔父は、なにも、あんな芝居染みたことはしなくてもよかったのだ。そんなことをしなくても、麻布の土地に関しては自分が相続したいと言えば、瞳をはじめとして同胞たちは同意したことだろう。ただ詳細をききたかっただけなのだ。

瞳はあとになって、僕とジェリー伊藤に嫁いだ妹はそれなりの収入があるからあきらめもつくが、長兄とすぐ下の妹には、少し分けてやりたかったと言ってはいた。

一説によると、この土地売買に関連して、信用金庫の担当者だか、東京都麻布支所の税務職員だかが飛ばされたというスキャンダルもあったらしい。

その後、親族の間で、この土地の話がでることはなかった。

瞳が、一九八四年八月八日に末っ子だった弟が五十四歳で亡くなったことについて書いているのが、「男性自身」の「弟」（１０７１）だ。

叔父、昭は自宅で開催していた将棋道場で子供が握り駒をしたのを咎めているときに、激昂のあまり脳梗塞を起こし、そのまま亡くなった。

この弟に関して瞳の思いは複雑だったと思う。そんな印象はなかったが、子供のころは虚弱体質だったという。

祖父、正雄の死後、どんなものだったか知らないが、瞳が多額と書く借金は、この叔父がほとんど返済したのだと思う。

正雄は最晩年に入退院を繰り返し、その入院費用や、いまでいう介護費用を兄弟でどのように負担するかでも、ずいぶん色々な問題があったようだ。

治子が悪者になることもあったようだが、瞳はそのあたりのことは巧妙に書かないでいる。

この件に関しては後日談がある。

バブルの絶頂期、このあたりの土地の値段は一坪八千万円とも噂されていた。

そんなころ、不動産屋の若い社員が国立の変奇館を訪ねてきた。

訪問の理由は、麻布に専売公社の社員寮が建つのだが、その一角に隣接する山口家の土地があるので買いたい、というのだ。

東京都は道路に引っかからないというので、十分の一坪ばかりを買わずにいた。そんな何の役にもたたないような土地でも、必要ないと思えば、買わないのが役所というものだった。所有者がわからず、八方手を尽くした結果、どうやら小説家の山口瞳が相続しているのではないかということがわかったので連絡したのだという。

弟が相続しているはずだけどなあ、と瞳はいぶかったが、事情だけは聞くことにして、この突然の来訪者を招じ入れた。

「なにしろ、角の空き地にムシロ旗でも、立てられちゃ、困りますからねぇ」とこの社員は聞かれもしないことを言う。だから、この十分の一坪を買いたいというのだ。

瞳は、皆まで聞かずに、いいですよ、と答えた。

彼はこの即答に驚いた様子で、「四百万円でいかがでしょうか」と切り出すと、瞳は、これにも「いいですよ」と即答した。

これにも驚いた様子の彼は、「そういうことでしたら、一応、社に電話させてください」と言う。

電話を切るなり、「では、六百万円で買わさせていただきます」と言った。

なんだか変な取引になってしまったが、おそらくは坪八千万と噂されているから、山口は八百万なら売ってやる、と言うはずだ。そこで四百万円と答えて、あとは少しずつ譲歩して六百万で折り合いをつけろと上司に言われていたのだろう。

そちらの言い値で売りますという、いかにも瞳らしい返答に、かえって虚を衝かれたということになってしまったのだ。最初から六百万払うつもりでいたのだろう。それよりも安いと相場が崩れてしまい不動産屋のほうが困るのだ。

この六百万は、当時、現存していた瞳の同胞とその連れ合い、甥と姪を含めて二十人ばかりで頭割りにした。

件の叔父のように、すでに親が死んでいる場合はイトコにそれぞれ分配すると聞いたので、僕は、「親が死んでれば貰えて、生きていると貰えないのはおかしい」と言って、それ相当の分配を要求した。僕にも正雄の血が流れているようだ。せこいね。

後年、叔父の長男が、僕に「しょうちゃん、マサオサン（彼は祖父をそう言っていた）の土地をガメたのは誰だよ」とヤクザまがいの口をきいたことがあった。

お前の親父だよ、という言葉が喉まで出かかっていたが、まだ子供だったので、かわいそうだと思って口にはださなかった。のちに事情を知っただろうが、今年（二〇一九年）、脳梗塞を患い、短命であるという山口家の伝統（？）にしたがって、六十歳で亡くなった。

彼が叔父の息子として、山っ気のあった正雄の血を一番、色濃く受け継いでいた。

——馬主席にその老人がいるのがわかった。やや小柄で、黒いけれど薄くなった頭髪を油で固め、ベッチャリと七三に分けている。身綺麗な老人で、遠目にはドイツ人のようにも見えた。こういう感じのドイツの映画俳優がいたような気がする。変に懐しい感じのする男だった。昔どこかで会っていて、かなり親しい間柄であったような気がすることもあった。しかし、その懐しさは決して感じのいいものではなかった。(『家族』2)

『家族』の作中では、鎌倉時代の応接間で行われていた博打に参加していた、当時は寝川組の中堅クラスのヤクザであった箕浦が、今では名前をかえて、寝川組系柴田会の会長になっている。

鎌倉のヤクザ者が、のちに川崎競馬場の暴力団を仕切る黒幕的な親分にのし上がっている、という設定である。小説中の人物は、競馬場でも、最高級のビキューナのオーバーを粋に着こなす男として描かれ、独特の異彩を放っているが、実はこの人物にはモデルがいる。といっても、ご本人はヤクザや暴力団というかたではない。作中に、ナンキンリュウエンという馬が登場するが、その馬主であった盛毓度さんの風貌や佇まいを、瞳はヤクザの大立者を描写するとき、流用しているのだ。

盛毓度氏は華僑であり、東京の芝公園に面したところにある中華料理店「留園」の経営者であった。「留園」は巨大といってもいいビルで、僕は中に入ったことはないが、芝公園の前を通過するときにはその威容に圧倒されたものだ。双子のアイドル歌手が歌う「リンリン、ランラン、留園」というコマーシャルソングで知られているかもしれない。

瞳は彼を馬主席でしばしば目撃し、その大人然とした風貌から、隠然たる勢力を誇る、大親分のモデルとしてふさわしいと考えていたのだろう。


――私は父を熱愛していた。小学生から中学の低学年のときまでが特にそうだった。いつかは父と死別しなければならない。そのときはどんなに歎き悲しむことか、自分でも想像がつかない。（中略）戦後になって父は急激に衰えた。まだ五十代の初めであったが、持病の糖尿病のせいか、肉体的に衰え、精神的にも弱い男になってしまった。私はそのことを有難いと思うようなこともあった。これで死別のときの悲しみが減ると考えたのである。（『家族』11）

――昭和二十年七月五日、私が甲府の六十三部隊に入営するとき、父は兵舎の前まで送りにきた。（中略）中央本線で甲府までというのは実に遠かった。

私は厭《いや》で厭でたまらなかった。軍隊に入るということは、それほど厭でも苦痛でもなかった。父と差しむかいで旅をするというのが、なんとも鬱陶《うっとう》しいのである。ずっと無言でいた。ということは、私の父に対する尊敬と熱愛が続いていたということになる。（中略）私は粋《いき》とか野暮とかが少しわかりかけていたように思っていた。どういうわけか、小説は永井荷風ばかり読んでいた。

「すくなくとも、粋とはお別れだ」

そんなふうに思い、それにもまして、熱愛する父が目の前にいることが苦痛になった。（『家族』27）

瞳は、その書いてきた内容とは裏腹に本当は父親を熱愛していたのである。いわく、「戦前の父は素敵な男だった」「父はユーモアを解する男である」「家中で遊ぶのが好きだった」などなど。戦争中でも、一緒に家でウイスキーなどを飲んでいたようだ。

以上は『家族』の中での記述だ。反して、『江分利満氏の優雅な生活』の「いろいろ有難う」の中などでは、父親の行状を悪しざまに糾弾しているように思える。

『江分利満氏…』が上梓されたとき、正雄は嫁の治子に、「おれはあんなに悪い奴か」と訊ねたという。

瞳が社宅の二階で、『江分利満氏…』の「いろいろ有難う」を書いていたときに、父親の正雄は階下の茶の間にいたのだ。

『血族』で書いたような、瞳が持ち続けた母親に対する愛情は、父親に対しては感じられない。

それはある日、忽然と姿を消して、憎悪に近いものを感じてくるようになった。このあたりの感情の変化は、僕にも非常にわかりにくい。

何か大きなきっかけがあったのだろうか。確かに、妻の静子が死亡したときに、正雄が川端康成さんに借金をしにいった件など、事実であるだけに、困った人以上に、瞳の仕事の邪魔まですする人間である。


——早稲田大学理工学部を卒業して島津製作所に就職し、後に新潟鉄工所にも勤めることになるのだが、その後（昭和十四、五年以降）は、いっさい大企業に関係しようとしなかったことだ。特に戦時中は、父のような人材は、どの企業でも必要としたことだろう。母も、よく、「パパのような人はね、大きな会社の番頭のような仕事が一番向いているのにね」と言っていた。しかし、父は、非常に困窮しているときでも自ら就職運動に出向くようなことはなかった。（『家族』24）

経済犯として前科がある身としては、ある時期から、その身上調査が厳しくなったので、失業しても大企業への就職が難しくなったのではないだろうか。

僕が定期購読している「Ｓｔｅｒｅｏ」誌の二〇一八年六月号の特別付録「創刊55周年記念

本誌創刊号完全復刻版」のページを何げなくめくっていて、ある箇所で手が止まった。それはこの雑誌の広告ページで、おそらくは姉妹誌である「ＰＯＰＳ」誌の六月号の宣伝で、この号では「文豪と女優」というサブタイトルで、「伊豆をゆく吉永小百合」というグラビアページがあるとしている。

問題は、そこに掲載されている一葉の不鮮明な写真だ。

鎌倉の川端康成邸の客間で川端さんと吉永小百合が談笑している。

わが家にはときどき不思議な写真がある、というのは山口瞳の常套句だが、これもその中のひとつだ。

わが家にあるものは、川端さんと吉永小百合を挟んで、瞳と治子が左右に並び、その後ろに編集者らしい人が三人並んでいる写真だ。

机の上に置かれている、茶菓が同じで、吉永小百合のスーツと真珠の首飾りが同じものなので、同日に相前後して撮影されたものと思われる。

わが家に残るものの裏には文藝春秋社・編集局写真部・角田孝司という判が押されているので、直木賞作家がお世話なったかたがたにご挨拶するというような企画で川端邸を訪れたものと思われる。「Ｓｔｅｒｅｏ」誌創刊号は昭和三十八年の六月号なので、ちょうどそのころだろう。

吉永小百合は、この音楽雑誌の取材でたまたま川端邸に来ていたのか。

瞳が直木賞を受賞したときに、川端さんが、瞳君、ちょっと、と声をかけてきた。何事かと思ったら、母親の静子が死亡したときに、正雄が川端さんに借金を申し込んで、かなりの額を借りたままになっているというのだ。

直木賞の受賞賞金をそのまま芥川賞の選考委員に手渡したのは、僕ぐらいだろうと瞳は言っていた。

『家族』の冒頭部分はその発表前年の一九八二年の七月に雑誌「群像」に掲載された「同胞」とほぼ同じものであり、父、正雄についての記述は一九八一年二月に雑誌「文學界」に掲載された「父の晩年」を元にしている。また競馬や麻雀については一九七四年十二月、雑誌「オール讀物」の「馬券師」と一九七五年五月、雑誌「オール讀物」の「満貫」などをアダプテーションしている。

鎌倉時代や入営前後の描写は未発表に終わった一九五三年の「履歴」を大幅に改作したものである。

このように、それまでの作品の断片を流用しながらも、オリジナルな作品として生まれ変わった『家族』は父親との確執を描いたようにみえて、その実体は競馬とヤクザの裏社会をあつかった一種の犯罪小説となっている。

そういえば、『草競馬流浪記』の金沢の章で、行きつけの酒場であった倫敦屋《ロンドン》のマスターが瞳の顔に傷がないかと心配する場面がある。

いつも事実に沿って執筆する瞳のことだから、本当に瞳が暴行を受けたと錯覚してしまったのだ。

このことからもわかる通り、『家族』は「草競馬流浪記」の取材を開始したころに着想を得て、その連載が終わらない内、すなわち金沢の競馬場を訪れたころまでには脱稿し上梓されたということになるのである。

23『新東京百景』のころ（1985〜1986年）

仕事を終えて、ぼんやりしているところに電話がかかってきた。

聞き覚えのないお年寄りのご婦人とおぼしき声に何事かと思ったら、「しょうすけちゃん？昔、山口さんの隣に住んでいた林です」とのことだった。

電話の主は林賢材さんの息子さんの奥様で澄子さんとおっしゃる。現在、八十八歳とのことだが、矍鑠《かくしゃく》として声に張りがある。凛とした東京の山の手言葉を久しぶりに聞いた。わが家には父の死後も何度かお見えになっているという。また瞳の妹の栄とも親しく、最近まで交流があったようだ。

瞳の妹であり、僕の叔母にあたる伊藤栄が死亡したことは、すでに書いた。

そのとき朝日新聞に掲載された死亡記事を、林さんの知り合いが読んで教えてくれたらしく、林さん自身は読んでいないので、その事実関係を確認するための電話だった。

——当時の東町小学校の運動場は、右翼方面が極端に狭く、二塁手の守備位置の背後はすぐに学校農園の農場になっていた。その二十メートルぐらい後方は、東京銀行の頭取であった林賢材さんのお邸《やしき》になっている。（『家族』27）

瞳はこう書いているが、戦後、昭和二十三年に山口の家が、鎌倉から麻布に引っ越してきたとき、この林さんの敷地を購入したということを、この電話で確認することができた。戦後、大きな敷地であったのを、小池さんという電気店と山口家に売却した。麻布十番から東町小学校の前を通る道が、一の橋から古川橋を結ぶ都電通りにぶつかっていた。もう一方から道が延びていて、都電通りを頂点とする三角形ができるのだが、その三角形の敷地の突端のおよそ百坪ばかりが山口家の地所となった。僕はこの家の二階で、産婆さんの手による自宅出産で生まれ、祖母が亡くなった翌年までをここで暮らした。

敷地の一部は、のちに、祖母の静子と瞳の末弟の昭が経営する花屋になり、また最後の数年間は、三角形の頂点にあたる場所が旋盤を何台か置いた工場になった。この工場が祖父、正雄の経営するものだったのかどうか、僕には記憶がない。

澄子さんの記憶によると、河出書房が倒産して失業した瞳が、サントリーの就職試験を受けるときに、サントリーの社長、当時だったらおそらく鳥井信治郎さんと親交があった林賢材さんによろしくと挨拶にきたという。瞳もそれなりに根回しというか、就職活動をしていたらしい。

『新東京百景』の中で、瞳は珍しく、戦前の麻布時代の住所について書いている。

――むかし新堀町と言った僕の住んでいた家の前に出た。そこはマンションになっていた。（中略）麻布は坂が多いのである。坂の頂上の少し下の左側に箏曲《そうきょく》の今井慶松さんの家があった。その向い側に住んだこともある。一軒下が黒田製薬の社長の家だった。（『新東京百景』「麻布十番、六本木」）

この坂というのは仙台坂のことだろう。麻布に住んでいる起業家は、景気が良くなると坂を少しずつ上がるように転居する。それが習わしのようになっていたようだ。

二の橋と三の橋の中間にあった僕の生家は、ほぼ、その坂の最底辺に存在していたことになる。つまり黒澤明の映画「天国と地獄」で、山崎努演じる犯人が、小高い丘の上を見上げて、社会に恨みを感じる、あの底辺とほぼ似たような感じになる。瞳も、山口家がいいときは、ずいぶん上のほうまでいったものだが、と自嘲気味に話していた。

瞳は、『新東京百景』の中で、この麻布の昔の家の場所について書いた少しあとで、麻布高校の校庭から見えた蟇池《がまいけ》がなくなったと書いているけれど、マンションに囲まれて道路からは見えず面積は半分ほどになっているが、まだ存在する。

瞳には、書いたことにこうした小さな間違いが多いだけならばまだしも、実生活で大きな間違いをしでかすこともあった。

それは『家族』で引用した父親の正雄の犯罪歴を記載した取り調べ調書についてであり、ときの検事総長の首が飛んでもおかしくない重大事件だった。この調書自体、本来は決して外部に流出してはならないものだったのだ。

麻布中学時代の友人を通して、正雄の取り調べ調書を入手することに成功したのだが、あろうことか、瞳はその重要書類を紛失してしまったのだ。電車の網棚に置き忘れたのか、乗車したタクシーの車内に置き忘れたのだろうか。

そして、もう一度、友人に頭を下げて、再発行してもらうことになる。しかも、ことはそれだけに終わらなかった。何と瞳はその全文をそのまま小説に引用してしまったのだった。

瞳に情報提供した友人も、大いに驚いたことだろう。まさかそれほど瞳が社会通念を知らないとは思っていなかったようだ。調書を読んだあとは、うまく小説の中に溶け込ませてくれるだろうと考えていたのだろう。

だが、こんな大事件でも、中学時代の同級生たちが、「あのヒトミチャンならば、しかたないなぁ」で済ませてしまう。瞳の人柄のなせることなのかもしれない。

子供のころから、愛嬌のあるお調子者という評判で、言っちゃいけないことをすぐ口走るようなところがあったのだろう。つまり、誰からも憎まれないようなところがあったのだが、大半はうっかりミスによるもので、それゆえに筆禍事件、舌禍事件には、枚挙に遑《いとま》がない。

『新東京百景』の「浅草ビューホテルからの眺め」に登場する劇作家とは井上ひさしさんのことだ。ふたりは浅草のストリップ小屋へ行くことになった。

――「よろしかったら、ご案内しましょうか」

と、浅草に精《くわ》しい劇作家が言った。

「ぜひ、ぜひ……」

そう言って、すぐに僕は蒼《あお》くなった。その劇作家の芝居に毎回招待されていて、僕は、まだ一度も観ていないのである。ストリップと聞いて飛びつくのは、そりゃあんまりじゃないか。

(『新東京百景』「浅草ビューホテルからの眺め」)

これまでの一時期、瞳と井上さんは、ちょっと疎遠になっていた。じつは、井上さんとの間にちょっとした行き違いがあったのだ。

瞳が書いたもので、「日本語は同音異義語が多いので、洒落が語呂合わせの域を出ず、あまりにも駄洒落が安易に造られやすい」というような内容があった。

これを読んだ井上さんが、ご自分の戯曲で使う脚韻を踏むような作詩のことを言われたと思われ、ご機嫌を損ねたというものだった。

瞳が書いたのは、ある高名な現代詩人についてのことだったのだが、確かに井上さんの戯曲やミュージカルの作詩に語呂合わせを利用する表現が多いことは否めない。瞳自身も洒落や地口を多用するので、よく話し合えば誤解も解けたと思うのだが、そうしないまま時間が経ってしまった。

そのなんとなく気まずい雰囲気が、この浅草行きで解消されたのだった。

しかし、このストリップ小屋でとんでもないことが起こる。踊り子の熱演に血圧が上がってしまったのか、瞳は気分が悪くなり、劇場のトイレで嘔吐して昏倒する。救急車で病院へ運ばれることとなるのだが、その手配を井上さんがしてくれた。病名は完全恢復性脳梗塞で、一過性脳虚血症の痕跡も何カ所かあったという。幸い後遺症も残らなかったが、このときから禁煙することとなる。

この『新東京百景』の「麻布十番、六本木」「竹芝桟橋と帝国ホテル」の章でディスコやパブを訪れて門前払いを食らうというエピソードについて、田中康夫さんが、「そんなことも分らないで、行ったのか。断られるのは当たり前じゃないか」というようなことを書かれた。それに対して、瞳は、年寄りを受け入れられるようでなければ、一流の客商売とはいえない、というような考えを表明した。

横浜の老舗のレストランの、かなり年配のウエイターが、学生相手にそれとなくテーブルマナーを教えるということが、文化の伝承であり、粋なことだと瞳は考えていた。

それは、また老人が若者の遊び場で鄭重に扱われて然るべきだという哲学になる。

瞳が、どこもかしこも田舎ッぺに席巻されていると書きすぎたのもいけないかもしれないが、そのあたりで田中康夫さんとの間に齟齬《そご》があったのではないだろうか。これは、「都会人論争」とでもいうべきものか。


石原慎太郎さんとは小説の題名の付け方をめぐって誤解があったことはすでに書いた。

かつては前衛絵画の前田常作さんの紫綬褒章受章パーティーのスピーチで「わたしには前田さんの芸術がわかりません」と言い放った「前衛芸術論争」もあった。

この瞳の言葉で場内大爆笑になってしまったのが、一層、前田さんのご勘気に触れたのだ。

また、将棋の米長邦雄さんが、「瞳さんが対局場にいるならば、僕は将棋を指さない」とおっしゃった、「将棋観戦記騒動」もあった。

対局室の雰囲気を瞳ならではのシニカルな筆致で語られると、余計なことを考えなければならなくなってしまうとお考えだったのだろう。些細なことにまで験《げん》を担ぐ勝負師の発想は瞳も重々承知だったので、ここはすんなり身を引いたが、それ以降、将棋界とは距離を置くようになる。

山藤章二さんとの間では、「似顔絵論争」があったことを「男性自身」の「頑迷固陋」（12

37）で書いている。

「週刊朝日」の人気連載に「山藤章二の似顔絵塾」があり、年に一回は識者が数名招かれて選者となり年間最優秀作を選定する。

あるとき、その選者のひとりに瞳が選ばれた。そして、作品を選考する過程で、瞳が、「描かれた本人が気分を害するようなものは似顔絵ではない」と持論を述べた。

ご存じのように似顔絵の多くは顔かたちをデフォルメしたもので、必ずしも好意的に描かれたものではない。そのパロディー精神のようなものを根底から覆すような瞳の発言に、山藤さんは反論なさったようだ。

もっとも、ふたりの付き合いは長く、古くは『酒呑みの自己弁護』の挿絵から始まって、単行本の表紙を担当していただいたり、映画「居酒屋兆治」ではタイトルからガヤでのカメオ出演までと、多岐にわたっている。

したがって、瞳が言いたかったのは、山藤さんに対してではなく、似顔絵全般に対する自分の考え方であった。

そのほかにも、作家として成功すると、必ず鎌倉に住みたがるのね、というものもあった。

瞳に言わせれば、鎌倉をはじめとする湘南地方は湿気が多く、蔵書がすぐに傷んでしまうから、書庫を必要とする作家には向かない、というのだ。これは体験から出た発想で合点がいく。

また、軽井沢に別荘を持ちたがるとも言っていた。

軽井沢が、いまのように銀座か六本木と見まごう混雑ぶりになってしまっては、作家がわざわざ住む意味がないとも考えたのだろう。戦前の山口家のように、六千余坪の土地を持ち、敷地の中に小川が流れているようでないと別荘とはいえないという理屈だが、これはやはり厭味だろうか。

これにも、多くの作家が湘南や軽井沢に居を構えるという風潮の中、物議を醸してもおかしくない。

しかし、瞳の読者ならば、瞳自身が戦中と戦後の数年間を軽井沢と鎌倉で過ごしたことをご存じだと思う。つまり、この発言には、ある種の自嘲も込められているのだが、その間の事情を知らない人にとってはカチンとくるものだろう。

東京というと、すぐに月島あたりに住みたがるのもいかがなものか、とも言っていた。

これは「作家の住み方論争」というべきか。

いずれにしても、東京なり都会人の生活を知り尽くした上での言葉であり、作家として、道化師やトリックスターを演じた、ということだろう。

二〇一八年の六月十六日の日経新聞朝刊の書評欄を読んでいて、僕は、どこかで小さな鐘がなる音を聴いたような気がした。

それはイヴァン・ジャブロンカ著『歴史は現代文学である』（名古屋大学出版会刊）の書評で、評者であるフランス文学者の小倉孝誠さんが次のように書かれていたからだ。

——私たち日本人からすれば、その方法は、かつて森鷗外が、史伝物において儒者の生涯を跡づけながら、その生涯に寄り添うみずからの歩みを記したことを想起させる。じつはこのやり方は、ジャブロンカ自身が本書の2年前に刊行した『私にはいなかった祖父母の歴史』で実践したことだ。ナチスの収容所で死んだ祖父母の生涯をたどりながら、欧州現代史を描く感動作である。

瞳はかつて、「僕はよく夏目漱石に影響を受けているのではないか、と言われるけれど、僕が好きで、影響を受けたのは、むしろ森鷗外のほうだ」と言っていた。

そうは聞いていたのだが、実際にどのような影響を受けたのかはわからなかった。

もしかしたら、この書評でいわれる儒者の史伝に何かヒントがあるのではないかと思い、調べてみると、この作品は、どうやら『伊沢蘭軒』らしい。

インターネットマガジンというのだろうか、「プレジデント　フィフティ・プラス」2009年7月15日号の「文壇の重鎮丸谷才一が語る『不朽の名作』(1)」で丸谷さんが鷗外についておおむね、次のように書かれていた。

――一般的に漱石や谷崎の作品はよく読まれているはずなので、あらためて触れる必要はないでしょう。問題なのは森鷗外です。(中略)鷗外の作品で本当に価値があるのは、晩年の50代に書いた3つの伝記なのです。その3作とは、書かれた順に『渋江抽斎』『伊沢蘭軒』『北条霞亭』。いずれも江戸後期の医官でたいへんな読書家だった。鷗外は古本屋で彼らが売った本に出合い、『いったいどんな人がこれほど立派な蔵書を持っていたのだろう』と好奇心を抱いて探り出す。そこから話が始まります。

伝記というと野口英世やリンカーン、エジソンなど誰もが知っている偉人について書かれることが多いけれど、鷗外の方法は違いました。よく知られていない人物を題材にして、探偵小説のように少しずつその人物のことを解き明かし、ときには壁にぶつかって立ち止まるけれど、別の手がかりを見つけてまた前へ突き進んでいく。

この仕組みは、われわれが生活の中で謎に逢着してそれを解いていく様子と同じで、これこそ本当の現実だという感じがするのです。しかも、そのプロセスが鷗外一流の見事な文章で書かれている。

先に挙げた3作の中では、僕は『渋江抽斎』と『伊沢蘭軒』がいいと思う。この2作品は近代日本文学の最高峰といえるでしょう。なぜそれほど素晴らしいのか。この2作は続けて書かれたものですが、謎解きの構造がたいへん大仕掛けになっていて、『伊沢蘭軒』の中で、前作で解決されなかった謎がすっかり解けるのです。

ここで前作というのは、医官を描いた『渋江抽斎』のことだ。

鷗外は古書店で江戸期の医官、儒者が残した書物を手にして、彼らに興味を持ち、その足跡をたどるという、いってみれば、資料にあたって調べる謎解きを小説にしている。

僕は、これは瞳が『血族』『家族』で用いた手法と一脈通じるのではないかと思った。そこで、瞳が書架に残した森鷗外全集の『伊沢蘭軒』を読んでみると、以下のような記述がすぐに目に留まった。いうまでもなく、旧字旧仮名遣い総ルビである。

――素人歴史家《しろうとれきしか》たるわたくしは我儘勝手《わがままかつて》な道《みち》を行《ゆ》くこと、する。路《みち》に迷つても好《よ》い。若《も》し進退維《こ》れ谷《きわ》まつたら、わたくしはそこに筆《ふで》を棄《す》てよう。所謂行當《いわゆるゆきあたり》ばつたりである。（『伊沢蘭軒』「その三」）

この文章などは、瞳が『血族』『家族』を執筆するときの覚悟とまったく同じものではないだろうか。

――わたくしは或《ある》日《ひ》旗本《はたもと》井澤《いさわ》の墓《はか》を尋《たづ》ねに、新光明寺《しんくわうみやうじ》へ往《い》つた。（中略）六十歳《さい》ばかりの寺《てら》

男《おとこ》に問《と》ふに、井澤《いさわ》と云《い》ふ檀家《だんか》は知《し》らぬと云《い》つた。（中略）
井澤《いさわ》の墓《はか》はなか〳〵見付《みつ》けることが、出来《でき》なかつた。暫《しばら》くしてから、獨《ひと》り東《ひがし》の方《はう》を捜《さが》してゐた爺《ぢぢ》が、「これではございませぬか」と呼《よ》んだ。（中略）
此大墓石《このだいぼせき》の傍《かたはら》に小《ちひさ》い墓《はか》が二基《き》ある。戒名《かいみやう》の院《ゐん》の下《した》には殿《でん》の字《じ》を添《そ》へ、居士《こじ》の上《うへ》には大《だい》の字《じ》を添《そ》へた厳《いかめ》しさが、粗末《そまつ》な小《ちひ》さな石《いし》に調和《てうわ》せぬので、異様《いやう》に感《かん》ぜられる。（「その六」）

瞳は『血族』において先祖の菩提寺を訪れた際に、知らず知らず、この鷗外の文章をなぞっていたのではないだろうか。

表記は古いが、この取材のスタンスや文体は瞳が書いたとしてもおかしくない。僕は、瞳が、『血族』『家族』を書くにあたって、無意識に、この謎解きのような鷗外の手法を参考にしていたのではないかと考えている。

瞳は、貧乏するたびに何度も鷗外全集を手放し、また少し余裕ができると買い戻した。いま、自宅に残っているのは、昭和四十六年十一月から刊行が始まった岩波書店の大判のものであり、全三十八巻。国立の変奇館にちゃんとした書斎と本棚ができたので購入したものだろう。

僕は、『伊沢蘭軒』を書架から取り出してみたが、ほかの巻同様、瞳が読んだ形跡はなかった。瞳は中学高校生のときに読破していて、新しく購入したのは、自分自身の精神安定剤というか、お守りのように考えてのことではないだろうかと思う。

瞳の鷗外好きに対して妻の治子は無類の漱石ファンであり、昭和三十年代の『漱石全集』もあるし、その後も新編集や復刻版が刊行されるたびに定期購読を駅前の書店に注文していた。

しかし、何巻か配本されると、あらやっぱり読まないわ、と言って配本を断ってしまうために、どれも、はじめに刊行された数冊ずつしかない。

現在、瞳の『鷗外全集』とほぼ同時期の『夏目漱石全集』（岩波書店刊）も書架に並んでいるが、これはごく最近、僕が駅前の古本屋で全巻揃いを一万円で購入したものだ。

どこかでこの版は総ルビだと出久根達郎さんが書いていらっしゃったので、無学な僕でもなんとか読めるのではと思って買ったのだった。

二〇一八年六月二十七日の毎日新聞朝刊をぼんやりと眺めていると、「守谷」という名字が飛び込んできた。

僕にとって守谷姓はなじみ深いもので、それは父の大学時代からの親友、守谷兼義さんのものだからだ。

読んでみると、高円宮家の御三女絢子さまが、日本郵船社員の守谷慧さん（32）と結婚準備を進められている、というものだった。

その守谷さんのお母さまがカンボジアで客死なさっているという。また、他紙では、お父さまの名前が治さんとなっている。

『新東京百景』の「竹芝桟橋と帝国ホテル」で、瞳は麻布十番のマハラジャで門前払いを食らわされたのを教訓として、最高のお洒落で次のカフェバーに臨もうとする。そのときの出で立ちが、次のようなものだ。

——モスグリーンのフラノのズボン。ヴァレンタインのタートルネックのセーター（日本郵船常務の故守谷兼義がロンドンのデパートのバーゲンセールで買ってくれたもの）。エルメスの皮のブルゾン（某新人文学賞の選考委員を長く勤めた功により出版社から贈られたもの）。ニュージーランドの羊毛帽子（還暦祝いに息子がプレゼントしてくれたもの）。ウンガロのベルト（競馬ダービーの記念品）。銀座フタバヤのブーツ。（『新東京百景』「竹芝桟橋と帝国ホテル」）

瞳の親友だった守谷兼義さんの息子さんの治ちゃんとは、まだ彼が幼かったころ、よく遊んだ。慧さんのお父さんの名前は治だという。治さんの奥さんがカンボジアで客死されたことも聞いていた。また、慧さんの勤め先が兼義さんと同じ日本郵船だという。万々が一にも間違いはないとは思うが、慧さんは兼義さんのお孫さんと思いあたった。

しかし、確証がない。こうしたことは慎重を要する。もしも僕の勘違いだと失礼にあたる。

そうこうしている内に、七月二十八日付けの東京新聞朝刊に、慧さんは「〇九年に祖父兼義さん（故人）が常務まで勤めた日本郵船に入社」という記事が出た。

やはりそうだったかと納得するとともに、もしも父が元気だったら、わがことのように欣喜雀躍したことだろうと思っていたら、「週刊文春」七月十二日号の25頁に「故人である祖父の兼義さんも日本郵船の常務まで勤めたエリート社員でした。交遊関係が広く、作家の山口瞳さんとも飲み仲間だったようです（後略）」（守谷さんの友人）という談話が出ていた。

ふたりの関係は、単なる大会社の重役と流行作家というものではなかった。瞳と守谷さん、毎日新聞の論説委員だった上田健一さんと、桐朋学園の教授だった波多野和夫さんの四人は、大学時代からの大親友で、兄弟同然の仲だった。

それぞれの夫人を含めた八人はしばしば集まって食事をした。この会には子供たちも参加したのだった。

『新東京百景』の「初時雨、有明の森」では、守谷さんの経済予測を、その先見の明とともに大きく取り上げて紹介している。

守谷兼義さんは『新東京百景』の連載が始まる前年に亡くなっている。このことについて瞳は、「男性自身」の第一一一〇回「悲報」で書いている。

24『行きつけの店』のころ（1987〜1988年）

還暦（一九八五年）を迎えた山口瞳は、ふたつの重要な決断をくだす。

そのひとつは小説の絶筆宣言であり、いまひとつは毎年元旦に催してきた自宅での新年会を止めるというものだった。

元旦当日は、コマネズミのように家の中で気忙しく立ち働くものだから、新年会を続けることは、年とともに辛くなってきたようだ。そのあげくの中止だったから、僕は無理もないと思った。

しかし、瞳の絶筆宣言の意味することは、よくわかっていなかった。

担当編集者や読者も、これで瞳の新作が読めなくなるのかと思ったのだが、実際には、新規の書き下ろし作品や連載をお断りするが、「男性自身」はじめ、現在、連載中のものは、書き続けますというものだった。

第一章から第八章まで、僕は「男性自身」を掲載順に読み込んでいった。したがって、その死にいたるまで、コンスタントに毎週、執筆している様子からは、生活のめりはりというか、山や谷がわかりにくかった。なにしろ、その死の床にあっても筆力の低下や劣化を感じさせなかったのだから。

「男性自身」では、あいかわらず達意の文体で、面白おかしく近況を書いているから、その体力的な限界を、読んでいても感じることができなかったのだ。

第九章以降は、主に小説を主体とした、そのときどきにアトランダムに発表された作品群を、それでも発表順に読み込んだ。

その結果、感じたことは、『血族』(一九七九年)『家族』(一九八三年)という長篇を発表したあと、一九八六年に浅草で一過性脳虚血症で倒れたことを受けたうえでの還暦絶筆であったということだった。倒れたとき、瞳は五十九歳だった。

長篇小説は体力の消耗が激しい。まして、『血族』『家族』は瞳としては珍しい長篇書き下ろしであり、純文学作品であった。

もう、書くべきものは書いた。持てるものは出し切ったという感が強かったのだろう。つまり、体力気力ともに、瞳自身がその限界を肌で感じたということだった。

それを受けての断筆だったと思えば、納得もいく。息子の僕からしてみれば、お父さん、もういいよ、命をすり減らすような仕事はやめてください、ということだ。

ということだったのだが、義理ある仕事は断れないのも、瞳の性分だった。

お世話になったかたがたからの原稿依頼には快く応えている。その中に、一九八七年の暮れから始めた、サントリーのPR誌である「サントリークォータリー」に書いた、「行きつけの店」がある。これは、瞳がこれまで旅と飲食について書いてきた紀行文の集大成ともなるものだ。

なんだ、絶筆したのに、新連載かと思われたかたもいたのではないだろうか。しかし、これは、ほかならぬ大恩あるサントリーからの依頼である。

かつて瞳がテレビ・コマーシャルに出演すると、ちょっと有名になるとすぐに出たがるんだよね、とか出演料がいいからね、などという厭味を言われたものだ。

しかし、瞳が出演したのはサントリーのコマーシャルであり、サントリーの宣伝部の制作部門が独立した、サン・アドという会社の社員だった。

サントリーのテレビCMは、月給をもらってますから、と出演料を辞退していたと思う。プロデューサーやディレクターである若い後輩たちを育てたいという気持ちもあっただろう。

まして、小説家としてデビューする前は、サントリーのトリスの新聞広告に、休日のサラリーマンという設定のモデルとして本人自身が出演していたぐらいなのだ。

いわゆる有名人が、それまで縁も所縁《ゆかり》もなかった商品の宣伝に駆り出されているのとはわけが違うのだ。

なお、競馬界との関係から依頼を受け、高倉健さんと競演したJRAのコマーシャルや、僕の仕事の関係で父に懇願して協力してもらった、日本ダイナースクラブのコマーシャルでは、それなりの出演料をいただいている。

二〇〇六年の一月ごろ、僕は、「日刊ゲンダイ」の編集局長の青柳茂男さんから、原稿依頼の電話をいただいた。

文士の行きつけの店を所縁の人が訪ねるという、続き物の企画があるのだが、次回は山口瞳を取り上げたい、よかったら書いてみないかというありがたい提案だった。

この企画の連載中に、『山口瞳の行きつけの店』として一冊の単行本にしませんかというお話があった。依頼主はほかならぬ、『山口瞳電子全集』に解題を書いていらっしゃる宮田昭宏さんで、ランダムハウス講談社から、二〇〇七年の四月に『山口瞳の行きつけの店』として刊行されることになった。また、翌二〇〇八年三月に文庫化もされている。

したがって、ここで『行きつけの店』の解説を書くことになると、同じ店のことを父が書き、それに僕が書き足したものがすでにあるので、重複は免れえない。

そこには目をつぶっていただいて、以下、新聞連載に大幅な加筆訂正した単行本を、さらに文庫化したときに、間違いを指摘されて加筆訂正したものの中から、いままでのこの原稿と重なっても、捨てがたい話を敢えていま一度、取り上げることにした。

少し長くなるが、父の書いた『行きつけの店』のあとがき、「時の移ろい」で銀座の「はち巻岡田」（江戸料理）について書いたものからの引用である。

父の愛読者のかたに改めて書くまでもないが、「岡田」は銀座の江戸料理「はち巻岡田」であり、おこ《こ》うさんは初代の内儀さん。千代造さんはその息子さんで、現在はおこうさんの孫にあたる幸造さんがあとをついでいる。

不思議なことに瞳は店名を正しく「はち巻岡田」と書かずに、「鉢巻岡田」と書いた。特に意味はないと思うのだが、多少はフィクションが混ざりますよ、というほどのことだったのか。

——相撲の夏場所へ行った帰りに岡田に寄ったら、なぜか無性に空豆《そらまめ》が食べたくなった。高橋義孝先生に頂く席は向正面の最前列で、飲み喰いは出来ない。枡席の空豆が気になって仕方がなかった。

そこで、無いのは承知で、空豆はないですかと千代造さんに言った。こういうのを無いものねだりというのだろう。十五分ばかり、ツキダシだけで飲んでいると、おこうさんが小鉢を持って近づいてくる。その小鉢に、いかにもみずみずしい空豆が盛られている。

「どうしたんですか、その空豆……」

「隣の店で借りてきたんですよ。色彩間苅豆（いろもようちょっとかりまめ）。ちょっとかりまめ……えへへへへ……」

そのときのお《ヽ》う《ヽ》さんのはにかんだような、悪戯《いたずら》好きの幼女のような笑顔が忘れられない。

「清元できたな。じゃ、累（かさね）って言われたらどうするんですか」

こんなヤリトリは相手がお《ヽ》う《ヽ》さんでなければ出来ない。私の酒に弾《はず》みがつくのも無理はないと自分でも思っている。


この話は何度も出てくるし、僕も何度も書いている。幾つかのヴァージョン違いはあるが、瞳本人も気に入っていたのだろう。

常々、父の教養というか素養のほとんどは、歌舞伎と落語からきているのではないかと感じていた。そして、その知識を縦横無尽に活用し、引用やパロディー、洒落と地口と本歌取り、と臨機応変に応用するのが山口瞳文学の秘密なのだと思っている。

ということで、この空豆にまつわるエピソードが、その典型的な例であり、もっともよく特徴を表していると思うので、ちょっと長くなったが、引用した。

このあまりにもよくできた、いやできすぎた洒落の当意即妙な応酬が即興のものであり、その場で実際に交わされた会話であることに驚かされる。

しかし、同時に、もしかしたら、いまとなっては、この逸話に解説が必要なのではないかとも思い、暗澹たる気持ちになる。

念のために解説させていただくと、「色彩間苅豆」は歌舞伎の名題であり、「累」はその通称である。〝名題〟とは演目の題名であり、歌舞伎の演目は題名が長いので略称というか通称がある。

隣で空豆を借りたことを「ちょっとかりまめ」にかけたおうさんに対して、「累」を「貸さない」にかけて返した、という、最高級難度、ウルトラCの必殺技の応酬であった。

まあ、これはできすぎであったが、父と一緒にいると、この手の洒落は日常茶飯事であった。したがって酒席では笑いがたえない。

父のことを謹厳実直な頑固親父で、いつも苦虫をかみつぶしているようだと思っていらっしゃるかたも多いと思うが、実際の父はその正反対である。

僕は、父が理想としたのは、もしかしたら「隠居した旦那」ではなく、「粋な幇間」だったのではないかと密かに思っているくらいだ。

と、ここまで書いてきて、もしやと思い、不安になる。

「ちょっとかりまめ」「かさねえ」などという洒落は江戸時代の昔から誰にでも知られている語呂合わせだったのではないか。そして、ここは、落語にそんな語呂合わせがありましたね、とお互いが確認しただけという場面なのかもしれない。しかし、それはそれで、小料理屋の女将と客が交わす会話としては、極上のものといいたい。

瞳は、この洒落というか、掛け合いをよほど気に入ったのか、「累と言ったらどうする」というヴァージョンのほかに、「じゃ、俺が与右衛門か」と、登場人物の名前で受けるものなど、

「はち巻岡田」が登場するエッセイでは、この逸話を繰り返し使っている。父としても、我ながらよくできた、と思ったのだろう。

一九九五年の八月。亡くなる直前の瞳が、あれを食べたいと言ったのが、九段下の「寿司政」のシンコの握りだった。すでに意識は半ば朦朧としていたこともあり、これはかなわぬ希望となってしまった。だいたい、暑い盛りのこの時期に、寿司の持ち帰りはやっていないようだ。

「寿司政」のあとをつぐことになった、先代の息子の戸張太啓寿さんは数軒先に、懐石日本料理の「寿白」というお店を開いた。その店の命名をしたのと、看板などのロゴになっている店の名を書いたのは瞳だ。

瞳が「ざっかけない店」といったのが、神田明神下「左々舎《ささや》」だ。

僕は、以前から、この〝ざっかけない〟という言葉が気になっていた。

瞳に「文章読本」というか、「作文術」のようなものがあるとすれば、一般に使われていない言葉を使わない、というものだ。

また、読みながら読者が辞書にあたらなくてはならないような言葉を使わない、フリガナを必要とするような言葉を使わない、というものもあった。いわゆる死語もその中に入るだろうか。つまり、山口ファミリーの語彙《ごい》にないものは使わないということだろう。

その規制を自分に課したうえで、さらに、いいふるされた常套句は使わない、という規則も課していた。

これでは手足を縛って泳いでみろ、というようなものだ。（常套句かな？）

だから、日常的に瞳が使うことを聞いたことがない「ざっかけない」は少し気になっていたのだ。

〝ざっかけない〟とは『全国方言辞典』（東京堂出版）によると、静岡の方言で、〝荒々しい／手荒い〟というような意味だという。それが江戸にきて、どう変わったのか。父は「気の置けない」とか「気取らなくてもいい」というような意味で使っていたようだ。

平成十八（二〇〇六）年十月三日付けの朝日新聞の連載エッセイ「袖のボタン」の中で、丸谷才一さんが、この「ざっかけない」という言葉を使われていて、「ざっくばらん、ざっくりの意」という注を入れていらっしゃる。なるほど、「ざっくばらん」ということならば、よく意味が通る。ひょっとすると、親交のあった丸谷さんが口にされたのを、使ったのかもしれない。それはともかく、注が必要であるということは、やはり一般的な言葉ではないのだろう。「左々舎」は、そのロケーションのよさと「ざっかけない」と父が表した雰囲気から、確かに父好みの店ではあった。

以前、浅草「並木藪」の先代のご主人、堀田平七郎さんがテレビで「正しい盛り蕎麦の食べ方」というのを解説していらっしゃったのを観た。

瞳は、横綱審議委員会の委員でもあったドイツ文学者の高橋義孝先生に連れられて、相撲見物の帰りにこの店で、「鴨なんばんのぬき」で一杯やることを好んだ。

高橋先生は、横綱審議委員の特権なのか砂かぶりのシーズンチケット（?）の権利を持っていらっしゃって、国技館で興行があるときは、必ず千秋楽に、この席に父を誘ってくれた。

僕も一度、父の名代を仰せつかり、砂かぶりの席で観戦したことがあるのだが、鬢付け油の香りと、力士が盛大にまく塩のせいで、潮の香が強くたちこめているのが、印象的だった。

高橋先生と父の親交はかなり古く、瞳が新婚時代に勤めていた出版社の原稿を取りにお邪魔したのが最初だという。父が師と仰ぐ数少ないかたのひとりだった。

どちらかというとモダン好みの瞳が、なぜ厳格で保守的という印象が強い高橋先生と親しいのか疑問を持つかたも多かったが、実際に身近に接したときのお人柄にひかれたというのが本当のところだろう。

高橋先生ご自身のお人柄は、トーマス・マンやフロイトの訳者としての清廉潔白や謹厳実直などという月並みなことではない。

普段の行動は、そうした世間の常識的な美点とは、ある意味では正反対であった。

酔っぱらうと面倒だといって、ご自宅の二階の窓から立ち小便をしてしまう。酔って犬のまねをして、国電（当時）の改札口にいる駅員さんがびっくりしている間に改札を通過してしまう無賃乗車など。

そのくせ「人生は短い。しかし、いまホームを出ようとする電車に、どうしても乗らなくてはならないというほどは短くない」と言って、駆け込み乗車をする人の品性のなさを批判する。

その東京人としての粋でお洒落な、最近はとんとお目にかからない大人の男の色気というようなところに惚れていたのだろう。

父の書いたものから引用すれば、「学識があり、教養があって、しかも通人であるという場合だ。もっと言えば、ユーモアのセンスのある人」ということになる。

高橋先生は内田百閒の弟子だった。あるとき、愛猫家であった百閒先生の飼い猫が失踪した。この事件はのちに小説『ノラや』になる。

落ち込む百閒先生に対して、「猫がいなくなったぐらい、なんだっていうんだ。今頃、どっかで、三味線になって突っ張ってらい」と言い放って、ご勘気に触れてお出入り禁止になってしまう。

猫、三味線、突っ張る、という絶妙な連想を思いつくと、どうしても言いたくなってしまう。このあたりに瞳と共通するものがあり、私淑した原因だろう。

金沢「倫敦屋」を初めて訪れたときに、瞳は入るなり、ギャッと言った。

何も変な意味じゃない。瞳が驚いたのも無理はない。マスターの戸田さんはご自分の店を、東京にある、瞳の行きつけのバーと同じ内装にしてしまっていたのだ。

それも、一面は新宿にあった「いないいないばあ」、また別の壁面は銀座コリドー街にあった「クール」、そしてまた一角は銀座のバー「ボルドー」に倣ってしつらえてある、という塩梅だ。それがまた、完璧なコピーになっている。

瞳の〝気持ちが悪くなった〟正体はこれである。

金沢にいるのに、東京で飲んでいるような気分になる。しかも、同時に行きつけの三軒のバーにいる感じだ。身体が奇妙にねじれてしまうというような感覚だろうか。これじゃあ、父でなくても、それぞれの店を知る人はギャッと言ってしまうだろう。

由布院の「亀の井別荘」には、父の死後、母とともにお邪魔している。そのときは「catfish」の増雄さんも一緒だった。父が描いた湯布院の風景画を持参したのだ。

一九九四年の二月。僕は父のおともで由布院へ行っている。父の『行きつけの店』がテレビ番組になることになった。出版された『行きつけの店』に登場するお店を再訪し、所縁の人にインタビューしたり、あるいは父と座談会形式で話し合ったりする番組だった。その撮影に付き合わないかと言われたのだ。

僕は、子供のころは面白がって、どこにでも、父と一緒に行ったのだが、成人してからは、逆に同行を避けるようになっていた。それは父も理解していて、無理にとは言わなくなっていた。

しかし、今回はちょっと趣が違う。僕は演劇を学び、映画に興味を持っていた。父が僕を珍しく誘ったのは、そんな僕にテレビの現場を見せてやろうという親心だったと思う。父は、映画や演劇関係者が同席する会のときは、よく「正介さん、通訳をやってよ」という言い方をしてきた。会食などをしなければならないとき、相手が映画や演劇関係者だと、多少はそちらの方面に詳しい僕を、「通訳代わり」と称して、呼び出したのだ。

本当のことをいえば、父のほうが映画にしろ、演劇にしろ、よほど詳しいのだ。つまり、共通の話題で場をもたせてもらいたいということと同時に、僕にとってなにがしかの勉強の機会になると考えていたのだろう。

まあ、山口瞳も、その程度には、世間並みに親バカであったとお笑いください。

けれど、僕が同行を了承したのには、それなりに魂胆があったのだ。僕が撮影に同行した本当の理由は、この番組のナレーションというかナビゲーター役が古今亭志ん朝師匠だったからだ。この当代一流の噺家の謦咳《けいがい》に親しく接したい。これが僕の偽らざる気持ちだったのだ。

「正介さん。そこが誰の指定席だか知っていますか」

父がそう言ったのは横浜の鰻屋「八十八」に行ったときのことだ。

「山本周五郎がその床柱を背にして飲んでいた場所ですよ」

実際には床柱ではないようだ。二階の不思議な形をした座敷で、塗り壁の中央に柱が露出していて、いわば塗り壁が柱で二分されているような塩梅だったが、その柱が床柱の役目をしているといえなくもない。

父はそういう冗談のようなことを言ったりしたりするのを好んだ。

以上は、僕が書いた『山口瞳の行きつけの店』からの抜粋と多少の加筆訂正だ。

瞳は『行きつけの店』のあとがきで、閉店した店について「時の移ろい」ということを書き、僕は『山口瞳の行きつけの店』のあとがきで、「その後の時の移ろい」を書いた。

瞳が『行きつけの店』を出版してからも、何軒かの店が閉店していたからだ。しかし、いまこの『山口瞳の行きつけの店』の「その後の時の移ろい」のあとに、「あれからの時の移ろい」を書かなければならないのは、辛くもあるし、悲しいことでもある。

二〇一五年十一月五日、瞳が自分の応接間とも呼んでいた、変奇館から徒歩五分ばかりの喫茶店「catfish」およびギャラリー「エソラ」のオーナーであった関増雄さんが亡くなられた。かなり進行した大腸ガンが見つかり、ガンは何度か転移し、長い闘病生活の末の死であった。

元気なころは百キロを超える巨体だった。口の悪い僕は名字が同じで、容貌が似ていたから、「増雄さんと消しゴム版画のナンシー関は同一人物です」と言ってからかったものだった。その増雄さんが、闘病中であった亡くなる一年ほど前に、「正介さんと同じ体重になってしまいました」と言うようになった。僕が当時、六十五キロほどだったからだ。増雄さんは、その後も痩せ続け、僕のほうから体重を聞くのは憚られるという塩梅になってしまった。僕とは同い年だっただけに、これは辛かった。

また、祇園「サンボア」のマスターであった中川立美さんも二〇一六年一月十三日に肝硬変で亡くなられた。まだ五十三歳という若さだった。

いまは、立美さんの息子さんが立派に跡を継いでいて、ママの中川歡子さんもお元気だ。

同じく瞳が愛してやまなかった祇園の「山ふく」は、二〇一八年の五月二十日に閉店した。山田勝子さんが傘寿を迎えたことを機にということなのだが、まさかあの元気なかたが、そんなお歳とは思ってもみなかった。

長崎の「とら寿し」も、倉敷の「千里十里庵」も閉店した。

金沢の「つる幸」は息子さんの代になり、「金澤せつ理」として再出発している。

山口瞳は自分の著作が上梓されるたびに、百冊ほどのサイン本を友人知己に贈ることでも有名だった。それも一冊一冊、丁寧に筆で署名し、落款するのが常であった。

その作業は新潮社の場合は、矢来町の本社社屋で行われたのだが、サインが終わると出版の打ち上げをかねて神楽坂の小料理屋「弥生」で担当編集者と会食していた。

その「弥生」も二〇一八年の四月六日、閉店した。

また、瞳がわが家の離れといっていた鰻「押田」も二〇一八年の八月をもって閉店した。鰻が絶滅危惧種ではなく、当店が絶滅危惧種です、と言っていた押田さんの冗談ともつかない本音が本当になってしまった。

国立の蕎麦「そば芳」が二〇一五年十二月二十九日、火事を出した。大晦日のかきいれどきを目の前にして、ちょっと目を離した隙の失火であった。幸い、現在はお店を縮小して同じ場所で営業している。

国立市長の佐藤一夫さんも、二〇一六年十一月十六日、六十九歳で亡くなられた。瞳の作中、ガマさんという綽名で登場する名物市長であったのだが、やはりガンに倒れられた。

「繁寿司」のタカチャン、ジュニヤこと岸本高暉さんも今年（二〇一九年）五月三日に亡くなった。お店は節子夫人がひとりで継いでいる。

縁起でもないことばかりを書いてきたが、「時の移ろい」ということで、ご容赦願いたい。

こうして見てくると、やはり時間の流れというのは過酷だといわざるをえない。瞳が、その人柄をこよなく愛したかたたちや、行きつけだった店や思い出深い風景が次第に失われようとしている。

25「旅する人よ」のころ（1989〜1992年）

断筆宣言をしたあとも、あいかわらず、「週刊新潮」で「男性自身」の連載は続いている。そして、『山口瞳電子全集』の目次をご覧いただければ一目瞭然だが、各所に短いエッセイを書いている。そのほかにも、サントリーのPR誌で連載が続いている「行きつけの店」がある。

つまり、断筆といっても、書き下ろしの小説や、エッセイや紀行文の新しい連載を引き受けないというのが、瞳の気持ちだったのである。

じつは、あまり目立たないのだが、瞳の心中穏やかならざる変化がこの時期から始まっていることにも触れておきたい。

それは、「週刊新潮」で連載している「男性自身」の単行本が出版されなくなったということなのだ。

この「男性自身」の連載を始めるときに、新潮社の編集者であった新田敞さんとの間に密約まがいの契約が取り交わされた。それは、瞳が元気なうちは連載の打ち切りをしない、というものだった。もちろん、それなりの質を保つために、瞳は毎週、呻吟することになるのだが。

何度も触れているように瞳には、文学は重要なことだが、妻子を飢えさせてまでするものではないという、確固たる信念があった。

それを定収入として保障するものが、「男性自身」の連載だった。これがあればこそ、瞳はサントリーを辞して、筆一本の生活に入ることができたのだ。もっとも、実際にはサントリーの宣伝部が独立したサン・アドという会社に奉職することになるのだが、このあたりの心の持ちようは、事業を立ち上げては、家族に経済的な苦労を強いた、瞳の父親、正雄の生き方に反発する瞳の気持ちを反映しているのかもしれない。

いずれにせよ、この「男性自身」の連載とともに、山口家の生活を保障するものが、一年の連載が終わるごとに、その年の「男性自身」が一冊にまとめられて単行本として出版されるときの印税だった。

すでに触れたように、この単行本の「男性自身」は、週刊誌に連載された「男性自身」を単純に並べただけのものではなかった。

瞳自身の判断で、週刊誌に掲載されたもののうちの何回分かが割愛され、同時期に余所《よそ》に書いたエッセイのうち、単行本として残しておきたいと思ったものが、その都度、しかるべきところに挿入されていた。

この毎年くりかえされる年中行事のようなものが、ある時期から滞るようになった。

つまり、瞳が、そろそろ、今年の「男性自身」の構成を頭の中で考え始めていた時期に、出版のお誘いがかからなくなってきたのだ。

おかしいなあ、そろそろ今年の分の内容の打ち合わせがあるはずなんだがなあ、といぶかっていた。そして、そのうち、「なんだか、新潮社が出してくれないみたいなんだ」と寂しそうに、口にするようになった。

ちなみに、一九八九年七月に刊行された単行本『還暦老人ボケ日記』から、毎年ではなく、二年分をまとめて一冊というペースになり、『年金老人奮戦日記』にいたっては、なんと一九九〇年から一九九三年までの四年分が一冊に収録されるという事態にまで陥っていた。

そして、この『年金老人奮戦日記』が出版されたのが一九九四年十二月。瞳に残された時間そのものも残り少ない。一九九五年八月三十日に瞳は亡くなることとなる。したがって、「男性自身シリーズ」最終巻となる、『江分利満氏の優雅なサヨナラ』は死後、出版されたことになる。題名も瞳がつけたものではない。

この一連の事態には、瞳の本が売れなくなってきていたという営業的な理由もあった。

瞳には熱烈な固定ファンがいて、このかたたちは、どんな形態であろうとも、瞳の新しい本が出版されれば、発売当日に購入してくださる。

よく、初めて瞳の単行本を扱う出版社のかたが、初版の発売当日に大変な部数が売れてしまうので、あわてて増刷しようとするということがあった。

そんなとき瞳は、あわてないでください、熱烈なファンが買ってしまったあとはまったく売れなくなりますからと、自嘲的に説明していた。瞳はそうしたかたがたに対して固定客という言葉を使っていた。

「男性自身」がコンスタントに出版されなかったのは、瞳自身が絶筆を宣言しているので、出版社としても、将来の販売促進の見通しが立たないという事情があったのかもしれない。

「瞳先生が亡くならなかったら、最後の『男性自身』の単行本は出版されなかったかもしれませんよ」という声も聞こえてきた。

通算一六一四回という長期連載を一度も休まなかった、という扱いやすいドラマチックな惹句があったので、『江分利満氏の優雅なサヨナラ』は、かろうじて出版にいたった。

没後、五年あまりを経て、にわかに瞳ブームが出来するとは、瞳自身、知る由もなかった。絶版だったものが、次々と復刻され、単行本未収録だった作品が出版されるなどして、今日にいたっている。

というような、瞳を取り巻く出版状況を踏まえたうえで、考えていただきたいのだが、この時期に新潮社から個人全集を出さないかという申し出があった。

のちに『山口瞳大全』全十一巻として出版されることになる、瞳としては初めての個人全集である。

あとで少し触れることになる事情もあり、瞳は自分自身の全集が生前に出版されるとは思っていなかったし、自分も出版しようとは考えていなかった。

出版社としては、これ以上、新作が書かれることはないということなので、著者の元気なうちに出版しておきたいということだったのだろうか。

瞳としては、思ってもいなかった提案だったのだが、ぜひにということで、出版を了承する。

しかし、あらかじめ予定していなかったので、自身にどのような内容にしたいかという腹案があったわけではない。書名である『山口瞳大全』や、大江健三郎さんの本の題字など明朝体の活字デザインでは定評のあった伊丹十三さんが担当してくれた表紙のデザイン、また肝心の収録作品の選定も出版社に丸投げしてしまう。

なにしろ、瞳は自分の全集の題名を最初は〝ダイゼン〟と読んでいて、吉行淳之介さんに、あれは〝タイゼン〟と読むのだよ、と諭されるほどだった。

また表紙のデザインをした伊丹さんに言わせると、あれは下書きのつもりで書いたものを渡したので、あれをそのまま使われるとは思っていなかったとおっしゃっていた。

瞳が生涯に書いた作品の分量は膨大であった。この『山口瞳大全』はずいぶん頁数があり、箱入りの重厚な造りではあるが、全十一巻では、全作品が収まるわけもなかった。

いきおい、全集というよりは選集に近いものにならざるをえなかったのだ。したがって、山口瞳とは、おおむね、こんな作家ですという俯瞰はできるが、全貌を捉えているとはいいがたいものとなった。

「残したい作品が入っていなくて、あれは後世に残したくないなあ、と思っている作品が収録されているんだ」と言っていた。
体力気力ともに衰え、とても精力的に、作家としての自分自身の生涯を振り返る個人全集に立ち向かえない状況だったが、いかにも瞳らしいサービス精神も見える。それは、各巻に同封された月報に毎回、瞳がエッセイを書いていることだ。

——私は、自分の家にあった、空襲で焼けてしまった一冊のアルバムについて二度書いたことがある。ここでまた、その写真帖の話をするとなると、三度目のことになる。文章を綴ることで商売をしている人は、誰でも、一度は自分の家にあるアルバムについて触れることがあるのではなかろうか。（中略）
突如として、生後三カ月ぐらいの赤ん坊の写真が出てくる。それが私である。（中略）それだけならば、そのことも、それほどこわくない。私は、故意に隠して書いてきた。実は、同じ一葉の写真のなかに、生後三カ月の私とほぼ同じぐらいの赤ん坊がいるのである。それが私の兄である。この二人の赤ん坊は双生児ではない。（『血族』チャプター1）

瞳は、わが家には、ときどき不思議な写真が伝わっている、という言葉を、小説の中で常套句のように使っていた。

しかし、もちろん、小説作品の中には、その当該写真が使用されることがなかった。だから、読者はその不思議な写真のことを推測するしか手だてがなかったのだ。

この月報においては、いわゆる家族写真を何葉かずつ掲載して、それに瞳が解説を書くという体裁をとっている。

たしかに家族の姿を写したファミリー・フォトなのではあるが、それぞれに趣向をこらしているところに、瞳の工夫がみられる。

直木賞の賞金が入ったので、父親の借金を返しに行ったことを書いた月報には、行った先が川端康成邸であり、ちょうどそのとき、映画「伊豆の踊子」に主演した関係で川端邸を訪れていた吉永小百合と行き合わせて、一緒に写っている一葉の写真が掲載されている。

以下、文壇の大御所とのツーショットなどとともに、個人的な幼少期の写真も紹介されていて、それぞれに、その写真にまつわるエッセイが書かれている。

一般に家族写真といえば、せいぜいが〝昭和三十二年。上野動物園。遠足で〟程度のキャプションが書かれているものではないだろうか。それが、山口瞳という文章家の手になる詳細なコメントが書き添えられているところに、この月報のエッセイの面白さがある。

小説の中では、それが小説作品であるがゆえに、写真についての文章は誇張されたりデフォルメされたりしていた。しかし、この月報に添付された写真は、まさに真を写したものなので、解説に嘘や記憶違いを書くことができない。

意外にも、ここには山口瞳の真実が書かれていると、僕は思う。瞳の作品は、あまりにも作家自身と登場人物の距離が近いので、どこまでが事実に取材したものなのか、あるいは虚構であるのかが判然としないというきらいがあった。

しかし、いまとなってはその細部を確認することはできないのだが、この一連の月報で取り上げられた写真から、少しだけ、その創作過程を類推することができるのではないかと思っている。つまり、どのようなデフォルメや誇張や記憶の改竄《かいざん》が行われたかというようなことだ。

この月報で使用された写真は、返却後、古い写真アルバムに戻されることはなかったようで、現存するアルバムに該当する写真が見当たらないものがほとんどだ。母の治子が戻ってきた写真をどこか別のところにしまってしまったらしい。

この『山口瞳大全』の発刊が決まって、少し経ったころ、母の治子が僕に、「パパが正介に悪いことをした、すまなかった、って言っていたわよ」と言った。

「全集はあんたが、これといった収入もないし、今後も食べられるようになるとは思えないから、おれが死んだあと、正介のために取っておくつもりだったんだって、パパは言っているのよ」

個人全集といえば、通常は立派な造本で、したがって一冊あたりの単価も高い。それが数十巻、まとめて発行されるわけだから、著作印税はかなり、まとまった額になる。

それを息子正介の生活の糧に残してやりたいと、以前から考えていたらしい。そのころ、四十を過ぎても、僕は筆一本で食べられるという状態にはなかった。「正介も、週刊誌の連載でも始まれば、食べていかれるのになあ」と、親馬鹿なことを父は言っていた。

父は、全集の印税を元手に、僕が小商いでも始めればと考えていたのだろうか。

「パパのそんな気持を聞いて、悔しいと思わないの。あんたが、しっかりしないから、パパは心配しているのよ。だいたい勉強もしなければ、仕事もしないんだから」と、父の言葉を伝える母の話が、しだいに僕に対する説教とも小言ともつかないものになり、延々と続くことになったのは、いつものことだ。

この『山口瞳大全』に関しては、後日談がある。

山口瞳は一九九五年の八月三十日に亡くなることになるのだが、その死に際して相続という問題が派生した。

このときでも、四十五歳になる僕は、無為徒食という体《てい》たらくであった。僕は、土地も建物も、特に欲しくはないが、生活費の足しとして、父の著作権継承者にしてくれないか、と母に申し出た。著作権の期限は五十年間だから、僕が生きている間は少しばかりの収入になり、年金がわりになるのではという姑息な判断があったのだ。

母が快諾してくれたのは、あいかわらず僕にこれといった収入がなかったからだが、あとになって、ちょっとした不都合が派生することとなった。

著作権というものは、売買ができるほどのものだから、相続税の対象となるのだった。その遺産としての価値判断は、著作権者の最後の五年間に支払われた印税が対象となり、今後、著作権が切れるまでの五十年間、それと同程度の印税収入があると査定される。つまり、瞳が亡くなる一九九五年に先立つ五年間のすべての印税収入の年間平均額が今後も五十年間つづくとされるのだ。

もしも、最晩年の五年間に年平均百万円の印税収入があったとしたら、それが五十年続くとされる。つまり、著作印税の相続額は総額五千万円と査定されるのだ。これではあんまりだというので、税務署のほうでは、小数点の下にゼロが幾つも並ぶような係数を掛けてくれるらしい。

最初にも書いた通り、最晩年の五年間の瞳の印税収入は微々たるものといっていいくらいであった。すでに単行本の多くは絶版になり、連載も最小限のものに限られていたからだ。

本来ならば、著作権の継承による相続税は派生しなかったと思う。しかし、ここに『山口瞳大全』の印税が加算されてしまうという事態になったのだ。先にも書いたように全集と名がつけば、それなりにまとまった金額となる。

相続税のことをお願いしていた税理士のかたが、ざっと計算したところによると、僕が父の著作権継承者になると、七百万円の相続税が僕に請求されることになるという。

だが、母親の治子が相続すると、全額が配偶者控除の対象となり、著作権継承による相続税はゼロ査定になるとのことだった。

これではたまらないと、僕は著作権の継承を断念して、母に、やっぱりママが継承者になってよ、と言った。七百万などという手持ちはないし、今後、瞳の印税が七百万を超えるとは思えなかったからだ。

何事によらず、早とちりなわが家の伝統にしたがって、すでに、日本著作権協会には、著作権継承者として、僕の名前で登録していた。それを治子の名前に書き換えなければならない。著作権継承者の変更は、日本文藝家協会の月報「文藝家協会ニュース」の「会員情報」という欄の「著作権継承者変更届」で告知される。税理士の話を聞く前に、その手続きを済ませていたので、あわてて日本文藝家協会に、今度は治子名義にすると、再度の訂正を次号の「文藝家協会ニュース」に出してもらうよう連絡した。

「山口さんのところ、だいぶ相続のことで揉めているみたいだなって、噂になるわね」と母は、さも面白そうに笑うのだった。

なお、二〇一一年三月の治子の死により、山口瞳の著作権は僕が継承することになった。

このときの査定額は、治子が最後の五年間に取得した、瞳の作品の印税となる。また、著作権は瞳の死後五十年だから、この時点ではすでに残り三十五年ばかりである。つまり、五十を掛けるのではなく、三十五を掛けるのだ。それにしても、それじゃあんまりだよねという、例の謎の係数が掛けられる、ということで、僕が瞳の著作権を継承したときは、相続税が派生しなかったと記憶している。

なお、二〇一八年の「文藝家協会ニュース」（七月号）に、以下のような報告が記載されていた。

「相続時の著作権の価値を推測するには、昭和四十年頃の国税局通達というものがあります。これによると相続時からさかのぼった直近三年間の著作物収入から割り出した一年の平均額を死後五十年分かけあわせ、そこから業種によって異なりますが0・2〜0・3といった係数をかける」（米澤伸弥氏談）

と、なっていて、これが正しいのだろうが、「価値を推測するには」という表現とか、かける係数に幅があるところが不思議だ。米澤さんの言うのは著作権収入の全額の算定方法で、僕が税理士から聞いた、年数や係数の数字は、正介さんが相続したら、請求される相続税は、だいたいこんなものになるという概算の数字を教えてくれたものだろう。

そんなことはともかくとして、『山口瞳電子全集』は図らずも、父が僕に残したいと思っていた、「文学全集」という遺産でもあるのだった。これで、やっと父の僕に対する、やさしい思いやりが伝わったことになる。

そして、この『山口瞳電子全集』には、『山口瞳大全』に収録できなかった瞳の全作品を、おそらくは完璧に近い形で収録できた。父の思いやりに対する不肖の息子としての、せめてもの親孝行になったのではと思っている。

26 「吉行さんのいない銀座なんて」のころ（1993〜1995年）

父の死後、僕は、『ぼくの父はこうして死んだ—男性自身外伝—』（新潮社）と『親子三人』（新潮社）という二冊を上梓した。前者は病を得てから死にいたるまでの、息子でなければ知りえない、父、瞳の闘病生活について、また後者は子供のころからの父の思い出を書いた。

前者に関しては、当時から話題になっていた、末期のガン患者の延命処置や、終末医療であるホスピスに関する情報を提供しようという密かな企みがあったのだが、山口瞳ファンの枠を超えた読者層の広がりはなかったようだ。

この二作を上梓した直後、ある出版社主催のパーティーで、父の畏友であった作家の岩橋邦枝さんから、河野多恵子さんを紹介された。

このころ、僕は頻繁に文壇関係のパーティーに出席していた。それは主に文学賞の授賞式のあとで行われる立食パーティーであったのだが、そこでは父の同業者を含む友人や知人、また編集者のかたがたにお目にかかれるのが楽しみだった。いうまでもなく、父の思い出話を聞くことができたからだ。

また、僕が分不相応なこうしたパーティーに出席していたのは、父の葬儀に際してお世話になったかたがたにお礼を申し上げなければならなかったのと、相続に関する諸々の問題や、一周忌、三回忌の打ち合わせなど、連絡事項を伝達する場としても便利だったからだ。

それはともかくとして、初対面の河野多恵子さんは、開口一番、「あんた、もうお父さんのことは、(書かなくても)いいわよ」とおっしゃった。二冊も書けば充分で、あとは自分の書きたいものを書きなさいという、優しい忠告だった。

そんな河野さんの言葉があるのに、僕は父のことを書き続けている。まさか、まだ、こんなに父について書くことが残っているとは思わなかった。

二冊の本を出したあと、僕は、これ以上、書くと、残っているのは悪口になりますから、もう書きませんよ、とも言っていた。

日本経済新聞の今年(二〇一八年)八月二十八日の朝刊、文化欄を読んでいたら、石橋恵三子さんの「『徹子の部屋』生け花係」というエッセイが目に留まった。

石橋さんはフラワーアーティストで、黒柳徹子さんが長年、司会を務める「徹子の部屋」のセットに飾る生け花を活けていらっしゃるかただ。一九七六年二月二日の第一回放送のときから、「徹子の部屋」のセットを飾る花を活け続けているという。

その経験を、『「徹子の部屋」の花しごと』(産業編集センター刊)として出版なさった経緯を書いたエッセイだった。

このエッセイの中に、姉の嫁ぎ先が東京・麻布の生花店で、忙しい時期には手伝っていた、という文があった。

石橋さんのお姉さんは、瞳の弟の昭の妻だ。手伝っていたというのは、昭が麻布十番の商店街でやっていた「麻布花壇」という花屋のことだろう。

昭はたしか華道の師範免状ぐらいは持っていたのではないか。祖母の静子と一緒に、麻布二の橋と三の橋の間にあった僕の生家の道路に面した場所で花屋を始め、のちに麻布十番にも店を出した。

昭の花屋はテレビ朝日（当時は「日本教育テレビ」）が近いので、業界では俗に「消えもの」と呼ばれる生花を卸すようになった。

次第にテレビ局との仕事が増え、セットの造花なども請け負うようになる。季節外れに満開の桜が必要だということで、麻布のわが家の茶の間に枯れた桜の大きな枝を持ち込み、家族総出で、桜の造花を枝にくくり付けたりするということもあった。こんな長屋の浪人みたいな内職をするようになっちゃあねえ、と静子が自虐的につぶやいていたが、家族総出の手仕事は楽しいものだった。

当時、小学校の低学年であった僕は、叔父についてテレビ局のスタジオにもぐり込み、時代劇のセットなどで遊んでいた。

あるとき、体育館ほどもあるスタジオの中に深山幽谷のセットが組んであり、谷に見立てた崖に吊り橋が造られていて、下に布団が敷かれていた。その晩、家に帰ってテレビを観ていると、主人公がこの吊り橋をわたる場面があり、敵役が、その吊り橋を切ると、主人公が落下した。僕は、そのとき、下に敷かれた布団の上に落ちるドスンという音をはっきりと聞いた。

叔父の仕事は次第に大きくなり、叔父の鎌倉アカデミア時代からの親友であったKさんとテレビ局の敷地の中に、生花だけではなく、セットで使う立ち木などもあつかう「アサヒ植木」という会社をつくるまでになった。

いずれにしても、石橋さんの著書には、昔の山口家のことが書かれているかもしれない。僕はさっそく書店で、この『「徹子の部屋」の花しごと』を購入した。

第57章に以下のような文章があった。

——そうこうしているうちに、いよいよ姉が結婚。義兄は麻布に二軒の花屋さんを経営しており、繁忙期には私も手伝いに出かけるようになりました。

お店の目と鼻の先の場所にはテレビ朝日の前身、日本教育テレビの放送局がありました。日本教育テレビの開局は1957年。その数年後から私は出入りしていたことになります。（『「徹子の部屋」の花しごと』）

その少し前の第56章。姉が結婚したころの石橋さんはスポーツ・ウーマンで、高校のソフトボール部のレギュラーだったという。

——そんなマウンドに立つ私をスタンドから応援してくださる紳士が一人。野球好きなことからいつも試合を見に来てくださった親戚のおじさまでした。

実業家で国際感覚豊かでとっても博識だったおじさまからお聞くお話は、いつも新鮮で面白く、

「へぇ〜、そんな世界があるんだぁ！」と目を開かせてもらえるものばかりでした。

おじさまは外に出るときはいつも仕立てのいい洋装で洒落た帽子をかぶり、運転手付きのクライスラーに乗るようなとてもハイカラな方。颯爽とステッキを持って歩く姿が恰好よく、まるで別世界の人のようでした。

よく青山のテーラーや銀座の床屋さん、時には六本木の高級レストランに連れて行ってくれましたっけ。（『「徹子の部屋」の花しごと』）

この親戚のおじさまというのは、瞳の父の正雄だろう。麻布に住んでいたころ、ほんのいっときだが、クライスラーが家にあったことが記憶にある。

石橋さんの著作は、瞳以外の人によって書かれた、ある時期の正雄の人となりを知ることができる、貴重な記録だ。

石橋さんの実家であるH家の五人姉妹は美人揃いで、長女が昭の妻で、いずれも溌剌とした健康美人だった。正雄はそんな彼女たちを連れ歩き、〝嫁の妹だ〟と言って、見せびらかして自慢したかったのだろう。

まだ、わが家が麻布二の橋に住んでいたころ、正確な時期は定かではないのだが、正雄が、明治の元勲、桂太郎の屋敷の応接間を借りて事務所兼下宿にしていたことがある。

麻布二の橋を田町のほうに上がっていくと、いまのオーストラリア大使館の前に伊藤博文の一族の家があり、さらに進むと、のちにシャトー三田という、日本ではじめての億ションとなった広大な敷地があり、ここが桂太郎邸だった。当時は桂太郎の息子の未亡人一家が住んでいたのではないか。

僕は、このお屋敷で、当時は高校生か大学生だった桂家のおぼっちゃまと、その友人の同じぐらいの年格好の伊藤さんというふたりによく遊んでもらった。この人は伊藤博文の孫か何かにあたるはずだった。

そういえば、この正雄が桂邸に下宿していたことを、瞳は書いていないような気がする。

敗戦直後、正雄は鎌倉に逼塞するが、それでも松方正義公爵の夏の別邸に住み、起業すると、麻布に転居する。この間の事情は川端康成の『山の音』で少し触れられている。一九五〇年の朝鮮戦争による特需で、正雄は戦前ほどではないが、一瞬、息を吹き返す。そして、この年、僕が生まれた。だから、僕は、山口家の大変な貧乏時代を知らないことになる。

つまり、瞳が『江分利満氏の優雅な生活』で書いた、自分の父親像と、実際の正雄の人となりの間には、多少の齟齬があるのではないか。

瞳は、戦後の正雄が、以前のような成功からは縁遠く、次第に疲弊していったと書いているのだが、実際には石橋さんのエッセイに書かれているような紳士振りで、クライスラーを乗り回し、桂邸に下宿する程度の成功は収めていたのだ。

瞳が『江分利満氏の…』を上梓したあと、正雄は嫁の治子に、「おい、俺はあんなにひどい奴か」と言ったことがあるという。

『江分利満氏の…』の連載中、および瞳の直木賞受賞のころ、正雄は、瞳の住む社宅に同居していた。ひどい父親と書く、当の本人が階下にいるのにもかかわらず、瞳は二階の居間兼寝室兼書斎で、家族にとっては困りものだった父親像を書いていたということになる。

瞳が書いていたのは完全なノンフィクションだったのか、あるいはフィクションだったのか。

直木賞受賞時に瞳は、受賞第一声のインタビューで、「小説の仕事は終わったと思います。これからはエッセイとノンフィクションと小説の三つの要素を混ぜることで、かろうじて文学は成り立つのではないでしょうか」と言っているのだ。

のちに、『家族』を書いたとき、金沢の「倫敦屋」に瞳が出かけると、マスターの戸田さんが、不思議そうな面持ちで、瞳の顔を覗き込んだという。

『家族』の中で、瞳は、本人を思わせる作家である主人公がヤクザものに顔を切られる描写を書いていたからだ。

「倫敦屋」の戸田さんが、顔を覗き込んだという描写を読んで、僕は、もしやと考えることがあった。

瞳が書いてきた作品には、いくつもの創作が紛れ込んでいるのではないか。現に顔を切られたというのはフィクションだ。

僕は息子として、毎日、父の言動を目撃していた。また、母からは鎌倉時代をふくめて、思い出話も色々と聞いていた。

そしてそれがそのまま作品として書かれることになった。だから、書かれたすべてはわが家の歴史なのではないかと思っていた。ところが、これが、錯覚なのかもしれない。自宅の茶の間で、父が昔話をすることはなかった。山口家の歴史は、瞳が書いたものから知るのだが、それがすでにフィクションだったかもしれない。

戦後の正雄は老いさらばえて、戦前、戦中の覇気はなくなり、老残をさらすのみだったと書いているが、これはそうでなければ作品にならないという創作であって、確かに戦前ほどは羽振りがよかったわけではないが、クライスラーを所有するぐらいの仕事はしていたのだ。

瞳の兄の純は、いつだったかの法事の席で、俺はあんなことは言っていないと、やや語気を荒らげて、瞳にせまったことがある。例の、少し景気がよくなった山口家に、それまで余所《よそ》に預けられていた小学生の純が乗り込んできて、「この家の竈の灰まで俺のものだ」と言ったという件だ。

瞳は、これは子供の知恵ではない、背後に先妻を贔屓《ひいき》にしていた正雄の母親の入れ知恵があるのではないかと書いている。

しかし、落ち着いて考えてみれば、このセリフを聞いたときの瞳もまた子供なのだ。いかに早熟な瞳とはいえ、この時点で、こんな背後関係まで推測できるものなのだろうか。すなわち、このセリフは瞳の創作ではないかと、僕は推測する。

帰りの車の中で、瞳は、「あいつ、あんなことを気にしていたのか」と不思議そうに独り言を言っていた。つまり、本人が読めば、そんなことは言っていないので、創作だってわかるじゃないか、と思っていたのだろう。

この腹違いの兄の言葉や、戦後の父はしょぼくれていた、というのは、創作のための、補助線のようなもので、そこから物語を説き起こす、という技術は、物語作家の作品ではよくあることだ。

僕などは、なまじ息子として、身近に接していたために、その作品のすべてを長めのエッセイとして、あるいは事実としてとらえ、書かれていることは全部、本当にあったことがらだと思いがちになってしまう。

ということは、山口瞳の作品を読み込んで書評まがいのことを書くには、適任ではなかったのではないかということに、いまさらながら思いあたって慄然とするのだった。

また逆に、僕が母の死後に『江分利満家の崩壊』を書いたとき、熱烈な瞳ファンから、「治子さんが病気だったとは知りませんでした」と言われた。

あんなに瞳が執拗に妻の不安神経症を作中で書いていたのに、読者はこれを創作と読んでいたのだ。確かに、読者のかたがたにお目にかかるときの治子は快活で頭の回転が早く、如才ないという印象を与えていた。

しかし、つねひごろの、乗り物に乗れない治子の不安神経症やパニック症候群の発作を知っている僕にとっては、読者の、ある種の誤読のほうが驚きだった。

小説の時代は終わり、フィクションとノンフィクションとエッセイの要素を混合して、なんとか作品にしようと瞳が考えるとき、僕はフィクションの部分を読み落としていたのかもしれない。

せんだって、「Merry Christmas! ロンドンに奇跡を起こした男」という映画を試写会で観た。これは、名作「オリヴァー・ツイスト」を書いたあと、続けて出版した三作が不評で売れなかった作家チャールズ・ディケンズが、世界的に読み継がれている『クリスマス・キャロル』の着想を得て、出版するまでを描いた映画だ。

当時の作家の生活や出版社との関係などが描かれていて、勉強になる作品だったのだが、僕にとって強く印象に残っているのは、ディケンズと父親の関係だった。

ディケンズの父親は負債を抱えて逮捕され、一家の収入を得るために幼いディケンズは靴墨工場で働くことになる。

瞳の父、正雄が経済犯として逮捕され、一時期、一家は大変な貧乏生活を送ることとなった。このあたりがディケンズとそっくりだ。

ディケンズの父親は贅沢三昧で金銭感覚がなく、ディケンズが成人したあとでも、浪費が止まらず、送られてきたディケンズの書名入りの本をお金に換えて、高価な服を購入してしまうような生活を続けている。正雄も人後に落ちないお洒落で、いつも高級な生地であつらえた洋服を着ていた。

ディケンズは、この父親を憎んでいるのだが、子供たち相手に幻灯機でお化けの映像を投影し、仕方話で面白おかしく物語を演じてくれた父親の姿を忘れられない。これがディケンズの創作の原点になったのだろう。

成功した息子に頼りきる父親をディケンズは、どうしても見捨てることができず、自宅に住まわせるのだった。このあたりも瞳と正雄の関係に似ている。

瞳は作品の中ではずいぶんとひどく書いたものの、最晩年の正雄を引き取り、たび重なる入院費用を捻出し、葬儀も国立の自宅で執り行った。

その死に際しては、あれだけの確執があったのだから、冷静であったと思っていたのだが、母に言わせると、臨終の枕元で、「親父、頑張れ、頑張れ」と呼びかけ続けたのだという。作中では何千万単位の借金を残して、それを工面するために瞳はアルバイトに精を出したというように書かれているのだが、それは本当のことだろうか。

元住吉の社宅や国立の自宅に借金取りが押し寄せてきたとは考えられない。実際のところ、祖母の静子が亡くなったあと、一家は離散するのだが、正雄とともに麻布の家やら借金やらの処理をしたのは、末弟の昭だった。

それゆえに、正雄の死後も財産の整理は昭に一任されていた。そのあたりのことは、いくつかの短篇小説にそれとなく書かれている。

瞳は、作家としての体面上、遺産相続をめぐるトラブルが表沙汰になり、「直木賞作家の山口瞳が遺産相続をめぐって親族と揉めている」などというスキャンダラスな記事が出ることを恐れたと短篇小説に書いている。遺産の相続などからは、あえて手を引いていたのだ。

確かに、最晩年のほとんどを入院生活で過ごした正雄の入院費用の、ほぼ全額は瞳が支払っていたような形跡はある。そのためにラジオの台本を書いたり、無署名のコラムなどのアルバイトをしていた。そして、その延長として、「婦人画報」に『江分利満氏の優雅な生活』を書くことになるのだ。直木賞を受賞したことにより、サラリーマンとしての収入以外の所得も増えた。

瞳は、父親の入院費用の捻出のために書くのだから、多少は悪く書いてもいいだろうと思ったのだろうか。景気のいいときの正雄は、新橋で芸者の総揚げなどをしたものだが、そんなときも妻の静子をはじめとして子供たちを連れていくのが習わしだった。遊び方も大変きれいなもので、のちのちまで山口さんのお座敷は楽しかったと芸者衆に言われたと瞳は書いている。瞳はまた、『家族』の中では、たびたび「熱愛していた父親」という表現を使ってもいる。瞳は出征するまで、たびたび正雄と晩酌をともにしていたという。それが、油断をすると何をするかわからない父親として書かれるようになる経緯は定かではない。妻の静子が亡くなったときに競馬場で散財したり、川端康成先生に、言葉巧みに借金をしていたことなどが積もり積もったのだろうか。それでも、愛憎は半ばだったのだろう。

瞳の著作をノンフィクションのエッセイと読んでしまう僕が評伝のようなことを書くのは適任ではなかったのかもしれない。書評ではなく、山口家の裏話に留まる所以《ゆえん》である。

俗に墓場まで持っていく話、という言葉があるが、僕も今年で六十九歳となり、父の没年とほぼ同じになる。これも俗な言葉だが、棺桶に片足を突っ込んでいるといえる年齢だ。ということで、生きているうちは、決して口外しないと思っていたことを書いてみる。

僕には、父が亡くなったときから、ずっと公表するかどうか悩んできたことがある。『山口瞳電子全集』を通読して、熱烈な山口瞳ファンならば、あのエッセイが入っていないじゃないかと、いぶかられるのではないかと思う。ほぼすべての作品を収録したとしてあるのに、あれが入っていないじゃないかとお思いだろう。

そのエッセイが、この『山口瞳電子全集』に再録されていない理由は、僕が父の名前で書いたものだからだ。父の生前、僕は一度だけ、代筆を頼まれて、書いたことがあるのだ。

一九九三年の六月二十三日、父が、「正介さん、助けると思って、書いてくれないか」と僕に言った。

「黒澤明監督作品全集」のノートリミング完全版がボックス入りの豪華仕様のレーザーディスクで新たに出ることになった。父はその中の「椿三十郎」の解説を、黒澤監督の名スクリプターとして知られる野上照代さんから依頼された。

黒澤組のスタッフは、作品ができ上がると、その都度、いったん解散して、それぞれが色々な職場に就職する。ふたたび、監督が作品に取りかかると、休業して参集することになっていた。

野上さんは、この農閑期のような時期、サントリーの宣伝部から独立して作られた広告制作会社「サン・アド」に籍を置いていた。

つまり、瞳とは同僚ということになる。日ごろから付き合いもあり、断りにくい依頼だった。すでに断筆宣言をし、また精神的にも肉体的にも疲弊していた瞳にとって、単発の仕事は、本来ならば断る筋合いのものだが、ほかならぬ野上さんからのご依頼ならば、むげにもできないということだったのだろう。このとき、瞳の寿命が残り二年あまりであることに、本人はもとより僕も母も気がついていない。宿痾《しゅくあ》の糖尿病と、前立腺肥大の手術を翌年受けることになる瞳の体力を思えば、連載以外の新しい仕事に集中することができなくなっていたのだろう。瞳にしてみれば、映画評論という以上、作品を観なければならないが、それだけの時間を割く余裕もなかった。

ちょうどそのころ、僕は映画評論の仕事をしていたし、中間小説の雑誌にエッセイや小説を書いていた。そんな僕に、代筆を頼むのは、瞳にとっても、都合がいいことだったのかもしれない。

僕にしてみれば、やっと一人前に見てくれたかと嬉しくなり、すでに購入済みだった、通常版の「椿三十郎」のレーザーディスクを観て、ひと晩で、原稿用紙五枚相当の原稿をワープロで書き上げて、翌日、父に見せた。

あれ、もう書けちゃったの、と言う父に、これはワープロで書いたから、原稿用紙に書き写さないと代筆だってばれちゃうよ、と軽口を叩いて、父にプリントアウトした原稿を手渡した。

次が、その全文だ。

「周五郎の映画見物

黒澤映画というと、ほとんどが山本周五郎原作と思っている人が多いのではないだろうか。

しかし、実際には僅か三本しかない。それほど観客の心に残り、黒澤明監督自身の代表作になっているということだろう。

山本周五郎は良く映画を見るひとだった。仕事場から横浜市内の映画館に通い、特に西部劇をはじめとするハリウッド映画を愛したという。

彼は自作に外国映画から幾つかの着想を得たというが、どの作品がどの映画に影響をうけたのか、分らない。

その山本周五郎の作品が黒澤映画になり、さらに外国の映画に影響を及ぼしたというのも何かの縁だろう。

もっとも、この映画『椿三十郎』に使用されたのは奥方とその娘のエピソードぐらいなものだそうだ。

しかし、この後も原作の映画化を委託しているところをみると、山本周五郎もこの映画を気に入っていたということではないだろうか。

映画のほうは門外漢なのだが、再見して面白いことに気がついた。

監督自身もどこかに書いているように、この作品にはユーモアの感覚が溢れている。つまり喜劇的な作品だ。

原作の持ち味とはいえ、これは黒澤作品としては珍しいことだ。もちろん評判になった殺陣が随所に盛り込まれ、その点で評価されることが多いのは知っているのだが。


その殺陣ですら過剰な血飛沫を別とすると、ある種の爽快感につながり、逆に言うと絶対に死なない三十郎という存在が滑稽味として際立ってくる。

さらに登場する人物はいずれも間が抜けている。決起する若者たちにしても悪い家老一味にしても、どうも憎めない。

徹底した悪役である仲代達矢演ずる室戸半兵衛にしても、その本当の役目は滑稽な連中を更に滑稽に見せるものだ。

小林桂樹の侍にいたっては東宝のサラリーマン物ではないか。中間管理職の悲哀をそっくりそのまま黒澤映画に持ち込んでいる。

そして、驚くべきことにこの冴えない男性陣に対して、あるときは決然と、またあるときは悠然と物事に対処して、正しい方角を示すのが、いずれも女性たちだ。

多く戦う男性の姿を描くといわれる黒澤作品のなかにあって、これも異例のことではないだろうか。

こうして見てくると、この映画は黒澤監督の代表作と一般にいわれながら、その実まったく異質な作品なのではないだろうか。

その理由があるとすれば、この映画が『用心棒』の続編として造られたことによるのだろう。すでに出来上がっている三十郎という人物を別の話に持ってくる。監督も観客もすでに手の内を知り尽くしている。どんな人間かということを知っているという意味だ。

ぼくはこのことについて、間違っているかも知れないが、こんなことを考えた。

将棋の名人が、ふとしたことから素人の若者に稽古をつけることになる。

当然のことながら、それは飛車角落ちとなる。名人は余裕をもって、しかし決して負けるわけにはいかないから力を抜かず、定跡通り駒を進める。

時に下手が悪手を指したりしたら、ここはこうするべきだ、と教えたかもしれない。

その結果、駒落将棋としては歴史に残るような名局が誕生してしまった。名棋譜として後世に名を留めることになった。

そんなことをこの映画から感じる。

飛車角落ちというのは、観客はすでに三十郎を知っているのだから、細かいことを描く必要がない、ということだ。普通の映画はそれで苦労するものだ。だから、いきなり物語を始めることができる。

定跡通りとは善悪がはっきりとしているという意味だ。複雑な人物は現れない。指導しながらというのは文字通り三十郎と若い侍たちのことだ。

続編はつまらないというが、その点でも例外となる作品なのではないだろうか。

こうして黒澤監督はたくまずして、本当は面白くするために大変な努力をして、そしておそらくは楽しみながら、凄い作品を造ってしまった。

映画の好きなひと、これから映画を造ろうと思っているひと、映画の面白さをもっと知りたいひと。

そんなひとたちが百回でもそれ以上でも見るべき映画だろう。

山本周五郎がこの映画を見て、どんな小説を書きたくなったか、ちょっと教えてもらいたいような気がする。」（以上、「解説」より）

僕としては渾身の文体模写のつもりだった。最後の一行を、原文では「ちょっと教えてもらいたいような気がした」と書いたのを、「ちょっと教えてもらいたいような気がする」と瞳が直している。これは、かりにも署名原稿であることに対する、作家としての矜持だろう。その一カ所を直したのみで、あとは僕が書いたそのままを原稿としてくれたのが、僕としては自慢だ。

とはいうものの、神に誓って、後にも先にも、代筆はこの一回のみだ。したがって、父のお眼鏡にかなって、認められたのかどうかはわからない。

後日、母から、「あの野郎、俺のことを門外漢だなんて書きやがって」って、言ってたわよ、と言われた。だったら書き直せばいいじゃないかと思ったが、一カ所でも手を入れだしたらすべて添削したくなるだろう。そんなことをしたら、代筆の意味がなくなってしまう。

確かに、山中貞雄や小津安二郎、黒澤明の作品を戦前、戦中の公開時にすべて観ていて、僕に映画の面白さを教えてくれた父に向かって門外漢はなかった。

その後、映画の試写室で野上さんにお目にかかると、「読めば読むほどいい」とか「お父さんに迷惑をかけた。面白かった」とおっしゃっていただくたびに、内心嬉しいとともに、申し訳ないような、心苦しい気持ちになった。

僕は、この一件を誰にも言わなかったが、母は直後に岩橋邦枝さんにしゃべってしまった。バカ息子が父親に認められたと自慢したかったのだろう。「あらいいわね。あたしにもそういう人がいないかしら」とおっしゃっていたとか。

じつは、父が亡くなったとき、後年の資料集めなどに支障が出るのではないかと懸念して、公表をすべきか、父をよく知る大村彦次郎さんに相談したことがある。そのときの返事は、「正介さんが、ベストセラー作家になるか、文学賞でも受賞したときに公表したらいいんじゃないですか」というものだった。

この歳になるまで、ベストセラーもなく、賞のたぐいとも、およそ縁がなく、今後もあるとは思えないので、あえて公表に踏み切った。あくまでも、アーカイブとしての『山口瞳電子全集』の資料性に瑕瑾《かきん》があってはならないという配慮からだ。

瞳の下の妹である叔母の伊藤栄が今年（二〇一八年）の五月二十四日にロサンゼルスの自宅で亡くなった。夫であったジェリー伊藤が脳溢血で倒れたことを受けて、治療のため、一家でアメリカに渡った。栄は、七十すぎて移民になるとは思わなかったわよ、と山口家らしい冗談を言っていた。

僕にとっては最後まで残っていた、血のつながった二親等の親族だ。享年八十五歳で、いずれも短命であった山口家の親族の中では驚異的な長生きだったといえるだろう。

叔母の遺言というか、最後の願いは、浦賀にある山口家の菩提寺顕正寺の墓に分骨してもらいたいというものだった。

今年（二〇一八年）の九月。やっとアメリカから栄の遺骨を持って、娘のミッシェルが日本へやってきた。夫君であるトランペット奏者のウォルト・ファウラーの東京公演にマネージャーとして同行したついでに、納骨を済まそうということになっていた。

「葬儀のために、その都度、日本へ来なくちゃならないのが、国際結婚の欠点のひとつね」とミッシェルが言っていた。

栄の遺骨は、夫であるジェリー伊藤が眠る伊藤家の墓と、浦賀の山口家の菩提寺である顕正寺に分骨されることになっていた。

伊藤家の墓所は豊島区駒込の染井霊園にある。これは日本で初めてコンクリートを使用したことで知られる発明家で建築家の伊藤為吉が造った霊廟で、なんとコンクリート造りの、人が歩いて入れるほどの巨大なものだ。いま見ると、大きめの物置のように見えてしまうと言われていたが、実物は立派なものだ。

伊藤家は為吉はじめ一族郎党すべての骨壺が数段の棚に納められている。そして、最上段にはそれぞれの位牌が置かれているのだが、宗旨も国籍も違うので、戒名ではなく名前を書くことにしているようだった。

為吉の子供たちは、いずれも芸能界で活躍したかたたちで、ジェリー伊藤の父親である、モダンダンスのダンサーで、イギリスの桂冠詩人イエーツと舞踏劇「鷹の井戸」を創作し、英国国王の前で踊った伊藤道郎。道郎は前回の東京オリンピックの開会式と閉会式の演出を依頼されていたが、開催をまたず、その直前に亡くなっている。

弟は舞台装置の第一人者であった伊藤熹朔《きさく》と演出家の千田是也（伊藤圀夫）だ。千田是也の妻の岸輝子の骨壺もここに納められていた。

また、伊藤兄弟の姉暢子は洋画家の中川一政夫人であった。中川一政の息子と、千田是也の娘モモコさんの間にできたのが、女優の中川安奈という華やかな一族だ。

ちょっと文字にすると複雑だが、モモコさんと中川さんはイトコ同士で結婚なさったということを、この納骨式のときに知った。

つまり、伊藤一族は、山口瞳の『血族』『家族』など裸足で逃げ出す、『大血族』『大家族』

なのだった。その華麗なる一族のかたたちが集まって九月の二十日、叔母の納骨が行われた。

これに先立つ、九月十八日、浦賀の山口家の菩提寺で、遺骨の半分を墓所に納める納骨式を執り行った。

山口家の墓には、正雄夫妻、長男の純、三男の昭、分骨された次女の麗子、そして瞳と治子の骨が納められていて、ほかにもその前の世代の骨壺が幾つか納められている。

本来ならば、瞳も次男であり、昭も三男だから、分家したことになり、別に新たな墓所を建立すべきものだった。現に、瞳は静子の弟から、「俺の墓の隣がまだ空いているから、、そっちに入れ」と言われていた。しかし、なんとなく皆、仲良く同じお墓に入ることになってしまった。

そこに栄も入りたいと言っていたのだが、それには別の理由もあった。アメリカ国籍のジェリー伊藤と結婚した栄は、星条旗に忠誠を誓うアメリカ国籍を取得することを嫌い、日本国籍のままだった。したがって、戸籍上はまだ山口正雄の籍にただひとり、残っていたのだ。だから、あたしだけが本当の山口なの、とも言っていた。山口家のお墓に入る正当な権利があるというのだ。

遺産相続や埋葬手続きのために伊藤家のほうで取り寄せた、山口正雄の戸籍謄本のコピーを、このとき一部もらった。

母の治子が亡くなったとき、母方の戸籍謄本は僕が手続きをしたので見ているのだが、瞳が亡くなったときは母がすべてを取り仕切っていたので、山口の戸籍謄本は見ていなかった。戸籍謄本を読むことによって、純が嫡出子扱いと書き加えられ、正雄と静子夫妻の長男として記載されていることや、障害者であったという正雄の長女が昭和三年には亡くなっていることを知った。死亡の届け出が、当時、正雄が住んでいた荏原で出されているので、やはり正雄が引き取っていたのだろう。瞳が弱者に対して優しいのは、この姉がいたからだと思っていたのだが、瞳が物心つくころには亡くなっていたことになる。

名前だけは聞いていたのだが、どんな関係なのかがわからなかった遠縁のかたとの繋がりもわかった。瞳は『家族』を書くときに、この戸籍謄本を市役所で閲覧することができたのだろうか。

九月十八日、久しぶりに、親戚が浦賀の菩提寺に集まった。

山口家の法事というといつも二十人近くが一堂に会したものだが、最近はずいぶんと寂しいものになった。当日の参加者は、栄の長女であるミッシェルとその夫君、ウォルト・ファウラー。正雄の長女であった麗子の娘、妙とその夫君。麗子の嫁ぎ先の遠縁にあたる老嬢。静子の妹で長谷の旅館「海月」に嫁いだ君子の孫。そして僕。

このお寺のいまのご住職は、瞳の母、静子の祖母であるヱイの養父であった松坂屋仙造の曾孫にあたる。このかたもまた、血族の一員であった。

法要に先立ち、住職の手で分骨が行われた。栄の姪の妙がインターネットで購入したというやや小振りの骨壺がふたつ。妙に言わせると、「分骨するから小さめのものにしたんだけど、ネットの画像では括弧してペットにも使用可、と書いてあったわよ」と言って笑いを誘った。こんなときにも冗談が出るのが山口家の習わしだ。山口の家では、いつも少しばかりきつい冗談が飛び交っていたものだ。久しぶりにそんな山口家らしい洒落たような不謹慎な態度に接して懐かしくなった。

ご存じのように、アメリカで火葬されたお骨は、白粉ほどの木目《きめ》の粉状になっていて、それゆえ英語ではパウダーという。本堂のかたわらに設《しつら》えられた文机の上で、住職がビニール袋に入れられた栄叔母さんの遺灰をサラサラとふたつに分けた。

親戚の中でも、もっとも早くアメリカに渡り、一番アメリカナイズされていてクールだと思っていたミッシェルが、悲しくなるから、ママの遺灰を見られない、と言って庫裏《くり》のほうから出てこない。それが悲しみを誘った。

この日は納骨のみなので葬儀ということではなかったのだが、本堂では一応、それなりの読経があり、各自がお焼香をした。

栄の長男でロス在住の栄治は来日できなかったので、iPadのスカイプでロスとつなぎ、読経の間、ネット上での参列となったのには時代を感じるものがあった。

お墓の前では、すでに石屋さんによって屍櫃《かろうと》が開けられていて、父、瞳や母、治子の骨壺が見えた。そして正雄や静子の骨壺が。

理論的にいえば、計算上、この墓に入るのは、いまのところ、あとひとり、僕で最後となるはずだ。僕の場所を空けておいてね、と誰に言うでもなく、僕はつぶやいていた。

菩提寺である浦賀の顕正寺に、山口瞳の父、正雄が建立した山口家の墓がある。『江分利満氏の優雅な生活』はここで始まり、ここで終わる。そして『血族』『家族』の歴史もここで始まり、ここで終わることになる。

あとがき――あるいは解説の解説――

本稿は二〇一六年十二月二十三日から配信がはじまった、『山口瞳電子全集』(全26巻)の各巻に「草臥山房《くたびれさんぼう》通信」と題して書いた解説のうち、連載時には重複したところを整理し、執筆後にわかったことなどを、多少加筆訂正したものだ。かなり長いものになってしまったが、これだけ書いても、父についてはまだまだ書き足りない。それはともかくとして。

全集配信中は、瞳が執筆した年を追いながら、逐次執筆していったので、その作業中にはわからなかったことが多々あった。

たとえば、将棋の内藤國雄九段との「テレビお好み将棋対戦」というようなもの。僕は局から貰ったビデオで、両親と自宅の茶の間で鑑賞した記憶があるので、そのことを書きたかったのだが、どこを捜しても当該ビデオは見つからず、瞳の著作の中にも、この対局について言及したものを発見できなかった。

そこで、インターネットで検索したり、テレビ業界に詳しいかたに昔の番組を捜してもらったり、将棋連盟にも問い合わせたが、どうも要領をえない。また当時の瞳の将棋の先生だった山口英夫六段（当時）と電話でお話ししたのだが記憶にないとのことだった。対局相手である内藤さんは、もっか闘病中とのことで取材できなかった。

あの書けそうなことはすべて書いていた瞳が、これほどのテーマを書き残していないはずはないと、僕は確信していたのだが、その膨大な著作のすべてを、改めて読み返すというのは、事実上不可能に近かった。

ところが、『山口瞳電子全集』の全巻の配信が終わり、キンドルにすべてダウンロードしてから、〝内藤国雄〟で言語検索したら、一発で該当個所が見つかった。

それは「男性自身シリーズ」の『展覧会の絵』に収録された「運命やいかに」（770）だった。

ここには芹沢博文八段（当時）に、何度もお断りしたのに、なかば強引にテレビ出演を承諾させられ、内藤國雄九段と一枚落ちで対局したということが書かれていて、その対局中の棋譜が掲載されているのだが、尻切れとんぼに終わっている。

これでは、僕が何を書きたかったか、わからないだろう。僕はその後の〝事件〟について書きたかったのだ。

実は、このテレビ対局は収録されたものの放映されなかった。その顚末を「草臥……」で書きたかったのだが、どこに関連する文章があるかわからなかった。「男性自身」の「運命やいかに」は、〝事件〟については触れていないので、読みとばしてしまったのだろう。結論からいえば、瞳はこの対局に勝利してしまう。そして、それが放映されなかった一因ではないかと、僕は疑っている。

プロが一枚落ちといえどもアマチュアに負けてしまったのでは困る。また解説をしていた芹沢さんが、中盤以降、「山口さん、なんで投了しないんだろう」と発言し、内藤さんが優勢で、瞳の勝ち筋を途中まで読めなかった点も、あとで問題になったのではないかと推測している。しばらくすると、芹沢さんは、「あれ。瞳さん、この手筋に気がついているのかなあ。だとしたら、瞳さんの勝ちになるんだけど。まさか、気がついているのかな。いや、どうやら瞳さん、気がついているみたいですよ」と続くのだった。

放送されなかったのは、ハイ・アマチュアの有名人と高段者の対局というのは面白い企画だが、瞳ほどの実力者を毎週、揃えることが難しかったのかもしれない。

「男性自身」の読者も対局の結果を知りたかったと思うが、それについては、ついに書かなかった。将棋界全般に配慮した結果だろうか。瞳には、ときとして舌足らずというか、僕からしたら、読者はこれで真意をくみ取ることができたのだろうか、と思案してしまうような点があった。それを是正したいという気持ちから、「草臥……」を書く気になったともいえる。

いずれにしても、キンドルは、僕が当初から予測していたアーカイブとしての役割を立派に果たしてくれた。

「草臥山房通信」執筆中から気になっていたことがある。例の『けっぱり先生』で重要なテーマとなっていた桐朋高校でのバリケード・ストライキの日にちを特定できなかったことだ。一九七〇年ならば執筆までに余裕がない。六九年ならば、参考にする時間があった。

本文中に新聞報道もされたと書いているのだから最寄りの図書館などで縮尺版にあたればいいものを、さぼっていた。

本日（二〇一九年十二月八日）、ふと思い立って昔の手帳を捜してみた。変奇館の二階にある古いキャビネットの中に、高校在校中からの二十冊ばかりの手帳があるのを思い出したのだ。僕は毎年、父のところに送られてくる文藝手帖（文藝春秋社の手帳）をもらっていた。マスコミ関係の連絡先が付録にあるので便利だったからだ。

アドレス帳としてのみ使っていたので、メモや日記のような記述はない。しかし、大学在校中とその後の劇団所属時代は芝居の稽古と本番のスケジュールを書き込んでいた。それがバリストと重なったら参加できないので、あらかじめ記入した可能性はある。

答は最初から、そこにあった。

一九六九年十月二十三日（木）の日付の空欄に、桐朋高校バリスト、と簡単に記入されていた。これならば瞳が『けっぱり先生』の構想を得るのに充分な時間があったことになる。

今年（二〇一九年）八月一日付けの東京新聞夕刊で連載が始まった西村京太郎さんご自身の履歴を書いた「この道」の第一回目を読んで、どきりとした。西村さんは一九三〇年の九月に東京の荏原町で生まれたと書いている。瞳が生まれたのも荏原だ。そして、池波正太郎さんが終の住処としたのも荏原だった。純文学作家が多く居住していた荻窪に対して、なにやら不思議な磁場が働いているのではないか。

それは冗談なのだが、西村さんは、この年が世界大恐慌の始まった年だと書いている。世界は大恐慌を迎えようとしているのに、政府は、日本は好景気と判断して、金解禁を実施、世界の経済状況を見誤った。アメリカ経済が破綻すると対米輸出は九億円から五億円に減少、全労働者七百万人のうち二百万とも三百万人ともいわれる大量の失業者を出す。労働争議の件数は前年比で一・六倍に達したという。以上は西村さんの書かれたものからの引用だ。

僕が、どきりとしたのは、このころに瞳の父、正雄が経済犯罪を犯して刑務所に収監されていたということだ。

父親との確執を書いた、『家族』の中に、この視点はあっただろうか。

父親の正雄は、世界に吹き荒れた大恐慌の嵐に翻弄されて、不渡り手形をつかまされたか、使用してしまったことにより、倒産の憂き目にあい、その結果、経済犯になったとはしていないように思われる。

あくまでも、逮捕の要因は、正雄の山師然とした性格、行き当たりばったりの行動、いずれ何とかなるさという、ある種の軽さにあったという点に重きを置いているように思える。しかし、人情に篤かったので、社員に給料を払うために犯罪に手を染めたのではないかと推測している。

これは、瞳が自分が実際に体験して血となり肉となった事実のみで物語を形成しようとする態度によるものからだろう。

瞳のほぼすべての著作を再読する作業から浮かび上がってきたのは、自分が実際に体験した事実に基づいて書いたということだ。

そして、登場人物の名前を、自分自身を〝江分利満〟とする連作はあるものの、ほかの人たちはほとんど実名を使用した。

それが自伝的作品である、『血族』『家族』でも徹底されている。

作中の父親や母親の名前を、先行する北杜夫さんの『楡家の人びと』の祖父をモデルとした楡基一郎とか、最近、完結した宮本輝さんの大河小説『流転の海』の父親をモデルとした松坂熊吾などと、作品中の名前を架空のものに替えていたら、ずいぶんと自由な発想ができたと思う。

だからといっておふたりが安易な道を選ばれたという意味ではない。楡基一郎や松坂熊吾という架空の人物に命を吹き込むことのほうが難しかっただろう。

もしも瞳が仮名を選んだとしたら、『血族』においては、幼い静子が遊廓であった生家から、早朝登校する際に、寝乱れた女郎の姿や、いぎたなく眠りこける泊まりの客を横目に通りすぎるというシーンや、『家族』でいえば、獄中の正雄が再起を期して、青雲の志を決意する、といったような場面を書くことができたかもしれない。

作中の人物は実名で、なおかつ実際に経験したことがらを組み合わせて小説にする。これが瞳の小説造りだった。

しかし、よく読んでみると、根本的なことや物語の本題になるようなことにフィクションをそれとなく忍ばせている。幾つかの常用していたキーワードがフィクションである可能性に僕は遅まきながら気がついた。

同胞親族をふくめて自分以外は四年制大学を出ていないと書くが、実際には何人かが大卒であり、中退であったりする。その割合はごく平均的な数値だった思うが、それでは自分のファミリー・ヒストリーにならないと考えて、このわかりやすい文章を多用したのだろう。

これは作品の背景を語るうえでは効果的だったと思う。しかし、本文にも書いたように、自分の腹違いの兄が「この家の竈の灰まで俺のものだ」と言ったのは、完全な創作だったのではないかと思われる。

ノンフィクションに見せかけて、実は密かにフィクションを滑り込ませるというのが瞳の小説の秘密で、おそらく小説『人殺し』の浮気も創作だと思うのだが……。

僕が瞳のゴーストライターを一度だけ務めたということを初めて書いた。それは映画「椿三十郎」を将棋に例えて書いたものだったのだが、「草臥…」を読まれた熱烈な瞳ファンで将棋にも造詣が深いかたから、「最初に読んだとき、瞳さんほど将棋がわかっているひとならば、こんな風に書かないと感じたので、変だなあと違和感を覚えていた」と教えられた。

瞳ならば将棋だろうという姑息な一手は通用しなかったようだ。


今年（二〇一九年）八月二十九日の報知新聞に、林真理子さんが「週刊文春」で連載しているエッセイが、通算一六二五回に達して、週刊誌のエッセイ連載の最多になるのでギネス世界記録に認定申請するという記事があった。

そして、これまでは、作家の山口瞳さんが一九六四年から一九九五年の死去の直前まで「週刊新潮」に執筆した、「男性自身」の一六一四回が最多だったとみられる、と続いていた。

ということは、父の生前、どこかの時点で、誰かのそれまでの記録を追い越したことになる。そのときにギネス世界記録に申請すれば、記録に残ったはずなのだが、そうしたことはなかったように思う。

そうか、長年、サントリーのお世話になったものが、ギネスでもないだろうということか。いかにも律儀な瞳らしい。

熱烈な瞳ファンで瞳関連資料のコレクターでもあるHさんには、快く貴重なコレクションを提供していただいた。氏の協力がなければ、『山口瞳電子全集』は完成しなかっただろう。ありがとうございます。

末尾となったが、怠惰な僕の尻を叩いて、「草臥山房通信」の執筆を提案し、また各種の図書館などを細かく調査して、瞳の全著作の99・9%を採集し、数々の助言をしてくださった宮田昭宏さんには、本当に感謝しています。ありがとうございます。

そのほか、協力していただいた沢山のかたがたに感謝しています。

P+D BOOKS ラインアップ

別れる理由1　小島信夫　●伝統的な小説手法を粉砕した大作の序章

別れる理由2　小島信夫　●永造の「姦通」の過去が赤裸々に描かれる

別れる理由3　小島信夫　●「夢くさいぞ」の一言から幻想の舞台劇へ

別れる理由4　小島信夫　●「夢くさい世界」で女に、虫に、馬になる永造

別れる理由5　小島信夫　●アキレスの名馬に変身した永造だったが…

別れる理由6　小島信夫　●最終巻は〝メタフィクション〟の世界へ

P+D BOOKS ラインアップ

女誡扇綺譚・田園の憂鬱	佐藤春夫	●廃墟に「荒廃の美」を見出す幻想小説等5篇
サムライの末裔	芹沢光治良	●被爆者の人生を辿り仏訳もされた〝魂の告発〟
津田梅子	大庭みな子	●女子教育の先駆者を描いた〝傑作評伝〟
四季	中村真一郎	●失われた青春を探しに懐かしの地へ向かう男
白く塗りたる墓・もう一つの絆	高橋和巳	●高橋和巳晩年の未完作品2篇カップリング
誘惑者	高橋たか子	●自殺幇助女性の心理ドラマを描く著者代表作

P+D BOOKS ラインアップ

残りの雪（上）	立原正秋	● 古都鎌倉に美しく燃え上がる宿命的な愛
残りの雪（下）	立原正秋	● 里子と坂西の愛欲の日々が終焉に近づく
剣ヶ崎・白い罌粟	立原正秋	● 直木賞受賞作含む、立原正秋の代表的短編集
私生活	神吉拓郎	● 都会生活者の哀愁を切り取った傑作短篇集
サド復活	澁澤龍彦	● サド的明晰性につらぬかれたエッセイ集
都心ノ病院ニテ幻覚ヲ見タルコト	澁澤龍彦	● 澁澤龍彦が最後に描いた〝偏愛の世界〟随筆集

P+D BOOKS ラインアップ

私版 京都図絵　水上 勉
●作家人生の礎《いしずえ》となった地を、随筆と絵で辿る

秋夜　水上 勉
●闇に押し込めた過去が露わに…凛烈な私小説

五番町夕霧楼　水上 勉
●映画化もされた不朽の名作がここに甦る！

ややのはなし　吉行淳之介
●軽妙洒脱に綴った、晩年の短文随筆集

焰の中　吉行淳之介
●青春＝戦時下だった吉行の半自伝的小説

男と女の子　吉行淳之介
●吉行文学の真骨頂、繊細な男の心模様を描く

P+D BOOKS ラインアップ

夢の浮橋	倉橋由美子	●両親たちの夫婦交換遊戯を知った二人は…
城の中の城	倉橋由美子	●シリーズ第2弾は家庭内〝宗教戦争〟がテーマ
交歓	倉橋由美子	●秘密クラブで展開される華麗な「交歓」を描く
記念碑	堀田善衛	●戦中インテリの日和見を暴く問題作の第一部
花筐	檀一雄	●大林監督が映画化、青春の記念碑作「花筐」
小説 太宰治	檀一雄	●〝天才〟作家と過ごした「文学的青春」回想録

P+D BOOKS ラインアップ

四十八歳の抵抗	石川達三	●中年の危機を描き流行語にもなった佳品
強力伝	新田次郎	●「強力伝」ほか4篇、新田次郎山岳小説傑作選
ア・ルース・ボーイ	佐伯一麦	●〝私小説の書き手〟佐伯一麦が描く青春小説
マリリン・モンロー・ノー・リターン	野坂昭如	●多面的な世界観に満ちたオリジナル短編集
時代屋の女房	村松友視	●骨董店を舞台に男女の静謐な愛の持続を描く
辻音楽師の唄	長部日出雄	●同郷の後輩作家が綴る太宰治の青春時代

P+D BOOKS ラインアップ

桜桃とキリスト(上)　長部日出雄　●キリスト教の影響を受け始めた三鷹時代の太宰

桜桃とキリスト(下)　長部日出雄　●絶頂期の中〝地上の別れ〟へ進む姿を描く

宣告(上)　加賀乙彦　●死刑囚の実態に迫る現代の〝死の家の記録〟

宣告(中)　加賀乙彦　●死刑確定後独房で過ごす青年の魂の劇を描く

宣告(下)　加賀乙彦　●遂に〝その日〟を迎えた青年の精神の軌跡

フランドルの冬　加賀乙彦　●仏北部の精神病院で繰り広げられる心理劇

P+D BOOKS ラインアップ

人間滅亡の唄 深沢七郎 ● "異彩"の作家が「独自の生」を語るエッセイ集

ばれてもともと 色川武大 ● 色川武大からの"最後の贈り物"エッセイ集

エイヴォン記 庄野潤三 ● 小さな孫娘が運んでくれるよろこびを綴る

鉛筆印のトレーナー 庄野潤三 ● 庄野家の「山の上」での穏やかな日々を綴る

幼児狩り・蟹 河野多恵子 ● 芥川賞受賞作「蟹」など初期短篇6作収録

ウホッホ探険隊 干刈あがた ● 離婚を機に始まる家族の優しく切ない物語

P+D BOOKS ラインアップ

海市	福永武彦	●親友の妻に溺れる画家の退廃と絶望を描く
風土	福永武彦	●芸術家の苦悩を描いた著者の処女長編作
夜の三部作	福永武彦	●人間の〝暗黒意識〟を主題に描く三部作
夢見る少年の昼と夜	福永武彦	●〝ロマネスクな短篇〟14作を収録
加田伶太郎 作品集	福永武彦	●福永武彦〝加田伶太郎名〟珠玉の探偵小説集
廃市	福永武彦	●退廃的な田舎町で過ごす青年のひと夏を描く

P+D BOOKS ラインアップ

（お断り）

本書は２０１６年12月～２０１８年11月に小学館より配信された『山口瞳　電子全集』の各巻に掲載された解説「草臥山房通信」を再編集・加筆・修正したものです。

本文中の引用部分には、床屋、耄碌、精神薄弱児、外人、情婦などの言葉や、人種・身分・職業・身体等に関する表現で、現在からみれば、不当、不適切と思われる箇所がありますが、原著者に差別的意図のないこと、時代背景と作品価値とを鑑み、原著者が故人でもあるため、原文のままにしております。差別や侮蔑の助長、温存を意図するものでないことをご理解ください。

山口 正介（やまぐち しょうすけ）
1950年（昭和25年）10月29日生まれ。東京都出身。作家・山口瞳の長男。舞台演出家を経て、映画評論、小説、エッセイなど幅広い活動を続ける。著書に『アメリカの親戚』『江分利満家の崩壊』など。

P+D BOOKS

ピー プラス ディー ブックス

P+Dとはペーパーバックとデジタルの略称です。
後世に受け継がれるべき名作でありながら、現在入手困難となっている作品を、
B6判ペーパーバック書籍と電子書籍で、同時かつ同価格にて発売・配信する、
小学館のまったく新しいスタイルのブックレーベルです。

父・山口瞳自身

2020年3月17日　初版第1刷発行
2023年11月7日　第4刷発行

著者　山口正介
発行人　石川和男
発行所　株式会社　小学館
〒101-8001
東京都千代田区一ツ橋2-3-1
電話　編集　03-3230-9355
販売　03-5281-3555
印刷所　大日本印刷株式会社
製本所　大日本印刷株式会社
装丁　おおうちおさむ（ナノナノグラフィックス）

ISBN978-4-09-352387-5

P+D BOOKS